UNA BUENA MUJER

DANIELLE STEEL

Danielle Steel es sin duda una de las novelistas más populares en todo el mundo. Sus libros se han publicado en cuarenta y siete países, con ventas que superan los quinientos ochenta millones de ejemplares. Cada uno de sus lanzamientos ha encabezado las listas de bestsellers de *The New York Times*, y muchos de ellos se han mantenido en esta posición durante meses.

UNA BUENA MUJER

UNA BUENA MUJER

DANIELLE STEEL

Traducción de Ana Mata Buil

VINTAGE ESPAÑOL
Una división de Random House LLC
Nueva York

Spanish
F
Ste

A las mujeres buenas, ¡las mujeres fantásticas!,
las mujeres más extraordinarias que conozco:
Beatrix, Sam, Victoria, Vanessa y Zara.
Cada una de ellas es especial y única,
valiente, cariñosa, sabia, resuelta,
creativa, constante, sincera, íntegra,
elegante y virtuosa.
Sois mis heroínas, mis modelos,
mi tesoro y mi alegría.
Gracias por las lecciones que me habéis enseñado
y por el amor infinito que compartimos.

Con todo mi amor,

Mamá / D. S.

UNA BUENA MUJER

1

La mañana del 14 de abril de 1912, Annabelle Worthington leía tranquilamente en la biblioteca de la casa familiar, con vistas al extenso jardín tapiado. Empezaban a aparecer los primeros signos primaverales, los jardineros habían plantado muchas flores y todo estaría precioso cuando sus padres regresaran al cabo de unos días. El hogar que compartía con ellos y su hermano mayor, Robert, era una mansión imponente en la parte norte de la Quinta Avenida de Nueva York. Los Worthington, y la familia de su madre, los Sinclair, eran parientes directos de los Vanderbilt y los Astor, y de una forma más indirecta también estaban emparentados con todas las sagas más influyentes de Nueva York. Su padre, Arthur, era propietario y director del banco más prestigioso de la ciudad. Su familia llevaba varias generaciones en el negocio bancario, igual que ocurría con la familia materna en Boston. Su hermano Robert, de veinticuatro años, ya llevaba tres trabajando para su padre. Y, por supuesto, cuando llegara el día de la jubilación de Arthur, Robert pasaría a dirigir el banco. Su futuro, del mismo modo que su historia, era predecible, desahogado y seguro. Annabelle agradecía haberse criado bajo la protección de ese entorno.

Sus padres se querían mucho, y Robert y ella siempre se habían llevado bien y mantenían una relación muy cercana. Nunca había ocurrido nada que los hubiera disgustado ni entristecido de veras. Los problemas menores con los que se topaban eran despreciados o resueltos con facilidad. Annabelle había crecido en un mundo perfecto y dorado, había sido una niña feliz, rodeada de personas amables y cariñosas. Los últimos meses le habían resultado muy emocionantes, aunque habían quedado algo empañados por un pequeño contratiempo. En diciembre, justo antes de Navidad, la habían presentado en sociedad en un baile espectacular que sus padres habían dado en su honor. Era su puesta de largo y todo el mundo insistía en que era la debutante más elegante y carismática que Nueva York había visto en años. A su madre le encantaba celebrar fiestas por todo lo alto. Había mandado cubrir el jardín con una carpa y ponerle calefacción. Decoraron la sala de baile de la mansión con un gusto exquisito. La orquesta que habían contratado era la más cotizada de la ciudad. Asistieron cuatrocientas personas. Y el vestido que lució Annabelle la convirtió en una princesa de cuento.

Annabelle era una joven pequeña, delgada, delicada, más diminuta incluso que su madre. Era una muñequita rubia con el pelo largo, sedoso y dorado, y con unos ojos azules enormes. Era guapa, tenía las manos y los pies pequeños, y unas facciones perfectas. Cuando era niña, su padre no se cansaba de repetirle que parecía una muñeca de porcelana. A los dieciocho años, tenía una encantadora figura esbelta y bien proporcionada, y una gracia gentil. Todo en ella reflejaba la aristocracia de la que provenía y en la que habían nacido tanto Annabelle como sus antepasados y su círculo de amigos.

La familia había disfrutado de unas Navidades entrañables a los pocos días de su presentación en sociedad y, después de todas las emociones, las fiestas y las salidas nocturnas con su hermano y sus padres, en las que lucía vestidos finos a pesar del frío invernal, la primera semana de enero Annabelle contrajo una gripe muy fuerte. Sus padres se preocuparon mucho cuando vieron que la gripe se convertía rápidamente en bronquitis y, luego, casi en neumonía. Por suerte, su juventud y salud general la ayudaron a recuperarse. Aun con todo, estuvo enferma con fiebre por las noches durante casi un mes. El médico opinaba que era poco sensato que viajara estando todavía tan débil. Sus padres y Robert llevaban varios meses preparando un viaje en el que querían visitar a algunos amigos en Europa, y Annabelle seguía convaleciente cuando se marcharon en el *Mauretania* a mediados de febrero. Habían viajado en ese mismo barco todos juntos varias veces, así que su madre se ofreció a quedarse en Nueva York con la muchacha, pero cuando llegó el momento de partir, Annabelle estaba lo bastante recuperada para quedarse sola en Nueva York. Había insistido en que su madre no se privara de ese viaje que había estado esperando durante tanto tiempo. A todos les dio pena dejarla sola y Annabelle también se sintió muy decepcionada de no poder ir, pero incluso ella admitió que, aunque ya se sentía mucho mejor, seguía sin verse con fuerzas para embarcarse en un periplo que duraría dos meses. Le aseguró a su madre, Consuelo, que cuidaría de la casa mientras estuvieran fuera. Sus padres confiaban plenamente en ella.

Annabelle no era de esa clase de chicas por las que uno tuviera que preocuparse, ni de las que se aprovechaban de la ausencia paterna. Lo único que lamentaban tremendamente sus progenitores era que no pudiese acompañarlos, igual que le pasaba a la propia Annabelle. Mantuvo el tipo mientras se despedía de ellos en el muelle Cunard en febrero, pero cuando volvió a casa se sintió abatida. Se entretenía leyendo y haciendo distintas tareas del hogar que satisfarían a su madre. Se le daban muy bien las labores, así que se pasaba horas remendando sábanas y manteles muy elegantes. Aún se sentía un poco débil para asistir a eventos sociales, pero su mejor amiga, Hortense, la visitaba con frecuencia. Hortense también había hecho su presentación en sociedad ese año, y las dos amigas eran inseparables desde la infancia. Hortie ya tenía un pretendiente y Annabelle había hecho una apuesta con ella, convencida de que James pediría su mano en Semana Santa. Annabelle ganó la apuesta, pues acababan de anunciar su compromiso hacía una semana. Annabelle se moría de ganas de contárselo a su madre, quien no tardaría en volver. Tenían que atracar en Nueva York el 17 de abril, tras haber partido de Southampton cuatro días antes en un barco nuevo.

Los dos meses sin su familia se le habían hecho largos, pues Annabelle los había echado mucho de menos a todos. No obstante, le habían dado la oportunidad de recuperarse totalmente y de leer infinidad de cosas. Después de terminar sus tareas domésticas, se pasaba las tardes y las noches en la biblioteca de su padre, inmersa en sus libros. Sus favoritos eran los que hablaban de hombres importantes o de temas científicos. Nunca le habían interesado mucho las novelas románticas que leía su madre, y todavía menos los libros que le prestaba Hortense, ya que le parecían insulsos. Annabelle era una joven inteligente, que absorbía los acontecimientos mundiales y la información actual como una esponja. Eso le daba mucho tema de conversación con su hermano e incluso él reconocía en privado que la profundidad del conocimiento de la muchacha lo ponía a veces en ridículo. Aunque Robert tenía madera para los negocios y era increíblemente responsable, le encantaba ir a fiestas y salir con amigos, mientras que Annabelle solo era sociable en apariencia, pues tenía un talante serio y una inmensa pasión por aprender, por la ciencia y los libros. Su sala predilecta de la casa era la biblioteca paterna, donde pasaba buena parte del tiempo.

La noche del 14 de abril, Annabelle se quedó leyendo en la cama hasta la madrugada, así que se levantó a una hora tan tardía que resultaba extraña en ella. Se lavó los dientes y se peinó nada más salir de la cama, se puso una bata y bajó adormilada a desayunar. Mientras bajaba la escalera, le dio la impresión de que en la casa reinaba un silencio poco común y no vio a ninguno de los sirvientes. Se asomó a la recocina y se encontró a varios de ellos arremolinados alrededor de un periódico, que doblaron al instante. Enseguida se dio cuenta de que su fiel ama de llaves, Blanche, había estado llorando. Era una mujer tan sensible que cualquier desgracia relacionada con un animal o con un niño en apuros conseguía que se deshiciera en un mar de lágrimas. Annabelle esperaba que le contaran una de esas historias cuando sonrió y les dio los buenos días, pero en cuanto lo hizo, William, el mayordomo, se echó a llorar y salió de la habitación.

—Dios mío, ¿qué ha pasado?

Annabelle miró a Blanche y a las otras dos sirvientas, muy sorprendida. Entonces se percató de que todas estaban llorando y, sin saber por qué, le dio un vuelco el corazón.

—Pero ¿qué pasa? —preguntó Annabelle, quien, de forma instintiva, alargó la mano hacia el periódico.

Blanche vaciló durante un largo instante y después se lo ofreció. Annabelle vio los gigantescos titulares en cuanto lo desdobló. El *Titanic* se había hundido aquella noche. Era el barco recién estrenado que sus padres y su hermano habían tomado para regresar de Inglaterra. Annabelle abrió los ojos como platos mientras leía los detalles a toda velocidad. Todavía se sabían pocos datos; apenas que el *Titanic* se había hundido, que los pasajeros habían subido a los botes salvavidas y que la embarcación *Carpathia*, de la White Star Line, se había apresurado a acudir al lugar del siniestro. La noticia no decía nada sobre las víctimas ni los supervivientes, pero comentaba que, tratándose de un barco de semejante tamaño y tan nuevo, era de esperar que todos los pasajeros hubieran sido desalojados a tiempo y el rescate hubiera sido absoluto. El periódico informaba de que el enorme transatlántico había chocado contra un iceberg, y aunque tenía fama de ser imposible de hundir, lo cierto era que el barco se había hundido en el mar al cabo de unas horas. Había ocurrido lo inimaginable.

Annabelle pasó a la acción al momento y mandó a Blanche que hiciera llamar al chófer de su padre para que la esperara con el coche. Ya estaba en la puerta de la recocina, dispuesta a subir a su dormitorio para vestirse, cuando dijo que tenía que ir a las oficinas de la White Star cuanto antes para preguntar por Robert y sus padres. No se le ocurrió que cientos de personas harían lo mismo.

Le temblaban las manos mientras se vestía, presa del aturdimiento, con un sencillo vestido de lana gris; se puso medias y zapatos, agarró el abrigo y el bolso y corrió escaleras abajo, sin preocuparse siquiera de recogerse el pelo. Parecía una niña con la melena al viento cuando salió como un rayo por la puerta principal y la cerró de un portazo. La casa y todos sus moradores se quedaron congelados, como si empezaran a anticipar el duelo. Mientras Thomas, el chófer de su padre, la conducía a las oficinas de la White Star Line, que estaban al final de Broadway, Annabelle intentó contener una oleada de silencioso terror. Vio a un vendedor de periódicos en una esquina, gritando los titulares de las últimas noticias. Como tenía una edición más reciente del diario, le pidió al conductor que parase y compró uno.

El periódico decía que se había perdido un número indeterminado de vidas, y que el *Carpathia* estaba radiando informes con las listas de supervivientes. Annabelle notó cómo se le llenaban los ojos de lágrimas mientras leía. ¿Cómo podía haber ocurrido algo así? Era el barco más grande y más nuevo que surcaba los mares. Era el viaje inaugural. ¿Cómo podía hundirse una embarcación como el *Titanic*? Y ¿qué les habría ocurrido a sus padres, a su hermano y a tantos otros?

Cuando llegaron a la empresa de transportes, había cientos de personas gritando que les dejaran entrar, y Annabelle no se imaginaba cómo iba a conseguir abrirse paso entre la muchedumbre. El corpulento chófer de su padre la ayudó, pero aun así le costó una hora entrar. Explicó que su hermano y sus padres viajaban en primera clase en el barco hundido. Un joven oficinista abrumado apuntó su nombre, mientras otros empleados iban a colgar listas de supervivientes en la fachada de las oficinas. La radio operadora del *Carpathia* seguía transmitiendo los nombres, con la ayuda del encargado de radio del *Titanic*, que se había salvado, y en la cabecera de la lista habían escrito con letras en negrita que estaba incompleta por el momento, cosa que daba esperanza a las personas que no veían los nombres tan esperados en ella.

Annabelle cogió una de las copias de la lista con manos temblorosas y apenas consiguió leer entre las lágrimas, pero entonces, casi al final de la enumeración, lo vio: un solo nombre. Consuelo Worthington, pasajera de primera clase. Su padre y su hermano no aparecían en la lista, así que, para calmar los nervios, se repitió que estaba incompleta. Le sorprendió la escasa cantidad de nombres que había enumerados.

—¿Cuándo se tendrán noticias sobre el resto? —preguntó Annabelle al empleado a la vez que le devolvía la lista.

—Esperemos que dentro de unas horas —contestó el joven mientras otras personas gritaban y preguntaban detrás de Annabelle. La gente gimoteaba, lloraba, discutía, y cada vez más personas se peleaban por entrar en la empresa. Era una escena de pánico y caos, terror y desesperación.

—¿Siguen rescatando supervivientes de los botes salvavidas? —preguntó Annabelle, obligándose a mantener la esperanza.

Por lo menos sabía que su madre estaba viva, aunque ignoraba en qué estado. Sin embargo, lo más seguro era que los demás también hubieran sobrevivido.

—Han recogido a los últimos esta mañana a las ocho y media —contestó el empleado con ojos sombríos.

Había oído relatos de cuerpos flotando en el agua, de gente que chillaba para que la rescataran antes de morir, pero él no era quien debía propagar esos rumores y tampoco tenía valor para contarle a la masa de familiares que se habían perdido centenares de vidas, tal vez más. Por el momento, la lista de supervivientes apenas contenía seiscientos nombres y el

Carpathia había comunicado que habían recogido más de setecientos, pero todavía no podían proporcionar todos los nombres. Si esa información era verídica, significaba que más de mil pasajeros y miembros de la tripulación habían perecido. El propio empleado se negaba a creérselo.

—Deberíamos haber recopilado todos los nombres dentro de unas horas —dijo intentando mostrarse comprensivo cuando un hombre con la cara enrojecida amenazó con pegarle si no le pasaba la lista, cosa que hizo de inmediato.

Todos corrían histéricos, asustados y descontrolados por las oficinas, pues se desesperaban por obtener información y apoyo. Los empleados preparaban y repartían tantas listas como podían. Y al final, Annabelle y el chófer de su padre, Thomas, volvieron al coche para esperar allí a que hubiera más noticias. Él se ofreció a llevarla a casa, pero Annabelle insistió en que prefería quedarse y volver a repasar la lista cuando estuviera completa, al cabo de unas horas. No le apetecía estar en ningún otro sitio.

Permaneció sentada en el coche en silencio, parte del tiempo con los ojos cerrados, pensando en sus padres y en su hermano, deseando que ellos también hubieran sobrevivido, a la vez que daba gracias por haber visto por lo menos el nombre de su madre en la lista. No comió ni bebió nada en todo el día, y cada hora se acercaba a comprobar la lista. A las cinco en punto les dijeron que la lista de supervivientes estaba completa, a excepción de algunos niños pequeños que todavía no se habían podido identificar con nombre y apellido. Salvo ellos, todas las demás personas recogidas por el *Carpathia* aparecían enumeradas.

—¿Hay algún otro barco que haya recogido supervivientes? —preguntó alguien.

El empleado negó con la cabeza sin decir nada. Aunque había otros barcos recogiendo cadáveres de las aguas congeladas, la tripulación del *Carpathia* era la única que había sido capaz de rescatar supervivientes, la mayoría subida a los botes salvavidas y unos cuantos en el mar. Casi todas las personas que habían caído al helado Atlántico habían muerto antes de la llegada del *Carpathia*, a pesar de que los rescatadores habían acudido al lugar del desastre apenas dos horas después del hundimiento del *Titanic*. Había pasado demasiado tiempo para que alguien siguiera vivo a una temperatura tan baja dentro del océano.

Annabelle volvió a repasar la lista una vez más. Había 706 supervivientes. Leyó de nuevo el nombre de su madre, pero no había ningún otro Worthington en la lista, ni Arthur ni Robert, de modo que la única esperanza que le quedaba era confiar en que hubiera algún error. A lo mejor no los habían reconocido, o ambos estaban inconscientes y no podían decir cómo se llamaban a quienes elaboraban la lista. Era imposible proporcionar más información por el momento. Les dijeron que el *Carpathia* tenía prevista la llegada a Nueva York tres días más tarde, el día 18. La muchacha tendría que mantener la fe hasta entonces, y dar gracias porque su madre hubiera sobrevivido. Se negaba a creer que su padre y su hermano estuvieran muertos. Era imposible.

Una vez en casa, se pasó la noche en vela y siguió sin probar bocado. Hortense fue a verla y se quedó a dormir con ella. Apenas hablaron, se limitaron a darse la mano y llorar sin parar. Hortie intentó animarla, y la madre de su amiga le hizo una visita breve también con la intención de consolarla. No había palabras que pudieran mitigar lo que había ocurrido. Todo el mundo estaba sobrecogido por la noticia. Era una tragedia de proporciones épicas.

—Gracias a Dios que estabas enferma y no pudiste ir —le susurró Hortie una vez que se metieron juntas en la cama de Annabelle, cuando la madre de su amiga se había marchado ya. Había aconsejado a su hija que se quedara allí a dormir y, es más, que le hiciera compañía a Annabelle hasta que regresara su madre. No quería que la joven estuviera sola.

Annabelle se limitó a asentir ante el comentario de Hortie, pero se sentía culpable por no haber estado con ellos, pues se preguntaba si su presencia habría ayudado de algún modo. Tal vez hubiera podido salvar por lo menos a uno de los dos, o a otra persona.

Durante los tres días siguientes, Hortie y ella vagaron por la casa como fantasmas. Hortie era la única amiga a quien quería ver o con quien quería hablar en esos momentos de conmoción y duelo. Annabelle no comía casi nada, a pesar de que el ama de llaves insistía en que lo hiciera. Todos los sirvientes lloraban sin cesar y, al final, Annabelle y Hortie salieron a dar un paseo y tomar un poco el aire. James las acompañó y fue muy amable con Annabelle, pues le dijo lo mucho que lamentaba lo ocurrido. La ciudad y el mundo entero no podían pensar en otra cosa.

Las noticias que llegaban del *Carpathia* seguían siendo escasas. Lo único que habían confirmado era que el *Titanic* se había hundido, de eso no cabía duda, y que la lista de supervivientes ya era definitiva y completa. Los únicos que no aparecían en ella eran los bebés y los niños aún no identificados, que tendrían que ser reconocidos por los familiares que se acercaran al puerto, en caso de que fueran de Estados Unidos. Si nadie los reconocía, tendrían que devolverlos a Cherbourg y Southampton, a sus angustiadas familias, que los estarían esperando allí. En total, había media docena de niños no emparentados con ninguno de los supervivientes y que eran demasiado pequeños para decir cómo se llamaban. Otras personas los cuidaban mientras tanto a falta de sus padres, pues era imposible saber a qué familia pertenecían. No obstante, todos los demás, incluso los enfermos o heridos, aparecían en la lista, según aseguraba la compañía.

Annabelle seguía sin poder creérselo mientras Thomas la conducía de nuevo al muelle Cunard la tarde del día 18. Hortie había preferido no acompañarla, porque no quería interferir en el encuentro, de modo que Annabelle se dirigió al embarcadero 54 sola.

La multitud expectante vio cómo el *Carpathia* se acercaba lentamente a puerto, con unos remolcadores, pocos minutos después de las cinco. Annabelle notó que el corazón le latía desbocado mientras observaba la embarcación, que sorprendió a todo el mundo al dirigirse a los muelles de White Star, ubicados en los embarcaderos 59 y 60. Y allí, a la vista de todos los observadores, la tripulación bajó lentamente los botes salvavidas del *Titanic* que habían recuperado, y que eran lo único que quedaba del barco recién estrenado, para devolverlos a la White Star Line antes de atracar el *Carpathia*. Los fotógrafos estaban hacinados en una flotilla de barcas pequeñas desde las que intentaban fotografiar los botes salvavidas, y los supervivientes del desastre se congregaron en la barandilla del barco. El ambiente que los rodeaba era medio funerario y medio circense, pues los familiares de los supervivientes esperaban en un silencio agónico para ver quién bajaba, mientras que los periodistas y fotógrafos gritaban y se daban codazos para colocarse en los mejores puestos y obtener las mejores instantáneas.

Tras depositar los botes salvavidas, el *Carpathia* se desplazó lentamente hasta su embarcadero, el número 54, y los estibadores y otros empleados del Cunard se apresuraron a amarrar el barco. Y entonces, por fin, abrieron la compuerta y bajaron la plataforma. En silencio, y con una deferencia enternecedora, dejaron bajar primero a los supervivientes del *Titanic*. Los pasajeros del *Carpathia* abrazaron a algunos de ellos y les estrecharon la mano. Se derramaron muchas lágrimas y se dijeron pocas palabras, mientras uno por uno todos los supervivientes desembarcaron, la mayor parte de ellos con lágrimas surcándoles la cara, algunos todavía en estado de shock por lo que habían visto y vivido aquella horrible noche del hundimiento. A ninguno le resultaría fácil olvidar los horripilantes gritos y gemidos desde el agua, las llamadas de auxilio en vano de personas que acabaron muriendo congeladas. Quienes se hallaban en los botes salvavidas tenían miedo de recoger a más pasajeros, por temor a que la embarcación pudiera volcarse por el peso y acabaran pereciendo todavía más personas de las que ya estaban entre las gélidas aguas. Las estampas de cuerpos flotando en el oscuro mar que habían presenciado mientras esperaban a que llegaran los refuerzos para recogerlos habían sido espeluznantes.

Quienes bajaron del *Carpathia* eran en su mayoría mujeres con niños pequeños, algunas de ellas todavía vestidas de gala, con el atuendo que habían lucido la última noche pasada en el *Titanic*, y cubiertas con mantas. Al parecer, varias mujeres estaban tan conmocionadas que ni siquiera se habían cambiado de ropa en los tres últimos días; se habían limitado a permanecer ovilladas en el espacio proporcionado dentro de los salones y comedores principales del *Carpathia*. Los pasajeros y los miembros de la tripulación habían hecho todo lo posible por ayudar a los supervivientes, pero ninguno de ellos había podido cambiar la voluntad del destino ni evitar la apabullante pérdida de vidas, en unas circunstancias que nadie habría predicho.

Annabelle contuvo la respiración hasta que distinguió a su madre en la plataforma. La joven observó cómo se acercaba a ella Consuelo desde la distancia, con prendas prestadas, el semblante demudado y el mentón alto, con una dignidad surcada por la tragedia. Annabelle lo adivinó todo en su rostro. No había ninguna otra silueta familiar a su lado. Su padre y su hermano no se veían por ninguna parte. Miró por última vez detrás de su madre, pero Consuelo estaba totalmente sola en medio de un mar de supervivientes, en su mayoría mujeres, más unos cuantos hombres que parecían algo avergonzados cuando descendieron junto a sus esposas.

Había una explosión continua de flashes, pues los periodistas querían captar tantos reencuentros como les fuera posible. Y entonces, de repente, su madre emergió delante de ella y Annabelle la abrazó con tanta fuerza que ninguna de las dos podía respirar. Consuelo sollozaba, y su hija también se echó a llorar mientras se aferraban la una a la otra y otros pasajeros y familiares deambulaban a su alrededor. Al cabo de un rato, con el brazo de Annabelle sobre los hombros de su madre, las dos se alejaron lentamente. Llovía, pero a nadie le importaba. Consuelo llevaba un grueso vestido de lana que no era de su talla y zapatos de fiesta, y todavía lucía el collar de diamantes con pendientes a juego que se había puesto la noche del naufragio. No tenía abrigo, así que Thomas se apresuró a darle a Annabelle la manta del coche para que se la pusiera sobre los hombros.

Apenas se habían alejado del embarcadero cuando Annabelle preguntó lo que tenía que preguntar. Podía imaginar la respuesta, pero era incapaz de seguir con la incertidumbre. Le susurró a su madre:

—¿Robert y papá...?

Esta se limitó a sacudir la cabeza y lloró todavía más fuerte mientras Annabelle la acompañaba al vehículo. De repente, su madre parecía muy frágil y mucho más vieja. Era una viuda de cuarenta y tres años, pero parecía una anciana cuando Thomas la ayudó con delicadeza a entrar en el coche y la cubrió con mucho cuidado con la manta de pieles. Consuelo se lo quedó mirando y siguió llorando, hasta que, en voz muy baja, le dio las gracias. Annabelle y ella se abrazaron en silencio durante el trayecto de vuelta. La mujer no volvió a pronunciar ni una palabra hasta que hubo llegado a la mansión.

Todos los sirvientes la estaban esperando en el recibidor para abrazarla, tocarla, darle la mano, y cuando vieron que llegaba sola, para darle el pésame por lo ocurrido. Al cabo de una hora, ya habían colocado un crespón negro en la puerta de entrada. Aquella noche fueron muchos los que colgaron ese complemento en sus casas, una vez que se hubieron disipado las dudas sobre quién no había regresado y no lo haría jamás.

Annabelle ayudó a su madre a bañarse y a ponerse el camisón, y Blanche se desvivió por ella como si fuera una niña. Había cuidado de Consuelo desde que era jovencita, y había asistido tanto al parto de Annabelle como al de Robert. Y ahora le había tocado esto. Mientras ahuecaba las almohadas de Consuelo, después de acompañarla hasta la cama, Blanche tuvo que limpiarse los ojos infinidad de veces a la par que emitía unos susurros reconfortantes. Le llevó una bandeja con té, copos de avena, tostadas, caldo y sus galletas favoritas, pero Consuelo no probó nada. Se limitó a quedarse mirando a su hija y al ama de llaves, incapaz de decir ni una palabra.

Annabelle se quedó a hacer compañía a su madre aquella noche, y por fin, bien entrada la madrugada, cuando Consuelo se estremeció de la cabeza a los pies y se desveló, le contó a su hija lo que había ocurrido. Ella se había montado en el salvavidas número 4, junto con su prima Madeleine Astor, cuyo marido tampoco había sobrevivido. Según dijo, el bote solo estaba medio lleno, pero su marido y Robert se habían negado a subir, pues querían quedarse en la retaguardia para ayudar a otras personas y dejar más espacio en los botes para las mujeres y los niños. Aun con todo, quedaba sitio de sobra para los dos.

—Ojalá se hubieran montado... —se lamentaba desesperada Consuelo.

Los Widener, los Thayer y Lucille Carter, todos ellos conocidos, también iban en el bote salvavidas. Pero Robert y Arthur habían seguido en sus trece y habían permanecido en el barco para ayudar a otras personas a montarse en los botes, aun a sabiendas de que iban a sacrificar su vida. Consuelo también le habló de un hombre llamado Thomas Andrews, que había sido uno de los héroes de la noche. Su madre insistió en que Annabelle supiera que su padre y su hermano habían sido muy valientes, aunque eso ahora no les suponía ningún alivio.

Hablaron durante horas, en las que Consuelo revivió los

últimos momentos en el barco, y su hija la abrazó y lloró mientras la escuchaba. Al final, cuando el amanecer ya se colaba por la habitación, Consuelo concilió el sueño tras soltar un suspiro.

2

Esa semana se celebraron cientos de funerales en Nueva York y en otros muchos lugares. Los periódicos de todas partes estaban repletos de historias emotivas, de relatos estremecedores. La gente empezaba a asimilar que muchos de los botes salvavidas se habían alejado del barco medio vacíos, cargados únicamente con pasajeros de primera clase, y el mundo estaba conmocionado. El tan aclamado héroe era el capitán del *Carpathia*, que había corrido al lugar del naufragio para recoger a los supervivientes. Seguían sin darse muchas explicaciones de por qué se había hundido el barco. Después de chocar contra el iceberg, había resultado imposible evitar el desastre. Sin embargo, la gente comentó largo y tendido, sin llegar a entenderlo, por qué el *Titanic* se había adentrado en una zona de hielo después de haber recibido advertencias de que no lo hiciera. Por suerte, el *Carpathia* había oído las súplicas desesperadas de ayuda por radio; de lo contrario, tal vez ninguno de los pasajeros se habría salvado.

El médico le había hecho un reconocimiento a Consuelo y había dicho que su salud era sorprendentemente buena, a pesar de que estaba acongojada y en estado de shock. Parecía haberse quedado sin vida. Por eso, Annabelle fue quien tuvo que encargarse de preparar hasta el último detalle del funeral de su padre y su hermano. La ceremonia conjunta se celebraría en la iglesia de Trinity, que era una de las favoritas de su padre.

El funeral fue sombrío y digno, y contó con centenares de personas que quisieron presentar sus respetos y darles el pésame a Consuelo y a Annabelle. Los dos ataúdes de los Worthington estaban vacíos, pues no se había recuperado ninguno de los cuerpos y, por triste que pareciera, nunca se recuperarían. De las 1.517 personas que habían fallecido, solo se habían encontrado 51 cadáveres. Los demás habían desaparecido en silencio en la tumba acuosa del mar.

Varios cientos de los asistentes a la ceremonia se acercaron después a la casa de los Worthington, donde se sirvió comida y bebida. Algunas celebraciones fúnebres tenían un aire festivo, pero esa no. Robert apenas tenía veinticuatro años, y su padre tenía cuarenta y seis; ambos estaban en la flor de la vida y habían muerto de una manera muy trágica. Tanto Annabelle como Consuelo se vistieron de luto riguroso. Annabelle se caló un elegante sombrero negro y su madre se puso un velo propio de una viuda. Y por la noche, cuando todos los invitados se hubieron marchado, Consuelo parecía destrozada. Era tal su abatimiento que su hija se preguntó a qué había quedado reducida su madre. Daba la impresión de que su espíritu había muerto con sus dos hombres y se preocupó muchísimo por ella.

Fue un gran alivio para Annabelle que su madre anunciara durante el desayuno dos semanas después del funeral que deseaba volver al hospital en el que solía hacer de voluntaria. Dijo que le parecía que sería positivo para ella pensar en otras personas y su hija le dio la razón.

—¿Seguro que te ves con fuerzas, mamá? —le preguntó Annabelle en voz baja, con cara preocupada. No quería que su madre enfermase, aunque ya estaban a principios de mayo y la temperatura era cálida.

—Estoy bien —contestó su madre con tristeza.

Todo lo bien que podría estar durante una buena temporada. De modo que esa tarde madre e hija se pusieron sendos vestidos negros y delantales blancos y se dirigieron al hospital de St. Vincent, donde Consuelo llevaba años haciendo tareas de voluntariado. Annabelle se había unido a su madre al cumplir los quince años. Por norma general, ayudaban a los indigentes y trataban problemas menores como heridas y lesiones, más que enfermedades infecciosas. Annabelle siempre se había sentido fascinada por esa labor y poseía un talento natural para ejercerla; por su parte, su madre era muy cariñosa y tenía un corazón muy tierno. Sin embargo, a Annabelle le atraía algo más que el cuidado a los enfermos: le fascinaban las cuestiones médicas, así que, cuando encontraba la ocasión, leía libros sobre medicina para entender las operaciones y curas que veía realizar. Nunca había sido aprensiva, a diferencia de Hortie, que se había mareado la única vez que Annabelle la había convencido para que las acompañara. Cuanto más complicada era una situación, más le gustaba. Su madre prefería servir las bandejas de comida, mientras que ella ayudaba a las enfermeras siempre que le dejaban, cambiaba vendas y limpiaba las heridas. Los pacientes decían con frecuencia que tenía unas manos de algodón.

Por la noche volvieron a casa agotadas, después de una tarde larga y fatigosa, y repitieron la visita al hospital al cabo de pocos días. Por lo menos, eso las mantenía entretenidas y les impedía pensar en la doble pérdida que habían sufrido. De repente, la primavera que prometía ser el período más emocionante de la vida de Annabelle, después de su presentación en sociedad, se había convertido en una época de soledad y duelo. No iban a aceptar ninguna invitación lúdica durante todo un año, cosa que preocupaba a Consuelo. Mientras su hija se quedaba en casa vestida de luto, todas las otras jovencitas que acababan de hacer la puesta de largo empezarían a comprometerse. Tenía miedo de que la tragedia que las había azotado también pudiera afectar al futuro de su hija de la manera más desafortunada, pero no había nada que pudieran hacer para remediarlo. De todas formas, Annabelle no parecía pensar mucho en lo que se estaba perdiendo. Como era lógico, le preocupaba más haberse quedado sin padre y sin hermano que su futuro o la ausencia de vida social.

Hortie seguía yendo a visitarlas a menudo y a mediados de mayo celebraron el decimonoveno cumpleaños de Annabelle. Consuelo estuvo muy triste durante toda la comida; comentó que ella se había casado a los dieciocho años, justo después de su presentación en sociedad, y que Robert había nacido cuando ella tenía la edad que ahora cumplía su hija. Pensar en eso provocó de nuevo las lágrimas de la mujer, que dejó a las dos jóvenes en el jardín y subió a su habitación para tumbarse a descansar.

—Ay, qué pena me da tu madre —dijo Hortie con empatía, y después miró a su amiga—. Y qué pena me das tú. Lo siento mucho, Belle. Todo esto es horrible.

Lamentaba tanto lo ocurrido a su mejor amiga que tardó otras dos horas en reconocer que James y ella habían puesto fecha para la boda, que se celebraría en noviembre, para cuyo enorme banquete tenían que hacer un montón de preparativos. Annabelle le dijo que estaba muy contenta por ella, y lo decía de corazón.

—¿De verdad no te importa no poder salir estos meses? —le preguntó Hortie.

Ella habría aborrecido tener que quedarse encerrada en casa un año entero, pero Annabelle lo había aceptado con resignación. Solo tenía diecinueve años y los meses que se avecinaban no iban a ser muy divertidos para ella. Pero ya había crecido a pasos de gigante en el breve mes que había transcurrido desde que su hermano y su padre habían muerto.

—No, no me importa en absoluto —contestó Annabelle con tranquilidad—. Mientras mi madre tenga ganas de colaborar en el hospital, la acompañaré y así tendré algo que hacer.

—Puaj, no me hables de eso. —Hortie dejó los ojos en blanco—. Me pongo mala... —Pero sabía que a su amiga le encantaba—. ¿A pesar de todo vais a ir a Newport este año?

Los Worthington poseían una casita preciosa allí, en Rhode Island, junto a la de los Astor.

—Mi madre dice que sí. A lo mejor podríamos ir pronto, en junio, antes de que empiece la temporada fuerte. Creo que le iría bien.

Lo único que preocupaba ahora mismo a Annabelle era el bienestar de su madre; a diferencia de Hortie, que tenía una boda que preparar, millones de fiestas a las que asistir y un prometido del que estaba locamente enamorada. Su vida era como debería haber sido la de Annabelle, pero ya no lo sería. Su mundo, tal como lo conocía hasta entonces, se había desintegrado, había cambiado para siempre.

—Por lo menos estaremos juntas en Newport —comentó alegre Hortie.

A las dos les encantaba ir a nadar cuando sus madres se lo permitían. Hablaron de los planes de la boda durante un rato y luego Hortie se marchó. Para Annabelle, había sido un cumpleaños muy tranquilo.

En las semanas que siguieron al funeral, Consuelo y Annabelle recibieron varias visitas, como era de esperar. Los amigos de Robert pasaban a saludar, algunas damas viudas iban a dar el pésame a Consuelo, dos empleados del banco de Arthur a quienes conocían bien se acercaron a prestar su apoyo, y por último se presentó un tercer empleado a quien Consuelo había visto algunas veces y que le caía muy bien. Se llamaba Josiah Millbank, tenía treinta y ocho años y era muy respetado en el banco de Arthur. Era un hombre apacible, de buenos modales, y le contó algunas anécdotas sobre Arthur que ella desconocía y que le hicieron reír. Se sorprendió de lo mucho que le había alegrado la visita de Josiah, y el hombre llevaba ya una hora en su compañía cuando Annabelle volvió de dar una vuelta en coche con Hortie. Recordaba haberlo visto an-

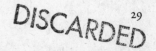

tes, pero no lo conocía apenas. Estaba más próximo a la generación de su padre que a la suya, pues tenía catorce años más que su hermano mayor, así que, aunque lo hubiera visto en alguna fiesta, no se habría fijado en él porque no tenían nada en común. Sin embargo, igual que su madre, se sintió sorprendida por su amabilidad y sus buenos modales, y él se mostró también muy compasivo con ella.

Mencionó que iba a estar en Newport en julio, igual que todos los años. Allí tenía una casita sencilla pero cómoda. Josiah era originario de Boston, provenía de una familia tan respetable como la de los Worthington y su situación económica era similar. De todas formas, vivía de manera discreta y nunca se vanagloriaba de sus posesiones. Prometió ir a visitarlas cuando estuvieran en Newport, y Consuelo dijo que estaría encantada. Después de su partida, Annabelle se dio cuenta de que les había llevado un enorme ramo de lilas blancas, que la sirvienta ya había colocado en un jarrón. Consuelo se puso a hablar sobre él en cuanto se fue.

—Es un hombre muy simpático —dijo en voz baja mientras admiraba las lilas—. Tu padre lo apreciaba mucho, y ahora lo entiendo. Me pregunto por qué no se habrá casado.

—Hay personas que no se casan —contestó Annabelle sin darle mayor importancia—. No todo el mundo ha nacido para el matrimonio, mamá —añadió con una sonrisa.

Empezaba a preguntarse si ella sería una de esas personas. No se imaginaba dejando a su madre en esas circunstancias para irse a vivir con un hombre. No le gustaba la idea de dejar a su madre sola. Y el no casarse no le parecía una tragedia. Para Hortie sí habría sido un drama, pero para ella no. Ahora que faltaban su padre y su hermano, y que su madre estaba destrozada, Annabelle consideraba que tenía responsabilidades más importantes dentro del hogar y no lamentaba estar soltera ni un instante. Cuidar de su madre daba sentido a su vida.

—Si intentas decirme que no quieres casarte —le contestó su madre como si le hubiera leído el pensamiento, como solía hacer—, ya puedes ir quitándotelo de la cabeza. Cumpliremos el año de luto, como corresponde, y después te buscaremos marido. Eso es lo que tu padre querría.

Annabelle se dio la vuelta y la miró con seriedad.

—Papá no querría que te dejara sola —afirmó con la rotundidad propia de los adultos.

Consuelo sacudió la cabeza.

—Eso es una tontería, y lo sabes. Soy perfectamente capaz de cuidar de mí misma.

Pero mientras lo decía los ojos volvieron a llenársele de lágrimas, y su hija no se quedó muy convencida.

—Bueno, tiempo al tiempo —replicó la chica con firmeza, y salió corriendo de la habitación para mandar que prepararan una bandeja con la cena y se la subieran al dormitorio a su madre.

Cuando regresó, la rodeó con el brazo, la empujó con cariño para que subiera a la planta superior y se tumbara un rato, y la arropó en la cama, esa cama que había compartido con el marido al que tanto amaba y que había desaparecido, algo que le rompía el corazón a Consuelo.

—Eres demasiado buena conmigo, hija mía —dijo la mujer con aire avergonzado.

—No es verdad —contestó Annabelle con voz cantarina.

Era el único rayo de sol que quedaba en la casa. No le daba a su madre más que alegrías. Y ambas lo eran todo la una para la otra. Ahora solo estaban ellas dos. Annabelle le colocó un chal fino a Consuelo sobre los hombros y volvió a bajar para leer en el jardín, con la esperanza de que su madre estuviera lo bastante animada al día siguiente para ir al hospital. Era la única distracción que tenía Annabelle y le permitía volcarse en algo que le importaba.

Tenía muchas ganas de que llegara el mes de junio para marcharse a Newport.

3

Annabelle y su madre se marcharon a Newport un mes antes de lo habitual, en junio. El lugar estaba precioso en aquella época del año y, como siempre hacían, el servicio fue con antelación para abrir la casa. Por norma general, la temporada de eventos sociales en Newport era frenética, pero ese año madre e hija planeaban pasar unas vacaciones tranquilas. Habría quien fuera a visitarlas a su casa, pero dos meses después de la muerte de su padre y su hermano, era imposible que Annabelle y su madre salieran a socializar. Los crespones negros, a los que ya se habían acostumbrado, se colgaron también en la puerta de la casa de Newport, para indicar que estaban de luto.

Aquel año había varias familias en la misma situación en Newport, entre ellas los Astor. Madeleine Astor, que había perdido a su esposo John Jacob en el *Titanic*, esperaba un hijo que nacería en agosto. La tragedia había sacudido con fuerza a la clase alta neoyorquina, pues era el viaje inaugural del navío y muchas personalidades destacadas y aristócratas de la ciudad se hallaban en el barco. Y las continuas noticias acerca de la ineptitud de la tripulación a la hora de desalojar a los pasajeros resultaban cada vez más inquietantes. Casi todos los botes salvavidas habían partido medio vacíos. Algunos hombres se habían abierto paso a la fuerza para montarse en ellos con las mujeres y los niños. Además, no se había salvado casi ningún pasajero de tercera clase. Cuando llegara el momento, los responsables tendrían que rendir cuentas ante las autoridades.

Newport estaba extremadamente tranquilo en junio, aunqué empezó a animarse cuando algunas personas de Boston y Nueva York se instalaron en sus «casitas de campo» en julio. Para los profanos, lo que la gente llamaba «casitas» o «cabañas» en Newport en realidad habrían sido consideradas mansiones de proporciones colosales en cualquier otro sitio. Había caseríos con salón de baile, lámparas de araña imponentes, suelos de mármol, muebles antiguos de valor incalculable y unos jardines espectaculares que daban al mar. Se trataba de una comunidad muy especial formada por las altas esferas de la sociedad de toda la costa Este, un rinconcito con playa para los opulentos. Los Worthington estaban en su salsa. Su casa de verano era una de las más grandes y más encantadoras de la localidad.

Annabelle empezó a divertirse cuando llegó Hortie. Se escapaban al mar juntas, salían a pasear, y el prometido de Hortie, James, a menudo las acompañaba para comer juntos al aire libre. De vez en cuando, James invitaba a algún amigo, cosa que entretenía a Annabelle, y su madre fingía que no se daba cuenta. Mientras no asistieran a fiestas oficiales, no ponía objeciones a que su hija se relacionara con otros jóvenes. Era una persona tan buena y estaba tan volcada en el bienestar de su madre, que se lo merecía. Consuelo se preguntaba si alguno de los amigos de James, o de los antiguos compañeros de Robert, despertaría el interés de Annabelle. Cada vez le preocupaba más que el año de luto influyese en el destino de esta para siempre. Desde la época navideña, cuando todas las chicas de su quinta habían hecho la presentación en sociedad, se habían comprometido ya seis de las jóvenes de la edad de Annabelle. Y ella no iba a conocer a nadie si se quedaba todo el día en casa con su madre. Ahora, dos meses después de la tragedia, ya parecía mucho más madura y mayor que las demás chicas. Eso podía asustar a los posibles pretendientes. Y, por encima de todo, su madre quería que la muchacha se casara. Por su parte, Annabelle seguía sin preocuparse por el tema y se alegraba de ver a Hortie y a otros amigos, pero ninguno de los chicos que le presentaban le atraía lo más mínimo.

Josiah Millbank fue a verlas varias veces después de instalarse en Newport en julio. Nunca olvidaba darles un obsequio cuando las visitaba: flores en la ciudad y frutas o algún dulce en Newport. Se pasaba horas hablando con Consuelo, los dos sentados en el amplio porche de la entrada en sendas mecedoras y, tras su tercera visita, Annabelle empezó a bromear al respecto.

—Creo que le gustas, mamá —dijo la joven sonriendo.

—No seas tonta.

Consuelo se sonrojó ante el comentario. Lo último que deseaba era un pretendiente. Su intención era permanecer fiel a la memoria de su marido para siempre, y así se lo repetía a todo el que quería escucharla. No era una de esas viudas que pretenden volver a casarse, aunque sí se moría por encontrar marido para su hija Annabelle.

—Solo es amable con nosotras —añadió Consuelo con seguridad, convencida de lo que decía—. Además, es más joven que yo, y si hay alguien que pueda atraerle eres tú.

A pesar de sus palabras, no tenía pruebas que lo demostraran. El hombre parecía igual de cómodo hablando con la madre que con la hija, y nunca flirteaba con ellas; se limitaba a ser cortés.

—Yo no le atraigo, mamá —negó Annabelle con una amplia sonrisa—. Y solo tiene cinco años menos que tú. Creo que es una persona muy amable, pero tiene edad suficiente para ser mi padre.

—Muchas chicas de tu edad se casan con hombres de la suya —contestó su madre sin inmutarse—. No es tan viejo, por el amor de Dios. Si no me equivoco, apenas ha cumplido los treinta y ocho.

—A ti te iría mucho mejor.

Annabelle se marchó corriendo entre risas al encuentro de Hortie. Era un día cálido y soleado y querían ir a nadar; James había dicho que se les uniría más tarde. Aquella noche iba a celebrarse una gran fiesta en casa de los Schuyler, a la que James y Hortie, igual que todos sus amigos, iban a ir, aunque, por supuesto, Annabelle no los acompañaría. Ni se le pasaba por la cabeza pedirle permiso a su madre para eso; no deseaba disgustarla.

Sin embargo, por la noche, mientras estaban sentadas en el porche, les llegó el eco del jolgorio de la fiesta y la música a lo lejos. Vieron fuegos artificiales y Consuelo supo que eran para celebrar el compromiso de una de las hijas de los Schuyler. Se le rompió el corazón al pensar en Annabelle.

Para su sorpresa, Josiah se acercó a su casa en plena noche para llevarles un trozo de pastel que había sobrado de la fiesta. Se retiraba ya, y ambas mujeres se sintieron conmovidas por ese gesto tan gentil. El hombre se quedó a tomar una limonada con ellas y después dijo que debía marcharse, pues tenía un invitado esperándolo en casa. Les prometió que no tardaría en volver, cosa que le agradecieron. Incluso Annabelle se emocionó con aquella muestra de amistad. No tenía ningún interés romántico en él, sino que, por curioso que resultara, en cierto modo le parecía que era un sustituto de su hermano. Le gustaba hablar con él, y Josiah tenía la misma clase de humor que Robert, unas bromas que ella echaba mucho de menos.

—Me pregunto por qué no habrá llevado a su huésped a la fiesta —murmuró Consuelo mientras dejaba los vasos vacíos y la jarra de limonada en la recocina.

—A lo mejor es alguien con quien no quiere que lo vean en público —bromeó Annabelle—: una mujer estrafalaria que no le conviene. A lo mejor tiene una amante... —dijo, y soltó una carcajada cuando vio que provocaba las risas de su madre. Teniendo en cuenta el linaje del que provenía Josiah, y lo bien educado que era, les parecía poco probable. Y, de haber sido ese el caso, no habría mencionado que tenía a un invitado esperándolo.

—Tú sí que tienes una imaginación que no te conviene —se mofó su madre, y al momento las dos subieron a la planta superior, mientras charlaban con complicidad sobre Josiah y sobre lo amable que había sido al llevarles una porción de pastel de la fiesta.

Era la primera vez que Annabelle lamentaba de veras no haber podido salir. Todos sus amigos habían ido a la fiesta y, por el jaleo que habían oído, debía de haber sido una fiesta genial, con fuegos artificiales y todo. Iba a ser un verano muy tranquilo para Annabelle, quien solo vería a Hortie y Josiah, cuyas visitas eran frecuentes y puntuales, y a unos cuantos conocidos más.

Josiah reapareció al día siguiente y Consuelo lo invitó a comer de picnic con Annabelle y Hortie. El hombre parecía sentirse totalmente cómodo con ambas chicas, a pesar de que Hortie soltaba muchas risitas tontas y a menudo hacía comentarios infantiles en su presencia. Para explicar sus dotes de conversación con los jóvenes, les contó que tenía una hermanastra de su edad, del segundo matrimonio de su padre viudo. Annabelle seguía sin poder imaginársela como una mujer casada, cosa que sería al cabo de cuatro meses. Continuaba siendo una niña, pero a la vez estaba loca por James, y a menudo, cuando Annabelle y ella estaban solas, hacía comentarios picantes acerca de la noche de bodas y la luna de miel que conseguían que Annabelle se ruborizara. Por suerte, Hortie no dijo nada de eso delante de Josiah, y él comentó que su hermana se había casado en abril y estaba embarazada. Parecía totalmente familiarizado con las vidas, anhelos e intereses de las jovencitas, así que ambas disfrutaron mucho hablando con él.

Les mencionó quién era su invitado: un compañero de la Universidad de Harvard que iba a visitarlo todos los veranos. Dijo que era un tipo estudioso y reservado, que solía evitar los actos sociales y las fiestas.

Josiah se quedó con ellas hasta bien entrada la tarde y acompañó a Annabelle de vuelta a casa cuando Hortie se hubo marchado. Su madre estaba sentada en el porche, charlando con una amiga. Estaban muy entretenidas. Había mucha gente que pasaba a saludar y la vida parecía mucho más animada en el ambiente de Newport. El lugar era especialmente alegre para Annabelle, que temía el momento en que regresaran a la ciudad. Le había hablado a Josiah sobre la labor en el hospital que tanto le gustaba realizar y él había bromeado al respecto.

—Supongo que de mayor le gustaría ser enfermera —dijo, aunque sabía perfectamente, igual que ella, que eso no ocurriría jamás. Lo más cerca que estaría de ser enfermera en su vida sería la labor que desempeñaba como voluntaria, pero a pesar de todo Annabelle leía mucho sobre temas médicos. Era su pasión secreta.

—A decir verdad —contestó ella sincerándose, sin importarle parecerle ingenua—, me gustaría más ser doctora.

Tenía la sensación de que podía contarle cualquier cosa sin que él se burlara de ella. Desde que había muerto su padre y Josiah había empezado a visitarlas con asiduidad, se había convertido en un buen amigo. Sin embargo, en esa ocasión pareció perplejo. Lo había sorprendido. Annabelle era una persona mucho más madura de lo que él creía, y por la expresión de su rostro supo que la joven hablaba en serio.

—Es una ambición muy loable —contestó él después de asimilarlo—. ¿Se atrevería a hacerlo?

—Mi madre nunca me dejaría. Pero me encantaría ser médico si pudiera. Algunas veces cojo libros sobre medicina o sobre anatomía de la biblioteca. No comprendo todo lo que dicen, pero leyéndolos aprendo cosas muy interesantes. Opino que la medicina es fascinante. Y ahora hay muchas más doctoras que en el pasado.

Las mujeres llevaban más de sesenta años metiendo la cabeza en las facultades de medicina, pero, aun así, Josiah seguía sin imaginarse a Annabelle haciéndolo y sospechaba que ella tenía razón: a su madre le daría un ataque si se enteraba. Ella deseaba que Annabelle tuviera una vida mucho más tradicional, que se casara y tuviera hijos; de ahí su presentación en sociedad.

—Yo nunca soñé con ser médico —confesó él—. Pero sí me habría gustado unirme al circo cuando tenía diez o doce años. —Annabelle se rió al oírlo. Era muy divertido que admitiera algo así—. Me encantaban los animales, y de niño lo que quería era ser mago, para hacer desaparecer los deberes del colegio. No era muy buen estudiante.

—No sé si creerle, sabiendo que estudió en Harvard —dijo la joven riéndose de él—. Aunque seguro que habría sido divertido eso de unirse al circo. ¿Por qué no lo hizo?

—Porque su padre me ofreció empleo, pero eso fue más tarde. No sé, supongo que no tenía el valor necesario para trabajar en el circo. De todas formas, nunca tuve una ambición clara como usted, Annabelle. Solo de pensar en todos los años que hace falta estudiar para ser médico, se me quitan las ganas. Soy demasiado vago para la medicina.

—No le creo —insistió ella con amabilidad—. Pero sé que a mí me encantaría.

Sus ojos brillaron de emoción mientras lo decía.

—¿Quién sabe? A lo mejor llega el día en que pueda aplicar todo lo que ha aprendido en los libros y con la labor de voluntaria. Es una tarea muy noble.

El hecho de que dedicara su tiempo a ayudar en el hospital por lo menos ya era admirable.

—No nos dejan hacer mucho —contestó Annabelle algo decepcionada.

—¿Qué le gustaría hacer? —preguntó él con interés.

—Se me da muy bien la costura, todo el mundo lo dice. Me gustaría que me dejaran coserle unos puntos a algún enfermo. Seguro que sabría hacerlo.

Él se quedó sorprendido al oír sus palabras, y después dibujó una sonrisa de oreja a oreja.

—Recuérdeme que no me corte en su presencia, ¡o sacará aguja e hilo de bordar del bolso!

—Me encantaría... —admitió ella sonriéndole con picardía.

—Alguien tendrá que mantenerla ocupada, señorita Worthington, o tengo la impresión de que acabará haciendo alguna travesura.

—Sería feliz haciendo travesuras médicas. Piénselo, si no fuéramos quienes somos, yo podría ir a la facultad de medicina y hacer lo que quisiera. ¿No le parece un incordio? —preguntó, con aire infantil y adulto a la vez. Sin pensarlo dos veces, él la abrazó, igual que habría abrazado a su hermana pequeña.

Para él ella era eso, del mismo modo que ella sentía un vínculo con él similar al de un hermano. Entre ambos se estaba fraguando una relación muy bonita, una amistad.

—Si no fuera quien es, no podría permitirse ir a la facultad de medicina —replicó él siendo práctico, y ella asintió para darle la razón.

—Eso es cierto. Pero si fuera hombre, podría hacerlo. Robert podría haber estudiado, si hubiera querido, y mis padres le habrían dejado. Algunas veces es muy difícil ser mujer. Hay tantas cosas que no puedes hacer y que no se consideran apropiadas... Es aburridísimo —dijo Annabelle, y entonces dio una patada a una piedrecilla con la punta del zapato.

Josiah se rió de ella.

—No me diga que es una de esas mujeres que quieren luchar por los derechos y la libertad.

No le parecía una feminista empedernida, y le habría sorprendido que lo fuera.

—No. Soy muy feliz con las cosas tal como son. Solo me habría gustado poder ser doctora.

—Bueno, a mí me habría gustado ser el rey de Inglaterra, pero eso tampoco ocurrirá jamás. Algunas cosas están fuera de nuestro alcance, Annabelle, y tenemos que aceptarlo. Pero lleva una buena vida.

—Sí —reconoció ella—. Y quiero mucho a mi madre. No

haría nada que pudiera disgustarla, y sé que eso la disgustaría horrores.

—Tiene razón.

—Ya ha superado suficientes desgracias este año: lo único que quiero es hacerla feliz.

—Lo sé —admitió él con afecto—. Ya lo he visto. Es una hija fantástica, y una persona muy dulce.

—No es verdad —contestó Hortie, que acababa de aparecer de la nada y se había acercado a ellos con sigilo—. Una vez diseccionó una rana. Leyó en un libro cómo se hacía. Fue la cosa más asquerosa que he visto en toda mi vida... Le aseguro que no es una persona muy dulce.

Y los tres se echaron a reír cuando lo dijo.

—Supongo que es verdad —dijo Josiah, que empezaba a conocer mejor a Annabelle. Era una joven muy especial en muchos sentidos.

—Sí, sí —respondió muy orgullosa Annabelle—. Lo hice tal como lo indicaba el libro. Fue muy interesante. Ojalá pudiera diseccionar a una persona de verdad. Me refiero a un cadáver, ¿sabe?, como hacen en la carrera de medicina.

—¡Ay, por Dios! —exclamó Hortie con cara de mareo, y Josiah se sorprendió, aunque le hizo gracia.

—Vamos, será mejor que vayan a nadar —comentó, y las azuzó para que se marcharan mientras él se acercaba al porche para despedirse de Consuelo.

—¿De qué hablaba con las muchachas, Josiah? —le preguntó la mujer muy interesada.

—Ah, de lo normal: fiestas, presentaciones, compromisos, bodas... —comentó, para cubrirle las espaldas a Annabelle, pues sabía que su madre se desmayaría si se enteraba de que Annabelle tenía ganas de diseccionar un cadáver. Josiah seguía riéndose para sus adentros cuando regresó a su modesta casa. Sin duda Annabelle Worthington era una joven muy interesante, totalmente distinta de las chicas de diecinueve años convencionales.

Justo cuando Josiah llegaba a la puerta de casa vio que su compañero de la universidad regresaba de comer fuera, así que lo saludó con la mano nada más verlo. Henry Orson era uno de sus amigos más antiguos y Josiah estaba encantado de compartir una parte de las vacaciones con él todos los veranos. Mantenían una estrecha amistad desde la época universitaria; además, Henry era un hombre acaudalado a quien todo el mundo admiraba.

—¿Qué tal la comida? —le preguntó Josiah.

Los dos eran hombres guapos que habrían podido tener tantas novias como desearan, pero su conducta era responsable. Nunca engañaban a las mujeres ni se aprovechaban de ellas. Henry se había comprometido hacía dos años y su decepción había sido mayúscula al enterarse de que su prometida se había enamorado de un hombre más joven, un chico de la edad de ella. Desde entonces, no había tenido ninguna relación seria, cosa que dejaba abierta la esperanza para las madres de Newport, igual que ocurría con Josiah.

—Aburrida —contestó Henry con sinceridad—. ¿Y la tuya?

Él consideraba que muchos encuentros sociales eran tediosos y prefería hablar de negocios con otros hombres serios en lugar de flirtear con las jovencitas.

—He comido al aire libre con una joven que quiere diseccionar un cadáver humano —dijo Josiah con una sonrisa, y Henry se rió en voz alta.

—Madre mía —exclamó, con aspecto divertido e impresionado, y fingió tener miedo—. Parece peligrosa. ¡Aléjate de ella!

—No te preocupes —lo tranquilizó Josiah entre risas mientras entraban juntos en la casa—. Lo haré.

Los dos hombres se pasaron el resto de la tarde jugando a las cartas y comentando la situación del mundo financiero, que era la pasión de Henry. Esa afición resultaba aburrida a ojos de las mujeres, pero interesante para los hombres, pues Henry poseía muchísimos conocimientos y hacía comentarios inteligentes, de modo que a Josiah le encantaba hablar con él. Había conseguido un puesto para Henry en el banco del padre de Annabelle hacía unos cuantos años y tanto sus compañeros como sus superiores lo respetaban tremendamente. A pesar de ser menos sociable que Millbank, también él había sabido manejarse bien en la empresa. Henry no conocía en persona a Annabelle ni a Consuelo, pero su amigo le prometió que se las presentaría durante su estancia en Newport, a lo que Henry asintió con la cabeza mientras fruncía el ceño pensando en las cartas.

—No sé si quiero conocerla si va a laminarme como a un fiambre... —dijo Henry con tono amenazador, y después sonrió mientras colocaba una carta con la que ganó la mano.

—Qué rabia —se lamentó Josiah al saberse perdedor, y luego le sonrió—: No te preocupes. No es más que una niña.

4

Josiah visitó con frecuencia a la familia Worthington durante julio y agosto, igual que hicieron Hortie y James, y varios amigos más. También les presentó a Henry, tal como había prometido, quien dio el pésame a Consuelo y le enseñó algunos juegos de cartas a Annabelle, con los que la joven se entretuvo muchísimo, sobre todo al ver que ganaba repetidas veces. La muchacha disfrutaba en compañía de los buenos amigos que tenía en Newport, y, aunque aquel verano madre e hija se vieron desgajadas de la vida social de todos los años, Annabelle se sintió menos aislada que en la ciudad. En la costa, la vida parecía casi normalizada, a pesar de la ausencia de su padre y su hermano, quienes, de todas formas, a menudo se quedaban en Nueva York porque seguían trabajando.

Para cuando se marcharon de Newport a finales de agosto, Annabelle tenía un aspecto sano, bronceado y feliz, y su madre también lucía mejor cara. Para las dos había sido un verano tranquilo y sin complicaciones, ideal después de la trágica primavera.

Una vez de regreso a la ciudad, Annabelle retomó la actividad en el hospital junto a su madre. Además, un día a la semana trabajaba como voluntaria por su cuenta en el Hospital de Nueva York para el Tratamiento de los Lisiados. La extraordinaria labor desempeñada en el centro la fascinaba. Le habló del tema a Josiah un día que fue a tomar el té con ellas.

—Todavía no te han puesto a abrir cadáveres, ¿verdad? —le preguntó fingiendo preocupación. Annabelle se rió de él.

—No, me limito a llevarles comida y jarras de agua a los pacientes, pero una de las enfermeras me ha dicho que a lo mejor algún día me dejan presenciar una operación.

—Eres una chica asombrosa, de verdad —dijo él con una amplia sonrisa afable.

Y, a finales de mes, Consuelo por fin tuvo la valentía de repasar las pertenencias de su marido y su hijo. Tiraron algunas cosas y dieron la mayor parte de la ropa, pero dejaron intactos el estudio de Arthur y el dormitorio de Robert. Ninguna de las dos se veía con agallas suficientes para desmontar esas habitaciones y no tenían necesidad de hacerlo. No les hacía falta utilizar esas estancias.

En septiembre apenas vieron a Josiah, en comparación con lo mucho que las había visitado en verano. Estaba muy atareado en el banco y ellas tenían gestiones que hacer para repartir la herencia. A pesar de que Arthur no tenía motivos para pensar que le fuera a pasar algo, había dejado todos los asuntos financieros atados y bien atados, y Annabelle y su madre se hallaban en una situación económica más que desahogada. Ambas podrían vivir fácilmente el resto de su vida con lo que él les había legado, y, aun así, seguiría quedando un patrimonio considerable para los futuros hijos de Annabelle, aunque eso era lo último que le preocupaba en aquellos momentos.

Durante ese mes, Annabelle tampoco vio apenas a Hortie. Faltaban solo seis semanas para la boda y esta tenía muchas cosas que hacer. Debía ir a probarse el vestido de novia, preparar el ajuar y comprar el mobiliario para la casa que les había regalado su padre a James y a ella. Pensaban viajar a Europa en su viaje de novios, que prolongarían hasta Navidad. Annabelle sabía que la echaría mucho de menos durante su ausencia. Una vez que estuviera casada, nada sería como antes.

Annabelle ya lo había comprobado con otras amigas y empezaba a notar el distanciamiento de Hortie.

Octubre acababa de despuntar cuando Josiah retomó por fin sus visitas. Annabelle estaba en el Hospital para el Tratamiento de los Lisiados y Consuelo se hallaba en el jardín, disfrutando de una tarde soleada con una taza de té. Se sorprendió al ver a Josiah, pero el hombre siempre era bienvenido, y cuando ella se puso de pie para saludarlo, su expresión de alegría fue sincera.

—Hace siglos que no le veíamos, Josiah. ¿Qué tal está?

—Bien. —Le sonrió—. He pasado las últimas semanas en Boston. Mi familia tenía unos asuntos de los que quería que yo me encargara. ¿Qué tal están Annabelle y usted?

—Estamos bien, gracias. Annabelle ha vuelto a volcarse en la labor del hospital, pero por lo menos eso la mantiene entretenida. Aquí no hay mucho más que pueda hacer.

Todavía les quedaban otros seis meses de luto oficial y Consuelo sabía que, aunque Annabelle nunca se quejara, le resultaba duro. Llevaba seis meses sin salir con sus amigos, y eso era aburridísimo para una muchacha de diecinueve años. Necesitaba salir al mundo, pero por desgracia Consuelo no podía hacer nada para remediarlo.

—Imagino lo lento que debe de pasar el tiempo para las dos —comentó Josiah pensativo, mientras se sentaba en el jardín con ella y rechazaba una taza de té.

—A mí no me importa, pero lo siento por ella —admitió Consuelo—. Ya tendrá casi veinte años cuando vuelva a salir con sus amigos. No me parece justo, la verdad.

Sin embargo, lo que le había ocurrido a Consuelo tampoco había sido justo. A veces la vida era así.

—Se recuperará —le aseguró Josiah—. Annabelle es una de esas personas que sacan el mejor partido a cualquier situación. Ni una sola vez la he oído quejarse de no poder salir —dijo el hombre con sinceridad, y la madre asintió.

—Ya lo sé. Es un encanto. Qué lástima que no esté hoy en

casa, le decepcionará saber que ha venido y no le ha visto. Siempre pasa los lunes por la tarde en el hospital.

Él asintió y vaciló un instante, perdió la mirada en el espacio y después volvió a posarla en Consuelo, con unos ojos sorprendentemente fijos.

—Lo cierto es que hoy no venía a ver a Annabelle. He venido a verla a usted, por un asunto que me gustaría comentarle a solas.

Puso el semblante serio y actitud empresarial mientras lo decía, como si hubiera ido para tratar algún tema del banco.

—¿Pasa algo con las propiedades de Arthur? ¿No puede solucionarlo con los abogados, Josiah? Ya sabe lo mal que se me dan estas cosas. Arthur se encargaba de todo. Para mí, es un misterio.

—No, no, todo está arreglado. El banco se ha puesto en contacto con los abogados y todo está en orden. Se trata más bien de un tema privado, y tal vez me precipite, pero quería comentarlo con usted. Confío en que sea discreta.

A Consuelo no se le ocurría de qué podía tratarse, ni conseguía entender por qué no debía estar Annabelle presente. Por una fracción de segundo, se preocupó al pensar que tal vez Annabelle hubiera estado en lo cierto hacía unos meses y el hombre tuviera intención de cortejarla. Esperaba que no. Apreciaba muchísimo a Josiah, pero si él tenía alguna clase de interés romántico en ella, Consuelo lo rechazaría. No tenía intención de entrar en ese terreno, ni con él, ni con ningún otro hombre. Por lo que respectaba a Consuelo, ese capítulo de su vida se había cerrado.

—Quería hablarle de Annabelle —dijo él sin tapujos, para que ninguno de los dos se llevara a equívoco. Josiah era consciente de que estaba más cerca de la edad de Consuelo que de la de su hija, pero no se había encendido la llama del amor con Consuelo; lo único que sentía por ella era respeto, admiración y una amistad muy cercana. La familia Worthington había sido increíblemente hospitalaria con él desde la muerte de

Arthur, y él había disfrutado mucho de su compañía—. Sé que todavía les quedan seis meses de duelo y que eso hace que usted se preocupe mucho por Annabelle. Es una lástima que se haya perdido las actividades de todo este primer año después de su presentación en sociedad, con las oportunidades que eso habría podido brindarle. Al principio, pensé que no debía decirle nada a propósito de mis sentimientos. Annabelle es jovencísima, y yo creía firmemente que sería más feliz con alguien de su edad. Pero, para ser sincero, ya no estoy tan convencido.

»Annabelle es una joven muy especial en muchos sentidos: es inteligente, intelectual, ávida de conocimientos, y mucho más madura que las otras chicas de su edad. No sé qué le parecerá lo que voy a proponerle, pero me gustaría que, una vez que haya transcurrido el año de duelo, me permitiera pedir su mano en matrimonio para ver qué opina ella. Si ambos actuamos con discreción y mantenemos el secreto, le daremos otros seis meses a su hija para acostumbrarse a mí. Si está de acuerdo, Consuelo, puedo seguir visitándolas con frecuencia. Pero antes quería pedirle permiso.

Consuelo se quedó allí sentada mirándolo fijamente. A sus ojos, Josiah era la respuesta a sus oraciones, un sueño hecho realidad. Estaba consumida por la preocupación de pensar que la vida pasara por delante de Annabelle durante aquel año, temía que acabara convertida en una solterona. Y aunque él tenía diecinueve años más que su hija, Consuelo consideraba que Josiah era perfecto para Annabelle.

Josiah pertenecía a una familia excelente, tenía una buena educación, era increíblemente cortés, encantador, apuesto, y poseía un buen trabajo en el banco del padre de Annabelle. Y por lo que había observado, sobre todo a lo largo del verano, su hija y él habían entablado una gran amistad, algo que Consuelo consideraba una base mucho más sólida para el matrimonio que los romances ilusos de algunas chicas, que al final no perduraban. Así era como se habían conocido Arthur y ella. Él era amigo de la familia, le había pedido permiso a su padre para cortejarla, y siempre habían sido amigos además de esposos. No se le ocurría mejor partido para su hija e, igual que Josiah, pensaba que Annabelle podría encajar con un hombre mayor y más maduro.

—Espero no haberla sorprendido... o enojado —añadió el hombre con cautela a la vez que Consuelo se inclinaba hacia delante para darle un abrazo maternal.

—¿Cómo iba a enojarme? Estoy encantada. Creo que Annabelle y usted formarían una pareja magnífica.

Además, Consuelo consideraba que, así, el año de luto no sería una pérdida de tiempo al fin y al cabo. Era la manera perfecta de que ambos se conocieran mejor. Josiah no tendría que enfrentarse a distracciones como fiestas y bailes, en los que otros jóvenes tontorrones pudieran hacer que Annabelle se fijara en ellos. Josiah era un hombre sensato y bien asentado, y habría sido un marido fantástico para cualquier mujer, en especial para su hija. Además, Annabelle no parecía verlo con malos ojos, mejor dicho, era evidente que le gustaba mucho.

—¿Cree que sospecha algo sobre sus intenciones? —le preguntó con inocencia Consuelo.

La madre ignoraba si él se le había declarado, si la había besado o cortejado, o si le había dado alguna pista de sus sentimientos por ella. Annabelle no le había contado nada a su madre sobre el tema, algo que la llevaba a creer que no tenía ni idea de qué le pasaba por la cabeza a Josiah.

—Todavía no le he dicho nada —le confesó el hombre con sinceridad—. No quería hacerlo hasta haber hablado con usted. De todas formas, llevo pensándolo desde el verano, aunque me parecía demasiado pronto. Y, por desgracia, he estado fuera estas últimas semanas. No creo que Annabelle sospeche nada. Preferiría esperar un poco antes de sacar el tema, hasta que el año de duelo haya terminado, en abril. A lo mejor podría proponérselo en mayo.

Josiah sabía que, para entonces, Annabelle ya tendría

veinte años y él, treinta y nueve, un hombre muy mayor en comparación con ella. Tenía miedo de que la joven tuviera reparos por la diferencia de edad, pero no estaba seguro. Annabelle no flirteaba con él, pero Josiah tenía la impresión de que se habían convertido en muy buenos amigos. E, igual que su madre, pensaba que la amistad era una base excelente para el matrimonio. Sería su primera vez. Nunca le había pedido matrimonio a ninguna mujer, pero confiaba en que no fuera demasiado tarde. Además, últimamente había empezado a plantearse la posibilidad de tener hijos con ella. Annabelle le parecía la compañera ideal para el resto de su vida. Consuelo estaba más que emocionada.

—No habría podido encontrar a una persona más adecuada para ella, aunque me lo hubiera propuesto —dijo, encantada, y de inmediato tocó la campanilla para que se presentara el mayordomo. Cuando apareció William, le pidió que les llevara dos copas de champán. Josiah se quedó algo sorprendido. No esperaba que resultase tan sencillo.

—No sé si deberíamos celebrarlo aún. Todavía tenemos que preguntárselo a Annabelle... A lo mejor a ella no le parece tan buena idea como a nosotros dos. Es muy joven, y yo le duplico la edad.

—Tranquilo, Annabelle es muy sensata y no pensará en eso —repuso Consuelo mientras el mayordomo regresaba y les entregaba sendas copas de champán. Arthur tenía unas bodegas fabulosas y aquel champán era excelente—. Además, le gusta, Josiah. Creo que congenian mucho.

—Yo también lo creo —admitió él con cara de felicidad. Ojalá hubiera podido contárselo aquella misma tarde a Annabelle, pero no sería apropiado pedirle que se casara con él tan poco tiempo después de la muerte de Arthur y Robert—. Confío en que esté de acuerdo —añadió esperanzado.

—Eso depende de usted —le recordó Consuelo—. Tiene los próximos seis meses para ganarse su corazón y cerrar el trato.

—Sin que ella sepa mis intenciones... —dijo él cauteloso.

—A lo mejor puede soltar alguna indirecta de vez en cuando —sugirió su futura suegra, y él se echó a reír.

—Annabelle es demasiado lista. Si empiezo a darle pistas, será mejor que se lo pregunte directamente. Y no querría precipitarme, pues temo asustarla.

—Dudo que convencerla sea tan difícil como imagina —replicó Consuelo con una sonrisa de oreja a oreja, iluminada por el sol moteado de esa tarde cálida de octubre. Gracias a él había sido un día perfecto. Lo único que lamentaba era no poder compartirlo con Arthur, pues sospechaba que él también habría estado encantado con la propuesta.

Seguían charlando de forma desenfadada acerca del plan de Josiah cuando Annabelle apareció en el jardín con paso garboso, todavía con el delantal del hospital puesto. Lo llevaba manchado de sangre y su madre hizo una mueca.

—Quítate eso ahora mismo —la reprendió—, y ve a lavarte las manos. Por el amor de Dios, Annabelle, has traído un cargamento de gérmenes a casa.

Con la mano le indicó que se marchara. Annabelle regresó cinco minutos más tarde, sin el delantal y con un vestido negro, de luto riguroso. Parecía una novicia. Su semblante estaba serio, pero se deshizo en sonrisas en cuanto vio a Josiah, y lo único que continuó siendo sombrío en ella fue su indumentaria. Estaba de un humor excelente.

—He tenido un día fantástico —les comentó, y entonces se fijó en el champán que estaban bebiendo. Era muy observadora y nunca se le escapaba un detalle—. ¿Por qué bebéis champán, mamá? ¿Qué se celebra?

—Josiah ha venido para contarme que acaban de ascenderle en el banco —respondió su madre con rapidez—. Le han asignado un montón de cuentas nuevas para que las gestione. Y se me ha ocurrido darle la enhorabuena así. ¿Te apetece una copita?

Annabelle asintió. Le encantaba el champán, así que fue a

buscar una copa, para después felicitar a Josiah por su ascenso, aunque los asuntos del banco nunca le habían parecido muy emocionantes. Solía aburrirse cuando su padre y Robert hablaban de esos temas. Le interesaba mucho más la ciencia.

—¿Qué ha hecho hoy en el hospital, Annabelle? —le preguntó Josiah con afecto. De pronto le dio la sensación de que ya era su esposa y sintió una emoción muy tierna hacia ella, algo que no podía demostrar.

—Un montón de cosas interesantes —contestó la joven con una sonrisa sincera, y después bebió un sorbito de champán. Ignoraba por completo que estaba brindando por su futuro enlace matrimonial, y Consuelo y Josiah sonrieron también al pensarlo. Esa tarde se habían convertido en conspiradores—. Me han dejado mirar mientras curaban una herida muy asquerosa.

—Si sigues hablando de eso, me voy a marear —advirtió su madre, y Annabelle soltó una carcajada, así que cambiaron de tema—. Un día u otro tendrás que dejar ese voluntariado —añadió Consuelo misteriosamente—. Algún día te harás mayor y te casarás, y no podrás seguir paseándote por los hospitales para ver cómo cosen heridas.

—Es lo que haces tú —le recordó Annabelle sonriendo.

—No es verdad. Yo me limito a llevar bandejas de comida a los pacientes de un hospital mucho más civilizado, y cuando vosotros erais pequeños no tenía tiempo de hacerlo. Ya volverás a retomar tus aficiones con el tiempo.

—No veo por qué tendría que dejar de ir al hospital si me casara —objetó Annabelle—. Hay muchas mujeres con niños que siguen trabajando en el hospital. Además, a lo mejor no me caso. ¿Quién sabe?

—¡No quiero ni oírte decir eso! —exclamó su madre, con el entrecejo fruncido, y después se volvió hacia Josiah.

Se moría de ganas de que se casaran y empezaran a tener hijos. Así se abriría un capítulo totalmente nuevo en sus vidas, y sabía que Annabelle sería una madre magnífica. Era muy paciente y cariñosa, y Consuelo creía que sería una esposa estupenda para Josiah.

Entonces empezaron a hablar de la boda de Hortie, para la que solo faltaban unas semanas. La joven estaba tan atareada que apenas la veía últimamente. Josiah anunció que iría a la boda. Annabelle dijo en voz baja que ella no podía, y al instante se sorprendió con el comentario de su madre.

—No veo por qué no puedes asistir a la ceremonia religiosa —dijo Consuelo con aire benévolo—. No hay ninguna ley que diga que no podemos ir a la iglesia. De hecho, seguramente deberíamos ir más a menudo. Puedes volver a casa cuando termine y saltarte la recepción. Así, por lo menos verás cómo se casa Hortie. Al fin y al cabo, es tu mejor amiga y la conoces desde la infancia.

Y seguramente sería la dama de honor en la boda de Annabelle, pensó Consuelo, cuando se casara con Josiah.

—Me encantaría llevarlas a las dos —se ofreció enseguida Josiah, y se quedó mirando a su futura esposa, que no se imaginaba lo que le pasaba por la cabeza al banquero. Sería su primera oportunidad de acompañarla en público y se emocionaba solo de pensarlo.

—Creo que no estaría bien que yo fuera —dijo Consuelo con voz queda. Todavía no estaba preparada para aparecer en público—. Pero sería un detalle que acompañara a Annabelle a la ceremonia.

—¿Le apetecería? —preguntó Josiah directamente a Annabelle.

Ella esbozó una amplia sonrisa mientras asentía.

—Me encantaría.

Irían todos sus amigos. A Hortie le habría gustado que ella fuese la dama de honor, pero en esos momentos era imposible. Así que de esa forma por lo menos podría asistir a la boda. Y se divertiría en compañía de Josiah, sería un poco como ir con Robert. Su hermano la había acompañado a varias fiestas, aunque se trataba de fiestas pequeñas, antes de la presentación en sociedad de la joven. Y Hortie iba a celebrar una boda por todo lo alto. Habían invitado a ochocientas personas, y lo más probable era que la mayoría asistiera.

—Tendremos que buscarte algo que ponerte —manifestó su madre pensativa. Annabelle tendría que lucir un vestido negro apropiado a las circunstancias y no tenía nada formal en tonos tan oscuros.

—¡Va a ser muy divertido! —exclamó Annabelle dando palmadas como una niña mientras su madre y Josiah le sonreían.

—Todo será divertido de ahora en adelante —le dijo su madre con una mirada cariñosa. Se sentía francamente aliviada por los planes de compromiso de Josiah...

Y, dicho esto, Annabelle rodeó con los brazos a Josiah por el cuello y le dio un abrazo.

—Gracias por llevarme —le dijo muy contenta.

—Es uno de esos sacrificios que uno tiene que hacer a veces en la vida... —bromeó él—. Lo soportaré.

Se moría de ganas de que transcurrieran los siguientes seis meses para entonces, con suerte, poder celebrar su propia boda. Consuelo pensaba exactamente lo mismo en ese momento, y ella y Josiah intercambiaron una mirada por encima de la cabeza de Annabelle y sonrieron. Annabelle todavía no lo sabía, pero acababan de escribir su futuro. Era lo único que había deseado su madre para ella desde su nacimiento.

5

Annabelle estaba casi tan emocionada como la propia Hortie cuando se acicaló para ir a la boda de su amiga. Su madre había llamado a la modista, quien le había confeccionado un hermoso vestido de tafetán negro en tiempo récord. El cuerpo y el dobladillo estaban ribeteados con terciopelo negro. Y llevaba una chaquetilla a juego y un sombrero con un reborde de piel de marta, que servía para restar seriedad al atuendo y para iluminarle la cara. Annabelle parecía una princesa rusa. Y a pesar de que las normas dictaban que no había que ponerse joyas durante el período de duelo, su madre le prestó un par de pendientes de diamantes. Tenía un aspecto exquisito cuando Josiah fue a buscarla. Y él también, con frac y corbata blanca, y con un elegante sombrero de copa que le habían hecho a medida en París. Formaban una pareja espectacular, y Consuelo notó que se le humedecían los ojos mientras los miraba. Lo único que lamentaba era que Arthur no estuviera allí para presenciarlo. Sin embargo, de haber estado él, tal vez nunca se hubiera producido el romance. Josiah había empezado a visitarlas por compasión y empatía tras su desgracia. El destino daba giros curiosos y tomaba caminos extraños.

Consuelo había insistido en que utilizaran su coche, así que Thomas, el chófer, los condujo a la boda en el impecable Hispano-Suiza que su padre consideraba su trofeo más preciado y que solo se empleaba en las ocasiones especiales. En opinión de Consuelo, ese era un acontecimiento de proporciones destacadas. Era la primera vez que su futuro yerno sería visto en público con su única hija. ¿Qué otra ocasión podía ser más importante que aquella, salvo su boda?

Los observó con afecto mientras salían por la puerta y después subió al dormitorio, perdida en sus pensamientos. Recordaba la primera vez que había salido con Arthur, después de que él pidiera su mano a su padre. Habían ido juntos a la fiesta de puesta de largo de una amiga. Solo tenía un año menos que su hija ahora.

El coche los llevó a la iglesia episcopal de St. Thomas, en la Quinta Avenida, y el chófer dejó que Josiah se bajara el primero. Al instante rodeó el coche y ayudó a Annabelle a salir. La joven llevaba la melena rubia recogida por debajo del sombrero de terciopelo y marta, y un velo fino le tapaba la cara. Tenía tanto estilo como cualquier dama de París, y parecía mayor de lo que era debido al opulento vestido negro. Josiah nunca se había sentido tan orgulloso.

—¿Sabe una cosa? Para ser alguien que disfruta fregando suelos en el hospital y diseccionando cadáveres, está guapísima vestida de gala —le dijo él divertido, y Annabelle se echó a reír, lo que hizo que pareciera todavía más bella, pues los pendientes de diamantes de su madre resplandecieron por debajo del fino velo. Tenía un aspecto elegante, sensual y romántico, y Josiah se sintió cautivado por la mujer con la que esperaba casarse. Aún no se había dado plena cuenta de lo bella que era, pues no era muy pizpireta y, al estar de luto, nunca se ponía ropa atractiva ni se maquillaba. Josiah había asistido a su presentación en sociedad hacía un año, pero ni siquiera entonces la había visto tan guapa como en esos momentos. Se había convertido en toda una mujer a lo largo de ese año.

Un amigo del novio, con corbata blanca y frac, los acompañó a uno de los primeros bancos de la iglesia, en la parte de la novia. Los estaban esperando, y Josiah se dio cuenta de que la gente los miraba con silenciosa admiración. Formaban una pareja excelente. Annabelle estaba ajena a todo aquello, encandilada por el auténtico bosque de orquídeas que había encargado la madre de Hortie. Annabelle había visto el vestido de novia y sabía que Hortie estaría espectacular. Tenía un tipo fantástico. El vestido era de talle bajo, en tela de raso blanco cubierto con encaje también blanco, y con una cola que se extendía metros y metros. Había dieciséis damas de honor ataviadas con vestidos de satén en un tono gris pálido, que llevaban unas orquídeas pequeñitas en la mano. Como correspondía en una boda tan elegante, Hortie iba a llevar un enorme ramo de lirios del valle.

Tomaron asiento mientras Annabelle miraba a su alrededor. Conocía a todas las personas que había sentadas delante y detrás de ellos, y Josiah también conocía a la mayor parte. La gente sonreía y hacía gestos discretos a modo de saludo. Estaban encantados de verla con Josiah, y él se dio cuenta en ese momento de que la madre de Annabelle le había permitido pintarse los labios. En su opinión, en toda la iglesia no había ni una sola mujer más guapa que la joven a quien tenía sentada a su lado, ni siquiera la novia, que al cabo de unos minutos caminó hacia el altar al compás de la marcha nupcial de *Lohengrin* de Wagner.

Todos los ojos estaban puestos en Hortie, y su padre jamás se había sentido más orgulloso en su vida. Fue entonces cuando Annabelle se percató de que, el día de su boda, no tendría a nadie que la acompañara al altar, ni su padre, ni su hermano. Al pensarlo, los ojos se le llenaron de lágrimas, y cuando Josiah se dio cuenta de que lloraba le dio unas palmaditas cariñosas en el brazo. Tenía la impresión de saber en qué pensaba la joven. Cada vez la conocía mejor y comenzaba a intuir qué sentía. Además, a pesar de que no hacía mucho tiempo que formaba parte de su vida, empezaba a amarla. Estaba encantado de poder sentarse junto a ella durante la ceremonia religiosa. Todo fue como la seda, y cuando la pareja de recién casados recorrieron juntos el pasillo después de la boda, al son de Mendelssohn, todos los invitados demostraron su emoción. Las dieciséis damas de honor, acompañadas de igual número de amigos del novio, caminaron con solemnidad detrás de ellos, así como un niño de cinco años que había llevado las alianzas y una niña de tres años que parecía una princesa, con un vestido de organza blanco, quien olvidó echar los pétalos de rosa a los novios y se quedó con ellos apretados en el puño.

Annabelle y Josiah saludaron a sus amigos entre la multitud que se congregó a la entrada de la iglesia. Todos fueron pasando en orden para dar la enhorabuena a los novios y a los padres de ambos, y por último, una hora después de la ceremonia, todo el mundo se marchó de la iglesia y se dirigió al banquete. A Annabelle le habría encantado poder ir con ellos, pues sabía que la fiesta sería fantástica y se prolongaría hasta la madrugada, pero no podía ni planteárselo. Josiah la acompañó a casa en el coche y la dejó en la puerta. Annabelle le dio las gracias por haber ido con ella a la ceremonia.

—Me lo he pasado de fábula —dijo la joven, y parecía encantada. Había sido divertido ver a sus amigos, aunque fuera de manera fugaz, así como conocer a alguno de los amigos de Josiah, que, por supuesto, eran mucho mayores que ella, pero parecían simpáticos.

—Yo también —confesó él con sinceridad. Había sido un honor para él poder acompañarla. Era una joven hermosísima.

—No se entretenga si no quiere llegar tarde al banquete —le advirtió Annabelle mientras se quitaba el sombrero, le daba un beso en la mejilla y lo empujaba hacia la puerta. Sin el velo todavía parecía más guapa, y los pendientes de su madre resplandecían.

—No tengo prisa —repuso él con aire espontáneo—. He rechazado la invitación al banquete.

Le sonrió.

—¿Sí? —Annabelle estaba aturdida—. ¿Por qué? Va a ser la boda del año.

Los padres de Hortie habían tirado la casa por la ventana y Annabelle no quería que Josiah se perdiera el evento. No se le ocurrió por qué podía haber rechazado la invitación.

—Ya he ido a muchas bodas del año —comentó él entre risas y añadió—: Desde hace años... Siempre quedarán bodas. ¿Por qué iba a ir al banquete si usted no puede? No me parece apropiado. La ceremonia en la iglesia ha estado bien. Hemos visto a mucha gente. Y puedo ir a fiestas en cualquier otro momento. ¿Por qué no vamos a la cocina y preparamos algo de cenar? Sé hacer unos bocadillos buenísimos y una triste tortilla.

Ninguno de los dos había cenado. El servicio se retiraba por las noches y su madre estaba en la planta superior, probablemente dormida.

—¿Habla en serio? ¿Seguro que no prefiere ir al banquete? —insistió Annabelle. Se sentía culpable por impedir que él fuera.

—Sería muy raro que me presentara ahora, después de haber rechazado la invitación. —Volvió a soltar una risa—. Pensarían que estoy loco, y, además, no tendría sitio. Así que, veamos qué hay en la nevera. Voy a asombrarla con mis dotes culinarias.

—¿Con ese traje?

Josiah aún llevaba el frac y la corbata blanca, con unos elegantes botones y gemelos de nácar y diamantes.

—A lo mejor me quito la chaqueta, si no le incomoda demasiado.

Llevaba la corbata clásica de piqué con el chaleco a conjunto, y también lucía botones de nácar en esa prenda, que le habían hecho a medida en París junto con el sombrero de copa. Tenía una planta excepcional, y parecía el hombre ideal para la joven.

—No me incomoda. Yo también voy a quitarme la chaqueta —dijo Annabelle mientras se sacaba la chaquetilla de terciopelo que iba a juego con el vestido y dejaba a la vista sus hombros, de un blanco cremoso, y un pecho bien torneado que él miró con disimulo.

—Qué vestido tan precioso —dijo él sonriéndole con admiración.

—Me alegro de que le guste —contestó ella con timidez.

De repente le pareció que la velada había adquirido un aire muy adulto. Su fiesta de presentación en sociedad había sido el único evento de ese tipo al que había asistido. Y había disfrutado muchísimo yendo a la boda de su amiga acompañada de Josiah.

Annabelle lo condujo hasta la cocina y encendió la luz. Todo estaba inmaculado y en un orden perfecto. Miraron dentro de la nevera y vieron huevos, mantequilla, verduras hervidas, medio pavo y algo de jamón cocido. Annabelle sacó la mayor parte de esas cosas y las dejó en la mesa de la cocina. También encontró lechuga y algunas hortalizas frescas en la despensa.

La joven puso la mesa con la vajilla del servicio, que contrastaba con su vestido de noche, mientras Josiah se quitaba la chaqueta del frac y preparaba la cena. Troceó el jamón y el pavo en láminas finas, hizo una ensalada y también una tortilla de queso estupenda. La cena estaba deliciosa, y ambos disfrutaron sentados a la mesa de la cocina mientras charlaban y comentaban a quiénes habían visto en la ceremonia. Josiah le contó chismorreos acerca de personas a quienes le había presentado, y ella le habló de algunos de sus amigos. Fue una conversación animada y se quedaron de sobremesa un buen rato después de terminar la cena. Annabelle no tenía la llave de la bodega, así que Josiah le dijo que le parecía perfecto acompañar los platos con un vaso de leche. Era la mejor velada que Annabelle pasaba desde hacía años.

Hablaron de las vacaciones y él le dijo que pensaba viajar a Boston para pasar el día de Acción de Gracias con su familia, pero le comentó que regresaría a Nueva York antes de Navidad. Ella comentó que tenía que acordarse de preguntarle a su madre si podían invitarlo a cenar en Nochebuena. Aquel año iban a ser unas fechas difíciles para ellas. Le costaba creer que un año después de su puesta de largo la vida de ambas hubiera cambiado de manera tan dramática, y así se lo contó a su amigo.

—En la vida nunca se sabe —observó él con tranquilidad—. Debe dar gracias por lo que tiene, mientras lo tenga. El destino es impredecible, y algunas veces no sabemos lo afortunados que somos hasta que la suerte nos da un revés.

Ella asintió y lo miró con tristeza.

—Yo sí sabía lo afortunados que éramos, y mi madre también. Todos lo sabíamos. Siempre consideré que tenía suerte de contar con unos padres y un hermano como los míos. Pero no puedo creer que ya no estén... —dijo en voz baja, y Josiah la miró y colocó una mano con delicadeza encima de la de ella.

—Algunas veces el destino provoca que ciertas personas salgan de nuestra vida y, cuando menos nos lo esperamos, otras personas entran en ella. Debe tener confianza en que las cosas van a marchar bien de ahora en adelante. Su vida acaba de empezar, Annabelle.

Ella volvió a asentir con la cabeza.

—Pero para mi madre ya ha terminado. No creo que se recupere nunca.

Annabelle se preocupaba mucho por ella.

—Nunca se sabe —dijo él con afecto—. También a ella pueden ocurrirle cosas buenas.

—Eso espero —susurró Annabelle, y le dio las gracias por preparar la cena. Había sido una velada estupenda. Él la ayudó a colocar los platos sucios en el fregadero, y después ella se volvió hacia Josiah con una sonrisa. La amistad florecía entre ambos—. Es muy buen cocinero.

—Espere a probar mis suflés. También preparo el pavo relleno para Acción de Gracias —contestó muy orgulloso.

—¿Cómo ha aprendido a cocinar?

Estaba intrigada. Ninguno de los hombres de su familia sabía cocinar, y Annabelle ni siquiera estaba segura de si sabían dónde se hallaba la cocina.

Él se rió a modo de respuesta.

—Si uno se queda soltero tantos años como yo, tiene que elegir entre morirse de hambre o aprender a alimentarse por sí mismo. O puede salir a cenar todas las noches, pero es agotador. Muchas veces, prefiero quedarme en casa y cocinar.

—Yo también, bueno, me refiero a lo de quedarme en casa. Como cocinera no soy nada buena.

—No le hace falta —le recordó él, y por un instante la joven sintió un poco de vergüenza. Toda su vida había tenido servicio. Igual que él.

—De todas formas, debería aprender un día de estos. A lo mejor lo hago.

Seguía admirada ante lo competente y organizado que era él entre los fogones.

—Podría enseñarle algunos trucos —se ofreció él, y a Annabelle le gustó la idea.

—Suena divertido —contestó muy entusiasmada. Siempre se lo pasaba bien en su compañía.

—Piense que es como la ciencia, así le parecerá más sencillo.

Ella se echó a reír mientras apagaba las luces y Josiah la siguió hacia la escalera. Después de subirla, cruzaron dos puertas y regresaron al distribuidor principal, iluminado por una lámpara de araña. El hombre llevaba en la mano la chaqueta del frac, y el sombrero de copa y los guantes se habían quedado en la mesita del recibidor. Los recogió, pasó los brazos por las mangas de la chaqueta y se caló el sombrero. Estaba más elegante que nunca, y nadie habría sospechado que acababa de preparar la cena.

—Tiene un aspecto imponente, señor Millbank. Me lo he pasado estupendamente con usted esta noche.

—Lo mismo digo —respondió él y le dio un beso casto en la mejilla. No quería precipitarse, tenían muchos meses por delante en los que serían solo amigos, a pesar de la bendición de su madre—. Nos veremos pronto. Gracias por ir a la boda de Hortie conmigo, Annabelle. Esas cosas pueden ser aburridísimas, a menos que uno tenga con quien divertirse.

—Sí, estoy de acuerdo —contestó ella—. Y lo mejor ha sido comentar todos los detalles después en la cocina.

Soltó una risita traviesa, y él también sonrió.

—Buenas noches, Annabelle —dijo Josiah.

Entonces abrió la puerta y se volvió para mirarla antes de cerrarla tras de sí. Ella recogió la chaqueta de la silla, volvió a ponerse el sombrero formando un ángulo divertido y subió la escalera que conducía a su habitación con una sonrisa y un tremendo bostezo. Había disfrutado muchísimo de la velada y se alegraba con todo su corazón de que Josiah y ella fueran amigos.

6

Para alegría de Consuelo, a petición de Annabelle invitaron a Josiah a cenar en Nochebuena. No se trataba de un gesto romántico por parte de Annabelle, sino que la joven consideraba que él había sido tan amable con ellas que tenían que agradecérselo de algún modo, y más sabiendo que iba a pasar solo la Navidad. Como solían hacer los Worthington, se vistieron de etiqueta para el banquete de Nochebuena. Annabelle y su madre lucían sendos vestidos de noche y, tal como le habían indicado, Josiah apareció con un frac hecho a medida con la camisa y el chaleco inmaculadamente almidonados, y como complemento, unos cubrebotones y gemelos de perla antigua y diamantes que habían pertenecido a su padre. Además, conmovió a madre e hija con unos obsequios.

Annabelle había comprado una bufanda de cachemir para Josiah, además de un libro de cocina a modo de broma, pero él dijo que le encantaba. Por su parte, la muchacha sintió un poco de apuro al descubrir que él le había comprado una preciosa pulsera de oro en Tiffany, y un elegante pañuelo de seda para su madre.

Los tres compartieron una encantadora velada cargada de afecto, y se sentaron junto a la chimenea después de cenar. Josiah se sirvió una copa de coñac, mientras que las dos damas bebieron licor de huevo con unas gotitas de ron, según una receta que solía hacer Arthur, y todos admiraron el árbol que Consuelo y Annabelle habían decorado. Como era lógico, ese año las Navidades se les hacían muy duras, así que Josiah evitó el tema de las últimas noticias publicadas acerca del *Titanic*. Sabía que, ocurriera lo que ocurriese, ellas no querrían saberlo. Nada mitigaría su pena.

Annabelle les comunicó que Hortie había regresado de la luna de miel esa misma tarde y que se había apresurado a contarle que ya estaba embarazada. Hortie no tenía dudas sobre su estado, y decía que tanto a James como a ella les hacía mucha ilusión, aunque a Hortie también le daba un poco de miedo. Acababa de convertirse en esposa y ya iba a pasar a ser madre. El bebé nacería aproximadamente a finales de agosto, si sus cálculos eran correctos. Le contó que había sido concebido en París, y entonces se rió con picardía y misterio, como la niña que seguía siendo a pesar de su nuevo estatus, e hizo toda clase de comentarios acerca de su vida sexual, unos detalles que Annabelle no quería ni oír. Hortie le contó que el sexo era fabuloso y que James era increíble en la cama, aunque era cierto que ella no tenía muchas experiencias con las que comparar, pero jamás en su vida se había divertido tanto. Por supuesto, Annabelle no comentó nada de todo eso delante de Josiah y de su madre, sino que les dijo que Hortie iba a tener un hijo y que estaba muy contenta. Al enterarse de la noticia, Consuelo fantaseó con la ilusión de que las Navidades siguientes Annabelle y Josiah tuvieran una buena nueva similar que compartir con ella, suponiendo que para entonces ya estuvieran casados, cosa que esperaba fervientemente. No veía ningún motivo para que la boda se retrasara mucho después de la petición de mano.

Antes de marcharse, Josiah les contó que iba a pasar unos días, hasta Año Nuevo, esquiando en Vermont con su antiguo compañero de universidad, Henry Orson. Como, según él, eran los únicos hombres solteros que quedaban de su edad, le encantaba contar con él para realizar esas actividades. Su escapada de esquí a Woodstock para esas fechas ya era una tradición que apalabraban todos los años, y a Josiah le hacía especial ilusión esa vez, pues sabía que habían añadido un nuevo trampolín de esquí a su pista favorita. Josiah le preguntó a Annabelle si sabía esquiar o ir con raquetas. Ella contestó que no, pero que le gustaría aprender. Consuelo y Josiah intercambiaron una mirada velada, y él le prometió que algún día le enseñaría. Propuso que tal vez Annabelle, su madre y él podrían hacer un viaje juntos a Vermont. A la muchacha se le iluminaron los ojos y dijo que sonaba divertido. Él les comentó que, además, en Woodstock también podían hacerse excursiones fantásticas en trineo.

Josiah se quedó con ellas hasta medianoche y, después, les agradeció una vez más los regalos y la exquisita cena, y Consuelo desapareció misteriosamente mientras la pareja se despedía. Annabelle volvió a darle las gracias a Josiah con mucha efusividad por la pulsera, que le encantaba, y que ya se había puesto.

—Me alegro de que te guste —dijo él con afecto. Ahora que se tenían más confianza, había empezado a tutearla—. Sé que se supone que durante el luto no debes llevar joyas, así que, si tu madre no te deja ponértela ahora, puedes hacerlo más adelante.

No quería ofender a Consuelo regalándole la pulsera a Annabelle todavía en el período de duelo, pero deseaba obsequiarle con algo que ella pudiera disfrutar durante mucho tiempo. Y tampoco quería regalarle algo demasiado ostentoso, pues ella podría haber sospechado de sus intenciones. Pensó que una sencilla pulsera de oro sería discreta, y Annabelle estaba emocionada con el obsequio.

—Que te diviertas esquiando —dijo Annabelle mientras lo acompañaba a la puerta. Josiah se cubrió el frac con un abrigo negro de corte impecable y una bufanda de seda blanca, con un sombrero de fieltro. Como siempre, lo encontró increíblemente elegante. Y ella estaba muy guapa y juvenil con su sencillo vestido de fiesta negro.

—Te llamaré cuando vuelva —le prometió Josiah—. Será después de Año Nuevo.

Le dio un beso tímido en la mejilla y ella se lo devolvió. Así se despidieron.

Annabelle encontró a su madre en la biblioteca, ojeando un libro. Era uno de los volúmenes de su padre que Annabelle había leído ya.

—¿Qué haces aquí metida? —preguntó, con aire sorprendido. Su madre no era muy aficionada a la lectura, y se volvió hacia su hija con una sonrisa cariñosa.

—Pensaba que Josiah y tú querríais estar a solas para despediros.

Miró a su hija con mucha intención, y esta se enojó por un momento.

—¿Josiah? ¡No seas tonta, mamá! Solo somos amigos. No empieces a formarte ideas raras sobre él. Eso lo estropearía todo. Me gusta la amistad que compartimos tal como es.

—Pero ¿y si él quisiera algo más? —preguntó Consuelo crípticamente, y su hija frunció el entrecejo.

—No quiere nada. Y yo tampoco. Las cosas nos parecen bien como están. Que Hortie se haya casado y vaya a tener un hijo no significa que yo tenga que hacer lo mismo. Ni siquiera puedo volver a salir hasta dentro de cuatro meses. Así que todavía tardaré una buena temporada en conocer a alguien, y además, quién sabe si alguna vez encontraré a un hombre que me guste y con quien quiera casarme. —Suspiró y puso los brazos alrededor de su madre—. ¿O es que intentas deshacerte de mí, mamá? —preguntó con cariño.

—Claro que no, lo único que quiero es que seas feliz. Y nada hace más feliz a una mujer que un marido y un hijo. Pregúntale a Hortie. Me apuesto lo que quieras a que se muere de ganas de tener a su bebé en brazos.

—Parece muy feliz, sí —admitió Annabelle con una sonrisa tímida—. Quería contarme un montón de detalles sobre la luna de miel. Por lo que me ha dicho, se lo han pasado muy bien.

Sobre todo en la cama, pero Annabelle no iba a decirle eso a su madre, ni siquiera ella quería saberlo.

—¿Cuándo tiene que nacer el bebé?

—A finales de agosto, creo. Hortie no está segura. Pero dice que pasó en París, y que James también está muy emocionado. Quiere que sea niño.

—Todos los hombres dicen lo mismo. Pero con quienes pierden la cabeza luego es con las niñas. Tu padre se quedó prendado de ti en cuanto te vio.

Ambas sonrieron ante el recuerdo. Había sido una Nochebuena difícil para las dos, pero tener la compañía de Josiah les había ayudado mucho. Todo era más sencillo y más agradable cuando él estaba presente.

Cogidas del brazo, subieron la escalera y se dirigieron a los respectivos dormitorios. Al día siguiente se dieron los regalos de Navidad. Consuelo le había comprado a su hija un abrigo de pieles magnífico, y Annabelle había elegido para su madre un par de pendientes de zafiros de Cartier. Había intentado comprarle el tipo de regalo que le habría hecho su padre, pero en una escala algo más modesta. Él siempre compraba regalos muy espléndidos para todos. Y, en cierto modo, Annabelle quería compensárselo a su madre ese año, aunque sabía que no podía mitigar de esa forma el dolor de la pérdida. Sin embargo, su madre se sintió muy conmovida por el gesto, y por lo hermoso que era el regalo de su hija, de modo que se puso los pendientes al instante.

Bajaron juntas a la planta inferior para tomar el copioso desayuno que les había preparado Blanche. Había nevado por la noche y una manta de color blanco cubría todo el jardín. Después del desayuno, se vistieron y salieron a pasear por el parque. Les iba a resultar difícil mantenerse todo el día entretenidas. Habían perdido a la mitad de la familia, y en fechas señaladas como aquella la ausencia de Arthur y Robert pesaba como una losa.

Al final, el día no resultó tan doloroso como habían temido. Las dos tenían mucho miedo a que llegara la Navidad y habían intentado por todos los medios estar ocupadas ese día. Consuelo y Annabelle habían comido juntas, habían jugado a las cartas por la tarde y, a la hora de cenar, ambas estaban fatigadas y listas para irse a dormir. Habían pasado el mal trago, eso era lo importante, y mientras Annabelle se desvestía por la noche, se descubrió pensando en Josiah, que estaría en Vermont. Se preguntó si Henry y él habrían llegado bien a las pistas y si se estarían divirtiendo. Le encantaría ir a esquiar algún día con ellos dos, tal como Josiah había propuesto. Seguro que era muy entretenido. Confiaba en tener la oportunidad de acompañarlos, tal vez al año siguiente, si podía convencer a su madre para que le diera permiso.

El resto de las vacaciones resultaron más llevaderas que el día de Navidad. Annabelle pasó algún rato con Hortie, aunque de lo único que le hablaba ahora su amiga era del bebé, igual que no había hablado más que de la boda durante los seis meses anteriores. Apenas tenía otras cosas en la cabeza. Consuelo le dio la enhorabuena cuando la vio, y Hortie se explayó durante media hora hablando de París y de toda la ropa que se había comprado allí, aunque al cabo de poco dejaría de caberle... Dijo que ese verano irían a Newport a pesar de todo, pues no le importaba dar a luz allí. De todas formas, pensaba tenerlo en casa, tanto si era en Newport como si era en Nueva York. Mientras escuchaba cómo Hortie le contaba todo esto a su madre, Annabelle se sintió excluida de la conversación. No tenía nada que aportar. Hortie se había convertido en una mujer casada y en una madraza de la noche a la mañana. Pero Annabelle seguía queriéndola mucho, tanto si era aburrida como si no. Hortie le había comprado un jersey precioso en París, con botones perlados. Era de un rosa muy pálido, y Annabelle se moría de ganas de que llegara el verano para ponérselo.

—No quería comprarte nada negro —dijo Hortie a modo de disculpa—. Me parecía muy tristón. Además, dentro de muy poco ya podrás ponértelo. Espero que te guste.

—¡Me encanta! —le confirmó Annabelle, y lo decía de corazón. Tenía un cuello de encaje finísimo y era de un rosa pálido muy elegante. A Annabelle le favorecía mucho, pues encajaba con su tono de piel y el color de su pelo.

Las dos jóvenes comieron juntas varios días esa semana y se sintieron como dos adultas cuando entraron en el restaurante Astor Court del hotel St. Regis. Hortie se tomaba su nuevo estatus muy en serio, se arreglaba mucho, lucía todas las joyas que James le había regalado y estaba fantástica. Cuando iban a comer, Annabelle se ponía el abrigo de pieles que le había regalado su madre en Navidad. Y tenía la sensación de jugar a disfrazarse de persona mayor con la ropa del armario de su madre. También lucía la pulsera de Josiah en la muñeca.

—¿Cuándo te la has comprado? —preguntó Hortie en cuanto la vio—. Me gusta mucho.

—A mí también —contestó espontáneamente Annabelle—. Me la regaló Josiah Millbank para Navidad. Fue un detalle muy bonito por su parte. A mamá le regaló un pañuelo de seda.

—Los dos estabais radiantes en nuestra boda. —De repente, los ojos de la joven se iluminaron, pues se le había ocurrido algo—: Oye, ¿qué me dices de él?

—¿Qué quieres que te diga? —Annabelle estaba perpleja.

—Me refiero a qué te parece... Ya sabes, como esposo.

Annabelle le respondió con una carcajada.

—No seas tonta, Hortie. Me dobla la edad. Hablas igual que mamá. Te lo aseguro: si pudiera, mi madre me casaría con el lechero.

—¿El lechero es guapo? —preguntó Hortie, que se rió al imaginárselo.

—No. Debe de tener unos cien años y no le queda ni un diente.

—Hablo en serio, ¿por qué no Josiah? A él le gustas. Siempre pulula a tu alrededor.

—Solo somos amigos. Nos gustan las cosas tal como están. Si entráramos en otro terreno se estropearía todo.

—Pues es una pulsera preciosa para regalársela a una amiga.

—Es solo un regalo, no es una petición de mano. Lo invitamos a cenar con nosotras para Nochebuena. Este año ha sido todo tan triste... —dijo, cambiando de tema.

—Claro —dijo Hortie comprensiva, y por un momento se olvidó de Josiah—. Lo siento mucho, Belle, debe de ser horrible.

Annabelle se limitó a asentir con la cabeza, así que se pusieron a hablar de otros temas, en concreto, de ropa. Hortie no sabía qué iba a ponerse cuando empezara a engordar. Tenía pensado ir a la modista de su madre para que le preparara algunos conjuntos en cuestión de semanas. Le contó que las prendas ya empezaban a apretarle por la cintura y que el corsé la aprisionaba. Le juró que tenía el pecho el doble de grande.

—A lo mejor tienes gemelos —se aventuró a decir Annabelle con una sonrisa.

—Sería divertido, ¿verdad? —contestó Hortie entre risas.

No se imaginaba todo lo que supondría cuidarlos, así que en esos momentos no era más que una posibilidad emocionante para ella.

Se sintió algo menos emocionada dos semanas más tarde, cuando empezó a sentir náuseas. Y durante los dos meses siguientes, apenas salió de la cama. Se sentía como un trapo. Para cuando empezó a notarse medio recuperada, ya estaban a mediados de marzo. Mientras tanto, Annabelle tuvo que ir a visitarla a su casa, pues Hortie no podía salir. Su amiga no había ido a ninguna fiesta desde Navidad, y ya no estaba tan contenta como al principio de estar embarazada. La mayor parte del tiempo se sentía gorda y mareada, y le dijo que no era nada divertido. Annabelle lo sentía mucho por ella, y le llevaba libros y flores, así como revistas para que se entretuviera. Su principal misión en la vida pasó a ser alegrar a su amiga. Y entonces, por fin, en abril Hortie se levantó de la cama. Para entonces el embarazo era más que evidente, pues ya estaba de cinco meses. Todas las mujeres de su familia aseguraron que solo llevaba un bebé, pero estaba inmensa, y su madre comentó que sería chico.

Era el único tema de conversación de Hortie y, la mayor parte del tiempo, se limitaba a quejarse desde la cama. Repetía que se sentía como una ballena. Y también decía que James ya casi no hacía el amor con ella, algo que la decepcionaba mucho. Casi siempre que salía con sus amigos, lo hacía sin ella, y le prometió que, cuando naciera el bebé, la compensaría saliendo con ella todo el tiempo. Sin embargo, su madre le recordó que entonces tendría que darle de mamar y que, aun cuando no le diera el pecho, tendría que cuidar del bebé en todo momento. Así pues, resultaba que ser adulta no era tan divertido. Annabelle tenía una paciencia infinita, escuchaba los lamentos y quejidos de su amiga, quien, además, por entonces lloraba a la mínima.

Consuelo solicitó una misa de aniversario para conmemorar que hacía un año del fallecimiento de Arthur y Robert. Volvieron a celebrarla en la iglesia de Trinity, y después ofrecieron algo de comer en su casa. Todos los amigos de su padre asistieron al acto, y también algunos primos de la familia, entre ellos Madeleine Astor, cuyo difunto esposo era primo de Consuelo. Josiah también las acompañó, por supuesto, así como todos los demás trabajadores del banco, incluido Henry Orson.

Josiah había pasado mucho tiempo con ellas en casa durante los últimos meses, siempre tan atento, siempre tan divertido, siempre con una broma o una sonrisa, o con un obsequio especial para ellas. Le había comprado a Annabelle una serie de libros de medicina, que le encantaron, y la obra *Anatomía de Gray*. Aparte de su querida Hortie, Annabelle consideraba que Josiah era el mejor amigo del mundo, y ahora la joven disfrutaba más de su compañía, pues él no estaba esperando un hijo ni se lamentaba de su suerte en todo momento. Siempre se divertía con él, y últimamente Josiah había empezado a llevarla a restaurantes elegantes para cenar. Una vez que hubo pasado la fecha del aniversario, Annabelle se emocionó pensando en que pronto podría ir a fiestas y otros eventos con él. No había salido a ninguna parte, salvo a la boda de Hortie, desde hacía más de un año. Antes del hundimiento del *Titanic*, sus padres habían estado ausentes durante dos meses y ella había estado enferma el mes anterior a eso, de modo que hacía quince meses que no era vista en sociedad. A su edad, eso era una eternidad.

En mayo cumpliría veinte años. Y dos semanas después de la ceremonia en recuerdo de su padre y su hermano, Josiah la invitó a lo que prometía ser una cena muy especial en Delmonico's, un restaurante de lujo en el que Annabelle no había comido nunca y al que se moría de ganas de ir. Se compró un vestido nuevo para la ocasión, y su madre la peinó con esmero. Consuelo sospechaba lo que iba a ocurrir en aquella velada y, por el bien de todos, confiaba en que fuera un éxito.

Josiah fue a buscarla a las siete. Esta vez iba en su coche, y, en cuanto vio a Annabelle con su vestido nuevo, silbó admirado. Era de seda color marfil y tenía unos pliegues muy finos. Dejaba los hombros al descubierto, por encima de los cuales se había puesto un fino chal de seda blanco. Contrastaba tremendamente con la ropa negra que la muchacha había llevado durante tanto tiempo. Su madre seguía vestida de luto, porque decía que aún no se sentía preparada para dejarlo. Annabelle tenía miedo de que nunca se sintiera preparada. Pero ella estaba muy agradecida de haber podido apartar por fin sus vestidos negros. Ya era hora.

Llegaron al restaurante de lujo a las siete y media, y enseguida los condujeron a una mesa tranquila en un rincón. A Annabelle le parecía emocionante salir a cenar con Josiah. Allí sentada a la mesa, enfrente de él, se sintió increíblemente adulta, todavía más que en compañía de su amiga Hortie. Se quitó el chal que le cubría los hombros. Todavía llevaba puesta la pulsera de oro que Josiah le había regalado para Navidad. No se la quitaba nunca.

El camarero le preguntó si le apetecía un cóctel, pero ella lo rechazó muy nerviosa. Su madre le había advertido que no debía beber mucho, apenas una copita de vino. Según le dijo a Annabelle, no causaría muy buena impresión si se emborrachaba durante la cena. La joven se había reído al imaginárselo y le dijo a su madre que no tenía de qué preocuparse. Josiah pidió un whisky escocés con soda, algo que chocó un poco a Annabelle. Nunca le había visto beber licores fuertes hasta entonces, y se preguntó si él también estaba nervioso, aunque no se imaginaba por qué iba a estarlo, pues eran muy buenos amigos.

—¿No te apetece un poco de champán? —le preguntó Josiah cuando llegó su copa.

—No, gracias, estoy bien —contestó ella antes de soltar una risita—. Mi madre me ha dicho que no me emborrache ni te deje en ridículo.

Él también se echó a reír. No había nada que no pudieran contarse el uno al otro. Charlaron de mil temas interesantes y disfrutaron de la compañía mutua. Los dos pidieron el famoso plato de bogavante a la Newburg, especialidad de la casa, y tarta Alaska de postre.

La velada fue fantástica y, cuando llegó el postre, Josiah pidió champán para los dos. El camarero les llevó la botella a la mesa y la abrió delante de ellos, y Annabelle sonrió cuando dio el primer sorbo. Solo había bebido una copa de vino en toda la cena, así que no había incumplido la advertencia de su madre.

—Es delicioso —comentó Annabelle.

Josiah había pedido una botella especialmente buena. Él había bebido más que su acompañante, pero también seguía sobrio. Quería mantener la compostura para tener valor de decir lo que debía decir. Llevaba mucho tiempo esperando ese momento, que por fin había llegado. Se le formó un nudo en el estómago y sonrió nervioso mientras brindaban.

—Por usted, señorita Worthington, y por la maravillosa

amistad que me ha brindado —dijo retomando las formalidades para halagar a Annabelle, y esta sonrió.

—Lo mismo digo —dijo ella con gentileza antes de dar otro sorbo a la copa de champán. No tenía ni la menor idea de lo que le pasaba por la cabeza a Josiah. Se le notaba en la cara. Annabelle era la inocencia personificada.

—Disfruto mucho en tu compañía, Annabelle —se limitó a decir Josiah, y era cierto.

—Yo también —se hizo eco ella—. Siempre nos divertimos mucho.

Entonces se puso a hablar de los libros de medicina que le había regalado, y él la interrumpió con educación, ante lo que ella se quedó sorprendida. Lo habitual era que la dejara hablar horas y horas sobre lo que había aprendido gracias a sus lecturas.

—Tengo algo que decirte. —La joven lo miró con ojos interrogantes; se preguntaba qué querría contarle. Esperaba que no hubiera ningún problema—. He esperado mucho tiempo. No me parecía adecuado hacerlo antes de abril, pues quería esperar al aniversario del funeral. Pero tu cumpleaños ya está cerca. Así que, aquí estamos.

—¿Hemos venido a celebrar algo? —preguntó ella con ingenuidad. Se sentía un poco achispada después del champán.

—Confío en que sí —contestó él con cariño—. Depende de ti. Tú eres quien debe decidir. Lo que llevo esperando a decirte desde el verano pasado es que estoy enamorado de ti. No me gustaría estropear nuestra amistad, ni incomodarte. Pero debo confesar que en algún momento me enamoré de ti, Annabelle. Creo que hacemos una pareja fantástica y no puedo seguir soltero toda la vida. Nunca he conocido a ninguna mujer que me haya animado a sentar la cabeza. Sin embargo, no se me ocurre ningún cimiento mejor para sellar este vínculo que la verdadera amistad, y nosotros somos como uña y carne. Así pues, me gustaría pedirte que me hicieras el honor de casarte conmigo, si lo deseas.

Cuando dijo esas palabras, vio que Annabelle lo miraba con una sorpresa mayúscula. Tenía la boca entreabierta y los ojos como platos.

—¿Hablas en serio? —le preguntó cuando por fin recuperó el aliento.

Josiah asintió.

—Sí, hablo en serio. Sé que para ti es una sorpresa, y puedes darle vueltas, si te hace falta. Annabelle, hace mucho tiempo que estoy enamorado de ti.

—¿Por qué no me lo habías dicho?

Josiah era incapaz de descifrar si ella estaba contenta o enfadada. La expresión más evidente era la de sorpresa.

—Pensaba que debía esperar hasta este momento.

Ella asintió. Era lo más adecuado, tenía sentido. Y Josiah siempre hacía las cosas bien. Era una de las cualidades que más le gustaban de él. Seguía mirándolo con incredulidad.

—¿Estás disgustada? —le preguntó él con aire de preocupación, y ella sacudió la cabeza. Tenía lágrimas en los ojos cuando lo miró a la cara.

—No, claro que no. Estoy emocionada —contestó, y alargó el brazo por encima de la mesa para tocarle la mano.

—Sé que soy mucho mayor que tú. Casi podría ser tu padre. Pero no quiero serlo. Quiero ser tu esposo, y prometo cuidar de ti para siempre.

Annabelle creyó sus palabras al escucharlas, y después le preguntó:

—¿Lo sabe mi madre?

Eso explicaría las discretas insinuaciones que había hecho algunas veces acerca de Josiah, cosas a las que Annabelle había restado importancia.

—Le pedí permiso para cortejarte en octubre, y me lo dio. Creo que considera que haríamos una excelente pareja.

—Yo también —susurró Annabelle con una sonrisa tímida—. Pero es que nunca habría esperado que ocurriera algo así. Creía que éramos solo amigos.

—Seguimos siendo amigos —respondió él también sonriendo—. Y si aceptas mi proposición, lo seremos siempre. Creo que los esposos deben ser los mejores amigos, aparte de todo lo demás. Me gustaría compartir unos hijos contigo, así como el resto de mi vida. Y siempre, siempre seré tu amigo.

—Yo también —dijo ella con aire confuso.

La mención de tener hijos con él la había sobresaltado un poco, pero había conmovido su corazón. Mientras lo escuchaba, procuraba no pensar en todos los detalles que Hortie le había descrito de su viaje a París. Lo que compartía con Josiah parecía mucho más puro. Aborrecería estropearlo. Aunque, claro, Hortie siempre había sido bastante alocada y, ahora que había descubierto el sexo, era todavía peor. Lo único que la frenaba un poco en esos momentos era el ir engordando día a día.

—¿Necesitas tiempo para pensarlo? Sé que te ha pillado por sorpresa. Llevo muchos meses mordiéndome la lengua. —Y entonces se echó a reír—. Por eso he pedido un whisky, he bebido media botella de vino y ahora el champán. Supongo que tu madre tendría que haberme advertido a mí que no me emborrachara. Necesitaba tener valor suficiente para decírtelo. No estaba seguro de si ibas a pegarme un bofetón o a decirme que sí.

—¿Solo tengo esas dos opciones? —preguntó ella mientras buscaba la otra mano de Josiah. Ya tenía una de ellas cogida—. ¿O pegarte un bofetón o decirte que sí?

—Básicamente.

Josiah le sonrió y apretó las dos manos de Annabelle entre las suyas.

—Entonces es muy fácil. La respuesta es sí. Si ahora te diera un bofetón, montaría un numerito. Es posible que nos echaran del restaurante. Y entonces a lo mejor dejarías de ser mi mejor amigo.

—No lo haría. —Y Josiah retomó la misma pregunta que ella le había hecho cuando él le había pedido matrimonio—. ¿Hablas en serio?

Se refería a su tímido «sí». Era sutil, pero sincero.

—Sí, hablo en serio. Nunca había pensado en nosotros dos en estos términos. Y cuando mi madre te lo sugirió, creo que hizo una locura. Pero, ahora que lo pienso, no se me ocurre ninguna otra persona en el mundo con quien me gustaría casarme. Salvo Hortie, tal vez, pero a veces puede ser insoportable. De modo que, si tengo que elegir a uno de mis mejores amigos para casarme, prefiero casarme contigo.

Los dos se rieron con ganas mientras ella explicaba sus motivos.

—¿Te he dicho que te amo? —le preguntó Josiah.

—Creo que sí. Pero puedes volver a decírmelo —dijo ella con remilgos y una sonrisilla encantadora.

—Te amo, Annabelle.

—Yo también te amo, Josiah. Te quiero muchísimo. Supongo que es la mejor manera de proteger nuestra amistad para siempre.

Y entonces, en cuanto lo hubo dicho, Josiah vio que a Annabelle se le llenaban los ojos de lágrimas y le temblaba el labio, y se dio cuenta de la tristeza que sentía.

—¿Qué te pasa? —le susurró.

—Ojalá pudiera contárselo a Robert y a mi padre. Es lo más importante que me ha pasado en la vida y no tengo a nadie a quien contárselo. Mi madre ya lo sabe. Y ¿quién me acompañará al altar?

Mientras lo decía, las lágrimas empezaron a resbalarle por las mejillas.

—Ya se nos ocurrirá algo —dijo él con afecto mientras le secaba las lágrimas con la mano—. No llores, cariño. Todo saldrá bien.

—Sí.

Estaba totalmente segura de que con Josiah siempre estaría en buenas manos. De repente, le pareció lo más lógico del mundo, aunque nunca se lo hubiera planteado antes. Sin embargo, ahora era una decisión de ellos dos, y no fruto de la insinuación alocada de una tercera persona que no sabía qué decía. Ahora todo cobraba sentido.

—¿Cuándo te gustaría celebrar la boda? —preguntó sin más la joven.

—No lo sé. Depende de ti. Estoy a tu disposición desde hoy mismo. Podemos casarnos cuando tú prefieras.

—¿Qué te parece en Newport este verano? —propuso ella con aire pensativo—. En el jardín. Eso sería menos formal que una iglesia. —Y no habría pasillo que recorrer, que era lo que tanto le preocupaba en esos momentos. No tenía tíos que la acompañaran al altar, nadie que pudiera actuar en representación de su padre o su hermano. No tenía a nadie. Tendría que subir al altar completamente sola—. Podríamos hacer una boda muy reducida y después dar una fiesta más numerosa. Ahora que papá y Robert no están, no me parece adecuado organizar un gran bodorrio, y creo que sería un golpe demasiado duro para mi madre. ¿Qué me dices de casarnos en Newport en agosto?

—Me parece fantástico. —Le sonrió de oreja a oreja. Las cosas iban todavía mejor de lo que había planeado, o de lo que se había atrevido a esperar desde el octubre anterior—. ¿Habrá tiempo suficiente para los preparativos?

—Creo que sí. No quiero una boda como la de Hortie. Además, ella es la única dama de honor que me gustaría tener, y para entonces estará embarazada de nueve meses...

—Ja, ja, más que una dama de honor, parecerá una «matrona de honor» —bromeó Josiah.

Ambos sabían que la mayor parte de la gente se quedaría perpleja si la veía aparecer en un acto social en semejante estado.

—Dice que es posible que el bebé nazca en Newport —añadió Annabelle.

—Tal vez lo tenga durante la boda... —Él chasqueó la lengua. Tenía la impresión de que con Annabelle, la vida siempre sería emocionante.

—¿Podré continuar haciendo mi tarea de voluntaria en el hospital? —preguntó Annabelle con cara de preocupación.

—Podrás hacer todo lo que quieras —se limitó a contestar él, y le sonrió de nuevo.

—Mi madre decía que tendría que olvidarme de eso cuando me casara.

—Por mí puedes continuar haciéndolo, salvo quizá cuando estés embarazada. Tal vez entonces sea aconsejable que lo dejes durante un tiempo.

Por sus palabras, Annabelle supo que sería un hombre razonable y que siempre estaría allí para protegerla. Le parecía el matrimonio ideal, y no se imaginaba cómo era posible que no se le hubiera ocurrido a ella antes. Todo lo que le decía Josiah era fantástico, igual que siempre.

Charlaron durante un rato más acerca de sus planes. La madre de él había muerto hacía años, y su padre había vuelto a casarse con una mujer que Josiah no veía con muy buenos ojos, pero pensaba que sería adecuado invitarlos, así como a su hermanastra y al marido de esta. También tenía dos tíos y un hermano. Su hermano vivía en Chicago, y Josiah no estaba seguro de si podría ir a la ceremonia. Dijo que su hermano era un poco excéntrico. Por lo tanto, dudaba que su familia sumara demasiados invitados. Por su parte, a Annabelle solo le quedaba su madre y una amplia variedad de primos lejanos. Dijo que le gustaría invitar a menos de cien personas, tal vez unas cincuenta. Y su madre podría celebrar una fiesta grande para todos ellos cuando volvieran a la ciudad, en otoño, cosa que a Josiah le pareció fantástica. Le gustaba la idea de que la boda fuese algo personal y privado, un momento tan especial para ellos dos, en lugar de un evento multitudinario. Nunca había deseado celebrar una boda de alto copete, bueno, hasta entonces nunca había pensado en casarse.

—¿Adónde te gustaría ir de luna de miel? —preguntó alegremente Josiah.

Agosto estaba a la vuelta de la esquina.

—A cualquier sitio al que no haya que ir en barco. Creo que no podría hacerle algo así a mi madre. Ni siquiera estoy segura de si a mí me apetecería.

—Ya se nos ocurrirá algo. A lo mejor California, o algún lugar de las Rocosas. O Canadá, o incluso podríamos ir a Maine. Nueva Inglaterra estará preciosa en esa época del año.

—No me importa adónde vayamos, Josiah —contestó ella con sinceridad—, mientras esté contigo.

Era exactamente lo que pensaba. Josiah llamó al camarero y pagó la cuenta. Todo había salido a la perfección, aunque le había pedido perdón por no tener todavía el anillo. Estaba tan nervioso que no había conseguido decidirse por cuál sería el más acertado.

La llevó a casa en coche, y vieron que Consuelo seguía levantada. Como sabía lo que iba a pasar, estaba demasiado agitada para dormir. Los miró con ojos expectantes cuando cruzaron la puerta y se fijó en que los dos sonreían de oreja a oreja.

—¿Tengo yerno? —preguntó casi en un susurro.

—Lo tendrás en agosto —contestó Josiah muy orgulloso, con el brazo alrededor de los hombros de su recién prometida.

—Será en Newport —añadió Annabelle levantando la cara y sonriendo embelesada a su prometido.

—Dios mío, una boda en Newport en agosto. Solo tenemos tres meses para prepararla. La cosa va en serio, ¿verdad?

—Queremos una boda muy discreta, mamá —dijo Annabelle con voz amable, y su madre entendió por qué. Oírlo también supuso un alivio para ella.

—Tendrás todo lo que quieras —dijo su madre, generosa.

—De verdad, nos gustaría invitar apenas a cincuenta o sesenta personas, cien como mucho, y celebrarla en el jardín.

—Sus deseos son órdenes para mí —contestó Consuelo en broma. Le habían entrado ganas de llamar a la florista en aquel preciso momento. En lugar de eso, se acercó a Josiah y lo abrazó. Le dio un beso a su hija—. Estoy muy contenta por los dos. Creo que vais a ser muy felices.

—Nosotros también —dijeron al unísono, y entonces los tres se echaron a reír.

Consuelo insistió en descorchar una botella de champán para celebrarlo, y de repente la joven se acordó de aquel día de octubre en el que había llegado a casa del hospital y se había encontrado a su madre y a Josiah bebiendo champán en el jardín.

—Dime la verdad: ¿te habías ganado un ascenso aquel día? —le preguntó Annabelle mientras su madre servía el champán.

—No, te había ganado a ti. Con el permiso de tu madre. Le dije que prefería esperar hasta mayo para pedirte la mano.

—Qué tramposos... —dijo entre risas Annabelle, y Consuelo brindó por los dos novios.

—Que seáis tan felices como fuimos Arthur y yo, que viváis muchos años y que tengáis salud y una docena de hijos.

Tanto Annabelle como Josiah alzaron las copas y tomaron un sorbito de champán, y a continuación Annabelle se acercó a su madre y la abrazó con fuerza. Sabía que en cierto modo la situación era difícil para ella. Las dos echaban de menos tremendamente a su padre y a su hermano.

—Te quiero mucho, mamá —dijo Annabelle en voz baja mientras Consuelo la estrechaba contra su cuerpo.

—Yo también te quiero mucho, hija mía. Y estoy muy contenta por ti. Y sé que, estén donde estén tu padre y Robert, ellos también se alegran mucho.

Ambas mujeres se secaron las lágrimas y Josiah carraspeó y se dio la vuelta, para que no vieran que él también lloraba. Sin lugar a dudas había sido la noche más feliz de su vida.

7

Consuelo se vio inmersa en una actividad frenética durante varias semanas. Tenía que organizar el cátering y los arreglos florales en Newport, apalabrar el enlace con el sacerdote, contratar a los músicos. Ya había decidido que abriría la casa en junio. El padre de Josiah accedió a encargarse del ensayo de la cena, que iba a celebrarse en el Club de Campo de Newport.

Consuelo también tenía que mandar las invitaciones. Y Annabelle necesitaba el vestido de novia y el ajuar. Había millones de detalles que planificar y organizar, y hacía un año que Consuelo no se sentía tan contenta. Lamentaba que Annabelle no tuviera cerca a su padre para que participara de los preparativos, y por eso deseaba que todo fuese todavía más hermoso para su hija; sería como una especie de compensación por la ausencia.

Anunciaron el enlace en el *New York Herald* un día antes del cumpleaños de Annabelle y, al día siguiente, Josiah se presentó con el anillo de compromiso. Era un diamante de diez quilates que había pertenecido a su madre. Destacaba de forma espectacular en la mano de Annabelle. Josiah consideraba que regalarle el anillo de su madre era más significativo que comprar uno, y a Annabelle le encantó. Para entonces, Consuelo y ella ya andaban buscando el vestido de novia. Y, por pura casualidad, encontraron el vestido perfecto en la tienda

B. Altman's el día 1 de junio. Era una prenda muy fina de exquisito encaje francés, cortado según un diseño del famoso Patou, y lo bastante sencillo como para no desentonar en una boda celebrada en el jardín en Newport. El vestido llevaba una larga cola vaporosa y un gigantesco velo de tul. Cuando se lo probó, Annabelle se vio magnífica. Y cuando le propuso a su amiga Hortie que fuera la dama de honor, la joven gritó:

—¿Estás loca? ¡No puedes casarte hasta que haya tenido el bebé! Si tu madre pensaba montar una carpa, que encargue dos, porque la voy a necesitar. Será lo único que pueda ponerme para entonces.

—Me da igual el aspecto que tengas o lo que diga la gente —insistió Annabelle—. Lo único que quiero es que estés allí conmigo.

Seguía siendo un tema peliagudo para su madre y para ella, pero había decidido que recorrería el pasillo nupcial a solas.

—Además, se supone que no debo aparecer en público una vez embarazada. Todas las alcahuetas de Newport hablarán de mí durante años.

Annabelle también pensaba que tenía razón en eso, y vio que Hortie estaba a punto de echarse a llorar.

—¿A quién le importa? Yo te quiero, tengas el aspecto que tengas. Y no nos apetece esperar más. Agosto es el mes perfecto para nosotros —intentó convencerla.

—Te odio. A lo mejor, si nado mucho, puedo dar a luz antes. Pero seguiré estando gorda...

Cuando se dio cuenta de que no iba a convencer a Annabelle de que pospusiera la boda, Hortie se rindió y le prometió que iría a la fiesta contra viento y marea. Era una semana antes de la fecha en la que salía de cuentas, y la joven estuvo a punto de pegarle un capón a Annabelle cuando esta insinuó que tal vez se retrasara el parto. Hortie quería que se adelantara. Ya estaba harta de sentirse fea y gorda.

Annabelle y Hortie fueron de compras juntas para buscar complementos para el ajuar. Y Annabelle y Josiah todavía tenían que decidir dónde iban a vivir. Josiah tenía una casita muy digna en Newport que había heredado de su madre, pero su apartamento de Nueva York podía resultar un poco pequeño una vez que tuvieran hijos. Habían acordado que buscarían un hogar más grande cuando regresasen de Wyoming, que era donde habían decidido pasar la luna de miel. En esas fechas era demasiado apresurado intentar encontrar un sitio nuevo en el que vivir. Por el momento, su apartamento era lo bastante grande para ellos dos. Y estaba cerca de donde vivía la madre de Annabelle, cosa que le encantaba. La joven aborrecía marcharse de casa y dejarla sola. Sabía perfectamente lo desolada que se sentiría su madre.

Sin embargo, por entonces Consuelo estaba demasiado ocupada para sentirse sola. Hizo dos viajes a Newport para empezar a organizar la boda e indicarle al jardinero qué quería que plantase. Y entre los dos habían logrado encontrar la carpa del tamaño ideal, que había sobrado de una boda celebrada el año anterior en la localidad.

Y para gran sorpresa de Annabelle y Josiah, a final de junio todos los cabos estaban atados y bien atados. Consuelo era un modelo de eficacia y deseaba que su hija tuviera la boda perfecta. Él se mostró adorable durante todo el proceso. No dio muestras de nerviosismo ni perdió la paciencia en ningún momento, a pesar de que había tenido que esperar mucho para casarse, hasta los treinta y nueve años. Una vez que se había decidido, estaba mentalizado y muy tranquilo con el tema. Más incluso que su prometida.

En cuanto su enlace matrimonial salió publicado en el *Herald*, empezaron a invitarlos a infinidad de eventos, así que salían casi todas las noches. Hacían una pareja despampanante, y solo dos de las amigas de Consuelo comentaron con muy poco tacto que pensaban que Josiah era demasiado viejo para Annabelle. Consuelo les aseguró que era perfecto. Su primo, John Jacob Astor, se había casado con Madeleine cuando ella tenía dieciocho años y él pasaba de los cuarenta. Josiah le demostraba a diario que sería el marido perfecto para su hija. Y Annabelle había conseguido continuar haciendo sus tareas de voluntariado, con el beneplácito de él, hasta final de junio. Dejaría de realizarlas desde entonces hasta el otoño.

Lo único que Consuelo les pedía, y no se cansaba de repetirlo, era que le dieran nietos cuanto antes. Annabelle pensaba que, si volvía a oírselo decir otra vez, iba a soltarle un grito.

Por su parte, Hortie no dejaba de hablarle de las sorpresas que se le desvelarían al cabo de poco tiempo, y de lo genial que sería el sexo. Le ponían nerviosa todos esos consejos no solicitados por parte de su amiga de toda la vida, que no paraba de engordar. Hortie estaba enorme y Annabelle confiaba en que, cuando ella se quedara embarazada, no tuviera semejante aspecto. Un día se lo dijo tal cual a Josiah, y él se echó a reír.

—Cuando eso pase estarás preciosa, Annabelle, y nuestros hijos también serán preciosos.

Le dio un beso tierno. Tenían tantos planes por delante y tantas cosas que hacer en los próximos dos meses...

Parecía que todos sus conocidos quisieran prepararles una celebración. A los treinta y nueve años, por fin iba a casarse. Henry Orson le organizó una despedida de soltero. Todo el grupo de hombres tuvo resaca durante tres días después de la fiesta. Josiah admitió que se lo habían pasado en grande, aunque no entró en detalles. Ninguno de sus amigos soltó prenda.

Consuelo se marchó a Newport en junio y Annabelle se reunió con ella allí a mediados de julio. Josiah se apuntó a finales de mes, aunque se alojó en su propia casa. Henry Orson lo acompañó, para dar apoyo moral al novio, que parecía llevar muy bien la situación. Se quedaría en su casa mientras ellos estuvieran de luna de miel. Josiah había pedido tres semanas extras de vacaciones ese año, para celebrar el viaje de novios. El banco había sido comprensivo con su petición, sobre todo teniendo en cuenta que la novia era Annabelle.

Annabelle apreciaba mucho a Henry, el amigo de Josiah. Era muy inteligente, ingenioso, amable y un poco tímido. La muchacha se pasaba el día intentando decidir a cuál de sus amigas solteras debía presentárselo. Ya se lo había presentado a varias y el hombre había reconocido que dos de ellas le gustaban, aunque todavía no había surgido nada serio. De todas formas, Annabelle tenía esperanzas. Cuando Josiah y él se reunían, eran divertidos y ocurrentes, y multiplicaban las gracias de su repertorio. Henry siempre había sido muy gentil con ella. Era para Josiah lo mismo que Hortie para ella, su amigo más fiel desde el colegio. Y Annabelle lo admiraba inmensamente.

Para entonces, Hortie ya se había instalado en la casa de sus padres de Newport para pasar el verano, y James había ido con ella. Estaban casi seguros de que el niño nacería allí, y la joven iba a visitar a Annabelle a diario. Por su parte, esta ayudaba a su madre siempre que podía, aunque Consuelo insistía en que tenía todo bajo control. Annabelle había llevado consigo el vestido de novia. Sus amigos las invitaron a muchísimas fiestas en Newport. Y los Astor dieron un baile multitudinario en su honor. Consuelo se quejó de que nunca había salido tanto en su vida, pero, en el fondo, se divirtió mucho.

El número de invitados a la boda ya había superado la marca de la centena y se aproximaba a ciento veinte. Cada vez que alguien celebraba una fiesta para ellos, tenían que añadirlo a la lista. A pesar de todo, era evidente que la joven pareja se lo pasaba en grande. Un día, mientras comían en un picnic que habían organizado con su amigo Henry y las dos chicas, Josiah le comentó a Annabelle sin reparo que, si hubiera sabido que casarse era tan divertido, lo habría hecho muchos años antes.

—Pues menos mal que no lo hiciste —le recordó ella—, porque entonces no habrías podido casarte conmigo.

—Tienes toda la razón —dijo él y chasqueó la lengua, justo en el momento en que llegaba Hortie.

Estaba oronda y, cada vez que Annabelle la veía, no podía

evitar reírse de ella. Costaba creer que al mes siguiente fuera a estar todavía más gorda que en esos momentos. Parecía a punto de explotar. Tanto Josiah como Henry tuvieron que ayudarla a sentarse en la hierba, e hizo falta mucho más esfuerzo y casi una grúa para levantarla después de la comida.

—No me hace gracia —dijo Hortie, mientras los otros tres se reían de ella—. Hace meses que no me veo los pies.

Tenía un aspecto monstruoso, e insistía en que se sentía como un elefante.

—¿Qué te pondrás para la boda? —le preguntó Annabelle con cara preocupada. No se imaginaba ningún vestido lo bastante ancho para que Hortie cupiera dentro.

—La colcha de la cama, supongo. O una carpa.

—En serio, ¿tienes algún vestido a medida? No pienses que vas a librarte de ir...

—No te preocupes, allí estaré —le aseguró—. No me lo perdería por nada del mundo.

Lo cierto era que había ido a la modista de su madre para que le hiciera el traje: un vestido gigantesco y con mucha caída en un tono azul pálido. Y se había comprado unos zapatos a juego. No era precisamente el vestido ideal para la dama de honor, pero era lo único que podía ponerse. Aborrecía reconocerlo, pero no le quedaba otra opción.

Consuelo se había hecho un vestido en color verde esmeralda con un sombrero a conjunto, y había pensado lucir las esmeraldas que Arthur le había regalado. El color le sentaba de maravilla y Annabelle sabía que la madre de la novia estaría guapísima.

Por fin llegó el gran día. El padre y la madrastra de Josiah llegaron de Boston, con la hermanastra de su futuro yerno, su marido y el hijo de ambos. A Annabelle le cayeron todos bien. Y el ensayo de la cena fue bastante fluido. Consuelo congenió con los parientes de su futuro yerno y los invitó a comer en su casa el día anterior a la boda. Ambas familias estaban muy emocionadas con el enlace. Era la unión de dos linajes muy respetables, y de dos personas a quienes todo el mundo quería. Tal como predijo Josiah, su alocado hermano George, quien vivía en Chicago, decidió no ir. Tenía que jugar un torneo de golf ese día. Así era su hermano, y Josiah no se sintió herido. De haber asistido, habría montado una escena, así que su ausencia era un alivio. Su familia nunca había sido tan normal, equilibrada y cohesionada como la de Annabelle. Y su madrastra lo ponía de los nervios. Tenía una voz chillona y se quejaba a la menor oportunidad.

Consuelo volvió a almorzar con los familiares de Josiah el mismo día de la boda, sin que estuvieran presentes los novios. Por pura superstición, Annabelle no quiso ver a su prometido antes de la ceremonia, así que él y su amigo Henry se quedaron en casa tranquilamente, para intentar relajarse. Hacía mucho calor ese día y Consuelo temía que las flores se marchitaran y la tarta nupcial se derritiera antes siquiera de que empezara la boda. La ceremonia en el jardín tendría lugar a las siete de la tarde y se sentarían a cenar a las nueve. Nadie dudaba de que la fiesta se alargaría hasta bien entrada la madrugada.

Al final había ciento cuarenta invitados, repartidos de forma casi equitativa entre el novio y la novia. Y Henry Orson, por supuesto, iba a ser el padrino de boda.

Hortie sería la dama de honor; bueno, eso si no tenía el bebé justo antes de la boda, cosa que podía ocurrir perfectamente. Con la intención de advertir a su amiga, le había confesado a Annabelle que hacía dos días que tenía contracciones y que rezaba para no romper aguas delante del altar. Ya era bastante bochornoso presentarse de semejante guisa. Sabía que todos se quedarían horrorizados cuando la vieran así en la boda y probablemente lo encontraran chocante. Pero no podía decepcionar a su mejor amiga. Annabelle le había dicho que ya era bastante triste para ella no poder contar con su padre y su hermano ese día, de modo que Hortie no podía ausentarse bajo ningún concepto.

Blanche había viajado a Newport con ellas para preparar

la boda. Se pasó la tarde corriendo ajetreada por el dormitorio de Annabelle, atosigándola como si fuera una niña pequeña. Cuando llegó el momento, Consuelo y ella la ayudaron a ponerse el vestido de novia y le abrocharon los diminutos botoncillos. La cintura ceñida y la falda estrecha le quedaban fabulosas. Y después de tomar aire profundamente, Consuelo colocó la horquilla en el pelo rubio de Annabelle y le arregló el velo que le cubría la cara. Ambas mujeres retrocedieron para mirarla y las dos no pudieron reprimir las lágrimas. Sin lugar a dudas, Annabelle era la novia más guapa que habían visto jamás.

—Dios mío —susurró Consuelo cuando Annabelle les sonrió—. Estás increíble.

Annabelle era la mujer más feliz de la Tierra y se moría de ganas de que la viera Josiah. Todas lamentaban que su padre no pudiera estar presente. Consuelo sabía que, de haberla podido acompañar al altar, se le habría hecho un nudo del tamaño de un puño en la garganta. Annabelle siempre había sido su orgullo y máxima alegría.

Las dos mujeres la ayudaron a bajar la escalera mientras le recogían la larga cola. Entonces, una de las criadas le acercó el ramo de lirios del valle y, con él en la mano, Annabelle, acompañada de su madre y Blanche, se escabulló por una puerta lateral. La sirvienta avisó a los amigos de la pareja de que la novia estaba a punto de llegar. Los invitados estaban sentados donde les correspondía y Josiah y Henry estaban esperándola en el altar, con Hortie a su lado, que parecía un gigantesco globo de color azul celeste. Más de una viuda noble de Newport había exclamado sobresaltada al verla. Pero todo el mundo sabía que era una boda poco convencional. El novio tenía casi veinte años más que la novia y nunca se había casado, y la familia de la joven había hecho frente a una horrible tragedia hacía menos de un año. Era preciso hacer algunas concesiones.

Consuelo permaneció un momento más en el jardín lateral, contemplando a su hija, y después la estrechó en sus brazos y la abrazó muy fuerte.

—Que seas feliz, hija mía... Papá y yo te queremos muchísimo. —Y en ese instante, con las lágrimas resbalándole por las mejillas, corrió a sentarse en el lugar que tenía reservado, en la primera fila de sillas que habían colocado en el jardín principal para la ceremonia religiosa.

Los ciento cuarenta invitados estaban esperando y, en cuanto Consuelo tomó asiento, los músicos empezaron a tocar la marcha nupcial de *Lohengrin*, la misma que habían tocado en la boda de Hortie. El gran momento había llegado. Se acercaba la novia. Consuelo levantó la mirada hacia Josiah y él le sonrió. Un brillo cálido se transmitió entre ambos. Y más que nunca, Consuelo supo que era el hombre adecuado. Estaba segura de que Arthur habría pensado lo mismo.

Todos los invitados de la boda se levantaron cuando el sacerdote hizo una señal, y todas las cabezas se volvieron hacia Annabelle. La tensión era palpable mientras, lenta y solemnemente, la exquisita novia recorría el jardín con pasos seguros, a solas. No había nadie para acompañarla, nadie que la llevara al altar, que la protegiera y entregara su mano al hombre con quien se iba a casar. Annabelle se aproximaba a él con orgullo y sigilo, con una certeza y una dignidad absolutas, por sí misma. Como no había quien la entregara a Josiah, ella misma se le entregaba, con el beneplácito de su madre.

Todos contuvieron la respiración a la vez al verla, y la fuerza de la tragedia que la había sacudido golpeó también a los invitados en cuanto vieron a la menuda y encantadora novia acercarse a ellos con un ramo de lirios del valle en la mano y el rostro cubierto por el velo.

Se colocó delante de Josiah y del sacerdote, mientras Henry y Hortie daban un paso atrás. La pareja de novios se quedó de pie, mirándose a través del velo, y el prometido tomó a la novia con delicadeza de la mano. Había sido muy valiente.

El sacerdote se dirigió a la multitud congregada y empezó

la ceremonia. Cuando preguntó quién entregaba a esa mujer en matrimonio, su madre respondió con voz clara desde la primera fila «Yo la entrego», y el rito matrimonial continuó. En el momento correspondiente, Josiah levantó el velo con mucha ternura y la miró a los ojos. Se dijeron los votos el uno al otro, él le puso una estrecha alianza con un diamante a ella, y Annabelle le puso una sencilla alianza de oro a él. Los proclamaron marido y mujer, se besaron y a continuación, radiantes, volvieron a recorrer juntos el pasillo nupcial. Consuelo no dejaba de derramar lágrimas descontroladas mientras los observaba, y entonces, tal como había hecho su hija, recorrió el pasillo a solas detrás de Henry y Hortie, quien caminaba como un pato, feliz, del brazo de Henry. Él nunca había visto a una mujer tan increíblemente embarazada en público, igual que el resto de los asistentes. Pero Hortie había decidido que iba a disfrutar de la boda y estaba encantada de haber ido. No tardó en encontrar a James entre la multitud, y Consuelo, Annabelle y Josiah se pusieron en fila para saludar a los invitados, que querían felicitarlos.

Media hora después, todos se habían entremezclado y hablaban mientras disfrutaban de una copa de champán. Había sido una boda preciosa, tierna y muy emotiva. Annabelle estaba mirando con adoración a Josiah en el momento en que Henry se aproximó para darle un beso y dedicarle sus mejores deseos, así como para felicitar al novio.

—Bueno, ya lo has hecho —le dijo a Annabelle chasqueando la lengua—. Lo has civilizado. Decían que era imposible.

—Tú serás el próximo —bromeó ella mientras le daba un beso—. Ahora tenemos que encontrar a alguien para ti.

Henry se puso nervioso cuando le oyó decir eso y fingió estremecerse de miedo.

—No sé si estoy preparado —confesó—. Creo que preferiría seguir saliendo con vosotros dos y disfrutar de las maravillas del matrimonio desde la barrera. No os importa si me uno a vosotros, ¿verdad?

Lo decía medio en broma, pero Annabelle le dijo que sería siempre bienvenido. Sabía lo intensa que era la amistad entre él y Josiah, igual que la suya con Hortie. En su nueva vida había espacio para sus amigos de siempre.

Los recién casados saludaron a todos los invitados y entonces, justo después de las nueve, llegó el momento de sentarse a cenar. Annabelle y Consuelo habían sido muy meticulosas con la ubicación de los invitados, para asegurarse de que las personalidades más importantes de Newport eran tratadas con el debido respeto. Consuelo se había sentado con la familia de Josiah, y en la mesa de los novios habían colocado a Henry, a una de las amigas de Annabelle, a James y a Hortie, y otras tres parejas jóvenes que les caían muy bien. Casi todos los invitados eran personas que los novios deseaban de verdad que los acompañaran aquel día. Había muy pocos invitados de compromiso, a excepción de unos cuantos empleados del banco de Arthur, con quienes trabajaba Josiah. Les pareció adecuado incluirlos en la lista.

Josiah abrió el baile con Annabelle: un vals lento que ejecutaron a la perfección. A ambos les encantaba esa pieza y la habían bailado muchas veces. Los dos eran muy buenos bailarines y destacaban en la pista. Todo el mundo suspiró mientras los veía bailar. Y después el padre de Josiah bailó con la novia, y Josiah bailó con Consuelo, y a continuación el resto de los invitados se les unieron en la pista de baile. Casi eran las diez cuando los comensales empezaron a comer la suntuosa cena que Consuelo había encargado. Bailaron entre plato y plato, hablaron sin parar, se rieron, disfrutaron de la compañía, y muchos comentaron lo buena que estaba la comida, algo extraño en las bodas. La pareja de recién casados cortó la tarta nupcial a medianoche. Después siguieron bailando y los invitados no empezaron a marcharse hasta las dos de la mañana. La boda había sido todo un éxito y, cuando se dirigían al Hispano-Suiza de Arthur para ir al hotel New Cliff, donde iban a pasar la noche, Josiah se inclinó para besarla.

—Gracias por la velada más hermosa de mi vida —le dijo, mientras el arroz y los pétalos de rosa empezaban a bañarlos, e invitó a su flamante esposa a entrar en el coche. Ya habían dado las gracias con efusividad a la madre de Annabelle por ofrecerles la boda perfecta, y habían prometido que pasarían por su casa a despedirse por la mañana, antes de dirigirse a la ciudad para tomar el tren a Wyoming. Tenían las maletas hechas y preparadas en el hotel. Para el viaje, Annabelle pensaba ponerse un traje de lino de un azul pálido, con un enorme sombrero de paja con un estampado de flores también en azul pastel y unos guantes azules de cabritilla a juego.

Saludaron con la mano a los observadores mientras el coche se alejaba de la fiesta para llevarlos al hotel y, por un instante, Annabelle se preguntó qué le aguardaba. Lo último que vieron al marcharse fue la mastodóntica silueta de Hortie, que se despidió de ellos con la mano. Annabelle se rió mientras le devolvía el saludo, y confió en que, si se quedaba embarazada, no tuviera el aspecto de Hortie de ahí a nueve meses. Henry había sido el último en darle dos besos de despedida y estrecharle la mano a Josiah. Los dos hombres se habían mirado a los ojos y habían sonreído, y Henry les había deseado lo mejor. Era un buen hombre, Annabelle lo sabía, y Josiah lo consideraba un hermano, casi más próximo que el verdadero.

Se sentaron en la salita de la suite durante un rato, Annabelle todavía con el vestido de novia y él con el frac y la corbata blanca, y hablaron de la boda, de sus amigos, de lo bonito que había sido todo y de lo extraordinaria que había sido la labor de Consuelo. La ausencia de su padre y su hermano había sido dolorosa para Annabelle, pero incluso eso había sido tolerable. Ahora contaba con Josiah, y él la apoyaría, la amaría y la protegería. Y él tenía a Annabelle, quien lo alentaría y adoraría durante el resto de su vida. No podían pedir más.

Eran ya las tres de la madrugada cuando los novios se dirigieron a dos cuartos de baño diferentes y, al cabo de un rato, salieron. Él llevaba un pijama de seda blanca, que alguien le había regalado para la ocasión, y ella lucía un elegante camisón de chiffón blanco, con el corpiño incrustado de perlitas diminutas, y una bata a conjunto. Se rió como la adolescente que era en el fondo cuando se metió en la cama al lado de su marido. Josiah ya la estaba esperando, y la tomó en sus brazos. Sospechaba lo nerviosa que estaba ella, y ambos se notaban agotados después de una noche tan larga.

—No te preocupes, cariño —le dijo él en voz baja—, tenemos mucho tiempo por delante.

Y entonces, para alegría y sorpresa de ella, la abrazó con ternura hasta que se quedó dormida y soñó con lo bello que había sido todo. En sus sueños estaban en el altar, intercambiando los votos, y esta vez su padre y su hermano se hallaban a su lado, observándola. De todas formas, ella los había sentido cerca, así que continuó durmiendo mientras Josiah la abrazaba con sumo cuidado, como si fuera una piedra preciosa.

8

Tal como habían prometido, Annabelle y Josiah pasaron a despedirse de Consuelo justo antes de emprender el viaje. Thomas iba a llevarlos en el Hispano-Suiza familiar al centro de Nueva York, donde cogerían el tren por la tarde. En su primera etapa llegarían hasta Chicago y, una vez allí, cambiarían de tren y continuarían su viaje de novios hacia el oeste, en dirección a Wyoming, donde se alojarían en un rancho en el que Josiah había estado una vez y que le había encantado. Allí montarían a caballo, irían a pescar y harían caminatas en el increíble entorno de los Grand Tetons. Josiah le había dicho a su joven esposa que era más bello que los Alpes suizos, y no era preciso ir en barco. Se quedarían en el rancho casi tres semanas. Después regresarían a Nueva York y empezarían a buscar una casa lo bastante grande para ellos y los hijos que esperaban tener. Consuelo confiaba en que, igual que Hortie, Annabelle volviera embarazada después de la luna de miel.

Consuelo escudriñó la cara de su hija a la mañana siguiente, con la esperanza de encontrar algún cambio y una ternura nueva, propia de una mujer amada, pero lo que vio fue la niña resplandeciente a la que tanto había querido toda su vida. Nada había cambiado. Se alegró de ver que se había adaptado bien al cambio. No se veía arrepentimiento en ella, ni esa mirada de asombro asustadizo que a veces se observaba en el rostro de una recién casada después de la noche de bodas. Annabelle estaba tan contenta como siempre y seguía tratando a Josiah más como a un viejo amigo que como a un nuevo amor. Antes de despedirse de su madre, habían pasado también por la casita de Josiah para decirle adiós a su amigo Henry.

Consuelo estaba comiendo con el padre y la madrastra de Josiah cuando la pareja apareció en la casa de verano de los Worthington. Todo el mundo estaba de buen humor y recordaba lo deliciosa y bella que había sido la noche anterior. La madre de Annabelle volvió a abrazarla con fuerza, y los recién casados dieron las gracias al padre de Josiah por el ensayo de la cena. Al cabo de pocos minutos, se marcharon en el Hispano-Suiza.

A Annabelle le habría encantado ir a despedirse también de su amiga Hortie, pero su madre le contó que James le había mandado el recado de que estaba de parto. Había conseguido aguantar toda la boda, pero había roto aguas esa misma noche. Su madre y el médico estaban con ella, así que James había ido a comer con unos amigos. Annabelle confiaba en que todo saliera bien. Sabía que Hortie estaba preocupada por el tamaño del bebé, e imaginaba lo difícil que podía resultar el parto. Una de sus amigas, que había hecho su puesta de largo a la vez que ellas, había muerto dando a luz hacía unos meses. Había sido un golpe muy duro para todos. Esas cosas ocurrían, y a veces no podían evitarse, pues a menudo se producían infecciones después del parto, que casi siempre acababan con la vida de la madre. Así pues, Annabelle rezó en silencio por Hortie mientras se alejaban, preguntándose si su madre tendría razón y sería un niño. Era un pensamiento emocionante, que le hizo plantearse si ella también volvería embarazada del viaje de novios; tal vez tuviera un hijo concebido en los bosques de Wyoming.

Le estaba muy agradecida a Josiah por haber sido tan amable y respetuoso con ella la noche anterior. Añadir la novedad del sexo a una jornada tan emocionante habría sido demasiado para ella, aunque lo habría hecho si él hubiese insistido mucho. Sin embargo, tenía que admitir que se alegraba de que no la hubiese obligado. Era un marido perfecto, amable y comprensivo, y, tal como le había asegurado en un principio, seguía siendo su mejor amigo. Lo miró con adoración mientras entraban en coche en la ciudad y charlaban un poco más sobre la boda. Después, él volvió a describirle Wyoming. Le había prometido que la enseñaría a pescar. Annabelle creía que era la luna de miel perfecta. Y él estuvo de acuerdo cuando se lo dijo.

Llegaron a Nueva York a las cinco en punto, con tiempo más que suficiente de coger el tren de las seis, y se acomodaron en el compartimiento de primera clase más grande que había en el tren. Annabelle aplaudió con emoción al verlo.

—¡Qué divertido! ¡Me encanta! —dijo entre risitas mientras él se reía contento sin dejar de mirarla.

—Qué niña tan tonta... Y cuánto te quiero.

La abrazó y la besó mientras la estrechaba con fuerza contra su cuerpo.

Iban a pasar el día en Chicago antes de montarse en otro tren, esta vez nocturno, que los llevaría hacia el oeste. Josiah le había prometido que le enseñaría la ciudad durante la breve escala y había reservado una suite en el hotel Palmer House, para que pudieran descansar cómodamente entre un tren y otro. Había pensado en todos los detalles. Quería que Annabelle fuera feliz. Se lo merecía después de todo lo que había perdido y de todo lo que su familia había sufrido. Mientras el tren salía de la estación Grand Central, Josiah se juró a sí mismo que nunca la abandonaría. Y hablaba muy en serio. En su interior, lo veía como una promesa solemne.

A las seis de la tarde, cuando el tren en el que viajaban salió de la estación, el bebé de Hortie todavía no había nacido. Estaba siendo un parto arduo y agónico. El niño era enorme y ella era pequeña. Había gritado y se había retorcido durante horas. James había regresado a casa después de comer, y los alaridos de su mujer le habían resultado tan desgarradores y desconcertantes que se había servido un trago y había vuelto a salir a cenar con unos amigos. Aborrecía pensar que Hortie tuviera que pasar por aquello, pero no había nada que él pudiera hacer para remediarlo. Era lo que les tocaba hacer a las mujeres. Estaba seguro de que el médico, su madre y las dos enfermeras estaban haciendo todo lo que podían por ella.

Cuando regresó a casa a las dos de la madrugada estaba borracho, y se asombró al enterarse de que el bebé seguía sin salir. Estaba tan ebrio que no distinguió el semblante aterrado de la madre de Hortie. La joven estaba tan debilitada para entonces que sus gritos habían disminuido, para alivio de James, y un gemido animal y lastimero llenaba toda la casa. Él se puso una almohada encima de la cabeza e intentó dormir. Un repiqueteo nervioso en la puerta de la habitación de invitados donde se había acostado, pues era la más alejada del dormitorio en el que su esposa estaba dando a luz, lo despertó por fin a las cinco de la mañana. Era su suegra, quien le dijo que por fin había nacido el bebé, de casi cuatro kilos y medio. El niño había hecho picadillo a su hija, pero la mujer no le comentó eso a James. Si hubiera estado más sobrio, se habría dado cuenta por sí mismo. James le dio las gracias por la noticia y siguió durmiendo, tras prometerse que iría a ver a Hortie y al bebé por la mañana, en cuanto se despertara. De todas formas, no habría podido verla en aquel momento, porque el médico la estaba cosiendo después de los desgarros que le había ocasionado el alumbramiento.

Hortie había estado veintiséis difíciles horas de parto, y había dado a luz a un niño de cuatro kilos y medio. Seguía llorando desconsolada mientras el médico le ponía puntos con sumo cuidado, y al final optaron por darle cloroformo. Había sido un nacimiento complicado y ella habría podido morir en el parto. Es más, todavía quedaba el riesgo de infección, así que no estaba salvada del todo. Pero el bebé estaba sano. De Hortie no podía decirse lo mismo. Su iniciación en la maternidad había sido una prueba de fuego de la peor calaña. La madre de la muchacha se lo contaría entre susurros a sus amigas durante varios meses. Pero lo único que podría decirse en público sería que el bebé había nacido sano y que tanto la madre como el hijo estaban bien. El resto solo se confesaría en los corros de mujeres y con la puerta cerrada, pues las agonías del alumbramiento, y sus apabullantes riesgos, debían apartarse por todos los medios de los oídos masculinos.

Cuando Consuelo se enteró de todo al día siguiente por boca de la madre de Hortie, sintió mucho que la joven lo hubiera pasado tan mal. En el caso de Consuelo, Robert había nacido sin dificultad, pero Annabelle había supuesto un reto mucho mayor, pues estaba mal colocada y nació por los pies; había sido un milagro que ambas hubieran sobrevivido. Solo confiaba en que Annabelle tuviera un parto más sencillo que el de Hortie. Ahora iban a hacer todo lo posible para que no contrajera ninguna infección. Después de un parto tan difícil, muchas veces costaba impedir los contagios, aunque nadie sabía por qué.

Consuelo dijo que iría a verla al cabo de unos días, pero su madre reconoció que Hortie todavía no estaba recuperada, y que era posible que tardase bastante tiempo en estar bien del todo. Tenían previsto mantenerla encamada durante un mes entero. Le contó que James había visto a Hortie y al niño apenas unos minutos, y antes le habían puesto colorete en las mejillas a su esposa y la habían peinado, pero la joven no había dejado de llorar. Sin embargo, él solo tenía ojos para su hijito. Eso hizo que Consuelo pensara en Arthur, quien siempre había sido muy comprensivo después del nacimiento de sus dos hijos. Para ser un hombre joven, se había mostrado excepcionalmente compasivo y empático con ella. Y tenía la impresión de que Josiah también lo sería. Pero James era poco más que un adolescente y no tenía ni idea de lo que implicaba dar a luz a un hijo. En la boda había dicho que confiaba en poder tener otro pronto, y Hortie se había reído y había puesto los ojos en blanco. Consuelo sentía lástima por ella, pues sabía por el mal trago que acababa de pasar. Le mandó una cesta de fruta y un gigantesco ramo de flores por la tarde, y rezó para que se recuperase pronto. Era lo único que podía hacer. Hortie estaba en buenas manos. Y a ella no le cupo duda de que, después del parto, Hortie no volvería a ser la chica despreocupada que había sido hasta entonces. Había aprendido la lección.

Al final, resultó que Hortie consiguió levantarse de la cama en tres semanas en lugar de en un mes. El niño estaba estupendo, habían contratado a una nodriza para que lo amamantara y le habían vendado el pecho a Hortie para que dejara de generar leche. Todavía le temblaban un poco las piernas cuando se ponía de pie, pero tenía buen aspecto. Era una chica joven y sana, y había tenido la suerte de burlar a la infección, así que había salido de peligro. Consuelo había ido a visitarla varias veces. James estaba henchido de orgullo con su hijo tan rollizo, a quien habían llamado Charles. El niño engordaba por momentos. Y tres semanas después del parto, trasladaron a Hortie de vuelta a Nueva York en ambulancia, para que continuara recuperándose en casa. Estaba contenta de volver a su hogar. Consuelo se marchó de Newport ese mismo día.

Se sintió sola cuando se vio de vuelta en Nueva York. La casa estaba increíblemente silenciosa sin Annabelle, pues siempre derrochaba luz, vitalidad y diversión; siempre se preocupaba por su madre y se ofrecía a hacer cosas con ella. El peso de la soledad y del futuro que le esperaba explotó dentro de Consuelo como una bomba en cuanto entró en la mansión. Le costaría mucho seguir viviendo allí sola. Por lo menos, se alegraba de que los recién casados fueran a regresar del viaje de novios al cabo de dos días. Se había encontrado con Henry

Orson por la calle y también él parecía tristón. Josiah y Annabelle emanaban tanta luminosidad y daban tanta alegría a quienes los rodeaban que, sin ellos, todos se sentían faltos de algo. Consuelo, Hortie y Henry se morían de ganas de que volvieran.

Y entonces, como una bocanada de aire fresco, regresaron del viaje. Annabelle insistió en parar en casa de su madre al volver de la estación, y Consuelo se emocionó al verla con ese aspecto sano, feliz y bronceado. Josiah también tenía buena cara. Todavía bromeaban el uno con el otro como niños en el patio de recreo, se tomaban el pelo, se reían y sacaban punta a todos los comentarios. Annabelle le contó que Josiah la había enseñado a pescar y que había atrapado una trucha enorme ella sola. Josiah parecía muy orgulloso de su esposa. Habían montado a caballo, habían hecho excursiones por la montaña y habían disfrutado de todos los aspectos de la vida en el rancho. Annabelle parecía una chiquilla que acabara de regresar de un campamento de verano. Costaba creer que fuera una mujer adulta y casada. Además, Consuelo no veía ninguna de las sutilezas e insinuaciones femeninas en su cara. No tenía ni idea de si habían concebido un niño, y no quería preguntarlo. Pero parecía la misma joven gentil, cariñosa y alegre que era cuando se marchó. Su hija le preguntó cómo se encontraba Hortie, y Consuelo le contestó que bien. No quería asustarla con historias sobre el parto y, de todas formas, no habría sido apropiado para los oídos de Josiah, así que se limitó a decir que la madre estaba bien y que el niño se llamaba Charles. Dejó en manos de Hortie el contarle (o no) el resto. En el fondo, confiaba en que no lo hiciera. La mayor parte de esos secretos podían asustar a una joven sin hijos. En especial, a una que podría verse en la tesitura de pasar por el mismo trance poco tiempo después. No tenía sentido aterrorizarla.

Se quedaron una hora más con ella y después se despidieron. Annabelle le prometió a su madre que le haría otra visita al día siguiente, aunque se verían antes, porque los recién casados irían a cenar con ella esa misma noche. A continuación, después de abrazar a Consuelo, la joven pareja se marchó. La mujer se había alegrado enormemente de verlos a ambos, pero la casa parecía aún más vacía después de su despedida. Últimamente apenas tenía apetito, y se sentía muy sola en el comedor sin nadie que la acompañara.

Tal como había prometido, Annabelle fue a comer con su madre al día siguiente. Se había puesto uno de los conjuntos comprados para el ajuar: un traje de lana en azul marino propio de una mujer hecha y derecha, aunque, a ojos de su madre, Annabelle seguía siendo una niña. A pesar de ir ataviada como una adulta y de lucir una alianza en el dedo, actuaba como una jovencita. Mientras charlaban durante la comida, se mostró muy alegre y le preguntó a su madre qué había hecho ella esas semanas. Su madre le dijo que no llevaba muchos días en la ciudad, pues se había quedado en Newport más tiempo del habitual, para disfrutar del clima costero en septiembre, y ahora estaba planteándose retomar su trabajo de voluntariado en el hospital. Confiaba en que Annabelle dijera que se uniría a ella, o que mencionara que iba a volver al Hospital para el Tratamiento de los Lisiados, pero la joven sorprendió a su madre y dijo que, en lugar de eso, quería trabajar como voluntaria en la isla de Ellis. Allí la labor sería más interesante y supondría un reto mayor para ella. Además, siempre les faltaban voluntarios que echaran una mano, de modo que tendría más oportunidades de colaborar en las tareas médicas, en lugar de limitarse a observar o a llevar las bandejas de alimentos. Al oírlo, su madre se disgustó.

—Pero muchas veces esos pacientes están muy enfermos; traen enfermedades de otros países. Las condiciones son pésimas. Creo que es una insensatez que te plantees eso. Acabarás pillando otra vez la gripe, o algo peor. No quiero que trabajes allí.

Sin embargo, ahora era una mujer casada y era Josiah quien

tenía que aprobar lo que ella hacía. Le preguntó a su hija si él estaba al corriente de lo que se le había ocurrido. Annabelle asintió con la cabeza y sonrió. Josiah era muy comprensivo con esas cosas y siempre se había mostrado abierto y entusiasta ante el interés de Annabelle por la medicina y por las labores de voluntariado. La joven le había contado sus planes.

—A él le parece bien.

—Bueno, pues a mí no. —Consuelo frunció el entrecejo, muy enojada.

—Mamá, no olvides que la gripe más fuerte que he pasado en mi vida la pillé en los salones de baile, yendo a fiestas con vosotros. No me la contagiaron los pobres.

—Pues razón de más para no hacerlo —dijo su madre con firmeza—. Si eres capaz de ponerte enferma en una fiesta entre personas sanas y de buenos hábitos, imagínate lo mala que te pondrías si trabajaras con gente que vive en unas condiciones higiénicas pésimas y está cargada de enfermedades. Además, si te quedas embarazada, cosa que confío en que hagas (si no lo has hecho ya), sería una barbaridad que os pondría en peligro al bebé y a ti. ¿Ha pensado en eso Josiah?

Hubo algo que pasó por la mirada de Annabelle y que desconcertó a Consuelo, pero se desvaneció en un abrir y cerrar de ojos.

—No tengo prisa por fundar una familia, mamá. Josiah y yo deseamos divertirnos un poco antes.

Era la primera vez que Consuelo se lo oía decir tan claro y se sorprendió. Se preguntaba si estaría empleando uno de los métodos nuevos (o antiguos) para evitar quedarse embarazada. Pero no se atrevía a preguntárselo.

—¿Cuándo lo habéis decidido?

El comentario de su hija había respondido también a la duda de Consuelo de si Annabelle se había quedado encinta durante la luna de miel. Al parecer, no.

—Creo que soy demasiado joven. Y nos lo pasamos muy bien juntos sin tener que preocuparnos por un niño. Además, queremos viajar un poco más. Tal vez vayamos a California al año que viene. Josiah dice que San Francisco es precioso, y quiere enseñarme el Gran Cañón. No puedo hacer todo eso si estoy embarazada.

—El Gran Cañón puede esperar —le dijo su madre, con aire decepcionado—. Siento oír vuestros planes. Me hacía mucha ilusión tener nietos —añadió con tristeza.

En esos momentos no había nada que diera sentido a su vida, salvo las visitas de Annabelle, que ya no vivía con ella, cosa que echaba mucho de menos. Si hubiera tenido nietos, ellos habrían llenado ese vacío.

—Ya los tendrás —le confirmó su hija—. Pero todavía no. No tengas tanta prisa. Como dice Josiah, nos queda mucho tiempo por delante.

Su marido lo había dicho más de una vez durante el viaje de novios y a ella no le quedaba más remedio que darle la razón. Al fin y al cabo, era su esposo, y ella tenía que seguir su iniciativa.

—Bueno, pues continúa sin parecerme bien que trabajes en la isla de Ellis. Creía que te gustaba el trabajo de voluntaria que hacías hasta ahora.

El Hospital para los Lisiados ya era lo bastante horrendo, en opinión de Consuelo. La isla de Ellis era impensable.

—Me parece que trabajar en la isla de Ellis será más interesante, y allí tendré más opciones de mejorar mis habilidades —repitió Annabelle, y su madre se sobresaltó al oír esas palabras.

—¿Qué habilidades? ¿Qué escondes debajo de la manga?

Annabelle estaba siempre llena de ideas, sobre todo relacionadas con la medicina y la ciencia. Estaba claro que era su pasión, aunque no la hubiera ejercido de manera oficial.

—Nada, mamá —contestó Annabelle muy seria y con aspecto taciturno—. Es que me encantaría poder ayudar aún más a las personas, y creo que soy capaz de hacer más de lo que me permiten en los hospitales de aquí.

Su madre ignoraba que Annabelle quería ser médico. Era uno de esos sueños que la joven sabía que nunca se harían realidad, así que ¿para qué comentárselo si así iba a disgustarla? Pero, por lo menos, deseaba acercarse todo lo posible a ese sueño con su tarea de voluntaria. La isla de Ellis y sus profundas necesidades, pues el hospital estaba masificado y contaba con pocos profesionales, le darían la oportunidad de hacerlo. Había sido Henry Orson quien se lo había propuesto. Conocía a un médico que trabajaba en ese hospital y le había prometido que se lo presentaría. Y como había sido idea de Henry, a Josiah le había parecido bien el plan.

Después de comer, Annabelle y su madre fueron a visitar a Hortie. Todavía tenía que descansar en la cama algunas horas al día, pero se levantaba cada vez más. A Annabelle se le hizo un nudo en la garganta al ver lo flaca que se había quedado Hortie y lo fatigada que parecía. El bebé era guapo y estaba rollizo, pero Hortie tenía el aspecto de haber ido a la guerra, y le dijo que se sentía igual o peor.

—Fue horroroso —le dijo con sinceridad, con unos ojos que todavía reflejaban todo lo vivido—. Nadie me contó que sería así. Pensaba que me moría, y luego mi madre me dijo que estuve a punto de hacerlo. Para colmo, James dice que quiere otro hijo pronto. Me da la impresión de que tiene pensado empezar una dinastía, o montar un equipo de béisbol o algo así. Todavía me cuesta sentarme y tengo suerte de no haber pillado una infección. Eso habría acabado conmigo, igual que le ocurrió a Aimee Jackson el año pasado. —Parecía impresionada de verdad y muy conmocionada por lo que acababa de superar. Y Annabelle no podía dejar de preguntarse si el hijo compensaba todo aquello. Era adorable, pero no habría sido tan adorable si su llegada al mundo hubiera matado a Hortie, y daba la impresión de que había estado a punto. Le pareció aterrador cuando Hortie le describió cómo había sido el parto—. Creo que me pasé veintiséis horas chillando. Ni siquiera estoy segura de si quiero repetirlo. E imagínate si hubieran sido gemelos. Creo que me mataría antes de pasar por eso. ¡Imagínate tener dos la misma noche!

Estaba horrorizada, cuando apenas seis meses antes había pensado que tener gemelos sería divertido. Dar a luz había resultado ser un asunto mucho más serio de lo que pensaba antes. Y el relato asustó a su amiga. Tanto, que dio gracias de no estar embarazada.

—¿Y tú qué tal? —preguntó Hortie con una mirada pícara y retomando su carácter de siempre—. ¿Cómo fue la luna de miel? ¿No te parece que el sexo es fabuloso? Es una pena que tenga que terminar en un parto, aunque supongo que puede evitarse, si tienes suerte. ¿Crees que ya te habrás quedado embarazada?

—No —se apresuró a decir Annabelle—. No estoy embarazada. Y no tenemos prisa. Además, lo que acabas de contarme hace que se me quiten las ganas para siempre.

—Mi madre dice que no debería contarles estas cosas a las mujeres que no han dado a luz aún. —Puso cara de culpabilidad—. Siento haberte asustado.

—No pasa nada —contestó Annabelle quitándole hierro. No había comentado nada acerca de su vida sexual y no tenía intención de hacerlo—. Digamos que hace que me alegre de no estar embarazada.

Entonces Hortie se recostó en la cama con un suspiro cansado, justo cuando la nodriza les llevó al bebé para enseñarles lo lozano y guapo que era. Era un niño encantador, y dormía profundamente en brazos de la ama de cría.

—Supongo que valió la pena —comentó la madre de la criatura sin mucho convencimiento, cuando la nodriza se hubo marchado.

A Hortie no le gustaba demasiado cogerlo en brazos. La maternidad la asustaba y todavía no había perdonado al niño la agonía que le había provocado. Sabía que se acordaría durante meses y meses.

—Mi madre dice que con el tiempo me olvidaré. Pero no estoy tan segura. Fue una barbaridad —repitió—. El pobre James no tiene ni idea de lo que pasó, y no me dejan que se lo cuente. Se supone que los hombres no deben saber estas cosas.

A Annabelle le parecía un principio muy extraño, pues habrían tenido que comunicárselo si ella hubiera muerto. Pero supuso que, salvo en ese caso, todo lo demás debía permanecer en secreto y una debía fingir que todo había ido como la seda.

—No veo por qué no puede saberlo. Yo se lo contaría a Josiah. No hay nada que no pueda contarle. Y creo que, aunque no se lo contara, se preocuparía por mí.

—Algunos hombres son así. Pero James, no. Es un niño. Y Josiah es mucho mayor, casi como si fuera tu padre. Bueno, entonces, ¿os lo pasasteis bien?

—Fue genial —dijo Annabelle con una sonrisa—. Aprendí a pescar con anzuelo, montamos a caballo todos los días.

Le había encantado galopar por las laderas de las montañas con Josiah entre mares de flores silvestres.

—¿Y qué más aprendiste? —preguntó Hortie con mirada maliciosa, pero Annabelle hizo caso omiso—. Yo aprendí cosas muy interesantes de James durante nuestra luna de miel en París.

Todo el mundo sabía que, por lo menos antes del matrimonio, James frecuentaba el prostíbulo. Era un secreto a voces. Y seguramente las prostitutas le habían enseñado cosas que Annabelle no quería saber, aunque, por lo que parecía, a Hortie no le importaba. Ella prefería mil veces estar casada con Josiah, aunque tardaran más tiempo en fundar una familia. Además, antes tenían que encontrar casa, pues su apartamento era demasiado pequeño.

Hortie no le sacó nada de información con sus preguntas e insinuaciones, así que al final, agotada, se dio por vencida y se acostó para echar una siesta, de modo que Annabelle se despidió de ella y volvió a casa. Se alegraba de haberla visto y el bebé era precioso, aunque la historia sobre el parto la había sobrecogido. Deseaba tener un hijo, pero no le apetecía en absoluto pasar por todo aquello. Le habría gustado coger en brazos a Charles un momento, pero Hortie no se lo había ofrecido, y tampoco parecía sentir deseos de acunarlo ella. Aunque, teniendo en cuenta lo que le había ocurrido, pensó que era comprensible y se preguntó si haría falta tiempo para desarrollar el instinto maternal, del mismo modo que hacía falta tiempo para asimilar la idea del matrimonio. Ni Josiah ni ella se habían acostumbrado todavía a estar casados.

9

En noviembre, cuando la temporada de actividades sociales de Nueva York volvió a cobrar fuerza, Hortie ya estaba en pie y Josiah y Annabelle no dejaban de recibir invitaciones. Con frecuencia coincidían en las fiestas con James y Hortie, quien había recuperado su buen humor de siempre. El bebé ya casi tenía tres meses, y Annabelle y Josiah llevaban casados ese mismo tiempo.

De la noche a la mañana, Annabelle y Josiah se habían convertido en la pareja más deseada y popular de Nueva York. Juntos estaban radiantes, y además mantenían la relación sencilla y desenfadada del principio. Se gastaban bromas mutuamente sin cesar y jugueteaban como niños, aunque también entablaban serias discusiones sobre temas políticos e intelectuales, a menudo cuando Henry iba a cenar a su casa. Hablaban sobre libros y otras aficiones, y las conversaciones con Henry siempre eran muy animadas. Algunas veces, los tres jugaban a las cartas y se reían a carcajada limpia.

Josiah y Annabelle cenaban con Consuelo por lo menos dos veces por semana, y en ocasiones con mayor frecuencia. Annabelle intentaba pasar todo el tiempo posible con su madre durante el día, pues sabía lo sola que estaba, aunque Consuelo nunca se quejaba al respecto. Era una mujer elegante y cariñosa. Además, no presionaba a Annabelle para que formara una familia, aunque deseaba que lo hiciera. Y no podía evitar darse cuenta de que esta hablaba de su esposo en los mismos términos que empleaba antes para hablar de su hermano Robert. Había una parte de Annabelle que sencillamente no había crecido todavía, a pesar de todo lo que había ocurrido, pero Josiah parecía encantado con esa faceta y la trataba como a una niña.

Tal como le había prometido, Henry le presentó a su amigo, el médico de la isla de Ellis, y Annabelle empezó a colaborar allí de voluntaria. Trabajaba muchas horas y a destajo, a menudo con niños enfermos. Y su madre tenía razón, aunque Annabelle nunca lo reconocería delante de ella, cuando le dijo que la mayoría de los pacientes llegaban gravemente enfermos y las infecciones se propagaban como la pólvora. De todos modos, la labor era fascinante y le encantaba. Annabelle le daba las gracias a Henry por haberlo hecho posible siempre que lo veía. Josiah estaba muy orgulloso de lo mucho que trabajaba su esposa, aunque ella no solía compartir los detalles de su labor con él. A pesar de eso, Josiah sabía lo mucho que se volcaba Annabelle en el funcionamiento del hospital, en los inmigrantes y en la tarea en sí.

Se desplazaba a la isla de Ellis tres veces por semana, pasaba allí unas jornadas agotadoras pero reconfortantes, y a menudo volvía tarde a casa. Trabajaba en el complejo hospitalario con forma de U que había en la parte sur de la isla. Algunas veces la mandaban a la Gran Sala, en el Ala Principal. Las llamas la habían destruido hacía dieciséis años, y la zona en la que ella solía colaborar había sido reconstruida tres años después del incendio. En la Gran Sala, los inmigrantes eran retenidos en una especie de celdas gigantescas en las que los interrogaban para asegurarse de que sus documentos y cuestionarios estaban al día. La mayor parte de ellos eran trabajadores robustos, muchos con esposa e hijos pequeños, y otros solos. Algunos decían que los esperaba su futura esposa, a quien nunca habían visto o a quien apenas conocían. Annabelle solía ayudarles con el proceso de las entrevistas, aunque alrededor de un dos por ciento de los inmigrantes eran deportados, con lágrimas y desesperación, y enviados de vuelta a sus países de procedencia. Ante el terror de la deportación, muchas personas mentían al responder a las preguntas de los interrogadores. Como sentía una inmensa pena por ellos, más de una vez había apuntado como válida una respuesta vaga o incorrecta. No tenía agallas para convertirlos en candidatos a la deportación.

Cada mes llegaban a la isla de Ellis cerca de cincuenta mil personas, y si Consuelo las hubiera visto al entrar, habría temido todavía más por el bienestar de su hija. Muchas de las personas que recalaban allí habían superado penurias atroces y algunas habían contraído enfermedades por el camino; por eso debían ser enviadas al complejo hospitalario. Los afortunados abandonaban la isla de Ellis en cuestión de horas, pero aquellos cuyos papeles no estaban en regla, o quienes estaban enfermos, debían permanecer en cuarentena y podían ser retenidos durante meses o incluso años. Además, para salir de allí era preciso que contaran con veinticinco dólares. Y todo aquel cuya entrada en el país presentaba dudas era enviado a un centro comunitario para extranjeros, eso cuando no era expulsado. Los enfermos acababan en una de las salas del hospital, de 275 camas, a la que solía ser asignada Annabelle para desempeñar la labor que tanto le gustaba.

Faltaban médicos y enfermeras, así que los existentes debían trabajar jornadas larguísimas, y con frecuencia acababan delegando tareas en los voluntarios que Annabelle nunca habría tenido oportunidad de realizar en otras circunstancias. Ayudaba a dar a luz, cuidaba de los niños enfermos y, entre otras cosas, presenciaba análisis oculares para diagnosticar el tracoma, una afección que sufrían muchos inmigrantes. Algunos de ellos ocultaban los síntomas por miedo a que los deportaran. Por supuesto, también había pabellones de cuarentena para enfermos con paperas, fiebre escarlata y difteria, en los que Annabelle no podía entrar. Sin embargo, colaboraba en prácticamente todo lo demás, y los médicos con los que trabajaba solían quedar impresionados por su buen instinto para diagnosticar. A pesar de ser una persona sin formación, había adquirido una gran cantidad de conocimientos gracias a las lecturas que había realizado y poseía una habilidad innata para todo lo relacionado con la medicina, además de tener mucho tacto en el trato con los pacientes. Los enfermos la apreciaban y confiaban ciegamente en ella, quien, algunas veces, llegaba a ver a cientos de pacientes en un solo día para solucionar por sí misma dolencias menores, o para ayudar a médicos y enfermeras si los casos eran de mayor gravedad. Había tres edificios completos dedicados a las enfermedades contagiosas y muchos de los pacientes allí ubicados no abandonarían jamás la isla de Ellis.

El pabellón de los tuberculosos era el más triste del hospital, y Consuelo se habría puesto histérica de haber sabido que, con frecuencia, Annabelle se prestaba voluntaria para trabajar en él. Nunca se lo había dicho a su madre, ni siquiera a Josiah, pero los pacientes que más le interesaban eran los más graves, pues con ellos era con quienes consideraba que aprendía más acerca del tratamiento y la cura de las enfermedades serias.

Un día, después de haber estado ayudando en el pabellón de los tuberculosos hasta bien entrada la noche, se encontró al volver a casa a Henry y a Josiah charlando en la cocina. Este comentó que Annabelle llegaba muy tarde, así que ella se disculpó porque se sentía culpable. Le había costado mucho despedirse de los pacientes que había visto ese día, todos ellos niños con tuberculosis. Para entonces ya eran las diez, y Henry y Josiah estaban preparando la cena y hablando tranquilamente del banco. Josiah la abrazó muy fuerte. Annabelle estaba agotada y todavía no había entrado en calor después del trayecto en barca para regresar a la ciudad. Su marido le dijo que se sentara con ellos en la cocina, le acercó un cuenco de sopa y le preparó la cena a ella también.

Mientras cenaban, mantuvieron una conversación muy animada, como siempre que se reunían los tres. Eso sirvió para distraer a Annabelle, quien dejó de pensar por un rato en sus pacientes. Les encantaba debatir ideas nuevas y viejas, discutir sobre política y replantearse las normas sociales aceptadas desde hacía siglos dentro de su mundo; en general, se divertían mucho juntos. Eran tres personas inteligentes con mentes inquietas y parecían uña y carne. Annabelle había llegado a querer a Henry casi tanto como lo quería Josiah, y para ella se había convertido en otro hermano, pues echaba muchísimo de menos al suyo.

Esa noche estaba demasiado cansada para continuar conversando con ellos en la sobremesa, así que, cuando vio que ambos se enfrascaban en un acalorado debate sobre un tema político, les dio las buenas noches y se fue a dormir. Se preparó un baño caliente, se puso un camisón que abrigaba y se deslizó agradecida entre las sábanas, pensando en la labor que había realizado ese día en la isla de Ellis. Se había quedado profundamente dormida mucho antes de que Henry se marchase y Josiah se fuera a la cama. Cuando su marido entró en la habitación, se despertó y lo miró con ojos adormilados mientras él se deslizaba bajo las sábanas a su lado. Entonces alargó los brazos para recibirlo. Al cabo de pocos minutos, estaba totalmente despierta, pues ya había descansado durante varias horas.

—Siento no haberme quedado con vosotros. Estaba agotada —dijo con voz adormecida, disfrutando del calor que él le proporcionaba.

Le encantaba dormir abrazada a Josiah. Amaba todas las facetas de su marido y confiaba en que él la amara en igual medida. Algunas veces no estaba segura. Las relaciones con los hombres, y sus flaquezas, le resultaban desconocidas. Un marido era distinto de un padre o un hermano. Con un esposo, la dinámica era mucho más sutil y en ocasiones confusa.

—No seas tonta —le susurró él sin pensarlo—, es que

hablamos demasiado. Y has tenido un día muy largo. Te entiendo.

Ella era una persona muy entregada y nunca dudaba en desvivirse por el bien de los demás. Era un ser humano increíble con un buen corazón, y él la amaba de verdad. No le cabía la menor duda.

A continuación se produjo un silencio incómodo entre los dos, pues Annabelle vaciló; deseaba preguntarle algo. Siempre le daba apuro sacar el tema.

—¿Crees que... a lo mejor... podríamos empezar a... tener familia? —le preguntó en un susurro, y durante un largo instante él no dijo nada, pero ella notó que se ponía tenso.

Se lo había preguntado una vez más, y en la otra ocasión tampoco le había sentado bien. Había momentos y temas sobre los que Josiah no quería que lo presionaran. Y ese era uno de esos temas.

—Tenemos mucho tiempo por delante, Annabelle. Solo llevamos casados tres meses. Las personas necesitan tiempo para acostumbrarse unas a otras. Ya te lo he dicho. Tiempo al tiempo, no presiones.

—No presiono. Solo pregunto...

No estaba ansiosa por pasar por el mismo mal trago que su amiga Hortie, pero quería tener un hijo con él y deseaba demostrarle lo valiente que era, por muy horrenda que fuera o pudiera ser la experiencia.

—Pues no preguntes, ya ocurrirá. Primero necesitamos asentarnos.

Sus palabras sonaron firmes, aunque Annabelle no quería discutir con su marido ni enojarlo. Siempre era muy cariñoso, pero cuando se enfadaba, se bloqueaba y se volvía muy frío con ella, algunas veces durante varios días. Y Annabelle no tenía el menor deseo de provocar una disputa entre ambos en ese preciso momento.

—Lo siento. No volveré a sacar el tema —susurró, sintiéndose reprendida.

—Por favor, no lo hagas —contestó él con una voz que de repente sonó gélida, y le dio la espalda.

Era un hombre afectuoso y comprensivo con el resto de los temas, pero no con ese. Era un asunto delicado para él. Unos minutos más tarde, sin decir ni una palabra más, se levantó. Annabelle se quedó despierta esperándolo durante un buen rato, y al final concilió el sueño antes de que regresara. Por la mañana, cuando se levantó, él ya estaba en pie y vestido. Sus discusiones casi siempre acababan así. Tal actitud reforzaba la petición de que no le molestara ni presionara, y le recordaba a Annabelle que no debía volver a tocar el tema.

A la semana siguiente fue a ver a Hortie y, cuando llegó a su casa, se la encontró hecha un mar de lágrimas. Estaba acongojada, pues acababa de descubrir que había vuelto a quedarse embarazada. El bebé nacería once meses después que Charles, en julio. James estaba encantado con la idea y esperaba que fuese otro chico. Pero el recuerdo del parto de su primer hijo estaba todavía demasiado fresco en la mente de Hortie, a quien daba pavor tener que pasar por lo mismo otra vez, así que no hacía más que llorar y apenas se levantaba de la cama. Annabelle intentó consolarla, pero no sabía qué decirle. Lo único que se le ocurría era que seguramente no fuese tan terrible la segunda vez. Hortie no estaba tan convencida.

—¡Y no quiero volver a ponerme como una vaca! —chilló—. James no se me acercó en todo el embarazo. Mi vida es una ruina, y además ¡a lo mejor esta vez me muero de verdad! —añadió entre gemidos—. Estuve a punto de morir en el otro parto.

—No te morirás... —le dijo Annabelle, con la esperanza de que fuera cierto—. Tienes un buen médico y tu madre te acompañará. No dejarán que te pase nada. —Sin embargo, las dos sabían que otras mujeres habían muerto mientras daban a luz, o justo después, a pesar de contar con unos cuidados excelentes—. No puede ser peor que la otra vez —insistió Annabelle, pero Hortie no se consolaba con nada.

—Ni siquiera me «gustan» los niños —le confesó—. Pensaba que un hijo sería como una hermosa muñeca gigante, pero lo único que hace es comer, cagar y llorar. Gracias a Dios que no le doy el pecho. ¿Por qué tengo que arriesgar mi vida a cambio de eso?

—¡Porque estás casada y eso es lo que tienen que hacer las mujeres! —le espetó su madre con sequedad mientras entraba en la habitación, y miró a su hija con ojos severos—. Deberías estar agradecida de ser capaz de concebir y hacer feliz a tu marido.

Todas ellas conocían a mujeres que eran incapaces de tener hijos, a quienes sus esposos abandonaban por otras que sí podían. No obstante, al escucharlas, Annabelle agradeció que ese tema no fuera problemático entre Josiah y ella, aunque creía que el bebé de Hortie era mucho más atractivo de lo que pensaba su madre. De todas formas, se pusiera como se pusiese, Hortie iba a tener dos hijos en julio del año siguiente, menos de dos años después de haberse casado.

—Eres una niña egoísta y malcriada —la reprendió su madre, y volvió a salir de la habitación, sin mostrar la menor empatía por su hija, aunque había estado presente en la agónica experiencia del parto. Lo único que dijo fue que ella había pasado por cosas peores, pues sus hijos habían sido igual de grandes, y además había tenido varios abortos y dos bebés que habían nacido muertos, así que Hortie no tenía ningún motivo para quejarse.

—¿Para eso estamos aquí? ¿Para parir? —le preguntó Hortie a su amiga, muy enfadada, una vez que su madre hubo salido del dormitorio—. Y ¿por qué es todo tan sencillo para los hombres, eh? Lo único que hacen es jugar contigo, y luego a ti te toca todo el sufrimiento y el trabajo, te pones gorda y fea y vomitas durante meses, y para colmo arriesgas tu vida para tener un hijo. Algunas mujeres mueren en el parto... Y ¿qué hacen los hombres mientras tanto? Nada, se limitan a hacerte otro hijo y después salen corriendo a divertirse con sus amigos.

Annabelle sabía, igual que Hortie, que en la ciudad corrían rumores de que James tonteaba demasiado y veía a otras mujeres además de a su esposa. Eso le recordó a Annabelle que ninguna vida ni ningún matrimonio eran perfectos. Josiah prefería esperar antes de fundar una familia, pero por lo menos estaba segura de que no la engañaba, no era de esa clase de hombres. De hecho, el único matrimonio perfecto que conocía era el de sus padres, y su padre había muerto y su madre era una viuda solitaria a los cuarenta y cuatro años. A lo mejor, en el fondo, la vida era injusta.

Escuchó las quejas y lamentos de Hortie durante varias horas y después regresó a casa con su marido, aliviada de que su vida fuese mucho más sencilla, aunque él siguió comportándose con frialdad aquella noche. No le habían gustado nada los comentarios que Annabelle había hecho la noche anterior. Salió a cenar con Henry al Club Metropolitan porque dijo que tenía que hablar de negocios con él. Annabelle se quedó en casa y se zambulló en sus libros de medicina. Al día siguiente volvería a la isla de Ellis. Leía todo lo que podía sobre enfermedades contagiosas, en especial sobre la tuberculosis. Aunque resultaba agotador y era un reto para ella, le encantaba todo lo que hacía en el hospital. Y, como solía ocurrir, ya estaba profundamente dormida cuando Josiah llegó a casa esa noche. Sin embargo, cuando se despertó de madrugada, notó que él la había abrazado. La joven sonrió y volvió a conciliar el sueño. Su mundo estaba a salvo.

10

Como Josiah no tenía muy buena relación con su familia, Annabelle y él pasaron tanto el día de Acción de Gracias como la Navidad con la madre de ella. Y como Henry estaba solo, a modo de deferencia hacia él lo invitaron también en ambas ocasiones. Era inteligente, encantador y muy atento con Consuelo, así que dio un poco de alegría al grupo.

Al final, Hortie se calmó y fue asimilando la idea de que iba a tener otro hijo. No estaba precisamente emocionada, pero no le quedaba otro remedio que aceptarlo. De todas formas, ella deseaba más descendencia, lo que ocurría era que simplemente no estaba preparada para dar a luz tan poco tiempo después de la odisea vivida en agosto. Pero confiaba en que esa vez fuese más sencillo, y de momento no tenía tantas náuseas.

Por su parte, Annabelle siguió volcada en su labor en la isla de Ellis, a pesar de las objeciones continuas de su madre. Consuelo no había vuelto a preguntarle a Annabelle por el tema de los nietos, pues había entendido el mensaje alto y claro de que la pareja no iba a tener hijos de manera inminente, y, aunque estaba ansiosa por ser abuela, no quería entrometerse sin motivos en la vida de la joven. Además, trataba a Josiah como a un hijo.

Todos se quedaron conmocionados cuando llegó abril y, con él, el segundo aniversario del hundimiento del *Titanic*. En algunos aspectos, parecía que hubiera ocurrido el día anterior, y en otros, el episodio parecía mucho más lejano. Habían pasado tantas cosas desde entonces... Annabelle y su madre fueron a la iglesia ese día y celebraron una misa especial en memoria de su padre y su hermano. Consuelo se sentía sola, pero se había adaptado bien a esas grandes pérdidas y daba gracias porque Josiah y Annabelle pasaran tanto tiempo con ella. Eran muy generosos.

En mayo, esta cumplió veintiún años. Consuelo le preparó una fiesta reducida e invitó a algunos de sus amigos. Fueron James y Hortie, así como varias parejas jóvenes de su círculo, y Henry Orson, con una muchacha preciosa a quien acababa de conocer. Annabelle confiaba en que surgiera algo entre los dos.

Pasaron una velada estupenda y Consuelo incluso había contratado a unos músicos, así que después de la cena todos se pusieron a bailar. La fiesta fue fantástica. Y por la noche, cuando Josiah y Annabelle se fueron a dormir, ella volvió a plantearle a su marido la fatídica pregunta. No se lo había mencionado desde hacía meses. Josiah le había regalado una hermosa pulsera de diamantes para su cumpleaños, que todos los invitados admiraron y que era la envidia de todas sus amigas, pero ella quería otra cosa de él, algo que consideraba mucho más importante. El anhelo llevaba varios meses corroyéndola por dentro.

—¿Cuándo vamos a formar una familia? —le susurró cuando estaban en la cama, uno al lado del otro.

Lo dijo mirando hacia el techo, como si, por no mirarlo a la cara, a él le fuese a resultar más fácil darle una respuesta sincera. Cada vez había más cosas que se quedaban en el aire flotando entre los dos. Annabelle no quería disgustarlo pero, tras nueve meses de matrimonio, algunas cosas eran difíciles de explicar, y él no podía seguir diciéndole que «tenían tiempo» y que «no hacía falta correr». ¿Cuánto tiempo más debería esperar?

—No lo sé —contestó él con sinceridad y cara triste. Annabelle lo vio en sus ojos cuando volvió la cabeza para mirarlo—. No sé qué decirte —repitió él, a punto de echarse a llorar, y de repente Annabelle se asustó—. Necesito un poco de tiempo.

Ella asintió y con cariño le acarició la mejilla con la mano.

—No pasa nada. Te quiero —le susurró. Había muchas cosas que no comprendía y que no podía preguntarle a nadie—. ¿Hay algo que yo deba cambiar?

Él negó con la cabeza y se la quedó mirando.

—No eres tú. Soy yo. Intentaré solucionarlo, te lo prometo —dijo él mientras los ojos se le llenaban de lágrimas y la estrechaba entre sus brazos. Hacía meses que no se sentían tan próximos, y la joven sintió que Josiah por fin empezaba a derribar los muros que lo rodeaban para dejarla entrar.

Annabelle sonrió mientras lo abrazaba y le respondió con sus propias palabras.

—Tenemos tiempo.

Cuando lo dijo, una lágrima resbaló por la mejilla de Josiah.

En junio, Consuelo se marchó a Newport. Ahora que tenía menos cosas que hacer en la ciudad, le gustaba ir allí antes de que empezase la temporada estival. Annabelle le había prometido que se uniría a ella a principios de julio, y Josiah iría a finales de mes.

La mujer ya había abandonado la ciudad cuando las noticias desde Europa atrajeron la atención de todo el mundo. El 28 de junio de 1914, el archiduque Francisco Fernando, heredero del Imperio austro-húngaro, y su esposa Sofía, estaban de visita oficial en Sarajevo, en Bosnia, cuando los asesinó de un balazo un joven terrorista serbio llamado Gavrilo Princip. Este formaba parte de la Mano Negra, una organización terrorista serbia muy temida que quería terminar a toda costa con el dominio austro-húngaro en los Balcanes. El Gran Duque y su esposa habían muerto de un solo tiro disparado a bocajarro en la cabeza. La impactante noticia reverberó por todo el mundo, y sus consecuencias en Europa fueron rápidas y sobrecogedoras y dejaron de piedra a todos los habitantes de Estados Unidos.

Austria culpó al gobierno de Serbia y pidió ayuda a Alemania. Tras varias semanas de enfrentamientos diplomáticos, el 28 de julio, Austria-Hungría declaró la guerra a Serbia y abrió fuego en la ciudad de Belgrado. Dos días más tarde, Rusia movilizó sus tropas y se preparó para la guerra. Francia se vio entonces en una tesitura y, obligada por las condiciones del tratado firmado con Rusia, tuvo que apoyar sus planes bélicos. En cuestión de días, el castillo de naipes que mantenía la paz en Europa empezó a desmoronarse. Los dos disparos que habían matado al archiduque de Austria y a su mujer habían llevado a la guerra a los países más importantes de Europa. El 3 de agosto, a pesar de sus protestas, pues se trataba de un país neutral, las tropas alemanas marcharon por toda Bélgica para atacar Francia.

Al cabo de pocos días, Rusia, Inglaterra y Francia se aliaron y declararon la guerra a Alemania y al Imperio austro-húngaro. Los estadounidenses y su gobierno permanecían boquiabiertos ante lo ocurrido. El 6 de agosto, todas las grandes potencias de Europa estaban en guerra y en Estados Unidos no se hablaba de otra cosa.

Annabelle había retrasado su marcha a Newport a la espera de ver cómo se desarrollaban los acontecimientos en Europa. Deseaba quedarse en casa para estar cerca de Josiah. Aunque su país no había entrado en la contienda, sus aliados europeos estaban en guerra. Sin embargo, Estados Unidos no daba muestras de querer involucrarse. Y Josiah le aseguró que, incluso si el país entraba en guerra en algún momento, cosa harto improbable, Annabelle no tenía nada que temer pues, le recordó, estaba casada con un «hombre mayor». A los cuarenta y un años, no había ningún peligro de que lo mandaran al frente. El presidente Wilson repetía para tranquilidad de todos los ciudadanos estadounidenses que tenía intención de permanecer al margen de la guerra de Europa. De todas formas, la situación era increíblemente inquietante.

Al final, Annabelle viajó a Newport con Josiah a finales de julio, dos semanas más tarde de lo previsto. En la isla de Ellis había tenido tanto trabajo como siempre. Muchos de los inmigrantes sentían pánico por la seguridad de sus familiares. Era evidente que la guerra, declarada en muchos de los países de los que ellos procedían, afectaría a sus familias e impediría que algunos de los que tenían pensado reunirse con ellos en Estados Unidos pudieran desplazarse allí. Muchos de sus hijos, hermanos y primos ya habían sido llamados a filas.

En Nueva York, antes de marcharse, Annabelle, Josiah y Henry habían hablado largo y tendido sobre la guerra en Europa en varias de sus cenas compartidas en el jardín de los Millbank. E incluso en el idílico Newport corrían las noticias acerca de lo que estaba ocurriendo. Por una vez, la vida social de la localidad y la participación de los vecinos en ella habían pasado a un segundo plano y habían cedido protagonismo a las noticias de los acontecimientos mundiales.

En la fiesta del primer aniversario de bodas de Josiah y Annabelle, Consuelo se percató de que la pareja estaba más unida que nunca, aunque los encontró a ambos muy serios, cosa que era perfectamente comprensible, teniendo en cuenta lo que pasaba en el mundo. Henry se había desplazado desde Nueva York para celebrar el aniversario de bodas con ellos.

Para entonces, Hortie ya había tenido a su segundo hijo, que se retrasó dos semanas y nació el día 1 de agosto: esta vez fue una niña. El parto volvió a ser largo y complicado, pero ni la mitad de terrible que el de Charles. Y Louise, que fue el nombre que le pusieron, solo pesó tres kilos y ochocientos gramos. Hortie no pudo asistir a la cena de aniversario de Annabelle y Josiah en la casa de campo de Consuelo, porque todavía estaba recuperándose en la cama, atendida por su madre y una enfermera. Sin embargo, James sí que fue, por supuesto. Como tenía costumbre, ese verano asistió a todas las fiestas que se celebraron en Newport, algo que también hacía en Nueva York, con o sin Hortie.

Aquel agosto en Newport fue mucho más tranquilo que de ordinario, debido a las noticias de la guerra en Europa. El conflicto parecía un nubarrón que pendía sobre todos ellos, pues nadie dejaba de hablar de los Aliados al otro lado del Atlántico ni de preocuparse por sus amigos europeos. Annabelle y Josiah hablaban con frecuencia sobre el tema, incluso durante los tranquilos días que disfrutaron a solas después de la partida de Henry. Entre Josiah y Annabelle parecía haber un acuerdo tácito, pero Consuelo los veía más serios que en la primera etapa de su matrimonio. Le entristecía ver que seguían sin fundar una familia y Annabelle nunca le mencionaba el tema. En un momento dado, cuando vio que su hija tenía la mirada triste, Consuelo le preguntó si algo marchaba mal, pero Annabelle no compartió sus penas con ella, y parecía más entregada que nunca a su esposo. Consuelo seguía creyendo que formaban la pareja perfecta, y se divertía con ellos y sus amigos. Solo confiaba en que algún día le dieran un nieto y, a ser posible, pronto.

La joven pareja regresó a Nueva York a principios de septiembre: Josiah volvió a sus obligaciones en el banco y Annabelle a las suyas en la isla de Ellis. Cada vez se involucraba más en el hospital y sentía un profundo afecto y respeto por las personas a las que cuidaba y ayudaba, la mayor parte de ellas polacas, alemanas e irlandesas. Y su madre seguía preocupándose por su salud, pues no le gustaba que estuviera tan cerca de los enfermos. Sufrían muchas afecciones, y los niños solían estar muy enfermos; además, Consuelo sabía que la tuberculosis campaba a sus anchas... Lo que desconocía era que Annabelle no tenía miedo ni se preocupaba cuando se mezclaba con ellos. Ese otoño trabajó en el hospital más que nunca, a pesar de las advertencias y quejas de su madre.

Josiah también estaba muy ocupado en el banco, ya que debía solucionar algunos asuntos delicados. Como potencia neutral, el gobierno de Estados Unidos, pese a comprender su causa, se había negado a financiar o contribuir de manera oficial a los esfuerzos bélicos de los Aliados en Europa. En consecuencia, la empresa privada y algunos individuos muy acaudalados habían dado un paso adelante y habían ofrecido su ayuda a título personal. Enviaban dinero y fletaban alimentos, y no solo para los Aliados, sino a veces también para sus enemigos. Se estaba creando un gran revuelo, y controlar todas esas transferencias requería una discreción absoluta, en la que a menudo se veía inmerso el propio Josiah. Como hacía con la mayor parte de sus preocupaciones, le había confiado a Annabelle lo que tenía entre manos y había compartido con ella sus dudas. Le preocupaba horrores que ciertos clientes importantes del banco de su difunto padre enviaran material y fondos a Alemania, debido a los vínculos que dichos clientes tenían en el país germánico. Aborrecía tener que jugar en ambos bandos, pero debía cumplir las solicitudes de sus clientes.

Era un secreto a voces que se estaban realizando transacciones de tal naturaleza, y, para cortar de cuajo la llegada de provisiones a Alemania, Gran Bretaña había empezado a bombardear el Mar del Norte. Como represalia, los alemanes amenazaban con hundir cualquier barco que perteneciese a Gran Bretaña o a sus aliados. Además, los submarinos alemanes patrullaban el Atlántico bajo su superficie. Estaba claro que no era un buen momento para cruzar el océano, pero a pesar de ello seguía llegando a la isla de Ellis un torrente continuo de inmigrantes, decididos a encontrar una nueva vida en Estados Unidos.

Las personas a las que Annabelle trataba en esos momentos estaban más enfermas y en peores condiciones que las que había atendido en los años precedentes. En muchos casos, habían dicho adiós a unas condiciones penosas en sus países de origen y besaban el suelo cuando desembarcaban en Estados Unidos. Agradecían cualquier gesto amable que les ofreciera el personal médico y valoraban mucho todo lo que Annabelle hacía por ellos. Había intentado contarle a su madre, aunque en balde, lo necesitados que estaban de voluntarios como ella para que atendieran a los inmigrantes recién llegados. A pesar de eso, su madre seguía teniendo la firme convicción de que arriesgaba su vida cada vez que iba allí, y no se equivocaba del todo, por mucho que Annabelle no estuviera dispuesta a reconocerlo. Josiah era el único que parecía comprender y apoyar su labor. La joven había comprado más libros sobre medicina y solía estudiarlos todas las noches antes de irse a dormir. Eso la mantenía ocupada cuando Josiah tenía que trabajar hasta tarde o cuando salía con sus amigos a actos en clubes en los que no se aceptaban mujeres. A Annabelle no le importaba que saliera sin ella. Decía que así tenía más tiempo para leer y estudiar hasta bien entrada la madrugada.

Para entonces ya había visto realizar varias operaciones y había leído a conciencia todo lo que caía en sus manos acerca de las enfermedades contagiosas que se extendían como plagas entre los pacientes a los que atendía. Muchos de los inmigrantes morían, sobre todo los más ancianos, por culpa de las penurias del viaje o debido a las enfermedades que contraían cuando llegaban. En muchos sentidos, Annabelle era considerada entre el equipo médico del hospital como una especie de enfermera extraoficial y sin formación, que a menudo demostraba ser tan competente como el resto, o incluso más. Tenía un instinto muy certero y un talento aún mayor a la hora de diagnosticar a los pacientes, algunas veces con la rapidez necesaria para poder salvarles la vida. Josiah solía decir que era una santa, halago que ella rechazaba porque lo consideraba un piropo generoso pero inmerecido. Continuó trabajando con más ganas que nunca, y a menudo su madre pensaba que intentaba paliar así el vacío vital que habría llenado un hijo. Lamentaba la ausencia prolongada de descendencia en la vida de su hija, tal vez más que la propia Annabelle. La joven nunca mencionaba el tema de los hijos en su presencia.

Henry Orton volvió a celebrar la Navidad con Consuelo y ellos dos al año siguiente. Los cuatro compartieron una tranquila cena de Nochebuena. Era la tercera Navidad que pasaban sin Arthur y Robert, y los echaron mucho de menos, pues durante las vacaciones era cuando más les dolía su ausencia. Annabelle odiaba reconocerlo, pero notaba que una gran parte de la vitalidad y el talante alegre de su madre habían desaparecido después de la muerte de su esposo y su hijo. Consuelo siempre agradecía el tiempo que pasaba con ella y mostraba interés por lo que ocurría en el mundo, pero era como si, después de la terrible tragedia del *Titanic* acaecida hacía más de dos años, ya no le importase el futuro. Henry era el único que todavía conseguía hacerla reír. Para Consuelo, la doble pérdida había sido excesiva. No le quedaba otra ilusión que vivir lo suficiente para conocer a sus nietos. Cada vez le preocupaba más que algo no marchase bien, o que su hija fuera incapaz de quedarse embarazada. No obstante, el vínculo entre Josiah y ella seguía pareciendo muy fuerte.

Y como siempre, incluso en Nochebuena, su conversación acabó versando sobre la guerra durante la sobremesa. Ninguna de las noticias era buena. Costaba creer que, en algún momento, aunque solo fuera por empatía, Estados Unidos no acabara entrando en la contienda y, en consecuencia, se perdieran muchas vidas de jóvenes estadounidenses. El presidente Wilson insistía con rotundidad en que no iban a verse involucrados, aunque Josiah empezaba a dudarlo.

Dos días después de Navidad, Annabelle hizo una visita improvisada a su madre y se sorprendió cuando el mayordomo le dijo que estaba en la cama. Se la encontró temblando metida entre las sábanas, con el semblante pálido y dos brillantes marcas rojas en las mejillas. Blanche acababa de llevarle una taza de té, que se había negado a tomar. Parecía muy enferma, y cuando Annabelle le tocó la frente con mano experta supo que tenía una fiebre altísima.

—¿Qué te pasa? —le preguntó, muy preocupada. Era evidente que se trataba de gripe, cuando no de algo peor. Era precisamente lo que su madre siempre temía que le pasase a ella. Pero Annabelle era joven y su resistencia a las enfermedades era excelente. Por el contrario, sobre todo desde hacía dos años, Consuelo se había vuelto muy frágil. La tristeza creciente por la pérdida familiar había mermado su juventud y su fortaleza.

—¿Cuánto hace que estás enferma? —La había visto apenas dos días antes y no tenía ni idea de que se encontrase mal. Consuelo había advertido a Blanche que no preocupara a su hija, pues estaba segura de que se pondría bien en cuestión de días.

—Desde ayer... —contestó su madre sonriéndole—. No pasa nada. Creo que cogí un poco de frío en el jardín el día de Navidad.

A Annabelle le parecía que su madre había cogido algo más que frío, y Blanche también estaba preocupada.

—¿Has llamado al médico? —preguntó Annabelle, y frunció el entrecejo cuando su madre negó con la cabeza—. Creo que deberías hacerlo.

Mientras lo decía, su madre empezó a toser y Annabelle se fijó en que tenía los ojos vidriosos.

—No quería molestarlo justo después de Navidad. Tiene cosas más importantes que hacer.

—No seas tonta, mamá —la reprendió con cariño Annabelle.

Salió de la habitación lentamente y fue a llamarlo por teléfono. Al cabo de unos minutos regresó al dormitorio con una sonrisa radiante que tenía más de voluntad que de sentimiento.

—Me ha dicho que vendrá enseguida.

Su madre no discutió con ella por haber llamado al médico,

algo que también era inusual. Annabelle se dio cuenta de que debía de sentirse muy enferma. Y, a diferencia de cuando cuidaba con tanta diligencia a los enfermos de la isla de Ellis, se sentía impotente a los pies de la cama de su madre, y sin saber por qué le entró el pánico. No recordaba haberla visto nunca enferma. Y tampoco había oído que hubiese una epidemia gripal. El médico se lo confirmó en cuanto llegó a la casa.

—No tengo ni idea de cómo ha podido contraerla —dijo consternado—. He visto a unos cuantos pacientes con esta enfermedad durante las vacaciones, pero en su mayoría eran ancianos, que suelen ser más frágiles. Su madre todavía es joven y goza de buena salud —le aseguró a Annabelle. Estaba convencido de que Consuelo se sentiría mucho mejor al cabo de unos días. Así pues, le recetó unas gotas de láudano para ayudarla a dormir mejor, además de una aspirina para bajar la fiebre.

Sin embargo, a las seis de la tarde su madre estaba mucho peor, tanto que Annabelle decidió quedarse a pasar la noche con ella. Llamó a Josiah para comunicárselo y él se mostró muy comprensivo y le preguntó si había algo que pudiera hacer para ayudarla. Annabelle le aseguró que no y se reunió con su madre, quien había escuchado la conversación.

—¿Eres feliz con él? —le preguntó a su hija de pronto, una pregunta que Annabelle consideró muy extraña.

—Claro que sí, mamá. —Annabelle le sonrió y se sentó en una silla junto al lecho y alargó el brazo para darle la mano. Se quedó allí sentada, cogiéndola de la mano, igual que había hecho su madre cuando ella era una niña—. Lo quiero muchísimo —enfatizó—. Es un hombre maravilloso.

—Siento tanto que no tengáis hijos... ¿No ha pasado nada todavía?

Annabelle sacudió la cabeza con expresión seria y le dio la respuesta oficial.

—Tenemos tiempo.

Su madre confiaba en que no fuera una de esas mujeres incapaces de engendrar un hijo. Pensaba que sería una tragedia si no tenían descendencia, y Annabelle también lo creía así, aunque no quería reconocerlo ante su madre.

—Ahora lo importante es que te recuperes —dijo la joven para distraerla.

Consuelo asintió y, un ratito después, se acostó para intentar dormir. Parecía una niña, y ahora Annabelle era la adulta que se sentaba a su lado para velarla. La fiebre le subió aún más durante las horas siguientes, y a medianoche Annabelle empezó a cubrirle la frente con los paños húmedos que iba preparando Blanche. Tenían muchas más comodidades a su disposición que cuando trabajaba en la isla de Ellis, pero nada servía de ayuda. Se pasó la noche en vela junto al lecho de su madre, con la esperanza de que la fiebre bajara por la mañana, pero no lo hizo.

Durante los tres días siguientes, el médico fue a verla a primera hora y antes de acostarse, pues Consuelo seguía empeorando. Era el caso más grave de gripe que el doctor había visto desde hacía mucho tiempo, y bastante peor del que había sufrido Annabelle hacía tres años, cuando se había perdido el fatídico viaje en el *Titanic*.

Josiah fue a hacer compañía a su suegra una tarde, para que Annabelle pudiera dormir unas cuantas horas en su antigua habitación. Había salido antes del banco para llegar pronto, y se sorprendió cuando Consuelo se despertó y lo miró con unos ojos claros y brillantes. Parecía mucho más alerta de lo que había estado el día anterior, y Josiah confiaba en que estuviera mejorando. Sabía lo angustiada que estaba Annabelle por su madre, y con razón. Consuelo estaba muy, muy enferma, y no era la primera vez que alguna persona moría por culpa de una gripe, aunque no había motivos para que algo así le ocurriera a ella, con tan buenos cuidados. Annabelle no se había apartado de ella ni un instante, salvo para dormir media hora suelta aquí y allá, aprovechando los momentos en que Blanche o Josiah se sentaban junto a su madre. Consuelo no se había sentido sola ni un minuto. Además, el médico continuaba visitándola dos veces al día.

—Annabelle te quiere muchísimo —le dijo Consuelo a Josiah en voz baja desde la cama, sonriéndole. Estaba muy débil y pálida, como los moribundos.

—Yo también la quiero mucho —le aseguró él—. Es una mujer extraordinaria, y una esposa fantástica.

Consuelo asintió con la cabeza y se quedó satisfecha de oírselo decir. Con demasiada frecuencia, tenía la sensación de que él la trataba más como a una hermana menor o a una niña, en lugar de como a una esposa o una mujer adulta. Tal vez era su forma de comportarse, debido a que ella era mucho más joven que él.

—Tiene que descansar y ponerse bien —animó Josiah a su suegra, y ella perdió la mirada, como si supiera que en el fondo no importaba.

Entonces, lo miró a la cara con ojos intensos.

—Si me ocurre algo, Josiah, quiero que cuides bien de ella. Eres lo único que le queda. Y confío en que tengáis hijos algún día.

—Yo también —admitió él con afecto—. Sería una madre perfecta. Pero no debe decir esas cosas, seguro que se recupera.

Consuelo no parecía tan segura, y a Josiah le resultó evidente que la mujer creía que estaba en las últimas, aunque tal vez fuera solo miedo.

—Cuídala mucho —insistió la enferma, y entonces se le cerraron los ojos y volvió a conciliar el sueño.

No se despertó hasta que Annabelle regresó a la habitación una hora más tarde y le miró la fiebre. Para su desesperación, le había subido, y se lo comentó a su marido justo en el momento en que su madre abría los ojos.

—¿Te encuentras mejor? —preguntó Annabelle con una amplia sonrisa, pero Consuelo sacudió la cabeza, y su hija tuvo la aterradora sensación de que estaba tirando la toalla. Hasta ese momento, nada de lo que habían hecho por ella había surtido efecto.

Entonces Josiah volvió al apartamento y le dijo a Annabelle que lo llamara por la noche si había algo que estuviera en su mano. Annabelle le prometió que lo haría y, en cuanto se marchó de la casa de los Worthington, a Josiah le asaltaron las palabras que había pronunciado Consuelo. Tenía la firme intención de cuidar de Annabelle. Y era plenamente consciente de ser lo único que le quedaba en el mundo a la joven, aparte de su madre. En cierto modo, en especial si esta moría, eso pesaba sobre él como una losa.

En Nochevieja el médico les dijo que Consuelo tenía neumonía. Era lo que había temido desde el principio. Era una mujer sana y aún no estaba entrada en años, pero la neumonía era una enfermedad grave y el médico tenía la sensación de que a Consuelo no le importaba demasiado despedirse de la vida, y todos sabían por qué. Parecía que se les escapara de entre los dedos y no pudieran ganar la batalla sin su colaboración. Necesitaban que pusiera de su parte, e incluso entonces no era seguro que el desenlace fuera positivo. Annabelle, que seguía sentada junto a la cama de su madre, estaba aterrada. El único momento en que parecía alegrarse un poco era cuando su madre se despertaba; entonces intentaba convencerla para que comiera y bebiera, y le aseguraba que pronto se pondría bien. Consuelo no hacía comentarios, apenas comía lo suficiente para su sustento y se veía devorada por la fiebre. Dejaba pasar un día tras otro, mientras la fiebre se negaba a rendirse. Blanche parecía tan devastada como Annabelle mientras corría con bandejas que llevaba a la habitación de su señora, y la cocinera intentaba preparar platos para todos.

Y el día 6 de enero Consuelo se marchó sin hacer ruido. Se fue a dormir al anochecer, después de un día largo y difícil. Por la tarde había cogido de la mano a Annabelle y habían hablado un buen rato. Consuelo le había sonreído antes de acostarse y le había dicho a Annabelle que la quería. La joven estaba dormitando en la silla, junto al lecho de su madre, cuando a las ocho, de repente, notó que algo había cambiado y se despertó sobresaltada. Miró la expresión inmóvil del rostro de la yacente y al instante supo que no respiraba. Annabelle suspiró. Por primera vez desde hacía dos semanas tenía la cara fría, de un frío nada natural. La fiebre la había abandonado y se había llevado consigo la vida de Consuelo. Annabelle intentó sacudirla para despertarla, pero vio que era inútil. Se arrodilló ante el lecho de muerte de su madre, abrazó su cuerpo inerte y arrancó en sollozos. Era el último adiós que no había sido capaz de decirles a su padre y a su hermano, y lloró desconsolada.

Blanche se la encontró allí un rato después, y también se echó a llorar. Le acarició con ternura el pelo a Consuelo y después apartó de allí a Annabelle, mientras le pedía a Thomas que fuese a avisar a Josiah. Al cabo de pocos minutos su marido se presentó e hizo todo lo que pudo para consolar a su mujer. Sabía perfectamente lo grande que sería la pérdida para ella, pues quería muchísimo a su madre.

El médico fue aquella misma noche para firmar el certificado de defunción, y por la mañana el encargado de la funeraria fue a amortajarla. Depositaron el cuerpo de Consuelo en el salón y lo rodearon de numerosas flores. Durante todo el proceso, Annabelle permaneció de pie, destrozada, mientras su marido le daba la mano.

A lo largo del día siguiente, muchos amigos fueron a darle el pésame después de haber leído en el periódico la impactante noticia de que Consuelo Worthington había muerto. Su casa volvió a sumirse en un profundo duelo, tan poco tiempo después de la doble pérdida ocurrida casi tres años antes. Annabelle se dio cuenta de que se había quedado huérfana, y, tal como le había dicho su madre a su esposo, Josiah era lo único que le quedaba en el mundo. Se aferró a este durante los días que siguieron como si ella fuera un náufrago y él un salvavidas, y tampoco se separó de él en el funeral de su madre, celebrado en la iglesia episcopal de St. Thomas. Su esposo le colocaba el brazo por encima de los hombros en todo momento, y fue fiel a su palabra: no se apartó de ella en ningún momento, e incluso durmió con su esposa en la estrecha cama de su habitación infantil, en la casa familiar. Annabelle no quería regresar al apartamento e insistía en que él se quedase con ella en la mansión de sus padres. Le propuso que se mudasen allí, donde sin duda estarían mucho más amplios y cómodos, pero él opinaba que sería lúgubre y resultaría demasiado duro para ella. De todas formas, no quiso llevarle la contraria en esos momentos. La pérdida era casi insoportable. Por suerte, Henry los acompañaba con frecuencia y también le servía de apoyo a Annabelle. A menudo, Josiah y él hablaban en voz baja hasta tarde en la biblioteca o jugaban a las cartas, mientras ella dormía en la cama, conmocionada y afligida por el dolor.

Transcurrió un mes entero antes de que Annabelle saliera de la casa. No había tocado ni una sola cosa del dormitorio de su madre. Toda la ropa de Consuelo seguía allí. Josiah tramitó la herencia a través del banco. Ahora la enorme fortuna de sus padres le pertenecía a ella, incluida la porción que habría sido para Robert. Era una mujer muy rica, aunque eso no le proporcionaba alivio alguno. No le importaba. Y aunque a Josiah se le partió el corazón cuando lo hizo, en marzo le comunicó una oferta de compra para la casa, en la que estaba interesada una familia que conocía a la de Annabelle. La joven estaba horrorizada y no quería ni oír hablar de la venta, pero su marido le dijo con cariño que no creía que ella pudiera volver a ser feliz allí. Había perdido a todos sus seres más queridos en aquella casa, y esta estaba llena de fantasmas para ella. Además, era una buena oferta, probablemente mejor de la que obtendrían si decidía venderla más adelante. Sabía que a su esposa le resultaría muy doloroso, pero él consideraba que debía hacerlo.

—Pero ¿dónde vamos a vivir? —preguntó ella con angustia—. Tu apartamento se quedará pequeño cuando formemos una familia, y yo no quiero comprar otra casa.

Estaba bastante decidida a rechazar la oferta, aunque también sabía que su marido tenía razón. Josiah y ella todavía necesitaban una casa, pero habían dejado de buscar el día en que Josiah le había confesado que no estaba preparado para tener hijos, y era cierto que lo único que vería en la mansión familiar serían las imágenes de sus padres y su hermano, todos ellos desaparecidos ya. Por mucho que la llenaran de niños, estos nunca compensarían del todo la tristeza que Annabelle sentía al recordar a sus difuntos.

Lo habló con Hortie, quien para entonces estaba embarazada de su tercer hijo y volvía a tener náuseas. Se quejó de que James la había convertido en una fábrica de engendrar hijos, pero sus problemas le parecían mínimos en esos momentos en comparación con los de Annabelle, e intentó aconsejarla con algo de sentido común. Pensaba que Josiah tenía razón: debían vender la mansión de los Worthington y comprar una casa nueva para los dos, que no tuviera malos recuerdos para Annabelle ni reminiscencias tristes.

A Annabelle se le rompió el corazón al hacerlo, pero al cabo de dos semanas accedió. Ni siquiera se imaginaba cómo podía despedirse de la casa en la que había sido tan feliz de niña, pero era cierto que ahora estaba teñida de pérdida y dolor. Josiah prometió que se encargaría de todas las gestiones y le aseguró que encontrarían una casa que les convenciera o, de lo contrario, la mandarían construir. Sería un buen proyecto común. Todos los temas que pudiera haber pendientes entre ellos quedaron minimizados durante el período de duelo. A Annabelle ya no le preocupaba la familia que todavía no había fundado. No tenía ánimo para pensar en nada más que en su pena.

Annabelle se pasó el mes de abril recogiendo la casa y enviando las pertenencias importantes a un guardamuebles. Sacó a subasta todo lo que no era de interés o valor para ella. Los sirvientes, Josiah y Henry se desvivían por consolarla, pero, aun así, Annabelle se pasaba varias horas al día llorando. No había vuelto a la isla de Ellis desde la muerte de su madre. Lo echaba tremendamente de menos, pero estaba demasiado ocupada cerrando la casa de sus padres. Los últimos objetos fueron enviados al guardamuebles en mayo, el día del segundo aniversario del compromiso de la pareja. Iba a vender la mansión en junio, y entonces se instalarían en la casita de Newport, que Annabelle insistió en mantener. Josiah y ella pasarían allí el verano.

Seis días después de que se despidiera de la casa familiar, los alemanes hundieron el *Lusitania* y mataron a 1.198 personas, en una desgracia marítima atroz que revivió todos los recuerdos del *Titanic*. Una vez más, la tragedia sacudió el mundo, además de llevarse a otro de los primos de su madre, Alfred Gwynne Vanderbilt, quien se había quedado rezagado para ayudar a otras personas a subir a los botes salvavidas, igual que habían hecho su padre y su hermano en el *Titanic*. E igual que ellos, Alfred había perdido la vida cuando el barco explotó y se hundió en menos de veinte minutos. Dos semanas más tarde, Italia entraba en guerra y se unía a los Aliados. Y llegaban noticias terroríficas que aseguraban que estaban empleando gas nervioso en el frente, que provocaba daños insospechados en los hombres que lo inhalaban. Toda Europa vivía una agitación continua, que parecía reflejar la desesperación y la angustia que sentía la propia Annabelle.

Hasta que se marcharon a Newport en junio, Annabelle pasó el resto del mes de mayo en el piso de Josiah. Se llevó a Newport a Blanche y al resto de los criados que aún estaban a su servicio para que la ayudaran. A finales de verano, la mayor parte de ellos se irían a trabajar a otros lugares, y la vida tal como Annabelle la había conocido hasta entonces habría cambiado para siempre. Blanche y William, el mayordomo, se quedarían en Newport junto a unos cuantos sirvientes más y le harían compañía.

Josiah le había prometido que iría a reunirse con ella a mediados de junio, pues tenía previsto pedir unas vacaciones más largas de lo habitual, ya que sabía que Annabelle necesitaba tenerlo cerca. Parecía descorazonada cuando se marchó de la ciudad. El hogar familiar que tanto había amado ya estaba en otras manos.

Una vez en Newport, Annabelle hizo algunas visitas a Hortie, quien se había instalado allí con su madre, sus hijos y la niñera. Aunque solo estaba embarazada de seis meses, volvía a estar inmensa, pero ahora Annabelle se sentía tan decaída que no podía pasar demasiado tiempo seguido en su compañía. Desde la muerte de su madre, estaba triste y angustiada, y se le hacía muy duro encontrarse en Newport sin ella. En cierto modo, era como una repetición del verano posterior al hundimiento del *Titanic*. Así pues, se alegró mucho cuando llegó Josiah.

Decidieron quedarse en la casa de su madre y se alojaron en la habitación de soltera de Annabelle. Daban largos paseos tranquilos junto al mar. Él estaba casi tan pensativo y silencioso como ella, pero ella nunca le preguntaba por qué. Había aprendido que algunas veces él se ponía así, malhumorado e incluso abatido. De hecho, ninguno de los dos estaba de muy buen humor. La joven le preguntó cuándo iría a visitarlos Henry, con la esperanza de que eso animara a Josiah, pero él fue impreciso al respecto y dijo que no estaba seguro.

Josiah llevaba casi una semana en Newport cuando por fin se dirigió a Annabelle una noche, mientras estaban sentados junto a la chimenea, y le dijo que tenía que hablar con ella. La joven sonrió, preguntándose qué querría contarle. Su tema de conversación más recurrente esos días era la guerra. Pero en aquella ocasión él suspiró profundamente y ella vio que tenía los ojos llenos de lágrimas cuando volvió la cara para mirarla.

—¿Estás bien? —le preguntó Annabelle, de repente preocupada.

Josiah se limitó a sacudir la cabeza con lentitud. El corazón de la joven se hundió como una piedra en el río ante su respuesta:

—No.

11

Nada en la vida de Annabelle la había preparado para lo que Josiah tenía que decirle. El impacto de sus palabras sobre ella fue tan devastador como el de la mañana en que había leído los titulares sobre el *Titanic*. Lo que le contó su marido la destrozó como una bomba. Al principio, Josiah no sabía por dónde empezar. Ella alargó el brazo y le tomó la mano entre las suyas.

—¿Qué ocurre? —le preguntó con ternura.

No podía imaginarse qué problema era capaz de provocarle una desesperación como la que veía en él. Parecía destrozado. Entonces, Josiah respiró hondo y empezó a hablar:

—No sé cómo decirte esto, Annabelle —la preparó mientras le apretaba la mano.

Sabía lo inocente que seguía siendo su esposa y lo mucho que le costaría comprenderlo. Tenía ganas de contárselo desde hacía seis meses, pero había pensado que lo mejor sería esperar hasta que pasaran las vacaciones de Navidad. Sin embargo, entonces había enfermado su madre. Y, claro, no podía decírselo después de la muerte de Consuelo. Annabelle estaba tan abatida por el fallecimiento de su madre que no habría soportado otra embestida, y mucho menos por parte de Josiah. Habían pasado casi seis meses desde que Consuelo había muerto y ahora la venta de la casa había supuesto otro shock para

Annabelle. No obstante, Josiah no podía esperar más. Ella tenía que saberlo. Y él no podía seguir viviendo aquella pantomima, que, además, lo estaba volviendo loco.

—No te entiendo. ¿Qué pasa? —preguntó Annabelle también con los ojos llenos de lágrimas, y eso que aún no sabía lo que se avecinaba—. ¿He hecho algo que te haya molestado?

Él sacudió la cabeza con vehemencia.

—Claro que no. Siempre has sido maravillosa conmigo. Eres una esposa perfecta y entregada. No eres tú la que ha hecho algo malo, Annabelle, soy yo... Desde el principio. Te aseguro que pensaba que podría ser un buen marido para ti, que podría proporcionarte una buena vida. Yo quería...

Josiah deseaba seguir explicándose, pero ella lo cortó en seco, con la esperanza de apaciguar la tempestad. Sin embargo, la fuerza de la tormenta se había vuelto incontrolable, hasta el punto de que ni siquiera él podía detenerla. Debían afrontarlo.

—¿Por qué dices eso? Sí que eres un buen marido, y sí que me proporcionas una buena vida...

En su voz había un tono de súplica que a Josiah le rompió el corazón.

—No es verdad. Te mereces mucho más. Muchísimo más de lo que yo puedo darte. Creía que podría, al principio estaba seguro de que podría; de lo contrario, nunca te habría hecho esto. Pero no puedo. Te mereces un hombre que pueda darte todo lo que quieras, que cumpla todos los deseos de tu corazón y que pueda darte hijos.

—No tenemos prisa, Josiah. Siempre dices que nos queda tiempo por delante.

—Pero no es así —contestó él con rotundidad, y en su rostro se dibujó un rictus de tristeza.

Era mucho más difícil de lo que había temido. Lo peor de todo era que la amaba, pero sabía que en esos momentos no tenía derecho a hacerlo, ni lo había tenido antes. Además, se sentía culpable por romper la promesa que le había hecho a su madre de cuidar de Annabelle, pero la situación era mucho más complicada de lo que Consuelo habría podido imaginar.

—Llevamos casados casi dos años. Y nunca hemos hecho el amor. Te he dado mil excusas y te he rechazado como he podido.

Un par de veces, ella había llegado a preguntarse si su marido tenía un problema físico que le daba demasiada vergüenza reconocer. Sin embargo, siempre había tenido la sensación de que era algo emocional, una cuestión de adaptación, que esperaba que se arreglase con el tiempo, pero nunca lo había hecho. Ambos sabían que, tras casi dos años de matrimonio, ella seguía siendo virgen. Por supuesto, nunca se lo había confesado a nadie, ni siquiera a Hortie o a su madre. Le daba demasiada vergüenza y temía que fuese porque ella hacía algo mal, o porque Josiah no la encontraba atractiva. Había probado con todo lo imaginable, desde cambios de peinado hasta cambios de indumentaria, y había comprado camisones muy sugerentes, hasta que se había dado por vencida y había llegado a la conclusión de que él estaba ansioso y lo haría cuando tuviera que ser, cuando se hallara preparado. No obstante, Annabelle le había dado muchas vueltas al tema, aunque ahora tratase de quitarle hierro al asunto delante de él.

—Cuando me casé contigo, creía con todas mis fuerzas que sería capaz de actuar como un hombre para ti. Pero cada vez que pensaba en ello sabía que estaba mal, y no podía arrebatarte la virtud por una mentira.

—No es una mentira —dijo ella con valentía, luchando por su vida y por la de su matrimonio. Pero había perdido la batalla antes de comenzarla. No tenía opción de ganarla—. Nos amamos. No me importa que nunca quieras hacer el amor conmigo. Hay cosas mucho más importantes en la vida.

Él sonrió al ver lo inocente que seguía siendo. Muchas personas de ambos sexos no habrían estado de acuerdo con el comentario de Annabelle, entre ellas el propio Josiah. Pero ella no conocía otra realidad y, si permanecía a su lado, nunca la conocería.

—Te mereces algo mejor de lo que yo puedo darte. Annabelle, tienes que escucharme. Puede que te resulte difícil de comprender, pero quiero ser sincero contigo.

Sabía que tendría que haber sido honesto con ella desde el principio, pero por lo menos entonces debía serlo. Aunque con ello le arrebatara toda la inocencia a Annabelle en una sola noche, y tal vez incluso destruyera su fe en los hombres para siempre. No le quedaba otra opción. Había reflexionado largo y tendido sobre el tema y había aguardado más de lo aconsejable, por el bien de ambos. Ya no podía seguir haciéndolo. La amaba. Pero todo su matrimonio era un engaño.

Annabelle abrió los ojos como platos y lo miró fijamente. Le temblaron los dedos de la mano cuando se aferró a él con más fuerza, como si quisiera prepararse para la noticia. Todo su cuerpo se estremeció, aunque ella no se diera cuenta. Josiah se percató de que sacudía los hombros sin querer, expectante.

—No deseo hacer el amor con las mujeres —reconoció con voz ronca; era como una confesión—, sino con los hombres. Pensé que podría ser un buen marido para ti, que podría ir contra mi naturaleza, pero soy incapaz. Yo no soy así. Por eso no me había casado antes. Te amo con toda mi alma, quiero todos los aspectos de ti, pero no así. —Y entonces añadió, a modo de estocada definitiva—: Henry y yo estamos enamorados desde que éramos adolescentes.

Annabelle abrió tanto los ojos en ese momento que Josiah temió que fuera a desmayarse. Pero la joven era más valiente que todo eso, y se negó a ceder ante el mareo y las náuseas que la embargaban.

—¿Henry?

Su voz fue poco más que un gemido ahogado. ¿Henry, su compañero fiel, a quien ella consideraba el mejor amigo de ambos? Ese hombre la había traicionado y se había apoderado de la parte de su esposo que ella no tendría jamás. Josiah también la había traicionado.

—Sí. Comprendió que yo quisiera casarme y tener hijos contigo. Mi amor por ti era sincero y sentí mucha pena cuando murió tu padre. Quería serlo todo para ti: padre, hermano, amigo. Pero descubrí que había algo que no podía lograr, por más que lo intentara: ser tu marido. No era capaz de llevar tan lejos esta farsa. Y no podía ir contra mi naturaleza. Todo mi ser se negaba.

Ella asentía en silencio, intentando asimilar lo que él le había confesado. Eran demasiadas cosas para absorberlas de golpe. Todo lo que habían construido juntos durante su matrimonio, sus votos, su luna de miel, las promesas que se habían hecho el uno al otro, los dos años que habían transcurrido, todo había sido un fraude.

—Pensaba que podría obligarme a llevar una doble vida, pero no puedo. Y tampoco puedo continuar haciéndote esto, mientras tú buscas la manera de preguntarme con mucho tacto por qué nunca ha pasado nada entre nosotros. Ya no puedo más. Hace seis meses descubrí algo que lo cambió todo y ahora doy gracias por no haber superado nunca mis reservas. En diciembre me enteré de que tengo la sífilis. Bajo ningún concepto te pondría la mano encima sabiéndolo, ni intentaría darte los hijos que tanto deseas. No estoy dispuesto a arriesgar tu vida. Te amo demasiado para hacerlo.

Dos lágrimas solitarias resbalaron por las mejillas de Josiah mientras hablaba, y Annabelle lo rodeó con sus brazos y enterró la cabeza en su pecho. Sollozaba con histeria. Era la peor noticia que le había dado hasta ese momento, peor incluso que todo lo demás.

—Josiah... No puede ser...

Levantó la cara surcada por las lágrimas para mirarlo a los ojos. No veía nada raro en él, aunque tampoco conocía los síntomas. De momento, ninguno de ellos era visible, pero con el tiempo irían apareciendo. Al final, se quedaría ciego y acabaría muriendo. Su suerte estaba echada, y la de Henry también. Lo habían descubierto juntos, y por lo menos tenían el consuelo de saber que ninguno de los dos sobreviviría al otro. El suyo había sido un amor muy intenso que había durado veinte años, durante toda su vida adulta, y que ahora los acompañaría hasta la tumba.

—¿Estás seguro?

—Completamente. En cuanto me enteré, supe que tenía que ser sincero contigo, pero entonces tu madre se puso enferma... Me faltaron agallas para añadir más sufrimiento a eso. Sin embargo, ahora tenemos que hacer algo para remediarlo. No puedo dejar que esto siga así para siempre.

—Yo no quiero hacer nada para remediarlo —dijo ella con un amor incondicional. Soltó a Josiah y se secó las lágrimas con las manos—. Quiero seguir casada contigo hasta el final.

—No dejaré que lo hagas. No es justo para ti. Henry y yo queremos huir juntos y disfrutar del poco tiempo que nos queda por delante. —Ella se quedó de piedra al darse cuenta de que él no deseaba pasar sus últimos días con ella, sino que quería estar con el hombre a quien amaba. Era el rechazo más cruel del que sería objeto en toda su vida. Josiah volvió a tomar una bocanada de aire antes de contarle el resto—: He hablado con mi abogado en confianza. Ya ha preparado la documentación del divorcio. Lo haremos de la forma más discreta posible. Si alguien te pregunta, puedes decirle que fui un marido horrible, y que tenías que deshacerte de mí.

—Pero yo no quiero deshacerme de ti —replicó entre sollozos Annabelle, volviendo a aferrarse a él.

Ambos sabían que el adulterio era el único motivo de divorcio posible, así que, si él se divorciaba de ella, la gente imaginaría que Annabelle le había sido infiel pero no quería divorciarse de él. Ciertamente, ella no quería el divorcio. Y él lo sabía. Por eso, si quería liberarla por su propio bien, tendría que ser él quien solicitase el divorcio, para que ella no pudiera negarse.

—¿Por qué no podemos seguir casados? —preguntó Annabelle presa del pánico, pero él negó con la cabeza.

Josiah estaba decidido y nada le haría dar su brazo a torcer. Sabía cómo era su marido cuando se ponía así. Era un hombre de trato fácil la mayor parte del tiempo, salvo por esos arrebatos melancólicos que padecía de vez en cuando, pero era muy testarudo, un rasgo que él decía que había heredado de su padre.

—No podemos seguir casados, Annabelle —le contestó con dulzura—. Podríamos intentar pedir la anulación del matrimonio, pero no sin explicar los motivos, algo que resultaría bochornoso para ambos. Y, al cabo de dos años, ni siquiera estoy seguro de que pudiéramos hacerlo. Es mucho más sencillo y más rápido si nos divorciamos. Quiero que seas libre para reiniciar tu vida cuanto antes. Por lo menos, te debo eso. Mereces encontrar a otro hombre, casarte y tener la vida de pareja con la que soñabas. Necesitas un marido de verdad y un matrimonio de verdad. No este fraude.

—Pero yo no quiero reiniciar mi vida, ni casarme con otra persona —dijo ella sollozando.

—Ya, pero quieres tener hijos, y yo podría pasarme varios años enfermo, languideciendo. No quiero que estés atada a mí, malgastando tu vida todos estos años.

Josiah intentaba forzarla a renunciar a él para poder marcharse, que era precisamente lo que no quería ella. Lo único que deseaba Annabelle era tenerlo cerca. Lo amaba igual que al principio. No estaba enfadada con él, sino que tenía el corazón roto por lo que le había confesado. Y lo último que quería era el divorcio.

—Tienes que escucharme —insistió Josiah—. Yo sé lo que tengo que hacer. Cometí un error terrible y ahora debo corregirlo. Podríamos divorciarnos en Kentucky, algo que me parece absurdo y taimado. Creo que es mucho más lógico que lo hagamos en Nueva York, ya que vivimos allí. Nadie sabrá los pormenores. Lo haremos en privado y seremos muy discretos. —Entonces volvió a respirar hondo—. Mañana regresaré a la ciudad para reunirme de nuevo con mi abogado. Y después, Henry y yo nos marcharemos. Vamos a pasar una temporada en México.

Habrían preferido ir a Europa, pero ya no era razonable ni práctico pensar en algo así, de modo que habían optado por México. Allí no verían a nadie conocido y podrían desaparecer sin hacer ruido, que era lo único que deseaban para el tiempo que les quedaba de vida.

—¿Cuándo volverás? —preguntó Annabelle desfallecida. Después de perder a todos los demás, ahora iba a perderlo a él.

—Tardaré bastante —contestó Josiah, de un modo más brusco del que pretendía, pues no quería decir «Jamás». Al mismo tiempo, deseaba que ella aceptase que su relación había terminado. Para empezar, no tendría que haber surgido nunca, pero, dadas las circunstancias, lo único que podía esperar él era que la ruptura fuese rápida. Le parecía lo menos doloroso. Aunque, por el aspecto del rostro de Annabelle, supo que se equivocaba. Parecía completamente destrozada por lo que acababa de escuchar, en especial por la noticia de que iba a abandonarla al día siguiente.

La joven no se imaginaba cómo iba a sobrevivir sin él. Cuando su esposo se marchara, estaría completamente sola en el mundo. Él tenía a Henry, y por lo que parecía siempre lo había tenido, pero ella no tenía a nadie. Ni a sus padres, ni a su hermano, y ya tampoco a él.

—¿Por qué no podemos seguir casados? —volvió a preguntarle ella, a modo de súplica, igual que una niña pequeña—. Nada ha cambiado...

—Sí que ha cambiado. Ahora tú sabes la verdad, y yo también. Necesito liberarte, Annabelle. Es lo mínimo que puedo hacer. Te lo debo. Ya te he hecho perder dos años de tu vida.

Era peor que eso: se la había destrozado. A partir de ese

momento no le quedaría nada, excepto su herencia. Ni siquiera contaba ya con la casa familiar en Nueva York. Se vería obligada a alojarse en un hotel, pues tampoco podía quedarse a vivir en el apartamento de Josiah si se divorciaban. De todas formas, él también había pensado en eso.

—Puedes quedarte en el apartamento hasta que te recompongas, hasta que decidas qué quieres hacer. Yo me marcharé dentro de unos cuantos días.

Henry y él ya habían hecho planes.

—Ojalá no hubiera vendido la casa —se lamentó Annabelle con voz débil, pero ambos sabían que era lo más apropiado.

Era demasiado grande para ella y no podía vivir allí sola, mucho menos sin marido. Necesitaba una vivienda más manejable para ella. Y Josiah estaba seguro de que, al cabo de poco tiempo, volvería a casarse. Era una joven guapa y apenas tenía veintidós años. Mantenía toda la inocencia y la frescura de la juventud. Por lo menos Josiah no había arrasado también con eso, aunque Annabelle se sentía como si hubiese envejecido una docena de años en una hora. En ese instante, Josiah se levantó y colocó los brazos alrededor de su mujer. La abrazó, pero no la besó. La farsa que había estado representando se había acabado. Ya no le pertenecía, y nunca lo había hecho. A decir verdad, siempre había pertenecido a Henry, y ambos iban a pagar caro su intento de fingir algo que no era. La amaba, pero no de la forma requerida para ser su esposo. Para él había sido muy triste reconocerlo. Y ahora para ella era devastador. De todas formas, Josiah no tenía otra opción. Se sintió aliviado de no haber hecho el amor con ella. Nunca se habría perdonado el haberla contagiado también. Lo que le había hecho ya era bastante atroz. Se sentía fatal por haberla engañado durante todo ese tiempo. Y peor aún se había engañado a sí mismo. La quería, pero sus votos matrimoniales estaban vacíos y no significaban nada.

La acompañó hasta el dormitorio, pero no quiso quedarse con ella a pasar la noche. Dijo que ya no le parecía adecuado.

Josiah durmió en la habitación de invitados del piso inferior y Annabelle se tumbó en su cama y se pasó la noche llorando. Al final, bajó a trompicones la escalera e intentó acostarse con él, solo para que pudieran abrazarse, pero él no se lo permitió. Volvió a mandarla a la planta superior y le dijo que se quedara en el dormitorio, aunque se sentía como un monstruo y, una vez que ella se hubo ido, se tumbó en la cama de invitados y empezó a llorar. La amaba de verdad y le rompía el corazón abandonarla así, pero consideraba que no podía hacer otra cosa. Sabía lo atormentada que se sentía Annabelle por lo que nunca había ocurrido entre ellos, y no deseaba que siguiera a su lado entonces, para ver cómo él se deterioraba, lenta o rápidamente, hasta morir. No tenía derecho a hacerle eso y tenía pensado permanecer fuera de Nueva York hasta el final. La enfermedad avanzaba a pasos de gigante, sobre todo para Henry, que había empezado a manifestar algunos síntomas. Ambos habían tomado tratamientos de arsénico, pero no habían servido de nada. Querían alejarse cuanto antes de Nueva York y de todas las personas que conocían, para afrontar lo que vendría a continuación. Era el momento de abandonar a Annabelle y dejar que comenzara una nueva vida. Josiah sabía que, con el tiempo, cuando lo asimilara, la joven comprendería que era lo mejor para ella.

Annabelle se quedó llorando en los escalones de la entrada cuando él se marchó al día siguiente. Desde allí, vestida de luto por la muerte de su madre, observó con aire trágico cómo desaparecía el coche. Dejarla había sido lo más difícil que Josiah había hecho en su vida, y sintió náuseas y lloró de manera intermitente durante todo el trayecto de vuelta a Nueva York. Si la hubiera matado con sus propias manos no le habría resultado más difícil que lo que acababa de hacer, ni se habría sentido más rastrero.

12

Annabelle no quiso ver a nadie después de la huida de Josiah. Blanche sabía que había pasado algo terrible, pero no se atrevía a preguntar el qué. Annabelle se encerró en su habitación, donde le llevaban bandejas de comida que apenas probaba. Una vez al día, salía a dar un paseo por la playa, pero no veía a nadie ni hablaba con nadie. Hortie fue a visitarla una tarde, pero Annabelle se negó a recibirla. Le pidió a Blanche que le dijera que estaba enferma. Tenía el corazón tan destrozado que no tenía ganas de ver ni siquiera a su mejor amiga. Además, sentía demasiada vergüenza para contarle que iba a divorciarse, aunque no fuera por su culpa, pues no podía contarle los auténticos motivos. La verdad era impensable y Annabelle quería proteger a Josiah a toda costa. Le entraba el pánico cada vez que pensaba que no iba a volver a verlo jamás.

Sabía que, en cuanto la gente se enterase del divorcio, nadie la creería, y todo el mundo, tanto en Nueva York como en Newport, se sentiría conmocionado. Se preguntaba cuánto tardaría en propagarse la noticia. Como estaba de duelo por la muerte de su madre, nadie se extrañaría de que no saliera de casa, pero la gente empezaría a escamarse al no ver nunca a Josiah. Blanche ya sospechaba qué podía haber ocurrido, aunque pensaba que era una pelea entre enamorados y no tenía ni idea de que fuera a terminar en divorcio. El mayordomo y ella elucubraban que a lo mejor él tenía una amante, pero nadie podría haber imaginado que su amante fuese Henry, ni que su matrimonio con Annabelle hubiera terminado. Blanche trataba de consolarla diciendo que todo acabaría bien, pero como respuesta lo único que hacía Annabelle era llorar y sacudir la cabeza. Nada acabaría bien a partir de ese momento.

El abogado de Josiah fue a verla en julio. Para entonces, Josiah había dimitido de su puesto y ya se había marchado a México. Dos semanas antes, Henry había alegado que había alguien enfermo en su familia y también había dejado el trabajo. A nadie se le ocurrió relacionar ambos acontecimientos, pero la marcha de los dos empleados supuso una gran pérdida para el banco.

Josiah le había mandado una carta antes de irse, en la que volvía a pedirle perdón por su terrible perfidia y su traición. Dijo que cargaría con la culpa durante el resto de su vida, y le aseguró que el amor que había sentido por ella era sincero. De todas formas, ya había solicitado el divorcio en Nueva York y su abogado le presentó a Annabelle una copia de los documentos. El único motivo por el que había sido posible justificar aquel divorcio era la infidelidad, una acusación que devastó a Annabelle al leerla. Ya lo sabía, pero verlo escrito era mucho peor. La joven le había dicho a Josiah que ella no iba a pedir el divorcio, así que no le había quedado otro remedio que solicitarlo él.

—Todo el mundo pensará que lo he engañado —le dijo Annabelle al abogado con cara de angustia, pero él negó con la cabeza. Albergaba la esperanza de que Josiah no pidiese el divorcio, pero lo había hecho, alegando el único motivo posible.

—Nadie tendrá acceso a estos documentos —le aseguró el abogado—. Era la única opción viable, pues usted no estaba dispuesta a solicitar el divorcio.

Habría preferido morir antes que pedirle el divorcio. Lo amaba.

Al final, resultó que la confianza de Josiah y de su abogado en la confidencialidad del sistema distaba de la realidad. Un empleado del juzgado había vendido una copia de los documentos del divorcio a la prensa, y en agosto ya había salido publicada la noticia de que Josiah se había divorciado de su mujer por adulterio. Con un solo golpe habían arruinado la vida y la reputación de Annabelle para siempre. De la noche a la mañana, se convirtió en una paria.

Todavía se hallaba en Newport cuando le llegaron los rumores procedentes del banco de su padre, y la noticia se extendió como la pólvora. Allí todo el mundo hablaba del divorcio de Josiah y Annabelle. La joven tardó dos semanas enteras en reunir el coraje suficiente para ir a visitar a Hortie con la intención de contárselo, pero cuando lo hizo recibió otra bofetada. En lugar de permitirle subir de inmediato al dormitorio de Hortie, donde esta languidecía en la cama como siempre, el mayordomo le pidió que esperara en el salón, al que entró justo en el momento en que la madre de Hortie salía despavorida y pasaba rozándola con una mueca de desaprobación. No le dijo ni una palabra, y pasaron otros diez minutos antes de que apareciera Hortie, muchísimo más gorda que la última vez que la había visto. Parecía increíblemente nerviosa y ni siquiera se sentó. En lugar de eso, se quedó de pie mirándola con aspecto incómodo mientras las lágrimas resbalaban de sus ojos. Sin embargo, Hortie volvió la cabeza y fingió no haberla visto llorar.

—Supongo que ya te habrás enterado de la noticia. Todo el mundo lo sabe —comentó Annabelle con una tristeza infinita, y se sonó la nariz discretamente en el pañuelo de encaje que había heredado de su madre. También llevaba la sombrilla materna, pues había ido andando desde su casa y hacía un día muy caluroso.

—No tenía ni idea de que hubiera otra persona —dijo Hortie con voz ahogada, y no hizo ningún gesto por acercarse a su amiga, ni dijo nada para consolarla. Se quedó allí plantada, como una estatua, en el lado opuesto de la habitación, con los brazos rígidos y pegados al cuerpo.

—No hay otra persona, ni la ha habido nunca —dijo Annabelle sin tapujos—. El adulterio era el único motivo de divorcio que podía alegarse. Josiah quería el divorcio y yo no. Él creía que era lo mejor... No podía... No quería...

Sus palabras se convirtieron en un sollozo entrecortado. No se le ocurría cómo podía explicarlo, porque nada de lo que había ocurrido en realidad tenía sentido, y no podía contarle la verdad, ni siquiera a su mejor amiga. No quería traicionarlo, por muy grande que hubiera sido su traición hacia ella. No podía hacerle eso. La vida de él se iría al garete para siempre si ella reconocía que la había abandonado por un hombre, y no tenía agallas de decirle a Hortie que seguía siendo virgen, así que se limitó a sentarse en la silla y llorar. Para colmo, era impensable contarle a Hortie lo de la terrorífica enfermedad.

—No sé qué voy a hacer —dijo Annabelle deshecha en lágrimas—. Me quiero morir.

Hortie interpretó su angustia como culpabilidad. Su madre le había dicho que Annabelle se merecía todo lo que Josiah le hiciera, pues un hombre de su talla moral jamás se divorciaría de una mujer si no era por un buen motivo, así que Hortie podía estar segura, según decía su madre, de que fuera lo que fuese que hubiera hecho Annabelle, debía de ser imperdonable. De lo contrario, él habría continuado casado con ella. Y si se había divorciado de Annabelle por adúltera, entonces es que lo era. Su madre le dijo que lo sentía en el alma por Josiah, pero en absoluto por ella, quien no había hecho más que recibir su merecido. Para colmo, James había prohibido terminantemente a Hortie volver a ver a Annabelle, bajo ningún concepto. No quería que se expusiera a una influencia como esa.

—Siento mucho lo que ha pasado —se lamentó Hortie, claramente incómoda—. Debiste de cometer un tremendo error.

Intentaba ser compasiva con ella, pero en el fondo consideraba que su madre tenía razón. Josiah era un hombre demasiado bueno para hacer algo así a la ligera. Para que estuviera dispuesto a divorciarse de Annabelle, dejar el trabajo y marcharse de la ciudad, ella tenía que haberse comportado de manera abominable. Hortie jamás hubiera dicho que Annabelle fuese capaz de algo así, pero lo que había aprendido de esa situación era que uno no conoce ni siquiera a sus mejores amigos. Estaba francamente decepcionada con ella, y, por el mar de lágrimas que estaba derramando Annabelle, veía lo culpable que se sentía. Su madre y James estaban en lo cierto.

—Yo no he cometido ningún error —dijo entre hipidos Annabelle sin dejar de sollozar.

Tenía el aspecto y se sentía como una niña abandonada, y se quedó de piedra al ver que Hortie no era más cariñosa con ella, después de todo lo que habían vivido juntas desde la infancia. Se mostraba distante y sus palabras eran frías.

—Me parece que no quiero saber lo que pasó —le dijo Hortie mientras se acercaba a la puerta—. Lo siento, pero tienes que marcharte. James no me deja verte. Adiós, Annabelle, ahora tengo que subir a tumbarme un rato, no me encuentro bien.

Y, dicho esto, salió del salón y cerró la puerta tras de sí, sin pronunciar ni una palabra más. Annabelle se quedó allí sentada, mirándose los pies, incapaz de creer lo que acababa de ocurrirle. Temblaba de forma convulsa cuando se levantó, se marchó a la carrera de aquella casa y volvió a su hogar. Se le ocurrió tirarse al mar para suicidarse, pero no tenía coraje para hacerlo. Le habría gustado, porque estaba convencida de que así volvería a ver a sus padres y a Robert. No podía creer que Hortie la hubiera abandonado también y le hubiera dicho que no pensaba volver a verla. Entonces cayó en la cuenta de que todas las personas que conocía harían lo mismo. Todas las puertas de Newport y de Nueva York se cerrarían delante de sus narices cuando llegara el momento en que pudiera volver a salir a la calle.

Annabelle cerró dando un portazo en cuanto llegó a su casa y subió corriendo la escalera que conducía a su habitación. Se tiró encima de la cama, demasiado sobrecogida incluso para llorar. Seguía allí tumbada cuando Blanche entró en el dormitorio y habló con ternura a la mujer que conocía desde que era niña.

—Sé que no ha hecho usted lo que dice la gente, señorita Annabelle. La he visto casi a diario desde que era un bebé. Sé que ha sido una buena esposa para él. No sé lo que ha ocurrido entre los dos, pero sé que no ha tenido que ver nada con usted.

Y tras decir eso avanzó y colocó los brazos alrededor de Annabelle y ambas se echaron a llorar juntas. Annabelle no podía contarle la causa real del divorcio, pero por lo menos Blanche sabía que era incapaz de hacer aquello de lo que la acusaban. Y, mientras lloraban abrazadas, Annabelle echó de menos a su madre más que nunca. No podía imaginarse cómo iba a ser su vida en adelante. Se había negado a divorciarse de Josiah y él, pensando que la libraba de un destino peor, la había estigmatizado como adúltera para siempre.

Empezó a hacerse una idea de qué significaba eso durante las últimas semanas de agosto, cuando la temporada estival tocó a su fin. Fue a comprar al colmado unas cuantas veces, así como a la oficina de correos, y cada vez que lo hacía las personas que se encontraba por la calle volvían la cara y se negaban a hablar con ella. Los hombres la miraban con desaprobación y las mujeres la ignoraban por completo. De hecho, se había convertido en la paria que tanto temía ser, tal como le había advertido a Josiah. Él pensaba que era lo mejor para ella, y la había dejado en libertad por amor y remordimientos, pero al hacerlo la había condenado a una cadena perpetua de rechazo y desdén. Había sido desterrada por los suyos de su propio mundo. En esos momentos supo que su vida en Newport y en Nueva York había terminado, y entendió que nunca jamás volvería a ser bien recibida en las casas de alta alcurnia, ni en los círculos de sociedad. De ahora en adelante sería siempre la mujer adúltera de la que Josiah Millbank se había divorciado. Por el mismo precio, habría podido agarrarla y ahorcarla en la plaza mayor. La mujer decente que siempre había sido estaba más que muerta.

13

Annabelle regresó a Nueva York la primera semana de septiembre y pidió a Blanche, a William y a unos cuantos sirvientes más que se quedaran en la casa de Newport. Había dejado de ser la casa de sus padres, ahora era suya. Se llevó a Thomas consigo a Nueva York, aunque tenía intención de vender todos los coches de su padre, salvo uno.

Se instaló en el apartamento de Josiah; era consciente de que tenía que buscar casa, pero no se le ocurría por dónde empezar o cómo hacerlo, y además sabía que Josiah iba a tardar en volver, eso si volvía. Le había dicho que Henry y él pasarían muchos meses fuera, o incluso más tiempo, y lo cierto era que no había oído nada de su ex marido desde que se había marchado a México. La había abandonado de la noche a la mañana, igual que todos los demás. Y Josiah pensaba que lo había hecho por el bien de Annabelle...

La joven retomó su labor en la isla de Ellis mientras intentaba aclarar las ideas. Seguía llegando gente de Europa a pesar de que los británicos habían bombardeado el Atlántico y los alemanes seguían hundiendo barcos. Y, precisamente, mientras charlaba con una mujer francesa un día acerca de sus experiencias, fue cuando Annabelle supo qué debía hacer. Era la única cosa que se le ocurría, y tenía mucho más sentido que quedarse en Nueva York para ver cómo la despreciaban todos sus conocidos. No le importaba morir mientras cruzaba el Atlántico, ni perecer una vez que estuviera en Europa. De hecho, habría aceptado gustosa tal liberación del destino al que Josiah la había condenado, aun sin proponérselo, mediante el divorcio.

Habló con distintas personas de la isla de Ellis acerca de sus intenciones. El médico con el que había trabajado le preparó una carta de recomendación en la que detallaba sus habilidades, que Annabelle confiaba en poder emplear en un hospital de Francia. El médico le habló de un hospital que habían instalado en una abadía en Asnières-sur-Oise, cerca de París, en el que trabajaban únicamente mujeres. Lo había abierto el año anterior una escocesa, la doctora Elsie Inglis, quien había propuesto la misma iniciativa en Inglaterra pero no había obtenido autorización para llevarla a cabo. El gobierno francés la había recibido con los brazos abiertos, así que ella se había puesto manos a la obra y había adaptado personalmente la abadía para convertirla en un hospital. Luego había contratado a un equipo casi totalmente femenino, tanto para el ejercicio de la medicina como para la enfermería, a excepción de unos cuantos cirujanos, que eran hombres. El médico y amigo con el que Annabelle trabajaba en la isla de Ellis la había animado a que fuese allí en cuanto le había contado sus planes.

Elsie Inglis era una mujer sufragista y adelantada a su tiempo, que había estudiado en la facultad de medicina de la Universidad Femenina de Edimburgo. Había montado su propia escuela de medicina y había dado clases en el Nuevo Hospital para Mujeres. El médico que había dado referencias a Annabelle para que fuese a su encuentro estaba convencido de que cualquier centro médico que Inglis dirigiera contaría con los últimos avances técnicos y tendría una gestión impecable. Había conseguido poner en funcionamiento el hospital de la abadía de Royaumont en diciembre de 1914, justo después del estallido de la guerra. Y por las noticias que le habían llegado al médico de la isla de Ellis, su centro estaba realizando una labor fantástica en el cuidado de los soldados heridos que eran trasladados desde los hospitales de campaña que había cerca del frente. Todo lo que Annabelle oyó al respecto la convenció de que era allí donde quería estar; además, era muy probable que la recibieran con una sonrisa. No le importaba si la mandaban conducir una ambulancia o trabajar en el hospital. Estaba más que dispuesta a hacer cualquier cosa para echar una mano.

No tenía motivos para quedarse en Estados Unidos. No tenía hogar, ni familia, ni marido, e incluso su mejor amiga le había dicho que no podía volver a verla. Los amigos de sus padres y los de Josiah se quedarían todavía más escandalizados con la noticia. Y como él se había marchado de la ciudad, todo el mundo daría por hecho que Annabelle le había roto el corazón. La desgracia había caído sobre ella de todas las formas posibles, y nadie sabría jamás la verdad de lo que había ocurrido. No tenía absolutamente ningún motivo para quedarse y todos los posibles para marcharse.

Annabelle dedicó los días siguientes a empaquetar todo lo que deseaba guardar almacenado, además de a tramitar un pasaporte nuevo, pues hacía seis años que no viajaba, desde que tenía dieciséis. Reservó una plaza en el *Saxonia*, que viajaba a Francia, y compró ropa gruesa y resistente, que le sería muy útil una vez allí. Ya no le hacían falta los volantes ni los vestidos de fiesta. Asimismo, dejó todas sus joyas y las de su madre en una caja fuerte en el banco de su padre, y realizó diversas gestiones bancarias para asegurarse la liquidez cuando estuviera en Europa. No le dijo a nadie lo que iba a hacer, y a finales de septiembre regresó a Newport para despedirse de Blanche y del resto del servicio. Quedaban cinco sirvientes en la casa, que pasarían allí el invierno con el fin de cuidarla y atender los terrenos. Eran suficientes, teniendo en cuenta el tamaño de la propiedad, pero no eran demasiados. Le contó a Blanche lo que pensaba hacer y le confesó que era posible que tardase mucho tiempo en regresar.

La anciana lloró por todo lo que había ocurrido y se lamentó del destino de su joven señora. No quería ni pensar en las cosas terribles que podían acontecerle en Francia. Todos eran conscientes de que tal vez no sobreviviera a la travesía, teniendo en cuenta los campos de minas y los submarinos alemanes que peinaban los mares. Blanche también era plenamente consciente de que a Annabelle aquello no le importaba en absoluto. No tenía nada que perder y nadie por quien vivir. Por lo menos, en el frente, tendría un objetivo en la vida. Pensaba llevarse todos sus libros de medicina, pues creía que podría necesitarlos. Cuando se marchó de Newport dos días más tarde, todos lloraron a lágrima viva mientras se despedían, preguntándose si volverían a verla algún día.

Una vez de vuelta en Nueva York, Annabelle fue a decir adiós a los médicos y enfermeras con quienes había trabajado en la isla de Ellis, y también se despidió de sus pacientes favoritos, en especial de los niños. Todos se entristecieron mucho al saber que se iba, aunque ella no les contó por qué. Solo informó al jefe del departamento médico de que se marchaba de voluntaria a un hospital de campaña en Francia. Le rompía el corazón dejar atrás la isla de Ellis.

Para entonces, ya había mandado a un guardamuebles todas las posesiones que compartía con Josiah, y lo único que le quedaba eran las maletas que iban a acompañarla, en las que había metido las prendas gruesas que había comprado para el viaje, algunas chaquetas de invierno y varios abrigos. Había conseguido introducirlo todo en tres maletas grandes, y tenía intención de quedarse en el camarote durante la travesía, así que no incluyó ningún vestido de noche en el equipaje. Había renovado el pasaporte y había reservado el billete con su nombre de soltera, en lugar de con el apellido de Josiah. En su último día en Nueva York, dio un paseo muy largo, hasta llegar a casa de sus padres. Era la única cosa de la que todavía no se había despedido. Permaneció frente a la mansión por unos instantes, pensando en todo lo que había perdido y, mientras estaba allí, vio que uno de sus antiguos vecinos salía del coche, se fijaba en ella y la miraba con maldad. Le dio la espalda sin saludarla siquiera, subió los peldaños que conducían a su hogar y cerró la puerta con firmeza después de entrar. Mientras regresaba andando al apartamento de Josiah y reflexionaba sobre el episodio, lo único que consiguió Annabelle fue afianzar su decisión. Ya no le quedaba nada en Nueva York.

Thomas llevó a Annabelle en coche al muelle de Cunard a la mañana siguiente, con tiempo de sobra para meter las tres modestas maletas a bordo. El *Saxonia* era un barco grande de quince años de antigüedad pensado para pasajeros y mercancía, con cuatro palos imponentes y una chimenea altísima. Lo que primaba en la embarcación era el tamaño y no la velocidad, así que recorrería el Atlántico a quince nudos. No era un barco lujoso, pero sí cómodo, y salía muy rentable a la compañía de transportes gracias a las mercancías, que reducían la zona de pasajeros de forma considerable. La primera clase había sido eliminada por completo desde el estallido de la guerra. No era ni la mitad de prestigioso que los otros barcos en los que había viajado Annabelle con anterioridad acompañada de sus padres, pero no le importaba, y eligió uno de los camarotes más amplios de segunda clase.

Dos marineros jóvenes la acompañaron a su camarote y Thomas le dio un cálido abrazo cuando se despidió de ella. Iba a dejar el coche de su padre en un aparcamiento alquilado hasta que se cumplieran las instrucciones que tenía el banco de venderlo. Thomas ya había empezado a buscar otro empleo, pues Annabelle ignoraba cuándo iba a regresar.

Se quedó de pie en el muelle, saludándola con la mano mientras el barco se alejaba lentamente de los amarres, hasta que desapareció de su vista al cabo de media hora. Las personas que iban a bordo tenían el semblante serio, pues conocían los riesgos que corrían al aventurarse en el Atlántico. Quienes viajaban en esa época tenían buenos motivos para hacerlo. Ya nadie surcaba esas aguas por placer. Era demasiado peligroso con toda Europa en guerra.

Annabelle permaneció en la cubierta hasta que dejaron atrás la estatua de la Libertad. Se despidió de la isla de Ellis y sintió que se le desgarraba el corazón, y entonces se metió en su camarote. Tomó uno de los libros sobre medicina y empezó a leerlo, procurando no pensar en lo que ocurriría si los torpedeaban. Era el primer viaje transoceánico que hacía desde que su padre y su hermano habían perecido en el *Titanic*, y se puso tensa cuando oyó cómo gruñía el barco, pues se preguntaba a qué distancia de las aguas estadounidenses se hallarían los submarinos y si los atacarían o no. Todos los pasajeros del barco pensaban en lo mismo.

Cenó sola en su cabina y por la noche se tumbó en el catre, totalmente despejada. Empezó a preguntarse si llegarían sanos y salvos, y qué se encontraría cuando atracaran en Francia. Tenía intención de desplazarse hasta la zona en la que le habían dicho que su ayuda sería más requerida. Como Estados Unidos no participaba en la guerra, Annabelle no había tenido opción de presentarse como voluntaria en representación de su país, a pesar de que sabía que sus primos Astor habían financiado un hospital de campaña y que uno de sus primos por la parte de los Vanderbilt había ido de voluntario a la contienda. No obstante, después de que se propagara la noticia del divorcio, no se atrevía a contactar con ellos. Tendría que buscar su propio camino cuando llegara a Francia. Allí averiguaría qué le esperaba.

Una vez instalada en el hospital al que se dirigía, haría cualquier tarea que le asignasen. Estaba dispuesta a aceptar las labores más insignificantes, pero, por lo que había oído, las trincheras estaban llenas a rebosar y los hospitales todavía más repletos de heridos. Estaba segura de que alguien la pondría a trabajar al instante, si lograban sobrevivir a la travesía.

Había aprendido una barbaridad de los médicos y enfermeras de la isla de Ellis, y continuaba estudiando sus libros de medicina todos los días. Además, aunque no le dejasen hacer nada más que conducir una ambulancia, por lo menos sabía que sería de más utilidad que en Nueva York, donde tendría que esconderse de las miradas de todo un universo de personas en otro tiempo afectuosas, del que ahora la habían excluido.

Aunque Josiah lo había hecho con buena intención, lo cierto era que toda la respetabilidad, la reputación, el decoro y la capacidad para rehacer la vida de Annabelle habían quedado destrozados por el divorcio. Él no se lo había planteado. Para ella era como estar condenada por un delito imperdonable. Y la sentencia sería a cadena perpetua, pues nadie tendría dudas de su culpabilidad. Aun así, bajo ningún concepto se atrevería a divulgar el secreto de Josiah. Lo amaba demasiado para hacerle eso y lo que él escondía era mucho más escandaloso que el divorcio. La revelación de su larga historia de amor con Henry y de la sífilis que habían contraído habría hecho que la gente lo dilapidara. Annabelle no podía hacerle eso. Seguía queriéndolo, de modo que se llevaría el secreto a la tumba. Sin proponérselo, él la había sacrificado.

Le parecía un alivio viajar a Francia, donde nadie la conocería. Al principio no sabía si era mejor decir que era viuda o que nunca había estado casada. Pero si alguien conocía a Josiah, cosa que podía ocurrir incluso en Europa, sabrían que estaba vivo y que ella era una mentirosa, una acusación que sumaría a todo lo demás. Al final, decidió que diría que nunca se había casado. Era más sencillo así, por si daba con alguien que conociese a Josiah. Volvía a ser Annabelle Worthington, como si los dos años vividos con él no hubieran transcurrido nunca, aunque sí lo habían hecho y ella había llegado a amarlo profundamente. Tanto que le perdonaba las debilidades que no podía evitar y la enfermedad que terminaría con su vida.

Mientras el barco navegaba sin problemas durante la primera noche de travesía, Annabelle se planteó que a lo mejor moría en Francia y así no tenía que sufrir otra pérdida y otro duelo. Sabía que, incluso después del divorcio, se le rompería el corazón otra vez cuando él muriese. Lo único que deseaba era una vida con él, un matrimonio feliz y unos hijos. Hortie no sabía la suerte que tenía de contar con un marido normal, y todos esos niños. Además, en esos momentos Annabelle ni siquiera la tenía a ella. La habían repudiado y abandonado todos sin excepción. El rechazo de Hortie era el que más le había dolido después del de Josiah. Y lo que todo ello significaba para Annabelle: mientras el *Saxonia* avanzaba con cautela por el Atlántico rumbo a Francia, la joven se hallaba total y absolutamente sola en el mundo. Era un pensamiento aterrador para una muchacha que había estado protegida toda su vida, primero por su familia y después por su marido. Y ahora todos ellos se habían esfumado, junto con su buen nombre y su reputación. Siempre sería tildada de adúltera. Cuando volvió a pensar en eso, las lágrimas le resbalaron de los ojos y mojaron la almohada.

Esa noche el barco navegó sin complicación. Habían duplicado el personal de vigilancia para controlar que no hubiera ninguna mina en su senda. Era imposible saber dónde podían estar escondidas, o lo mucho que se atreverían a acercarse a aguas estadounidenses los submarinos alemanes. Habían realizado un simulacro de desalojo en los botes salvavidas una hora después de salir del muelle. Todo el mundo sabía a qué bote debía dirigirse y contaba con un chaleco salvavidas, que habían dejado bien visible en cada camarote. En épocas de paz, los chalecos salvavidas se almacenaban en un lugar mucho más discreto, pero desde el hundimiento del *Lusitania* en mayo, la línea de transportes de Cunard no quería arriesgarse. Preferían tomar cualquier precaución a su alcance en pro de la seguridad, aunque con ello consiguieran tensar todavía más el ambiente dentro del barco.

Annabelle no hablaba con nadie. Había mirado la lista de pasajeros y había visto que había dos conocidos de sus padres a bordo. Teniendo en cuenta la marea de escándalos que había despertado en Nueva York su divorcio de Josiah, no tenía el menor deseo de encontrárselos y arriesgarse a que le hicieran un desplante, o algo peor. Prefería quedarse en su camarote la mayor parte del día y salir a dar un paseo en solitario por la cubierta al caer la noche, mientras los demás pasajeros se cambiaban para ir a cenar. Después, cenaba sola en la cabina. A pesar de todos los libros que había llevado consigo para distraerse, tenía muy presente el fallecimiento de su padre y su hermano en el *Titanic*. Y los relatos que le habían llegado del hundimiento del *Lusitania* eran casi peores. Se pasaba casi todo el día tensa y ansiosa, aunque consiguió estudiar mucho durante sus largas horas de vigilia.

La camarera asignada a su camarote intentaba por todos los medios que fuera a cenar al salón del barco, pero era en vano. Y el capitán la había invitado a sentarse a su mesa para cenar la segunda noche de travesía. Era un honor que la mayor parte de los pasajeros habrían recibido con entusiasmo, pero Annabelle le envió una nota pidiendo disculpas por rechazar la invitación, alegando que no se encontraba bien. El mar había estado revuelto ese día, así que era plausible que, si no había viajado mucho en barco, se hubiese mareado (lo cual no era el caso). Se encontró de maravilla durante todo el trayecto.

Tanto el camarero como la camarera que la atendían se preguntaban si estaría recuperándose de algún tipo de pérdida. Era hermosa y joven, pero muy solemne, y se fijaron en que vestía siempre de negro, pues todavía estaba de luto por la muerte de su madre. Dudaban si sería viuda o habría perdido un hijo. Era evidente que algo grave le había ocurrido. Parecía una figura trágica y romántica cuando contemplaba el atardecer durante sus paseos. Se quedaba de pie en la cubierta mirando el mar, pensando en Josiah, y se preguntaba si volvería a verlo algún día. Intentaba no pensar en Henry, para no odiarlo.

Con frecuencia, cuando volvía a su camarote, que constaba de una amplia salita y de un dormitorio, tenía aspecto de haber llorado. Muchas veces se ponía un velo para esconder el rostro, que quedaba todavía más oculto gracias a los grandes sombreros que se calaba. No deseaba en absoluto que la reconocieran, ni que la vieran siquiera. Estaba desapareciendo de su mundo, despojándose del caparazón protector que en otra época había lucido y de la identidad que había formado parte indisoluble de su vida. Deseaba desprenderse de todas esas cosas familiares que le daban seguridad, para desvanecerse en una vida de servicio en el frente. Eso era lo único que deseaba en estos momentos.

Se sobresaltó al caer en la cuenta de que, aparte de la casita de verano de sus padres en Newport, no tenía otro hogar. Casi todas sus pertenencias estaban en el guardamuebles, y el resto lo llevaba en aquellas tres maletas, que podía transportar ella sola. No llevaba ni un solo baúl para ropa, cosa de lo más extraña, tal como había comentado la camarera al sobrecargo, para una mujer de su categoría. Incluso desprovista de los abrigos de pieles, de las joyas y de los vestidos de gala, por su forma de hablar y sus modales, por su porte y sus movimientos, era fácil ver que Annabelle provenía de una buena familia. Y al ver la aflicción que reflejaban sus ojos en todo momento, la joven doncella sintió pena por ella. Tenían casi la misma edad, y Annabelle siempre era muy amable con la empleada.

El cuarto día de navegación, en el que ya se aproximaban a Europa, el barco aminoró la marcha de forma brusca. Apenas se desplazaban por las aguas, porque el capitán de ese turno de vigilancia había visto algo sospechoso y le preocupaba que pudiese haber un submarino alemán en las inmediaciones. Todos los pasajeros se alarmaron y algunos se pusieron el chaleco salvavidas, aunque no había sonado la sirena. Por primera vez, Annabelle salió a cubierta a plena luz del día para ver qué pasaba. Uno de los oficiales se lo explicó con tranquilidad y se quedó prendado de la belleza de la joven, escondida tras el sombrero y el velo. Se preguntó si sería una actriz famosa, que viajaba de incógnito, o alguien conocido. Vestía un traje negro hecho a medida y, cuando se quitó uno de los guantes, el marinero se dio cuenta de que tenía las manos finísimas. La tranquilizó y Annabelle, que deseaba apartarse de los grupitos de personas que charlaban o jugaban a las cartas sentadas en la cubierta, decidió dar un breve paseo por el barco, y después regresó a su habitación.

El joven oficial llamó a su puerta esa misma tarde y Annabelle abrió con cara de sorpresa. Tenía un libro en la mano y la melena larga y rubia le caía por los hombros. Parecía una chiquilla, y el hombre se admiró aún más de lo guapa que era. Se había quitado el traje de chaqueta y vestía una blusa negra y una falda larga también negra. Igual que la camarera, sospechaba que era una viuda joven, pero no tenía la menor idea de por qué viajaba a Europa. Le dijo que quería asegurarse de que Annabelle estaba bien, pues la había visto preocupada por la mañana y seguían desplazándose a poca velocidad. Ella le confirmó con una sonrisa tímida que se encontraba bien. Él bajó la mirada para ver qué leía y se sorprendió al descubrir de qué se trataba. Era un libro de medicina del doctor Rudolph Virchow, y vio tres tomos más del doctor Louis Pasteur y del doctor Claude Bernard, las eminencias médicas del momento, en la mesa que había detrás de la joven. Eran sus libros sagrados.

—¿Estudia medicina? —preguntó con inusitada admiración.

Era muy peculiar que una mujer leyera esos libros, y se preguntó si sería enfermera. Aunque parecía poco probable, teniendo en cuenta su evidente estatus social.

—Sí... No... Bueno, no exactamente —contestó ella algo azorada—. Me gusta leer sobre medicina. Es mi pasión.

—Mi hermano es médico —dijo él orgulloso—. Él es el listo de la familia. Mi madre es enfermera.

Se quedó quieto un momento, buscando excusas para seguir hablando con ella. Había algo increíblemente misterioso en esa mujer y no podía evitar preguntarse qué la había llevado a viajar a Francia. Tal vez tuviera familia allí. En esa época, cada vez escaseaban más las mujeres que viajaban solas en barco.

—Si hay algo que pueda hacer por usted, señorita Worthington, no dude en decírmelo.

Ella asintió, sorprendida de que la llamaran por su nombre de soltera por primera vez en dos años. Todavía no se había acostumbrado. Era como retroceder a la infancia y viajar en el tiempo. Con lo mucho que se enorgullecía de que la llamaran señora Millbank... La entristecía volver a apellidarse Worthington, como si ya no mereciese el apellido de Josiah. Ambos habían acordado que ella recuperase el nombre de soltera. Josiah habría podido solicitar al tribunal que le permitieran mantener el de él, pero los dos consideraban que era mejor si no lo hacía. A Annabelle le resultaría más fácil empezar de cero con su propio apellido, aunque todavía echaba de menos el de su marido.

—Muchas gracias —contestó ella con educación.

Él hizo una reverencia, y Annabelle cerró la puerta y retomó la lectura. No volvió a abandonar el camarote hasta el anochecer. Estaba impaciente por llegar. Estar confinada en su cabina todo el tiempo hacía que el trayecto pareciese muy largo. Y como habían aminorado tanto la marcha, tardarían un día más en atracar, pero todo el mundo coincidía en que era mejor ser cautelosos y tomar precauciones, aunque eso implicase retrasarse.

El día siguiente fue todavía más estresante que el anterior. Los vigilantes del turno matutino habían avistado un campo de minas a lo lejos, por estribor. Esta vez sí sonaron las sirenas y todo el mundo salió a la cubierta para que la tripulación explicara qué ocurría. Los pasajeros aparecieron con los chalecos salvavidas puestos y la tripulación les aconsejó que se los dejaran durante todo el día. Annabelle había salido del camarote sin sombrero ni velo, y notó que hacía un cálido día veraniego con una suave brisa. El pelo se le ondulaba ligeramente por la espalda, que tenía cubierta por un vestido de lino negro. El mismo oficial del día anterior se acercó a ella con una sonrisa.

—No hay de qué preocuparse —la tranquilizó—. Es solo por precaución. Nos mantendremos alejados de las minas. Nuestros hombres son muy listos. Las han descubierto a la primera.

Se sintió aliviada, aunque, de todos modos, la situación era inquietante. Sin que deseara compartirla con él, a la joven se le escapó un ápice de información personal.

—Mis padres y mi hermano viajaban en el *Titanic* —comentó en voz baja, y casi sintió un escalofrío al decirlo y mirarlo a la cara con los ojos muy abiertos.

—Lo siento mucho —dijo él con afecto—. Aquí no va a pasar nada parecido. No se preocupe, señorita. El capitán lo tiene todo bajo control.

Sin embargo, la presencia de un campo de minas en la distancia implicaba otro día meciéndose lánguidamente en el agua. Y a lo largo de las dos jornadas siguientes tendrían que prestar todavía más atención, pues el *Saxonia* se aproximaba a Francia.

Al final, la travesía duró siete días. Llegaron a Le Havre a las seis de la madrugada y el barco atracó mientras la mayoría de los pasajeros dormía. Sirvieron el desayuno a las siete, y los que desembarcaban allí tuvieron que presentarse en cubierta a las nueve. El barco se dirigía a continuación a Liverpool, pues Southampton había sido tomado por fuerzas militares. Además, en esa ocasión habían atracado primero en Francia porque, debido a los campos de minas, habían tenido que modificar considerablemente el rumbo. Annabelle ya estaba en la cubierta vestida de la cabeza a los pies cuando llegaron a puerto. El joven oficial la vio y se acercó a ella. Parecía emocionada y totalmente despierta. En su rostro se dibujaba la expresión más feliz que había observado en ella en toda la travesía, y se preguntó si su aspecto sombrío se había debido simplemente al miedo de estar en el barco, ya que sus familiares habían viajado en el que se había hundido. Y los campos de minas y los submarinos alemanes habrían alarmado a cualquiera. Todo el mundo se alegró mucho cuando llegaron sanos y salvos a Francia.

—¿Está contenta de haber llegado a París? —le preguntó él por darle conversación.

Era evidente que sí, y de pronto el oficial se planteó que tal vez la estuviera esperando su prometido. Annabelle le dedicó una sonrisa amplia cuando asintió bajo el sol de primera hora de la mañana. Llevaba puesto el sombrero, pero no llevaba velo, así que la miró directamente a los ojos azules.

—Sí, pero no me quedaré mucho tiempo —contestó ella sin dar más explicación.

Él se sorprendió. Nadie viajaba a Europa para poco tiempo, teniendo en cuenta los riesgos que suponía, y mucho menos para un viaje relámpago de vacaciones.

—¿Piensa regresar?

—No. Confío en poder trabajar en un hospital al norte de París, a unos cincuenta kilómetros del frente.

—Es usted muy valiente —comentó él, impresionado.

Era tan guapa y tan joven que no quería ni imaginársela en la carnicería propia de los hospitales en tiempos de guerra, pero quedaba patente que estaba emocionada con la idea. Eso explicaba por qué la había encontrado leyendo libros de medicina en el camarote cuando había ido a saludarla.

—¿Cree que estará a salvo? —preguntó el marinero con preocupación. Pero ella sonrió.

—Lo suficiente.

Annabelle habría preferido poder trabajar más cerca de

las trincheras, pero le habían dicho que en los hospitales de campaña solo aceptaban a personal médico y militar con formación. El hospital instalado en la abadía de Royaumont, en Asnières-sur-Oise, era peculiar y, por lo tanto, sería mucho más fácil que la aceptaran en el equipo.

—¿Se dirigirá allí hoy mismo? —preguntó él con interés, a lo que ella negó con la cabeza.

—He pensado que pasaré la noche en París y encontraré la forma de llegar al hospital mañana.

Solo estaba a cincuenta kilómetros hacia el norte de París, pero Annabelle no estaba segura de qué tipo de transporte podría conseguir.

—Demuestra ser muy valiente viajando sola —insistió él con admiración, pues había supuesto, y con acierto, que se trataba de una mujer que había estado cobijada y protegida toda su vida y que no estaba acostumbrada a tener que ingeniárselas por sí misma. Sin embargo, ahora no le quedaba otra opción. Annabelle sabía que viajar a Francia era como hacer borrón y cuenta nueva o, por lo menos, como escapar del ostracismo que acababa de empezar a saborear en su tierra y que, con el tiempo, solo habría empeorado.

El joven oficial tenía que ir a atender sus obligaciones, así que Annabelle volvió a su camarote a cerrar las maletas. A las siete, ya estaba preparada para desembarcar. Dio las gracias a la camarera por sus amables atenciones durante el viaje, le entregó una generosa propina en un sobre discreto y se dirigió al salón principal para desayunar. Era la primera y única vez que comía en público durante toda la travesía. Pero todos estaban demasiado atareados para prestarle atención. Se dedicaban a despedirse de sus amigos recién conocidos, y disfrutaban del último desayuno copioso antes de bajar del barco.

Annabelle fue de los primeros pasajeros en desembarcar. Y se despidió del joven oficial cuando este fue a decirle adiós y desearle buena suerte. A continuación se montó en el compartimiento que tenía reservado en el tren. Sabía muy bien que esos eran los últimos lujos de los que disfrutaría en mucho tiempo. Al día siguiente, con un poco de suerte, estaría trabajando a pleno rendimiento y viviría como todos los demás miembros del equipo médico de la abadía.

Al bajar del tren, consiguió apañárselas sola con las tres maletas y encontró un taxi que la llevara a la estación de trenes Gare du Nord de París. Había comido algo en el tren y no tenía hambre, así que fue directa al hotel. Había reservado una habitación en el hotel de Hollande, en el noveno distrito, cerca de Montmartre. Mientras el taxista la conducía allí, se fijó en unos hombres con gorra azul montados en bicicleta, en su mayoría en grupos de cuatro, que patrullaban la ciudad. Habían eliminado todas las terrazas de los cafés de París, algo que suponía un gran cambio respecto de la vez anterior en que había estado en la ciudad con sus padres, de jovencita. No había vuelto desde los dieciséis años. Se respiraba un ambiente tenso y se percató de que apenas se veían hombres por la calle. Casi todos habían sido llamados a filas y estaban luchando por su país y por su vida en el frente. A pesar de todo, la ciudad seguía siendo tan hermosa como la recordaba. La Place de la Concorde era tan majestuosa como siempre, igual que los Campos Elíseos. El clima era templado y, cuando el taxi la dejó en la puerta del hotel, pensó que hacía un día de otoño espléndido.

No le extrañó que el recepcionista del hotel fuese un hombre ya anciano, quien le mostró dónde estaba su habitación, en la primera planta. Era un espacio pequeño, pero luminoso y soleado, que daba al jardín del hotel, donde habían colocado unas cuantas sillas alrededor de unas mesas, en las que algunos huéspedes comían en ese momento. Le preguntó al recepcionista cómo podía desplazarse a Asnières al día siguiente. Deseaba saber si el empleado podía buscarle un chófer y algún tipo de vehículo. Le habló en un francés fluido que había aprendido con la institutriz, como parte de sus refinados estudios, y que ahora le resultaría muy útil.

—¿Para qué quiere ir a Asnières? —le preguntó el hombre frunciendo el entrecejo, como si la reprendiera.

En su opinión estaba demasiado cerca del frente, pero Annabelle no pensaba lo mismo. Había intentado insinuar, sin ser grosera, que recompensaría económicamente con creces al conductor que la llevara allí sin viaje de regreso, eso suponiendo que el hospital le permitiese quedarse, cosa que todavía estaba por ver. De todas formas, era optimista y contaba con la carta de recomendación del médico de la isla de Ellis, que había guardado en el bolso.

—Voy a ir a la abadía de Asnières —le informó.

—Pero ya no es una abadía —rectificó el hombre—. Ahora es un hospital. Lo llevan solo mujeres.

—Sí, lo sé —respondió Annabelle con una sonrisa—. Por eso voy allí.

—¿Es usted enfermera?

Ella negó con la cabeza a modo de respuesta. El recepcionista no pudo evitar pensar que era un hotel demasiado elegante para una enfermera, pero incluso con la ropa modesta que llevaba, la joven parecía aristocrática.

—No, no soy más que una voluntaria. Me gustaría ayudar a los médicos con lo que me dejen hacer —dijo con humildad, y él le sonrió con una mirada de asombro.

—¿Ha viajado hasta aquí para ayudar a nuestros chicos en el hospital?

Esta vez ella asintió sin dudarlo. Por la noche, el hombre le sirvió la cena en la habitación y añadió una botellita de vino que había reservado para sí mismo.

—Es usted una mujer buena —le dijo cuando volvió a verla.

—Gracias —contestó ella con un hilo de voz, pues sabía que toda Nueva York y todo Newport habrían discrepado.

Más tarde, el anciano encargado de la recepción le dijo que le había pedido a su sobrino que la llevara a Asnières al día siguiente. Lo habían herido en el frente el año anterior y había perdido varios dedos, pero le aseguró que Jean-Luc conducía muy bien, aunque se disculpó al decirle que el joven la llevaría a su destino en camioneta. Era el único vehículo que tenían. Ella le aseguró que le parecía perfecto.

Apenas consiguió dormir aquella noche, pues estaba muy alterada. No tenía la menor idea de qué sorpresas le depararía el día siguiente; ni siquiera sabía si le permitirían quedarse en la abadía. Lo único que podía hacer era rezar para que así fuera.

14

Annabelle y el sobrino del recepcionista del hotel, Jean-Luc, emprendieron el viaje a las seis de la mañana, en cuanto el sol salió en París. Hacía un día asombrosamente bello, pero el hombre le dijo que había estallado una batalla atroz en Champagne el día anterior, en la que todavía combatían. Dijo que era la segunda batalla que tenía lugar en ese enclave, y que ya habían muerto o resultado heridos ciento noventa mil soldados. Annabelle lo escuchaba con silencioso horror y pensaba en esa cifra tan astronómica. Era inconcebible.

Precisamente por eso estaba ella allí. Para ayudar a sanar a sus hombres y para hacer todo lo que pudiera por salvarlos, si es que era capaz de curarlos de algún modo, o por lo menos de consolarlos. Se había puesto un ligero vestido de lana de color negro, y botas y medias del mismo color. Llevaba todos sus libros de medicina en las maletas y también llevaba consigo un delantal blanco limpio, metido en el bolso. Era el que se ponía en la isla de Ellis, aunque allí lo combinaba con faldas y vestidos más vistosos y alegres cuando no estaba de luto como en esa época, debido a la trágica muerte de su madre. Casi todas las prendas que había llevado a Europa eran negras.

Tardaron tres horas por carreteras secundarias en llegar al hospital. Estas estaban en mal estado y presentaban profundos surcos, además de socavones por doquier. Nadie tenía tiempo de arreglarlas, ni había hombres para que lo hicieran. Todos los varones no lisiados estaban en el ejército, y no quedaba nadie en las casas para reparar y mantener en pie el país excepto los ancianos, las mujeres, los niños y los hombres tullidos a quienes habían mandado de regreso a sus hogares. A Annabelle no le importó que las abruptas carreteras hicieran saltar la camioneta de Jean-Luc, que, según le dijo, solía emplear para transportar aves de corral. La joven sonrió cuando vio que había plumas adheridas a sus maletas. Se descubrió mirándose las manos un momento y notó la estrecha marca que le había dejado el anillo de bodas en el dedo. Se sintió conmovida durante un momento. Se lo había quitado en agosto y todavía lo echaba de menos. Lo había dejado en el banco, dentro de la caja fuerte de las joyas, junto con el anillo de compromiso, que Josiah había insistido en que se quedara. Sin embargo, en esos momentos no tenía tiempo de pensar en esas cosas.

Pasaban unos minutos de las nueve cuando por fin llegaron a la abadía de Royaumont, un edificio eclesiástico del siglo XIII algo deteriorado. Era una estructura hermosa con arcos muy estilizados y una laguna debajo. Hervía de actividad. Había enfermeras con uniforme que empujaban a hombres en sillas de ruedas por el patio, otras entraban apresuradas en las distintas alas del centro, mientras que otros heridos se movían con ayuda de muletas o eran transportados en ambulancias conducidas por mujeres. Las que llevaban las camillas también eran mujeres. Allí no había nada más que mujeres trabajando, incluido el cuadro médico. Los únicos hombres que se veían eran los heridos. Bueno, al cabo de unos minutos vio a un médico que entraba a toda prisa por la puerta. Era una rareza en medio de aquella población femenina. Y como Annabelle miraba a su alrededor, sin saber hacia dónde ir, Jean-Luc le preguntó si deseaba que la esperara.

—Sí, por favor. Si no le importa... —dijo ella, abrumada por un momento, pero muy consciente de que, si no la admitían como voluntaria, ignoraba por completo adónde podría ir o qué otra cosa iba a hacer. Estaba decidida a quedarse en Francia para colaborar, a menos que fuera como voluntaria a Inglaterra. Lo que estaba claro era que, pasara lo que pasase, no pensaba volver a casa. Por lo menos, no durante una buena temporada, o tal vez nunca. No quería pensar en eso—. Tengo que hablar con las encargadas para ver si quieren aceptarme —añadió en voz baja.

Y si no permitían que se quedara, necesitaría un lugar en el que alojarse. No le importaba dormir en una barraca o en un garaje si hacía falta.

Annabelle cruzó el patio y siguió los carteles que indicaban las distintas secciones del hospital instalado en la abadía, hasta que vio una flecha que señalaba hacia unas oficinas que había debajo de los arcos y en la que ponía «Administración».

Cuando entró, se encontró con una fila de mujeres detrás de un escritorio manejando documentos, mientras las conductoras de las ambulancias les entregaban solicitudes de admisión. Abrían historiales de todos los pacientes a quienes trataban, algo que no siempre se cumplía en los hospitales de campaña, donde en ocasiones tenían que trabajar bajo mucha mayor presión. Allí había una sensación de actividad frenética, pero al mismo tiempo se palpaba la claridad y el orden. Las mujeres del mostrador eran en su mayor parte francesas, aunque Annabelle oyó que varias eran inglesas. Y todas las conductoras de las ambulancias eran jóvenes francesas. Eran chicas del pueblo a quienes habían formado en la abadía, y algunas de ellas no parecían tener más de dieciséis años. Todo el mundo tenía que colaborar. A sus veintidós años, Annabelle era bastante mayor que muchas, aunque no lo parecía. Sin duda era lo bastante madura para llevar a cabo ese trabajo si se lo permitían, y mucho más experimentada que la mayoría de las voluntarias.

—¿Con quién podría hablar sobre el voluntariado? —preguntó en un francés perfecto.

—Conmigo —contestó sonriendo una mujer que tendría

más o menos su edad. Llevaba un uniforme de enfermera, pero trabajaba en la administración. Como todas las demás, hacía turnos dobles. Algunas veces, las conductoras de ambulancia, o las doctoras y enfermeras de los quirófanos, tenían que trabajar veinticuatro horas seguidas. Hacían todo lo que era necesario. Y el ambiente era agradable, muy alegre y rebosaba energía. Annabelle estaba francamente impresionada.

—A ver, ¿qué sabes hacer? —le preguntó la joven del escritorio mirándola de arriba abajo.

Annabelle se había puesto el delantal para parecer más profesional. Con ese serio atuendo de luto, parecía una mezcla entre monja y enfermera, cuando en realidad no era ninguna de las dos cosas.

—Traigo una carta —dijo nerviosa, mientras la pescaba del bolso. Le preocupaba que no la admitieran. ¿Y si solo contrataban a enfermeras?—. He realizado tareas relacionadas con la medicina desde los dieciséis años, como voluntaria en distintos hospitales. He trabajado con inmigrantes en la isla de Ellis, en Nueva York, durante los dos últimos años, y he adquirido bastante experiencia en el tratamiento de enfermedades contagiosas. Antes de eso, había trabajado en el Hospital para el Tratamiento de los Lisiados de Nueva York. Supongo que eso estará más relacionado con lo que hacen aquí... —añadió Annabelle, casi sin aliento pero esperanzada.

—¿Tienes formación médica? —quiso saber la joven enfermera cuando leyó la carta de recomendación del médico de la isla de Ellis. La había halagado mucho y decía que era la ayudante médica sin formación más habilidosa que había tenido jamás, mejor que muchas enfermeras e incluso que algunos médicos. Annabelle se había sonrojado al leerla.

—En realidad, no —contestó Annabelle con sinceridad, reconociendo su falta de estudios. No quería mentirles y fingir que sabía hacer cosas que desconocía—. Pero he leído muchos libros sobre medicina, sobre todo acerca de enfermedades contagiosas, cirugía ortopédica y heridas gangrenosas.

La enfermera asintió y la miró con atención. Le caía bien. Parecía impaciente por empezar a trabajar, como si aquella labor significara mucho para ella.

—Caray, menuda carta de recomendación —dijo con admiración—. Supongo que eres de Estados Unidos...

Annabelle asintió. La otra joven era británica, pero hablaba un francés perfecto, sin rastro de acento inglés. El francés de Annabelle también era bueno.

—Sí —dijo ella como respuesta a la pregunta sobre su nacionalidad—. Llegué ayer.

—¿Por qué has venido aquí? —preguntó curiosa la enfermera, tras lo cual Annabelle vaciló y se ruborizó mientras sonreía con timidez.

—Por vosotras. El médico de la isla de Ellis que escribió mi recomendación me habló de este hospital. Cuando lo oí, me pareció fantástico, así que se me ocurrió venir a ver si podía aportar mi granito de arena. Haré cualquier cosa que me manden. Poner cuñas a los enfermos, limpiar palanganas del quirófano, lo que sea.

—¿Sabes conducir?

—Todavía no —contestó Annabelle con timidez. Siempre la había llevado el chófer—. Pero puedo aprender.

—Admitida —se limitó a decir la enfermera británica.

No hacía falta ponerla a prueba con una carta de recomendación como aquella, y saltaba a la vista que tenía madera. Su cara estalló en una amplia sonrisa cuando la mujer de detrás del escritorio dijo la palabra. Era el propósito de su viaje a Francia. Había valido la pena la travesía larga, solitaria y aterradora que había realizado, a pesar de los campos de minas y los submarinos enemigos, y a pesar de sus propios temores por culpa del *Titanic*.

—Preséntate en el Pabellón C a las trece horas.

Faltaban veinte minutos.

—¿Hace falta uniforme? —preguntó Annabelle todavía con la sonrisa en la cara.

—Así estás bien —contestó la enfermera mirándole el delantal. Y entonces se le ocurrió algo—. ¿Tienes alojamiento? ¿Sabes dónde vas a dormir?

Intercambiaron una sonrisa.

—Aún no. ¿Podría quedarme en alguna habitación del hospital? Dormiré donde sea. En el suelo, si es preciso.

—No le digas eso a nadie —le advirtió la enfermera—, o te tomarán la palabra. Aquí las camas van muy escasas y cualquiera estaría encantada de quitarte la tuya. La mayoría compartimos cama, me refiero a que utilizamos la misma que otras personas que tienen turnos laborales diferentes. Quedan algunas libres en las antiguas celdas de las monjas, y hay un dormitorio en el monasterio, pero está bastante abarrotado. Yo en tu lugar cogería una de las celdas, o preguntaría si alguien quiere compartirla contigo. Indaga por ahí. Seguro que alguien te acoge.

Le dijo en qué edificio se hallaban y, a la carrera, Annabelle fue en busca de Jean-Luc. Su misión había sido un éxito, iban a permitirle que trabajara allí. Le costaba creer la buena suerte que había tenido y seguía sonriendo cuando encontró a Jean-Luc, de pie junto a su furgoneta de reparto de pollos, tanto para vigilarla como para que ella lo viera fácilmente. Los vehículos escaseaban y tenía pavor a que alguien se lo robara con el fin de utilizarlo de ambulancia.

—¿Se queda? —le preguntó cuando vio que la joven se le acercaba con una sonrisa.

—Sí, me han aceptado —dijo ella, aliviada—. Empiezo a trabajar dentro de veinte minutos y todavía tengo que encontrar habitación.

Metió los brazos en la parte posterior de la camioneta, sacudió las plumas de las maletas y las sacó. Él se ofreció a llevárselas, pero ella pensó que sería mejor que lo hiciera por sí misma. Volvió a darle las gracias y se despidió, pues ya le había pagado por la mañana. Él la abrazó con afecto, la besó en las mejillas, le deseó buena suerte, se metió en el vehículo y se marchó.

Annabelle se dirigió a la abadía cargando con las maletas y encontró la zona en la que la enfermera le había dicho que estaban las antiguas celdas de las monjas. Había filas y filas de celdas, todas ellas oscuras, pequeñas, mohosas y con aspecto de ser tristemente incómodas, con un mugriento colchón en el suelo y una colcha, en muchos casos sin sábanas. Solo unas pocas tenían ropa de cama y Annabelle supuso, acertadamente, que las mujeres alojadas en ellas habían traído sus propias sábanas. Había un cuarto de baño comunitario cada cincuenta celdas más o menos, pero Annabelle dio gracias al saber que por lo menos contaría con un aseo en el interior del edificio. Era evidente que las monjas no vivían con ninguna clase de lujo ni comodidad, ya fuera en el siglo XIII o en tiempos recientes. La abadía había sido comprada a la orden religiosa hacía muchos años, a finales del siglo anterior, y ya era propiedad privada cuando Elsie Inglis la había solicitado para convertirla en hospital. Era un edificio antiguo precioso, y, aunque no estaba en las mejores condiciones, resultaba perfecto para sus propósitos. Era el hospital ideal para todas ellas.

Mientras Annabelle miraba a su alrededor, una joven salió de una de las celdas. Era alta y delgada y parecía claramente inglesa, con la piel pálida y el pelo tan moreno como rubio era el de Annabelle. Vestía uniforme de enfermera y sonrió a la recién llegada con una expresión azorada. Parecía una niña. La afinidad entre ambas fue instantánea.

—No es precisamente el Claridge's —dijo con el acento propio de las clases altas británicas, porque había adivinado al instante que Annabelle pertenecía a su mismo entorno. Era algo que se percibía aunque no se viera, pero ninguna de las dos jóvenes estaba impaciente por anunciar a los cuatro vientos su sangre azul. Habían ido allí a trabajar de sol a sol, y estaban encantadas de estar en la abadía—. Supongo que buscas habitación —le dijo la chica antes de presentarse—. Soy Edwina Sussex. ¿Sabes qué turno te ha tocado?

Annabelle le dijo cómo se llamaba y añadió que no conocía aún su turno.

—Todavía no sé qué querrán que haga. Me han dicho que tengo que presentarme en el Pabellón C dentro de diez minutos.

—Pues qué suerte. Es uno de los pabellones quirúrgicos. No eres aprensiva, ¿verdad?

Annabelle sacudió la cabeza, mientras Edwina le explicaba que ya había dos chicas con quienes compartía la celda, pero le señaló la que había en la puerta contigua y dijo que la que se alojaba allí se había marchado a casa el día anterior porque su madre estaba enferma. Era evidente que nadie estaba tan lejos de su hogar como Annabelle. Las chicas de Gran Bretaña podían ir a visitar a su familia sin problemas y regresar al cabo de un par de días, si era necesario, aunque cruzar el canal de la Mancha tampoco era fácil en aquella época. De todas formas, nada era tan peligroso como atravesar el Atlántico. Annabelle le contó que había llegado de Estados Unidos el día anterior.

—Qué valiente —contestó Edwina con admiración.

Las dos jóvenes eran exactamente de la misma edad. Edwina dijo que se había comprometido con un joven que por entonces estaba luchando en la frontera italiana, a quien no veía desde hacía seis meses. Mientras se lo contaba, Annabelle dejó las maletas en la celda contigua a la suya. Era tan pequeña, oscura y fea como las otras, pero no le importó, y Edwina dijo que no pasaban ni un momento en las celdas, salvo para dormir.

Annabelle apenas tuvo un minuto para dejar el equipaje y correr escaleras abajo para encontrar el Pabellón C. Y tal como le había informado Edwina, cuando llegó vio que se trataba de un enorme pabellón quirúrgico. Había una sala gigantesca con aspecto de haber sido una capilla en otra época, abarrotada con unas cien camas. La habitación no tenía calefacción y los hombres estaban cubiertos con varias mantas para intentar que entraran en calor. Sus dolencias eran muy variadas, aunque muchos habían perdido alguna extremidad en un bombardeo o habían tenido que amputársela en el quirófano. La mayor parte de ellos gemía, algunos lloraban y todos estaban muy enfermos. Varios deliraban por culpa de la fiebre y, mientras Annabelle recorría el pabellón en busca de la jefa de enfermería para presentarse, fueron muchas las manos que se agarraron a su vestido. Además de la estancia principal había otras dos salas grandes que servían de quirófanos, donde oyó gritar a más de un hombre. Era una escena impresionante; si Annabelle no hubiese desempeñado su trabajo como voluntaria en los anteriores seis años, a buen seguro se habría desmayado al instante. Sin embargo, parecía serena mientras recorría la sala y pasaba por delante de decenas de camas.

Encontró a la jefa de enfermería cuando salía de uno de los quirófanos improvisados, con aspecto frenético y sujetando una palangana con una mano dentro. Annabelle le contó que acababa de entrar a trabajar allí. La enfermera jefe le alargó la palangana y le dijo dónde debía desechar el contenido. Annabelle no titubeó y, en cuanto regresó a su puesto, la enfermera la puso a trabajar durante las siguientes diez horas. Annabelle no paró ni un segundo. Fue su prueba de fuego y, cuando terminó, se había ganado el respeto de la enfermera de mayor edad.

—Servirás —le dijo la mujer con una fría sonrisa, y alguien comentó que había trabajado con la doctora Inglis en persona, quien ya había regresado a Escocia para entonces. Tenía intención de abrir otro hospital en Francia.

Cuando Annabelle volvió por fin a su celda, ya era medianoche. Se sentía demasiado agotada para deshacer las maletas, e incluso para desvestirse. Tal cual estaba, se tumbó en el colchón, se tapó con la colcha y cinco minutos más tarde estaba profundamente dormida con el semblante lleno de paz. Sus oraciones habían sido escuchadas. Y en ese momento se sintió como en casa.

15

Los primeros días de Annabelle en la abadía de Royaumont fueron agotadores. Los heridos de la segunda batalla de Champagne llegaban a toda velocidad. La joven prestaba ayuda durante las operaciones, vaciaba bandejas quirúrgicas y contenía hemorragias, se deshacía de las extremidades amputadas, vaciaba las bacinillas de los enfermos, les daba la mano a los moribundos y bañaba a quienes tenían fiebres muy altas. Nada de lo que había visto hasta entonces se parecía ni remotamente a aquello. Nunca había trabajado con tanto ahínco en su vida, pero era justo lo que deseaba. Allí se sentía útil y aprendía sin cesar.

Apenas veía a Edwina. Su compañera trabajaba en otra parte del hospital y hacían turnos diferentes. Alguna que otra vez se encontraban en el cuarto de baño o se cruzaban por los pasillos entre pabellones, y se saludaban con la mano. Annabelle no tenía tiempo de entablar amistades, había demasiado trabajo por hacer, y el hospital estaba hasta la bandera de hombres agonizantes. Todas las camillas estaban ocupadas y algunos pacientes esperaban el turno tumbados en colchones en el suelo.

Por fin, un día encontró unos minutos libres para ir al banco del pueblo, desde donde mandó un mensaje a su propio banco, en Nueva York, para informar de que había llegado sana y salva a Francia. No había nadie más a quien comunicárselo o a quien le importase. Llevaba dos semanas en Asnières y le daba la sensación de que llevara allí un año. Los ingleses y los franceses habían llegado a Salónica, en Grecia, y las fuerzas austríacas, alemanas y búlgaras habían invadido Serbia y expulsado al ejército serbio de su país. En Francia, los hombres caían como moscas en las trincheras. El frente, a cincuenta kilómetros del hospital, apenas había variado, pero se perdían vidas continuamente. A pesar de que se habían habilitado hospitales en las iglesias más próximas a la contienda, seguían desviando a la abadía de Asnières tantos hombres como era posible, pues allí podían recibir un tratamiento mejor. El personal lidiaba con casos de todo tipo, desde disentería hasta dolencias en los pies, y varios de sus pacientes habían contraído el cólera. Annabelle consideraba que todo aquello era aterrador, pero al mismo tiempo estaba emocionada de poder ayudar.

En una de sus escasas mañanas libres, una de las mujeres alojadas en las celdas de las monjas le enseñó a conducir una camioneta que empleaban como ambulancia, que no era muy distinta de la furgoneta para pollos de Jean-Luc. Al principio le había costado ponerla en marcha, pero para cuando tuvo que volver a sus obligaciones, ya casi le había cogido el tranquillo. La mandaban al quirófano con más frecuencia que al resto de las voluntarias, porque era precisa, atenta, meticulosa y muy obediente, pues seguía las indicaciones de los cirujanos al pie de la letra. Algunos de los médicos se habían fijado en ella y se lo habían comentado a la jefa de enfermería, quien coincidía en que su labor era excelente. Consideraba que sería una enfermera estupenda y le aconsejó a la joven que estudiara la carrera después de la guerra, aunque el cirujano jefe de la abadía pensaba que podía aspirar a más. Se paró a hablar con ella un día después de la última operación de la jornada, bien entrada la noche. Annabelle ni siquiera parecía cansada mientras fregaba el suelo del quirófano y ponía un poco de orden. Había sido un día especialmente agotador para todos ellos, pero Annabelle no había desfallecido ni un momento.

—Parece que te diviertes con tu labor —le dijo el médico mientras se limpiaba las manos en el delantal ensangrentado.

El de Annabelle tenía un aspecto similar. Pero a ella no parecía importarle, ni se había dado cuenta de que tenía una mancha de sangre de otra persona en la cara. El médico le acercó un retal de tela para que se lo limpiase y ella le dio las gracias con una sonrisa. Era un cirujano francés procedente de París, y por supuesto era uno de los pocos hombres con los que contaban. La mayor parte del personal médico eran mujeres, pues esa había sido la intención de Elsie Inglis al fundar el hospital. Sin embargo, hacían excepciones, ya que necesitaban muchas manos. Les llegaban tantos heridos que a esas alturas agradecían la ayuda de todos los médicos dispuestos a colaborar.

—Sí, es verdad —contestó Annabelle con sinceridad, mientras dejaba el retal sucio con los otros retazos de tela que las chicas de la lavandería recogerían más tarde. Algunos de ellos tendrían que ir directos a la basura—. Siempre me ha encantado este trabajo. Lo que lamento es que los soldados tengan que sufrir tanto. Esta guerra es horrible.

Él asintió. Ya había cumplido los cincuenta años y nunca jamás había visto una carnicería semejante.

—La jefa de enfermeras considera que deberías estudiar enfermería —le expuso para tantear el terreno, y no dejó de mirarla mientras salían juntos del quirófano. Era imposible no fijarse en lo guapa que era Annabelle, aunque esa no era su única virtud. Desde su llegada, había impresionado a todo el mundo con sus habilidades para el ejercicio de la medicina. El médico que había escrito la carta de recomendación no había exagerado: la joven era mejor aún de lo que había expresado con sus elogiosas palabras—. ¿Es eso lo que te gustaría hacer? —le preguntó el cirujano.

Además, estaba impresionado por el buen francés que hablaba la joven, que había mejorado de forma asombrosa durante las últimas dos semanas. Podía hablarle en ese idioma con toda naturalidad y ella le respondía con la misma soltura.

Recapacitó un momento antes de contestarle. Ya no estaba casada con Josiah y sus padres habían muerto. Podía hacer todo lo que quisiera, no tenía que rendir cuentas a nadie. Si quería ir a la escuela de enfermería, podía hacerlo. Sin embargo, cuando levantó la cara para mirarlo a los ojos, Annabelle se sorprendió tanto como el médico de su propia respuesta.

—Preferiría estudiar medicina —respondió casi en un susurro, temerosa de que se riera de ella.

La doctora Inglis, que había fundado el hospital, era una mujer, pero seguía siendo poco frecuente ver chicas estudiando medicina. Algunas lo hacían, pero era muy extraño. El cirujano asintió antes de responder.

—Eso mismo pensaba yo. Creo que deberías hacerlo. Tienes talento. Eso se nota. —Él había dado clases en la facultad de medicina de París durante años antes de la guerra, y había enseñado a hombres mucho menos capacitados que ella. Le parecía una idea excelente—. ¿Hay algo que pueda hacer por ti?

—No lo sé —contestó Annabelle aún aturdida. Nunca se había permitido plantearse esa ilusión como una posibilidad real. Y ahora ese hombre tan amable la tomaba en serio y le ofrecía su ayuda. No pudo evitar que los ojos se le llenaran de lágrimas—. ¿Sería posible?

—Claro. Todo es posible si uno lo desea con todas sus fuerzas y está dispuesto a pelear por ello. Y algo me dice que tú estarías dispuesta. ¿Por qué no lo piensas un poco y volvemos a hablar del tema otro día?

Era el doctor Hugues de Bré, y sus caminos no volvieron a cruzarse hasta un mes más tarde. Annabelle se enteró de que había ido a trabajar a uno de los hospitales de campaña más cercanos al frente durante un tiempo y regresó a la abadía en noviembre. Sonrió en cuanto la vio y dejó que ella administrara el cloroformo al paciente. La joven fue delicada y eficiente, y consiguió dormir al hombre que sollozaba. A continuación, un joven médico la sustituyó para ayudar durante la operación. El doctor De Bré habló con ella esa noche antes de marcharse.

—¿Has vuelto a pensar en nuestro plan? Me gustaría comentarte otra cosa —dijo con cautela—. La facultad de medicina es cara. ¿Podrías permitírtelo?

Algo en el porte de la joven le decía que sí, pero no quería darlo por supuesto. Había estado dándole vueltas a cómo podía pedir una beca para sus estudios. Sin embargo, le habría costado conseguirla, pues no era francesa.

—Creo que puedo arreglármelas —dijo ella discretamente.

—¿Qué te parecería ir a la facultad de medicina de la doctora Inglis en Escocia? —le propuso, pero Annabelle negó con la cabeza.

—No sé, preferiría quedarme en Francia.

Aunque el tema del idioma sería más sencillo en Escocia, se desenvolvía bien en francés, y la perspectiva de pasar varios años en el terrible clima escocés no la atraía mucho.

—Lo cierto es que yo quizá podría ayudarte más si te quedas aquí. Se me ha ocurrido que podrías ir a una facultad de medicina pequeña que siempre me ha gustado; está en el sur de Francia, cerca de Niza. Y no creo que debas esperar a que termine la guerra. Te resultaría más fácil entrar ahora. El número de estudiantes se ha reducido y necesitan llenar las clases. Muchos de los hombres jóvenes están en el frente, así que hay menos demanda de admisión. Te recibirían con los brazos abiertos. Con tu permiso, me gustaría escribirles para ver qué opinan.

Annabelle le dedicó una sonrisa estupefacta y agradecida. No podía creer que estuviera ocurriéndole aquello. A lo mejor era el destino. Seis meses antes estaba casada, confiando en fundar una familia algún día, y llevaba una vida segura y predecible a caballo entre Newport y Nueva York. En esos momentos estaba sola, en Francia, planteándose ir a la facultad de medicina, y todos los aspectos de su vida habían cambiado. Josiah estaba en México con Henry, y ella no tenía que responder ante nadie. Si ese era su sueño, ahora podía hacerlo realidad. No había nadie que se lo impidiera. Lo único que la entristecía era que no tenía a una sola persona a quien consultarle sus dudas, aparte de al doctor De Bré.

Todavía les llegaban oleadas de heridos del frente, pues el clima había empeorado y hacía mucho frío, y cada vez más hombres morían por culpa de alguna infección, de las heridas o de la disentería. Otro día, en el que Annabelle había perdido a dos de los hombres a quienes había atendido por la mañana, el doctor De Bré se paró a hablar con ella de nuevo. Faltaban dos semanas para Navidad y era la primera vez que la joven sentía añoranza desde que había llegado. Pensaba que, hacía apenas un año, su madre aún seguía viva. El doctor De Bré interrumpió su ensueño para decirle que había recibido una carta de la facultad de Niza. La miró con aire solemne y ella contuvo la respiración, esperando oír las noticias.

—Han dicho que estarán encantados de aceptarte con una recomendación por mi parte. Tendrás que pasar un período de prueba durante el primer trimestre y después, si lo haces bien, te aceptarán como estudiante para todo el curso. —Sonrió a la muchacha y vio su cara de sorpresa—. Por lo visto, les gustaría que te incorporases el 15 de enero, si te apetece.

Annabelle abrió mucho los ojos y la boca, incrédula, y se lo quedó mirando.

—¿Habla en serio?

Estuvo a punto de saltarle a los brazos. Parecía una chiquilla y el médico empezó a reírse de ella. Había sido un placer ayudar a una joven con tanto talento. En su opinión, el mundo necesitaba médicos como ella. Y por mucho que precisaran de su ayuda en la abadía, él consideraba que era mucho más importante que se formase tan pronto como le fuera posible. Podría hacer muchas más buenas obras en el mundo si era doctora.

—Me temo que sí estoy hablando en serio. ¿Qué piensas hacer? —volvió a preguntarle, todavía inseguro de si Annabelle iría o no.

Ni ella estaba segura. Se había tomado la solicitud del médico como una especie de prueba, para ver qué decían. Annabelle no esperaba que acceder a la universidad fuera tan sencillo ni tan rápido. Pero la facultad necesitaba estudiantes desesperadamente y, vista la fe que De Bré tenía en ella, como quedó patente en su carta de recomendación, tenían plena confianza en que la estudiante respondería.

—Dios mío —exclamó Annabelle mirándolo a la cara mientras abandonaban el pabellón y salían al aire fresco de la noche—. Dios mío... ¡Tengo que ir!

Era un sueño hecho realidad, algo que nunca había esperado que ocurriera, con lo que nunca se había atrevido a fantasear, y en ese instante esa fantasía estaba al alcance de su mano. Ya no tendría que limitarse a leer libros sobre medicina por su cuenta, intentando averiguarlo todo por sí misma. Podría estudiarlos y convertirse exactamente en lo que deseaba ser. Él no podía ni imaginar el regalo que le había concedido. A Annabelle no se le ocurría cómo podía darle las gracias, así que lanzó los brazos alrededor del cuello del hombre y le besó en la mejilla.

—Vas a ser una doctora magnífica, ya lo verás. Y quiero que estés en contacto conmigo y vayas a verme cuando haya terminado esta guerra y la vida vuelva a normalizarse, si es que lo hace algún día.

Justo en esa época era difícil de creer. El número de víctimas mortales en Europa había rebasado los tres millones. Ya se había perdido una cantidad exagerada de vidas y, de momento, no se había conseguido nada. Todos los países de Europa estaban en guerra unos contra otros y Estados Unidos seguía en sus trece de no intervenir.

Annabelle lamentaba horrores tener que marcharse de la abadía. Sabía que allí la necesitaban, pero el doctor De Bré había hecho un comentario muy acertado: era el momento ideal para que se matriculara en la facultad de medicina. En época de paz, cuando hubiera más hombres que solicitaran el acceso, tal vez no se mostraran tan dispuestos a aceptarla. Le habían dicho al doctor que en el siguiente trimestre sería la única chica de la clase, aunque no era la primera mujer que se matriculaba en la escuela. En total, sus estudios durarían seis años. El primero consistiría en su mayor parte en clases teóricas, y en los cinco restantes compaginaría las clases y el trabajo con pacientes en un hospital cercano a la facultad. Tenían un acuerdo con uno de los mejores de Niza. Obtendría mucha experiencia y, además, Niza era una ciudad muy buena para vivir. De ordinario era más segura que París, más pequeña y provinciana, es decir, mejor para ella ahora que no tenía quien la protegiera. El médico le informó de que había una residencia para estudiantes dentro de la universidad y comentó que le asignarían una habitación propia, debido a que era la única mujer matriculada ese curso. También le sugirió que, una vez terminados sus estudios, regresara a París, donde tal vez pudiera trabajar para él. Tenía mucha fe puesta en ella y Annabelle estaba dispuesta a no defraudarlo.

Esa noche, cuando se metió en la cama de su celda, Annabelle flotaba: el doctor De Bré le había dicho que escribiría a la facultad en su nombre para aceptar la plaza. La joven tenía que mandar algo de dinero a principios de enero, pero eso no suponía ningún problema. Podía pagar el resto de los estudios del primer curso una vez que estuviera en la universidad. El cerebro iba a explotarle de tanta emoción y tantos planes. La cabeza le daba mil vueltas y se pasó la mayor parte de la noche en vela, pensando en todo aquello. Se acordó de la vez en que le había dicho a Josiah que le gustaría diseccionar un cadáver. Ahora lo haría, y nada ni nadie podrían impedírselo. Ya había aprendido muchísimo sobre anatomía tras haber trabajado en el quirófano de la abadía, en especial de la mano del doctor De Bré. Él se había esmerado en explicarle todo lo que hacía, siempre que el caso no fuera demasiado complicado. Y simplemente verlo operar ya era un honor.

No le contó a nadie sus planes hasta el día anterior a Navidad, cuando por fin se lo comunicó a la jefa de enfermería, quien se quedó anonadada, aunque le pareció una idea excelente.

—Cielo santo —le dijo sonriéndole—, yo pensaba que serías enfermera. Nunca pensé que querías ser médico. Pero ¿por qué no? La doctora Inglis es una de las mejores. Tú podrías seguir sus pasos algún día —sentenció la mujer muy orgullosa, como si se le hubiera ocurrido a ella la idea—. Lo que ha hecho el doctor De Bré es fantástico. Lo apoyo de todo corazón.

Para entonces Annabelle ya llevaba tres meses allí y había demostrado su valía en todos los sentidos. No había tenido mucho tiempo para entablar amistades, puesto que trabajaba de sol a sol, incluso cuando no era su turno. Pero es que había tantos heridos, y tanto que hacer para ayudarlos a todos... Incluso había conducido la ambulancia alguna que otra vez, en los casos en que había sido imprescindible. Estaba encantada de colaborar de la manera que fuese. Cuando se había acercado al frente en la ambulancia para recoger a los soldados de los hospitales militares y llevarlos a la abadía, el sonido de las detonaciones la había impresionado y le había recordado lo próxima que estaba la contienda. En cierto modo, se sentía culpable por abandonarlos para ir a la facultad de medicina en Niza, pero era un proyecto tan emocionante que no se atrevía a rechazarlo. Le daba algo más que vértigo el pensar que, para cuando terminase la carrera, ya habría cumplido veintiocho años. Le parecía una eternidad, pero sabía que debería aprender mucho durante ese período. No imaginaba cómo iba a poder asimilarlo todo en seis cursos.

Se encontró por casualidad con Edwina en la puerta de la celda la mañana del día de Navidad, se abrazaron muy fuerte y ella le contó que iba a marcharse al cabo de tres semanas. Edwina no disimuló la decepción instantánea.

—Vaya, cuánto lo siento. Siempre me ha apetecido pasar más tiempo contigo para charlar, pero nunca encontraba el momento. Y ahora te vas.

Albergaba la esperanza de que pudieran ser amigas, pero ninguna de las dos tenía tiempo para esas cosas. Siempre había demasiado trabajo. La situación hizo que Annabelle pensara en Hortie y en la última vez que se habían visto, y en la terrible sensación de traición que la había embargado entonces. Hortie no había sentido reparos en dar la espalda a su amiga de la infancia más querida, alegando que James no le permitía seguir viéndola. Era parte del motivo por el que había decidido viajar a Francia. Había perdido a demasiadas personas y Hortie había sido la gota que había colmado el vaso. Todo ello hizo que mirase a Edwina con una sonrisa tierna, mientras lamentaba haberse quedado sin una amistad tan apreciada.

—A lo mejor puedo volver a trabajar con vosotras cuando terminen las clases. Bueno, no sé si en las facultades de medicina hacen vacaciones, pero supongo que sí —dijo Annabelle esperanzada.

Deseaba volver a ver a todas sus compañeras. En cierto modo, no quería marcharse. Había sido muy feliz allí los últimos tres meses, tan feliz como podía ser alguien entre tantos hombres gravemente heridos. La camaradería dentro del equipo era tremenda.

—¿Vas a estudiar medicina? —Edwina estaba asombrada. No tenía la menor idea.

—El doctor De Bré lo ha arreglado todo —le informó Annabelle con ojos danzarines. Cada día se emocionaba más al pensarlo—. Nunca creí que pudiera pasarme algo así —añadió con una mezcla de alegría y aturdimiento.

—¿Qué te ha dicho tu familia? —preguntó Edwina con interés, pero justo entonces una nube enturbió el rostro de Annabelle, cosa que aquella no comprendió—. ¿No les importa que te quedes aquí? Deben de estar muy preocupados si saben que estás tan cerca del frente.

Si las líneas de ataque se modificaban y los conquistaban, todas ellas podrían acabar siendo prisioneras. Era un riesgo en el que no se permitían pensar una vez que entraban en el hospital, pero la amenaza era real. Los padres de Edwina se habían puesto muy nerviosos cuando les había dicho que quería ir de voluntaria, en especial su madre, pero ella había ido de todos modos. Sus dos hermanos estaban luchando en la guerra y ella deseaba participar también.

—No tengo familia —respondió Annabelle en voz baja—. Los he perdido a todos. Mi madre murió hace un año, y mi padre y mi hermano en el hundimiento del *Titanic*.

No mencionó a Josiah, quien había supuesto otra pérdida vital, porque allí nadie sabía que había estado casada, así que no tenía modo de explicarlo y, además, no tenía ganas de hacerlo. Era un dolor que acarreaba en silencio, como haría toda su vida.

—Cuánto lo siento —contestó con cariño Edwina—. No lo sabía.

Ninguna de ellas había tenido tiempo de compartir sus historias, ni muchas otras cosas, apenas una taza de té de vez en cuando, y un saludo aquí y allá. Había tanto por hacer que quedaban pocos momentos para las confesiones, o para la clase de oportunidades que, en otras circunstancias, permitían que se estrecharan los lazos de amistad. Las jóvenes se limitaban a trabajar codo con codo hasta caer extenuadas, y entonces se iban a dormir a sus colchones en el suelo o en esas diminutas celdas para las monjas. Lo más emocionante que hacían en todo el día era hurtar un cigarro entre risitas en alguna ocasión. Annabelle los había probado varias veces, solo para ser sociable, pero no le gustaba el sabor.

Charlaron unos cuantos minutos más y Edwina le deseó una feliz Navidad y mucha suerte en la escuela. Se prometieron que pasarían algún rato juntas, o que quedarían en el comedor antes de que Annabelle se marchase, pero ninguna de las dos estaba segura de si iba a ser posible. Y entonces continuaron cada una por su camino, hacia los respectivos pabellones en los que trabajaban. Para ellas, el día de Navidad no era más que otro día en el que cuidar de los enfermos y heridos. No hubo celebraciones, ni villancicos, ni regalos. Se había pactado un alto el fuego, pero a las seis de la tarde los alemanes lo habían interrumpido, de modo que aquella noche llegaron más hombres con alguna extremidad amputada. Sin importar el día del año, aquello era un torrente interminable de sufrimiento humano.

Annabelle estaba agradecida por haber trabajado tanto aquel día. Eso evitó que pensara en todas las personas que había amado y perdido, dos de ellas en el último año. No estaba dispuesta a permitirse pensar en la Nochebuena vivida en casa de su madre el año anterior. Le dolía demasiado. Y no tardaría en empezar una nueva vida en Niza. Se obligó a concentrarse en eso cada vez que tenía un descanso, algo que no ocurría a menudo. Se concentraba en cómo sería la facultad de medicina, aunque era inevitable que, en alguna que otra ocasión, se colaran en su mente imágenes de su madre, o el sonido de su voz... o la última vez que la había visto... Y en eso pensaba cuando se tumbó en el jergón aquella noche, preguntándose qué habría opinado Consuelo de todo lo que había ocurrido en el último año. Confiaba en que, estuviera donde estuviese, observándola, se sintiera orgullosa de ella cuando se convirtiera en doctora. Sabía que lo más probable era que su madre no hubiese aprobado la decisión. Pero ¿qué otra cosa le quedaba en esos tiempos? Y ¿quién le quedaba? Ser médico era el único sueño de Annabelle, su única esperanza para una vida completamente nueva.

16

Nadie se percató de que Annabelle se marchó del hospital de la abadía de Royaumont, en Asnières. El día anterior ya había ido a despedirse del doctor De Bré y a darle las gracias, y también se había despedido de la jefa de enfermería. Aparte de eso, no tenía a nadie más a quien decirle adiós, salvo a Edwina, a quien vio unos instantes esa misma mañana. Se desearon buena suerte la una a la otra y dijeron que confiaban en volver a verse. Y entonces Annabelle se montó en la furgoneta que tenía que llevarla a la estación. Viajaría en tren hasta Niza, un trayecto largo y lleno de obstáculos. Todas las rutas que se hallaban demasiado cerca del frente habían sido desviadas para esquivarlo, y la mayor parte de los trenes estaban controlados por el ejército debido a la coyuntura.

Tardó un día entero, con su consiguiente noche, en llegar a Niza, y cuando por fin se encontró allí vio dos taxis delante de la estación de ferrocarril, ambos conducidos por mujeres. Se montó en uno y le dio a la conductora la dirección de la facultad de medicina. Estaba a las afueras de Niza, en una colina desde la que se contemplaba el océano, en un castillo pequeño propiedad de la familia del fundador de la escuela, el doctor Graumont. Con sus apacibles jardines y huertos alrededor, costaba creer que se estuviera librando guerra alguna en el mundo, por no hablar del gas nervioso, los cuerpos destrozados y las personas moribundas. Allí se sintió completamente protegida del mundo real. Era el lugar más apacible que había visto desde Newport y, en cierto modo, le recordó a él.

Un administrador de semblante serio le enseñó dónde estaba su habitación, le entregó unas sábanas para que se hiciera la cama y le dijo que debía presentarse en la planta inferior a las ocho en punto si quería cenar. Los estudiantes del primer curso de medicina se alojaban en el dormitorio comunitario de la residencia. Los estudiantes de cursos superiores, todos ellos hombres, contaban con habitaciones individuales. Sin embargo, como era la única mujer, le habían reservado una de esas habitaciones, un cuarto cómodo desde el que se veía el mar. En total, había cuarenta y cuatro estudiantes viviendo en el castillo, todos ellos exentos de realizar el servicio militar por uno u otro motivo. Había un joven inglés, otro escocés, dos italianos y el resto eran franceses. Annabelle era la única estadounidense. Le habían dicho que, una vez terminados sus estudios, podría ejercer la medicina en Estados Unidos si hacía un examen allí, pero no había hecho planes a tan largo plazo. Durante los siguientes seis años estaría allí, y le parecía el lugar ideal para ella. En cuanto lo vio, no le cupo la menor duda. Se sintió segura y protegida.

Se lavó la cara y las manos, se puso un vestido negro limpio, uno de los más bonitos que se había llevado, y se recogió el pelo en un discreto moño. Inmaculada, bajó a cenar puntualmente a las ocho.

Todas las noches, los universitarios se reunían en el gran salón del castillo antes de cenar. Hablaban tranquilamente, por lo general sobre temas médicos, pues todos ellos llevaban en la facultad desde el mes de septiembre. Annabelle era la intrusa que había llegado tarde y, cuando entró en la sala, todas las miradas se posaron en ella. Al cabo de un momento, los estudiantes volvieron la cabeza y continuaron charlando o fingieron no haberla visto. Se quedó anonadada ante la fría bienvenida, pero se sentó en silencio a solas hasta la hora de cenar, sin intentar irrumpir en sus conversaciones. Se percató de que la miraban de reojo, pero ninguno de los jóvenes se acercó a hablar con ella. Era como si no existiera, o como si creyeran que, si no reconocían su presencia, acabaría por desaparecer.

Un hombre viejo con un frac todavía más viejo los avisó de que era la hora de la cena, y a continuación los grupos de estudiantes se desplazaron al comedor y se sentaron repartidos en las tres largas mesas de refectorio, que parecían tan antiguas como el castillo. Todo el mobiliario estaba desgastado y raído, pero poseía una especie de decadente grandeza que resultaba muy propia de la antigua Francia.

El doctor Graumont, el director de la facultad, fue a saludarla y la invitó a sentarse a su lado. Fue increíblemente educado al presentarse, pero después dedicó la mayor parte del tiempo a charlar con el joven que tenía al otro lado, quien parecía tener unos treinta años. Comentaron una operación que habían presenciado aquel día y no hicieron ademán alguno de incluir a Annabelle en la conversación. La joven se sentía como un fantasma, invisible para todos.

En otro momento de la velada, el doctor Graumont habló con ella brevemente acerca del doctor De Bré y le preguntó cómo estaba el médico, pero la conversación no fue mucho más allá, pues al instante le deseó buenas noches e, igual que todos los demás, se marchó a su dormitorio. Ni uno solo de sus compañeros de clase se había presentado a Annabelle ni le había preguntado cómo se llamaba. Subió a su habitación sola y se sentó encima de la cama; no sabía muy bien qué hacer y había dejado de sentirse tan segura de haber tomado la decisión acertada. Esos seis años se le iban a hacer muy largos si nadie hablaba con ella en el castillo. Saltaba a la vista que no les apetecía que una mujer entrara en su círculo, así que habían decidido ignorarla por completo. De todas formas, ella no había ido a la facultad a socializar, había ido a aprender.

A la mañana siguiente se presentó en el comedor a las siete en punto, tal como le habían mandado. El desayuno era escaso debido a la guerra, y Annabelle comió muy poco. Los otros estudiantes llegaron y se marcharon sin decirle ni una sola palabra, así que se dedicó a buscar el aula, pues quería llegar con tiempo a la clase de las ocho. La facultad ocupaba todas las estancias del castillo que, gracias a ello, había podido continuar en manos de la familia propietaria, pues contribuía a su mantenimiento. Y en cuanto empezó la clase, Annabelle recordó por qué estaba allí. Era fascinante. Les hablaron de las enfermedades del riñón y les enseñaron diagramas de distintas operaciones. Además, al día siguiente iban a ir al hospital de Niza, donde observarían en directo algunas intervenciones y trabajarían con los pacientes. Se moría de ganas de ir.

Todavía estaba emocionada con la clase cuando fueron a comer, y agradeció más que nunca al doctor De Bré lo que había hecho por ella. Además, olvidando lo antipáticos que habían sido sus compañeros de clase, entabló conversación con el joven inglés e hizo un comentario sobre la clase. Él se la quedó mirando igual que si Annabelle acabara de quitarse la ropa allí mismo.

—Perdona, ¿te he molestado? —preguntó ella con inocencia.

—No recuerdo haberle dirigido la palabra —contestó él, muy maleducado, mientras la miraba por encima del hombro con unos ojos gélidos, que le dejaron claro como el agua que no le interesaban en absoluto sus comentarios.

—No, pero yo sí te he hablado —replicó ella sin inmutarse.

Se negaba a darse por vencida. En otro momento lo había oído decir que provenía de una familia con cuatro generaciones de médicos. Era evidente que estaba muy pagado de sí mismo pero, igual que ella, no era más que un estudiante de primer curso, aunque bastante mayor que Annabelle. También oyó que le mencionaba a otra persona que había estudiado en Eton y después en Cambridge, cosa que explicaba la diferencia de edad. Era evidente que se consideraba mucho mejor que Annabelle, y no tenía la menor intención de perder el tiempo hablando con ella. El hecho de que fuera tan hermosa parecía dejarlo indiferente. Es más, ponía todo su empeño en ser antipático para ponerla en evidencia.

—Me llamo Annabelle Worthingon —añadió con muy buenos modales, pues se negaba a dar su brazo a torcer. Annabelle tenía ganas de darle un porrazo en la cabeza con el plato, pero se limitó a sonreír con educación y después se dirigió al estudiante que había sentado al otro lado, con intención de presentarse. Este miró al compañero que tenía enfrente, como si esperara la aprobación del resto, y después sonrió a su pesar.

—Yo soy Marcel Bobigny —dijo él en francés, y cuando lo hizo, todos los demás lo miraron como a un traidor, y, acto seguido, continuaron comiendo.

Annabelle y Marcel charlaron un poco acerca de la clase que habían tenido esa mañana, aunque durante la mayor parte de la comida la sala estuvo inmersa en el silencio. Nadie disimulaba que no era bienvenida, e incluso el director de la facultad hizo caso omiso de la muchacha. Annabelle agarró el cuaderno y la pluma y fue directa a su siguiente clase, después de darle las gracias a Marcel por haber hablado con ella. Este hizo una reverencia cortés y Annabelle oyó que sus compinches se burlaban de él por haberle dirigido la palabra. Sin embargo, ella pasó por delante de todos con la cabeza bien alta.

—Me importa un bledo si es guapa —oyó que susurraba uno de ellos al corro de jóvenes—. Este no es sitio para ella.

Sin embargo, tenía tanto derecho como los demás a estar allí. Había pagado la matrícula del curso y estaba igual de ansiosa por convertirse en médico, probablemente incluso más. Pero no había duda de que entre todos habían acordado hacerle el vacío.

Ese trato despreciable por parte de sus compañeros se prolongó durante las siguientes cuatro semanas de clase, y en las visitas que realizaban tres veces por semana al hospital de Niza, donde asistían a clases magistrales y veían a los pacientes, se dio cuenta de que tanto los estudiantes como los profesores la observaban con especial detenimiento. Era consciente de que, si cometía un error o pronunciaba una afirmación equivocada, por nimia que fuera, su fallo sería utilizado en su contra, así que prestaba sumo cuidado a todo lo que decía. De momento, no había cometido errores visibles y los dos trabajos que había presentado sobre enfermedades del tracto urinario y del riñón habían obtenido calificaciones sobresalientes.

Y era justo cuando visitaban a los pacientes, y cuando hablaban con ellos, cuando los celos de sus compañeros de clase crecían hasta convertirse en odio. Annabelle los trataba de una manera amable y compasiva, les hacía preguntas inteligentes acerca de sus síntomas y conseguía que se sintieran cómodos con ella al instante. Los pacientes preferían con diferencia hablar con la joven, y sin duda mirarla, en lugar de a sus compañeros, y aquellos a quienes atendía más de una vez estaban encantados de volver a contar con su presencia. Sus compañeros de carrera se subían por las paredes.

—Te tomas demasiadas confianzas con los pacientes —la criticó un día el estudiante inglés, que era sistemáticamente rudo con ella.

—Qué curioso —contestó Annabelle muy tranquila—. Yo creo que tú eres demasiado seco.

—¿Qué sabrás tú? ¿Acaso habías pisado un hospital alguna vez?

—Bueno, acabo de pasar tres meses trabajando en uno cercano al frente, en Asnières, y también he colaborado como voluntaria en hospitales durante seis años, los dos últimos ayudando a inmigrantes recién llegados a Estados Unidos en la isla de Ellis, en Nueva York.

El hombre no le dijo nada más, porque no estaba dispuesto a admitir que admiraba que hubiese trabajado tres meses en Asnières. Le habían llegado rumores de que era un lugar extenuante. Marcel Bobigny se acercó a ella después de la clase y le preguntó cómo había sido la experiencia de colaborar en la abadía de Royaumont. Fue la primera conversación real que mantenía con alguien desde hacía un mes. Y estaba agradecida de tener al fin a alguien con quien hablar.

—Fue muy duro —reconoció Annabelle—. Trabajábamos turnos de dieciocho horas al día, algunas veces más. Las encargadas del hospital son mujeres, pues ese era el propósito inicial, aunque ahora, además de todas las empleadas, han aceptado también a algunos hombres recién llegados de París. Cualquier ayuda es bienvenida.

—¿Qué tipo de casos viste allí? —le preguntó el joven con interés.

Creía que los demás estudiantes se equivocaban al darle la espalda. A él le gustaba. Era una chica alegre, muy inteligente y trabajadora, y carecía de las pretensiones de algunos de ellos.

—Lo más habitual eran casos de amputaciones de miembros, muchas gangrenas, heridas causadas por explosiones, daños por gas nervioso, disentería. Más o menos lo que uno espera encontrar tan cerca del frente.

Lo dijo con sencillez, sin intención de impresionarlo o de alardear delante del estudiante.

—¿Qué te dejaban hacer?

—De vez en cuando aplicaba cloroformo antes de las operaciones. Casi siempre me encargaba de vaciar las palanganas del quirófano, aunque el jefe de cirujanos era muy amable y me enseñaba muchas cosas mientras practicaba las operaciones. El resto del tiempo lo pasaba en el pabellón de cirugía, cuidaba de los enfermos en el postoperatorio, y un par de veces llevé una ambulancia para recoger lesionados.

—No está nada mal para alguien que no tiene formación médica.

Estaba impresionado.

—Necesitaban ayuda.

Él asintió, pues le habría gustado haber ido también. Se lo dijo a Annabelle y ella sonrió. Era el único de sus compañeros de clase que había sido cordial con ella, incluso simpático. La mayor parte de ellos seguían ignorándola.

Una noche de febrero, un mes y medio después de su llegada a la facultad, todos estaban muy animados mientras cenaban, pues se habían puesto a hablar de la batalla de Verdún, que había tenido lugar unos días antes y ya había provocado una pérdida de vidas enorme para ambos bandos. Había sido un episodio atroz que los entristecía a todos, y Marcel la introdujo en la conversación. Los otros estaban tan enfrascados en la discusión que se olvidaron de hacer un mohín o prestar oídos sordos cuando ella habló.

La batalla de Verdún se convirtió en el tema de conversación principal durante la cena, hasta que dos semanas más tarde, a principios de marzo, la quinta batalla del Isonzo, en Italia, contra Austria-Hungría, tomó el relevo. La conversación saltaba continuamente de los temas médicos a la guerra. Era algo que provocaba un profundo malestar en todos los estudiantes.

Al final, el joven inglés le preguntó a Annabelle cuándo iba a intervenir Estados Unidos en la contienda. El presidente Wilson seguía asegurando que no entraría, pero era un secreto a voces que Estados Unidos proporcionaba armamento a ambos bandos, y era muy criticado por tal práctica. Annabelle no tuvo empacho en admitir que le parecía mal esa conducta, y todos le dieron la razón. Pensaba que Estados Unidos debía entrar en la guerra y desplazarse a Europa para ayudar a los Aliados. Entonces la conversación se desvió hacia el *Lusitania*, pues todos creían que lo habían bombardeado porque llevaba un cargamento secreto de municiones, algo que nunca había sido desmentido de manera oficial. Al hablar del *Lusitania*, sin saber cómo acabaron hablando del

Titanic, y en ese momento Annabelle se quedó callada y empalideció. Rupert, el inglés, se dio cuenta e hizo un comentario.

—Vaya mal trago —reconoció con una sonrisa.

—Para mí, desde luego —contestó ella en voz baja—. Mis padres y mi hermano viajaban en él —dijo, mientras toda la mesa se quedaba callada y la miraba.

—¿Consiguieron salir con vida? —preguntó uno de los estudiantes franceses, a lo que ella negó con la cabeza.

—Mi madre se montó en uno de los botes salvavidas, pero mi padre y mi hermano se hundieron con el barco.

Se produjo un coro de frases de apoyo y, con mucho tacto, Marcel redirigió la conversación hacia otros temas para intentar que ese doloroso momento le resultara menos incómodo. Le gustaba Annabelle y quería protegerla del resto de los estudiantes. Sin embargo, poco a poco los demás también iban suavizando sus modales hacia ella. Costaba mucho resistirse a la amabilidad, sencillez, inteligencia y humildad de la joven.

Dos semanas después, el barco de pasajeros francés *Sussex* fue torpedeado, desgracia que volvió a hacer aflorar el tema bélico. Para entonces, la situación en el frente había empeorado y ya habían muerto casi cuatro millones de personas. El número de víctimas crecía por momentos. Había ocasiones en las que la guerra los distraía de sus estudios por completo y no eran capaces de hablar de otra cosa. De todas maneras, se esforzaban mucho. Ninguno de los estudiantes estaba allí para calentar la silla y, con un número tan reducido de ellos en las aulas, todos destacaban.

Sin proponérselo, en abril todos habían mejorado el trato que daban a Annabelle, y cuando llegó mayo muchos deseaban en secreto dirigirle la palabra, mantener conversaciones con ella e incluso reírse juntos. Habían aprendido a respetar sus preguntas inteligentes aunque formuladas con voz baja, y reconocían que tenía mucha mejor mano para tratar a los pacientes que ellos. Todos sus profesores se habían percatado y hacía tiempo que el doctor Graumont había escrito al doctor De Bré para confirmarle que no se había equivocado. Le dijo que Annabelle Worthington era una alumna brillante y que algún día llegaría a ser una excelente médico. Y para Annabelle, comparado con la abadía de Asnières, el hospital de Niza era increíblemente básico, aunque interesante al fin y al cabo. Además, por fin se cumplió su deseo. Habían empezado a diseccionar cadáveres, cosa que le pareció tan fascinante como siempre había creído que sería.

Las noticias sobre la guerra seguían distrayéndolos, si bien continuaron con las clases durante el verano. El 1 de julio estalló la batalla del Somme, en la que se produjo el mayor número de víctimas mortales de la guerra hasta ese momento. Al terminar el día, había sesenta mil muertos y heridos. Las cifras eran horripilantes. Y conforme avanzaba el verano, no hacían más que aumentar. Eso hacía que algunas veces costara mucho concentrarse en los estudios. La pérdida de vidas crecía sin cesar con el transcurso de la guerra, y no se vislumbraba un final a corto plazo. Para entonces Europa ya llevaba dos años en guerra.

En agosto, Annabelle intentó no pensar mucho en el aniversario de boda que habría celebrado con Josiah. Habría sido su tercer año juntos, pero ella ya llevaba once meses en Europa. Era difícil de creer. Desde que había llegado a la facultad de medicina en Niza, el tiempo había pasado volando. Hacían infinidad de cosas e intentaban aprender de cada experiencia. Cada vez trataban a los pacientes con mayor asiduidad e invertían tres días completos de su formación en prácticas en el hospital de Niza. Los heridos de guerra empezaron a llegar incluso allí, pues los soldados lesionados que no podrían regresar al frente habían sido trasladados a hospitales más próximos a su lugar de origen. Annabelle se encontró por casualidad con dos pacientes a quienes había atendido en Asnières. Se emocionaron al verla, así que ella procuraba ir a visitarlos siempre que podía.

A esas alturas, Marcel y Annabelle ya eran muy buenos amigos. Charlaban todas las noches después de cenar y a menudo estudiaban juntos. Y los otros compañeros de clase la habían aceptado por fin como a uno más. Todos tenían una buena impresión de ella, la apreciaban y respetaban. Algunos de los estudiantes se reían incluso de lo desagradables que habían sido con la muchacha al principio, y Rupert, el pomposo inglés que había sido el más antipático de todos, había ido entablando amistad con ella poco a poco. Les costaba encontrar fallos en la forma de proceder de Annabelle, y ella se esforzaba por ser simpática siempre con todos y cada uno de los alumnos. Marcel solía decir que era como la madrina del grupo.

Un día, mientras paseaban por los jardines de la facultad, después de las clases, Marcel se dirigió a Annabelle con una mirada curiosa.

—¿Por qué no se ha casado una joven tan guapa como tú? —le preguntó.

Annabelle sabía que no intentaba cortejarla, pues acababa de comprometerse con una muchacha de Niza. Era una amiga de la infancia que siempre había mantenido relación con su familia. Marcel provenía de Beaulieu, no muy lejos de allí, y solía ir de visita el fin de semana, o incluso escaparse a comer, siempre que podía. Su prometida iba a verlo a veces a la facultad y a Annabelle le caía muy bien.

—No creo que el matrimonio sea compatible con mi deseo de ser médico, ¿no te parece? —le respondió ella, desviando la pregunta. En su opinión, para una mujer no era igual que para un hombre. Una mujer precisaba mucho más sacrificio y compromiso si quería llegar a ser médico.

—¿Por qué me da la sensación de que viniste a Europa con el corazón roto? —Era un hombre inteligente y sabía leer en su mirada—. No estoy seguro de si lo que quieres es sacrificar tu vida personal por la vida profesional o tal vez, por miedo a tener una vida personal, deseas refugiarte en la medicina. Creo que puedes tener las dos cosas —le dijo con cariño mientras la miraba fijamente a los ojos.

Annabelle evitó responderle durante unos cuantos minutos y dio un mordisco a una manzana. Ese mes de mayo había cumplido veintitrés años. Era hermosa y vital, pero le aterraba que volvieran a romperle el corazón. Marcel tenía razón. La conocía al dedillo.

—Detrás de esa sonrisa y esas palabras amables —continuó el joven— se esconde algo muy triste, y no creo que sea por lo de tus padres. Las mujeres solo tienen esa mirada cuando un hombre les ha roto el corazón.

Lamentaba que algo así le hubiera ocurrido a su amiga. Ella, más que ninguna otra persona que él conociera, merecía encontrar a un hombre atento y cariñoso.

—Deberías haberte hecho adivino en lugar de médico —bromeó la joven con una sonrisa grácil, y se echó a reír.

Sin embargo, él supo, aunque ella no se lo confirmara, que estaba en lo cierto. Pero ella no tenía la menor intención de decirle que se había divorciado. No estaba dispuesta a reconocerlo delante de nadie, ni siquiera de Marcel, aun ahora que eran amigos. Le daba demasiada vergüenza.

El mes anterior había recibido una carta de su banco, en la que le informaban de que habían llegado los documentos definitivos del divorcio. Josiah y ella estaban oficialmente divorciados. En todo ese tiempo, había recibido una única carta por su parte, escrita en Navidad, para decirle que Henry y él seguían en México. Annabelle ignoraba si a esas alturas continuaban allí, pero confiaba en que estuvieran bien. Por lo que le había escrito, pudo deducir que ambos se hallaban muy enfermos. Ella le había contestado, preocupada por Josiah, pero no había vuelto a tener noticias suyas. Su carta no había obtenido respuesta.

—¿Tengo razón? —insistió Marcel.

Le caía muy bien Annabelle y, a menudo, se arrepentía de no saber más cosas sobre ella. Nunca hablaba de su infancia ni de su historia en general. Era como si no tuviera una vida anterior. Lo único que deseaba era hacer borrón y cuenta nueva y empezar otra vez en Europa. Siempre que hablaba con ella, notaba que guardaba secretos sobre su pasado.

—No importa. Lo importante es que ahora estoy aquí, con el corazón roto o no.

—¿Crees que regresarás algún día? —Siempre mostraba curiosidad.

Annabelle se quedó callada mientras cavilaba, y después le respondió con sinceridad:

—No lo sé. Allí no me queda nada, salvo una casa de verano en Rhode Island. —Los sirvientes de sus padres seguían allí, cuidando de la vivienda y confiando en que ella volviera. Annabelle escribía a Blanche de vez en cuando, pero a nadie más—. Ya no tengo familia. No veo ningún motivo para regresar.

—Seguro que tienes amigos —dijo Marcel mientras la miraba con tristeza. Aborrecía imaginársela sola. Era una persona tan cariñosa, gentil y amable que no le cabía en la cabeza que no tuviera amistades, por muy tímida que fuese—. Creciste rodeada de gente. Alguien tiene que quedarte.

Lo que dijo la hizo pensar en Hortie, y negó con la cabeza. No le quedaban amigos. Por muy buenas que fueran sus intenciones, Josiah había provocado esa ruptura. Había sido un ingenuo al pensar que hacía lo más adecuado para ella al liberarla. Lo que había conseguido era convertirla en una marginada dentro de su mundo. El único amigo que tenía ahora era Marcel.

—No. Mi vida dio un vuelco. Por eso vine aquí.

Aun con todo, no estaba segura de si iba a quedarse. En esos momentos no pertenecía a nadie ni a ningún sitio. Su única vida era la de la facultad de medicina, y así sería a lo largo de los siguientes cinco años. Su hogar era el castillo. Su única ciudad, Niza. Y los hombres con los que estudiaba eran los únicos amigos que tenía, en especial, él.

—Me alegro de que lo hicieras —se limitó a decir Marcel, pues no quería indagar demasiado ni reabrir heridas antiguas.

—Yo también.

Ella le sonrió y juntos regresaron caminando al castillo. A Marcel le asombraba que ninguno de sus compañeros de carrera se hubiera encaprichado de Annabelle de forma romántica. Pero era cierto que la joven transmitía un mensaje implícito de «No te acerques». Se había construido un muro alrededor. Marcel lo percibía, pero no sabía a qué se debía, y pensaba que era una lástima. Su actitud distante provocaba que se desperdiciara una mujer encantadora. Él creía que Annabelle merecía encontrar marido y esperaba que lo hiciera con el tiempo.

El verano en el castillo fue largo y caluroso, y lo dedicaron a estudiar y hacer prácticas en el hospital, hasta que en agosto les dieron dos semanas libres para ir a casa o marcharse de vacaciones. Annabelle fue la única estudiante que se quedó en el castillo. No tenía ningún otro sitio adonde ir. Se dedicó a dar largos paseos y a ir de compras en Niza, aunque no quedaban demasiadas cosas en las tiendas, debido a la guerra. Adquirió algunas prendas para abastecer su ropero, pues la mayor parte de lo que se había llevado era de color negro y ya había terminado el período de duelo por la muerte de su madre. Y una tarde, en la que le prestaron una vieja camioneta que tenían en la facultad, salió a dar una vuelta hasta Antibes y sus alrededores, donde encontró una antigua iglesia muy hermosa del siglo XI, y se quedó mirando las vistas de la ciudad desde lo alto. Fue una tarde perfecta, en la que disfrutó de un paisaje espectacular.

Entró a cenar en un pequeño café y regresó de noche a la escuela. Incluso el doctor Graumont se había marchado de vacaciones, así que Annabelle se quedó a solas en el castillo con las dos criadas. Fueron dos semanas muy tranquilas y se alegró cuando los otros estudiantes regresaron, en especial

Marcel. Todos dijeron que se habían divertido, aunque su amigo inglés llamado Rupert, quien la había atormentado al principio, volvió desolado porque había perdido a su hermano en el frente. Varios de ellos habían perdido ya a hermanos, primos o amigos. Era un duro recordatorio de la agitación y la angustia que devoraba Europa, y que parecía interminable.

Cuando volvieron a empezar las clases en septiembre, la batalla del Somme continuaba cobrándose vidas, tal como llevaba haciendo desde hacía dos meses. Y el número de víctimas mortales crecía día tras día. Por fin, a mediados de noviembre, terminó la batalla, lo que supuso un gran alivio para todos. Durante algo más de una semana reinó la paz después de una serie de combates terrible, en la que más de un millón de hombres habían muerto o resultado heridos. Sin embargo, apenas diez días después de la tregua, los alemanes atacaron Gran Bretaña desde el aire por primera vez. Acababan de introducir un aspecto totalmente nuevo en la guerra, cosa que los aterraba a todos. Cuando llegó la Navidad, los estudiantes estaban desmoralizados por las derrotas aliadas y los continuos ataques del enemigo. Dos alumnos más habían perdido a sus hermanos en el frente. A finales de mes, el doctor Graumont los reunió en el salón de actos porque quería leerles una carta del gobierno francés. Era una llamada a todo el personal médico con formación para que prestaran sus servicios en el frente. Se los necesitaba desesperadamente en los hospitales de campaña de toda Francia. Tras leer el escrito se quedó callado, y luego dijo que ellos eran quienes debían decidir qué hacer. Les comunicó que la escuela les permitiría ir, si lo deseaban, sin que sus estudios se resintieran, y los readmitiría de forma automática en cuanto regresaran. Hacía meses que llegaban cartas de distintos hospitales, entre ellas el de un centro recién fundado por Elsie Inglis, esta vez en Villers-Cotterêts, al nordeste de París, más cerca del frente que Asnières y la abadía de Royaumont en la que había colaborado Annabelle. Como en los otros casos, los equipos médicos del establecimiento estaban formados únicamente por mujeres, así que Annabelle habría sido más que bienvenida allí.

Todos los estudiantes hablaron del asunto durante la cena y la conversación fue agitada. A la mañana siguiente, la mitad ya había tomado una decisión, así que fueron a ver al doctor Graumont uno por uno. Se marcharían al cabo de pocos días. Para colmo, el invierno había sido muy duro en las trincheras, y los soldados de toda Europa morían tanto por culpa de las heridas como por las enfermedades y el frío. Muchos habían decidido marcharse porque no podían hacer oídos sordos a la petición de socorro. Al final, todos salvo cuatro estudiantes decidieron ir a colaborar. Annabelle se decidió el primer día. La entristecía interrumpir sus estudios de medicina, pero sentía que, en el fondo, no le quedaba otra opción. Le habría parecido muy egoísta quedarse en la universidad.

—¿También tú nos dejas? —le preguntó el doctor Graumont con una sonrisa triste, pero no le sorprendió. A lo largo del curso anterior había llegado a apreciarla y respetarla enormemente. Algún día sería una médico excelente, y en muchos sentidos ya lo era.

—Tengo que ir —contestó ella con añoranza. Aborrecía tener que marcharse de la escuela y el castillo—. Pero volveré.

—Espero que sí —dijo él de todo corazón—. ¿Adónde vas a ir?

—Al hospital de Inglis en Villers-Cotterêts, si me aceptan.

Con la formación que habían adquirido los estudiantes, todos podían ser buenos auxiliares de medicina. Annabelle sabía mucho más que cuando había colaborado en Asnières, de modo que resultaría mucho más útil para los enfermos y heridos.

—Ten cuidado, Annabelle. Cuídate mucho. Allí te esperarán con los brazos abiertos —le aseguró el director.

—Muchas gracias —repuso ella en voz baja, y le dio un sentido abrazo.

Hizo las maletas esa misma noche y dejó dos en el castillo, pues pensó en llevarse únicamente una consigo. Al día siguiente, la mayoría de los alumnos, salvo los cuatro estudiantes que iban a quedarse, había emprendido el viaje.

Todos se abrazaron, se desearon buena suerte y se prometieron que volverían a verse. Las despedidas que le brindaron a Annabelle fueron especialmente fraternas y afectuosas, y todos le recordaron que tuviera mucho cuidado; ella les deseó lo mismo.

Marcel la acompañó al tren, pues ella se iba antes que él. Juntos caminaron por el andén, Annabelle con la pequeña maleta en la mano. Marcel era su único amigo de verdad, y había sido cordial con ella desde el principio. Aún sentía gratitud hacia él por ese gesto.

—Cuídate mucho —le dijo Marcel mientras le daba un último abrazo y la besaba en ambas mejillas—. Confío en que todos volvamos a vernos pronto —añadió con mucho convencimiento. Él tenía pensado marcharse esa misma tarde.

—Yo también.

Annabelle siguió despidiéndose con la mano hasta que dejó de ver a Marcel, quien había esperado para decirle adiós. Se lo quedó mirando hasta que desapareció de su campo de visión. Sería la última vez que lo viera con vida. Dos semanas más tarde, mientras conducía una ambulancia, pisó una mina. Fue la primera víctima de la facultad del doctor Graumont, y con él Annabelle había perdido a otro amigo.

17

Annabelle llegó por fin al hospital que Elsie Inglis había fundado en Villers-Cotterêts, unos cincuenta kilómetros al nordeste de París. Distaba apenas veinticinco kilómetros del frente. Si uno prestaba atención, podía oír las explosiones a lo lejos. El hospital acababa de abrir y era una iniciativa mayor y más arriesgada que la abadía de Asnières, en la que Annabelle había trabajado el año anterior. Tanto el personal como las encargadas del hospital eran mujeres, pues tal era la intención de la doctora Inglis. Sus nacionalidades representaban a muchos de los países aliados, aunque se dividían casi a partes iguales entre inglesas y francesas, mientras que Annabelle era una de las tres estadounidenses voluntarias. Esta vez le dieron una habitación en condiciones, aunque diminuta, que compartía con otra mujer. Y sus pacientes llegaban directos desde el frente. La tragedia que veían a diario era espeluznante: cuerpos despedazados, mentes destrozadas y un apabullante número de vidas agostadas.

Las conductoras de ambulancia se pasaban el día yendo y viniendo del frente, de cuyas trincheras sacaban a rastras a los soldados, mutilados, heridos o moribundos. En cada trayecto, a la conductora de la ambulancia la acompañaba una doctora o estudiante de medicina, que debía tener formación y conocimientos suficientes para realizar labores hercúleas durante el trayecto con el fin de salvar la vida de los hombres que transportaban. Si los soldados estaban tan malheridos que no podían moverlos, los dejaban en los hospitales de campaña improvisados cerca de las trincheras. Pero siempre que les era posible, trasladaban a los heridos al hospital de Villers-Cotterêts para operarlos y someterlos a cuidados intensivos.

Con un curso de medicina a sus espaldas, además de sus años de voluntariado, Annabelle fue asignada a la unidad de ambulancias, y le dieron el uniforme oficial de los médicos. Trabajaba dieciocho horas al día, soportaba los traqueteos del vehículo por las abruptas carreteras, y algunas veces se limitaba a coger en brazos a los hombres cuando no había nada más que pudiera hacer por ellos. Luchaba con todas sus fuerzas por salvarlos con el escaso material que tenía a su disposición y con las técnicas que había aprendido. En ocasiones, a pesar de todos sus esfuerzos, y de la carrera a toda velocidad de vuelta al hospital, los hombres estaban tan graves que no lograban sobrevivir y acababan pereciendo de camino.

Llegó a Villers-Cotterêts el día de Año Nuevo, que allí no era más que otro día laborable. Para entonces, a consecuencia de la contienda ya habían muerto seis millones de personas. Durante los dos años y medio que habían transcurrido desde el comienzo de las hostilidades, Europa se había visto diezmada y había ido perdiendo a todos sus jóvenes por culpa del monstruo que era la guerra, que los devoraba a millares. Annabelle se sentía a veces como si intentaran vaciar el océano con una taza, o peor aún, con un dedal. Había tantos cuerpos que curar, algunos de ellos en un estado lamentable, tantas mentes que jamás se recuperarían de las brutalidades que habían presenciado... Para el personal médico las cosas tampoco eran fáciles, y todas las mujeres voluntarias estaban exhaustas y terminaban rendidas al caer la noche. Sin embargo, por muy difícil que fuera, y por muy desmoralizadora que resultase la tarea, algunos días Annabelle estaba más segura que nunca de su decisión de convertirse en médico. Aunque le partía el corazón en muchos momentos, amaba su trabajo y lo desempeñaba muy bien.

En enero, el presidente Wilson trató de lograr el final de la guerra empleando la neutralidad de Estados Unidos para animar a los Aliados a concentrar sus esfuerzos en la consecución de la paz. Pero sus intentos no habían dado fruto y seguía decidido a mantener al país al margen de la confrontación. En Europa nadie comprendía cómo era posible que los estadounidenses no se unieran a las fuerzas aliadas, y en enero de 1917 nadie creía ya que continuaran ajenos al conflicto bélico durante mucho más tiempo. Y no se equivocaban.

El 1 de febrero, Alemania arremetió de nuevo sin compasión con las armas submarinas. Dos días después, Estados Unidos rompió las relaciones diplomáticas con Alemania. Al cabo de tres semanas, el presidente pidió permiso al Congreso para armar los buques mercantes en previsión de un ataque de los submarinos alemanes. El Congreso denegó el permiso, pero el 12 de marzo, por orden del ejecutivo, Wilson anunció que, a partir de ese momento, los buques mercantiles llevarían armamento. Ocho días más tarde, el 20 de marzo, su gabinete de guerra votó de forma unánime a favor de declarar la guerra a Alemania.

El presidente entregó el comunicado de guerra al Congreso el 2 de abril. Y cuatro días después, el 6 de abril, Estados Unidos declaró la guerra a Alemania. Por fin entraban en el conflicto los estadounidenses, en una coyuntura en que los malogrados Aliados de Europa los necesitaban desesperadamente. Durante las semanas y meses que siguieron, miles de jóvenes estadounidenses dejarían su hogar, se despedirían de sus familias, sus esposas y sus novias, y empezarían a recibir instrucción militar. Iban a mandarlos a la otra orilla del océano dos meses después. De la noche a la mañana, todo había dado un vuelco en su patria.

—Ya era hora —le dijo a Annabelle una de las mujeres estadounidenses que trabajaban en Villers-Cotterêts, cuando se reunieron en el comedor para cenar. Ambas habían estado desempeñando sus respectivas labores durante diecinueve horas. Tanto ella como las otras norteamericanas eran enfermeras, aunque sabía que Annabelle trabajaba de auxiliar de medicina.

—¿Estudiabas para enfermera antes de la guerra? —le preguntó con interés.

Era una hermosa joven del sur que tenía un marcado acento de Alabama. Se llamaba Georgianna y en otro tiempo había sido una belleza sureña, algo que ya no significaba nada allí, del mismo modo que la refinada educación de Annabelle en la elegante mansión familiar de Nueva York no tenía relación alguna con su vida diaria. Lo único que le había proporcionado su cuna era una formación decente, buenos modales y la posibilidad de aprender francés. El resto no importaba ya.

—El año pasado empecé a estudiar medicina en una facultad del sur de Francia —contestó Annabelle antes de tomar un sorbo de un caldo muy claro. Intentaban estirar las raciones de alimentos tanto como les era posible, por el bien del equipo médico y de los pacientes. Por lo tanto, ninguna de ellas había degustado una comida en condiciones desde hacía meses, aunque no podían quejarse. Annabelle había perdido bastante peso en los cuatro meses que llevaba en el hospital. Incluso a ella le costaba creer que ya estuvieran en abril de 1917, es decir, que llevara diecinueve meses en Francia.

Georgianna se quedó impresionada al enterarse de que su compatriota estudiaba medicina, y se pusieron a hablar de ello durante unos minutos. Ambas estaban molidas. La enfermera era una muchacha guapa con grandes ojos verdes y el pelo de un brillante color rojizo, y se rió mientras reconocía ante Annabelle que, a pesar de llevar dos años allí, hablaba un francés lamentable. No obstante, Annabelle sabía, por las referencias que había oído de ella, que a pesar de todo desempeñaba muy bien su trabajo. Jamás había conocido a tantas personas serias, competentes y dedicadas como allí. Se desvivían y lo daban todo por los demás.

—¿Crees que terminarás la carrera de medicina? —le preguntó Georgianna, y Annabelle asintió con aire pensativo.

—Espero que sí.

No se imaginaba qué podía impedir que lo hiciera, salvo la muerte.

—¿No tienes intención de regresar a casa cuando todo esto termine? —Georgianna no podía imaginarse viviendo siempre en Francia. Tenía familia en Alabama, tres hermanas más jóvenes y un hermano. Ella, en cambio, no quería volver a Nueva York. Allí no le aguardaba nada, salvo el castigo y el dolor.

—La verdad es que no. No tengo gran cosa esperándome allí. Creo que voy a quedarme.

Últimamente había pensado mucho en la cuestión y se había decidido. Todavía tenía cinco años de carrera universitaria por delante y, al terminar, deseaba buscar trabajo en París. Con suerte, tal vez incluso lograra colaborar con el doctor De Bré. Ya no había nada que la atase a Nueva York. Y si volvía tendría que estudiar un año más para poder ejercer. Estaba casi convencida de que su vida en Estados Unidos era historia. Su único futuro estaba allí. Era una vida totalmente nueva, en la que nadie conocía su pasado, ni la vergüenza de su divorcio. Al cabo de unas semanas cumpliría veinticuatro años. Y algún día, con mucho esfuerzo y un poco de suerte, sería médico. Lo único que lograría en Nueva York era ser desgraciada, aunque no tuviera la culpa de nada.

Las dos mujeres se despidieron al salir del comedor y cada una se dirigió en solitario a la correspondiente barraca, con la promesa de quedar en otro momento cuando tuvieran un día libre, cosa que, las pocas veces que se les brindaba, no solían aceptar. Annabelle no se había tomado ni un día libre desde que había llegado.

La tercera batalla de Champagne terminó en un absoluto desastre para los franceses a finales de abril y provocó una avalancha de pacientes nuevos en el hospital, algo que las mantuvo a todas muy atareadas. Annabelle no hacía más que trasladar soldados desde el frente. La única noticia alentadora que les llegó fue la victoria canadiense en la batalla de Vilma Ridge. Y debido a la enorme desmoralización entre sus filas, se produjeron varios intentos de motín entre los franceses durante las primeras semanas de mayo. También leyeron artículos acerca de la Revolución rusa: el zar había abdicado en marzo. Sin embargo, todo lo que ocurría más allá de las trincheras y del frente más próximo resultaba remoto para todas las trabajadoras de Villers-Cotterêts. Estaban demasiado involucradas en la tarea que tenían entre manos para preocuparse de mucho más.

Annabelle se olvidó por completo de su cumpleaños. Un día daba paso al siguiente y al final no sabía ni en qué día vivía. No se dio cuenta hasta una semana más tarde, cuando leyó el periódico que alguien había traído de París, de que había cumplido veinticuatro años. Un mes después, en junio, todo el mundo se emocionó al enterarse de que las primeras tropas de Estados Unidos habían desembarcado en Francia.

Fue al cabo de tres semanas, a mediados de julio, cuando un batallón de soldados norteamericanos llegó a Villers-Cotterêts y montó el campamento a las afueras de la ciudad. Una semana más tarde se les unieron las fuerzas británicas, pues todos ellos se preparaban para una ofensiva en Ypres. Tener tropas británicas y estadounidenses pululando por todas partes avivó la zona considerablemente. Se entretenían en seducir a todas las mujeres del pueblo y la policía militar no hacía más que sacarlos a rastras de los bares y de las calles, borrachos, para llevarlos de vuelta al campamento. Por lo menos, les proporcionaba un poco de distracción a las voluntarias. Además, a pesar de los inevitables soldados alborotadores, algunos eran muy simpáticos. Un día, Annabelle vio a un grupo de soldados estadounidenses que paseaban de la mano de unas chiquillas francesas, mientras ella regresaba con la ambulancia de un hospital de campaña cercano. No estaba de humor para charlar con ellos, pues el hombre que trasladaban al hospital de Villers-Cotterêts había muerto en la carretera. Sin embargo, cuando la ambulancia pasó por delante de los norteamericanos, estos gritaron y saludaron con la mano al ver dos jóvenes tan guapas unidas a la causa. Y durante un instante doloroso, Annabelle sintió el intenso anhelo de oír el acento de su país. Les devolvió el saludo y sonrió. Uno de los hombres de uniforme corrió hacia donde estaban y la joven no pudo reprimirse y dijo:

—Hey, hola.

—¿Sois de Estados Unidos? —preguntó él asombrado, y la conductora de la ambulancia se detuvo y sonrió. Le parecía que el soldado era guapo. Ella era francesa.

—Sí —contestó Annabelle, con aspecto fatigado.

—¿Cuándo habéis llegado? Creía que no mandaban a las enfermeras hasta el mes que viene.

Habían tardado más en organizar las unidades de mujeres voluntarias que a los hombres llamados a filas.

Annabelle se rió ante su pregunta. Notó el acento de Boston en su voz y, tenía que admitirlo, se alegró de oírlo. Le recordaba a su hogar.

—Ya llevo dos años aquí —anunció la joven con una sonrisa de oreja a oreja—. Chicos, llegáis tarde.

—¡Ya lo creo! Pero vamos a echar a patadas a esos alemanuchos y los meteremos en el redil. Han reservado lo mejor para el final.

Parecía un crío y, como buen bostoniano, era tan irlandés como el que más, cosa que le recordó sus visitas a Boston y los veranos en Newport. De pronto, Annabelle sintió nostalgia de su hogar por primera o segunda vez en veintidós meses. Ni siquiera recordaba la última ocasión en que se había sentido así.

—¿De dónde eres? —le preguntó el soldado, mientras uno de sus amigos charlaba con la conductora de la ambulancia, aunque ambas sabían que tenían que regresar al hospital. No estaba bien quedarse allí de cháchara con ellos cuando transportaban a un hombre muerto en la parte trasera. De todas formas, había chicas que hacían cosas mucho peores. Llegaba un punto en que los horrores de la guerra ya no te sobresaltaban tanto como al principio.

—De Nueva York —contestó Annabelle en voz baja.

—Yo soy de Boston —dijo él, y cuando lo hizo, ella percibió el alcohol que desprendía su aliento.

En cuanto salían del campamento militar en el que se alojaban, la mayoría de ellos bebía muchísimo. Tenían motivos para hacerlo. Bebían y perseguían a cualquier chica que se cruzara en su camino.

—Ya me había dado cuenta —dijo ella refiriéndose a su acento de Boston, mientras le hacía una señal a su compañera para que pusiera el motor en marcha—. Buena suerte —le deseó a él y al resto de los soldados.

—¡Para vosotras también! —contestó el joven dando un paso atrás.

Mientras la ambulancia regresaba al hospital, la invadió una oleada de nostalgia hacia su país de origen; nunca había añorado tanto su hogar como en ese momento. Echaba de menos todas las cosas familiares que no había visto o en las que no se había permitido pensar durante dos años.

Suspiró cuando entre las dos trasladaron hasta la morgue, en una camilla, el cuerpo del soldado fallecido. Lo enterrarían en la colina con innumerables hombres más y después se lo notificarían a su familia. No había forma de devolver los cadáveres a sus casas. Eran demasiados. Y los cementerios improvisados cubrían ahora el paisaje.

Sin quitarse de la cabeza a los estadounidenses que había visto por la tarde, Annabelle salió a dar un paseo esa noche cuando terminó el turno de trabajo, antes de regresar a su habitación. Habían perdido a todos los hombres que habían recogido esa jornada. Era deprimente y seguía entristeciéndola aunque, por desgracia, ocurría con frecuencia. Todos los soldados eran tan jóvenes..., muchos de ellos más jóvenes incluso que ella. Y no solo eso, también muchas de las enfermeras eran más jóvenes que Annabelle. A sus veinticuatro años, con un curso de medicina a sus espaldas, ya no se sentía una jovencita. Había pasado por demasiados malos tragos a lo largo de los últimos años y había visto demasiado sufrimiento.

Emprendió el camino de vuelta después del paseo. Deambulaba sin prisa no muy lejos de las barracas, pensando en la vida que había dejado atrás en Estados Unidos, con la cabeza gacha. Pasaba de la medianoche y había estado trabajando desde las seis de la mañana. Estaba cansada y no prestaba mucha atención a lo que la rodeaba, así que dio un respingo cuando oyó una voz británica detrás de ella.

—Hola, guapa —dijo un joven zalamero—. ¿Qué haces aquí fuera tan sola?

Annabelle se dio la vuelta y vio a un oficial británico paseando por el mismo camino que ella. Era evidente que había estado bebiendo con sus amigos, a quienes acabaría de dejar en algún bar. Imponía con su uniforme, aunque parecía bastante borracho. Era un muchacho apuesto, más o menos de su edad, y no le dio miedo, menos aún cuando vio que se trataba de un oficial. A lo largo de los últimos dos años había visto a muchos hombres ebrios y siempre había sabido cómo mantenerlos a raya.

—Creo que necesita que lo lleven a casa —advirtió Annabelle con una sonrisa natural—. Vaya en esa dirección. —Y señaló uno de los edificios de la administración en los que estaban acostumbrados a lidiar con esa clase de situaciones, pues ocurrían con frecuencia. Al fin y al cabo, estaban en tiempos de guerra y en el hospital trataban con miles de hombres al día, muchos de ellos con ganas de juerga por la noche—. Alguien lo acompañará al campamento militar.

Teniendo en cuenta que se trataba de un oficial, nadie haría preguntas. Algunas veces les ponían las cosas un poco más complicadas cuando los alborotadores eran soldados rasos. Sin embargo, los oficiales siempre eran tratados con el respeto que merecía su rango. Por los galones de su uniforme vio que era un teniente, y por su acento supo que se trataba de un aristócrata. Eso no impedía que fuera tan baboso como cualquier otro hombre cuando estaba borracho y que se tambaleara ligeramente mientras la contemplaba.

—No quiero volver al campamento —protestó como un niño testarudo—. Preferiría irme a casa contigo. ¿Qué me dices? ¿Te apetece que vayamos a tomar un trago? Además, ¿tú qué eres? ¿Enfermera?

La miraba por encima del hombro con cierta altivez, a la par que intentaba enfocarla con los ojos vidriosos.

—Soy médico, y tengo la sensación de que, si no se acuesta enseguida, usted va a terminar necesitando los cuidados de alguien como yo.

Daba la impresión de que el hombre fuera a desplomarse en cualquier momento.

—Una idea fantástica. ¿Por qué no te acuestas conmigo?

—No me refería a eso.

Annabelle lo miró con frialdad, preguntándose si lo más acertado sería alejarse de él y dejarlo allí solo. No había nadie más en las inmediaciones, aunque no estaban lejos de las barracas. A esas horas, todas las demás voluntarias se habían ido a dormir, salvo las que tenían turno de noche en las ambulancias o en los pabellones del hospital.

—Pero, vamos a ver, ¿quién te crees que eres? —preguntó el oficial mientras alargaba la mano para agarrarla, y Annabelle retrocedió un paso. Él se tambaleó y estuvo a punto de caerse, y cuando se reincorporó, su semblante parecía airado—. No eres nadie, eso es lo que eres... —le espetó, perdiendo todos los modales de repente—. Mi padre es el conde de Winshire. Y yo soy lord Harry Winshire. Soy vizconde —dijo con grandilocuencia, aunque arrastrando las palabras.

—Es bueno saberlo, señor lord —dijo ella con educación,

para responder a su rango y a su título nobiliario—. Pero le aconsejo que vuelva al campamento antes de que termine mal. Yo regreso a las barracas. Buenas noches.

—¡Puta! —la insultó como si le escupiera con la palabra, y Annabelle lo dejó atrás con paso garboso.

La conversación ya había durado demasiado y no quería demorarse más. Saltaba a la vista que estaba borracho como una cuba y se iba poniendo cada vez más insolente por culpa de las grandes cantidades de alcohol que había ingerido. Annabelle no le tenía miedo, pues había salido de cosas peores, pero no quería tentar a la suerte. Sin embargo, antes de que pudiera dar un solo paso más por el camino solitario, él la agarró con fuerza y la obligó a darse la vuelta de forma violenta, atrapándola entre sus brazos e intentando besarla. Ella lo apartó con firmeza e hizo lo posible por zafarse del oficial. Era sorprendentemente fuerte a pesar de estar ebrio.

—¡Basta ya! —gritó ella con seguridad. Aunque lo disimuló, la abrumaba la fuerza de él y la firmeza de sus brazos.

De repente se dio cuenta de que no podría escapar de sus garras. El teniente le cubrió la boca con una mano y con la otra la arrastró a una puerta oscura que había en una de las barracas cercanas. No había nadie a la vista, y le tapaba la boca con tanta fuerza que Annabelle ni siquiera podía gritar. Le mordió los dedos, pero eso no lo detuvo, y peleó como un gato enfurecido, mientras él la lanzaba al suelo y se arrojaba encima de ella con todo su peso. La dejó semiinconsciente al tirarla al suelo, y con la mano que no le tapaba la boca, le subió la falda y le bajó la ropa interior. Annabelle era incapaz de creer lo que le estaba pasando y empleó todas sus fuerzas para resistirse, pero era una mujer menuda y él un hombre alto y corpulento. Además, lo había invadido la rabia y el alcohol, y estaba dispuesto a dominarla por las buenas o por las malas. Ella lo había enojado con su desplante y ahora se lo iba a hacer pagar a la fuerza. Lo único que veía era la furia negra en los ojos del soldado mientras continuaba agarrándola y empujándola contra el suelo. En ningún momento le quitó la mano de la boca, así que apenas podía emitir sonidos guturales que nadie oyó.

La noche estaba en calma, salvo por las risas de las mujeres y los gritos ebrios de los hombres que salían de las tabernas. Los gritos amortiguados de Annabelle eran tan flojos que no llegaban a oídos de nadie, y sus ojos reflejaban el terror que sentía. Para entonces él se había desabrochado los pantalones con la mano libre y Annabelle notaba su erección pegada al cuerpo. Lo que Josiah no había sido capaz de arrebatarle en sus dos años de matrimonio iba a quitárselo por la fuerza aquel desconocido borracho. Hizo todo lo que pudo para detenerlo, pero fue en vano. El oficial le abrió las piernas violentamente con las suyas, y en un instante se le metió dentro y empezó a empujar y a gemir como un animal mientras ella intentaba forcejear, pero él la aprisionaba contra el suelo, y cada vez que embestía para introducirse más, ella cerraba los ojos por el dolor, y él seguía aprisionándole la espalda contra el pavimento. Todo acabó en un momento, el hombre soltó un grito al eyacular y entonces la apartó de él tirándola como una muñeca vieja. Ni siquiera entonces consiguió Annabelle chillar ni emitir sonido alguno. Estaba demasiado aterrada. Se dio la vuelta, vomitó y se atragantó entre sollozos. Él se puso de pie, se abrochó los pantalones y la miró con petulancia.

—Si le cuentas a alguien lo que ha pasado, vengo y te mato. Te encontraré. Y será tu palabra contra la mía.

Sabía que lo más probable fuera que hablase en serio: él era un oficial del ejército y no solo de alta cuna sino, en teoría, un vizconde. Independientemente de lo que Annabelle dijera o hiciera, nadie se atrevería a poner en entredicho al teniente, y mucho menos a castigarlo por un incidente como ese. Para él no significaba nada, mientras que para ella, la virtud que había conservado toda su vida, que había mantenido aun después de estar dos años casada con un hombre a quien amaba, le había sido arrebatada y tirada como si fuera un despojo, que era justo como la había tratado él. Annabelle se recolocó la falda mientras él empezaba a caminar. Se quedó un rato más sentada en el peldaño de la puerta contigua a donde la había tirado, llorando, hasta que al final se puso de pie algo mareada. Además de violarla, le había golpeado la cabeza contra el escalón de piedra.

Aún aturdida, se dirigió hacia las barracas y se detuvo una vez más a vomitar, dando gracias de que nadie la viera. Tenía ganas de esconderse en un rincón y morirse, pues sabía que jamás olvidaría el rostro de aquel hombre ni las ansias asesinas que desprendían sus ojos mientras la forzaba. Él se desvaneció en la noche y ella acabó de recorrer la distancia hasta su alojamiento casi a gatas, y se metió en el cuarto de baño comunitario, aliviada de no encontrarse a nadie allí. Se limpió lo mejor que pudo. Tenía sangre entre las piernas y en la falda, pues era virgen, algo que no había importado lo más mínimo a su agresor; no era más que una puta a la que se había beneficiado después de una noche de juerga. Y sentía un temblor horroroso entre las piernas, que acompasaba el dolor de espalda y de cabeza, ocasionado por la contusión fruto del impacto contra el peldaño de piedra. Sin embargo, todo eso no era nada en comparación con el dolor de su corazón.

Y él tenía razón, si Annabelle intentaba contárselo a alguien, nadie la escucharía ni la tomaría en serio. Casi a diario había chicas que aseguraban que los soldados las habían violado, y nadie hacía nada para solucionarlo. Si insistían mucho y se lo contaban a las autoridades o al tribunal militar, solo conseguían que las humillaran y repudiaran, y nadie creía su versión. Al instante las acusaban de ser unas rameras que habían incitado a sus atacantes. Además, si Annabelle alegaba que quien había cometido el crimen era un lord británico, se reirían de ella en cualquier oficina militar. Y no solo eso: estaban en tiempos de guerra, así que el hecho de que una estudiante de medicina fuera violada por un teniente británico era una de las preocupaciones más insignificantes que tenía la gente. Lo único que podía hacer en esos momentos era rezar para no quedarse embarazada. No podía imaginarse un destino más cruel que ese. Cuando se metió en la cama y repasó mentalmente lo ocurrido, no dejó de repetirse que nada ni nadie podía ser tan cruel como había sido el vizconde con ella. Sin poder evitarlo, tumbada entre sollozos, empezó a pensar en Josiah. Su único deseo había sido compartir la vida con él y engendrar sus hijos. Y, en lugar de eso, aquel desgraciado oficial había convertido un acto de amor en una farsa y la había violado. Y lo peor de todo era que no había absolutamente nada que ella pudiera hacer para remediarlo, salvo intentar olvidar.

18

En septiembre, los alemanes tenían acorralados a los rusos. Y en Villers-Cotterêts, Annabelle sentía náuseas a diario. Había ocurrido lo peor. No había tenido la menstruación desde julio y sabía que estaba embarazada. La situación la superaba. No había nadie a quien pudiera contárselo, ni tenía forma de interrumpirlo. La espalda, la cabeza y otras partes de su cuerpo habían tardado semanas en dejar de dolerle, pero las secuelas psicológicas de lo que le había hecho aquel hombre la acompañarían siempre. Se le ocurrió buscar algún sitio donde le provocaran un aborto, pero no sabía a quién preguntar; además, conocía muy bien los peligros que eso comportaba. Durante el tiempo que llevaba en el hospital, dos de las enfermeras habían muerto mientras intentaban abortar. Annabelle no se atrevía a correr ese riesgo. Habría preferido suicidarse directamente, pero tampoco tenía coraje suficiente para hacerlo. Y, desde luego, no deseaba alumbrar al hijo de ese monstruo. Si sus cálculos no fallaban, saldría de cuentas a finales de abril, y tendría que marcharse del hospital en cuanto el embarazado fuera evidente. Por suerte, de momento no se le notaba. Así que se volcó en su trabajo más que nunca: transportaba heridos y material pesado, daba botes en la ambulancia con los socavones de las carreteras maltrechas... Rezaba para que la naturaleza tuviera compasión de ella y le provocara un aborto natural, pero conforme pasaban las semanas se fue haciendo a la idea de que no sería así. Y cuando empezó a ensanchársele la cintura y el cuerpo, hurtó vendas de lino del quirófano y se vendó el torso para comprimirlo al máximo. Apenas podía respirar, pero estaba decidida a seguir trabajando mientras fuera capaz. No tenía ni idea de adónde podría ir cuando tuviera que marcharse del hospital.

En Navidad seguía sin notársele la barriga, pero para entonces Annabelle ya percibía los movimientos del bebé dentro de su cuerpo. Intentaba resistirse a sus encantos y se repetía que tenía mil motivos para aborrecer a esa criatura, pero no podía. El niño era tan inocente como ella, aunque Annabelle odiara al padre. Pensó en localizarlo para contarle lo que había ocurrido y obligarle a tomar responsabilidades, pero sabía que, teniendo en cuenta lo que había visto aquella noche, el oficial se limitaría a negarlo. Y ¿quién sabía a cuántas mujeres había violado antes que a ella, o después? Annabelle no era más que un resto de un naufragio que había pasado rozándolo en el mar del conflicto bélico, y el teniente no tendría reparos en rechazarla como había hecho aquella noche, igual que a su bebé. No tenía a quién acudir, pues no era más que una mujer con un hijo ilegítimo en tiempos de guerra y a nadie le importaría que la hubieran violado o no.

En enero continuaba trabajando. Ya estaba embarazada de seis meses y procuraba cubrirse la creciente barriga con el delantal. A simple vista, apenas abultaba, porque seguía aprisionándola con vendas tirantes, y entre la preocupación y los escasos alimentos a su alcance, apenas comía. No había ganado peso desde la concepción; es más, tal vez hubiera adelgazado un poco. Estaba sumida en una profunda depresión desde el mes de julio, cuando había ocurrido aquello. Y aún no se lo había contado a nadie.

Hasta que un día helador y lluvioso de finales de ese mes, mientras estaba trabajando en el pabellón quirúrgico una tarde para cubrir el turno de otra voluntaria, oyó a dos hombres que hablaban. Ambos eran británicos, uno de ellos oficial y el otro sargento. Los dos habían perdido alguna extremidad en las trincheras durante la sangrienta batalla más reciente. Y Annabelle se quedó petrificada en el sitio cuando oyó que mencionaban a un tal Harry. Al principio no supo por qué, podría haberse tratado de cualquier hombre, pero al instante el oficial dijo que era una auténtica lástima que Harry Winshire hubiera muerto. Hablaron de lo buen hombre que era y de lo mucho que lo echarían de menos. A Annabelle le entraron ganas de darse la vuelta y gritarles que no era un buen hombre, sino un monstruo. Salió a trompicones del pabellón y se quedó temblando en el quicio de la puerta. Intentó tomar una bocanada de aire frío, pues se sentía como si alguien la estrangulara. No solo la había violado, sino que ahora había muerto. Su hijo no tendría padre; es más, nunca lo había tenido. A fin de cuentas, sabía que probablemente fuera lo mejor y que el oficial se lo merecía, pero mientras la magnitud de todo lo que le estaba ocurriendo volvió a apoderarse de ella, de pronto se vio tan sobrecogida por un sentimiento de terror puro que empezó a tambalearse, mecida como un sauce llorón con la brisa, y se desmayó en el barro que la rodeaba. Dos enfermeras vieron cómo se caía al suelo y fueron corriendo a socorrerla, mientras uno de los cirujanos que salía entonces del edificio se detuvo y se arrodilló a su lado. Como era lógico, todos tenían un miedo atroz al cólera, pero cuando la tocaron comprobaron que no tenía fiebre. Sospechaban que había sido culpa del exceso de trabajo y la falta de comida o de sueño, unas penurias que todos ellos llevaban años soportando.

El médico ayudó a las enfermeras a introducirla en el pabellón y Annabelle recuperó el conocimiento justo cuando la subían a una camilla. Estaba empapada de sudor, tenía el pelo aplastado contra la cara por la lluvia y el delantal pegado al cuerpo. Se deshizo en disculpas por haber montado semejante alboroto e intentó levantarse y escapar. Pero en el momento en que se incorporó, volvió a desmayarse, y esta vez el médico empujó la camilla hasta una consulta pequeña y cerró la puerta. No la conocía mucho, pero la había visto varias veces por allí.

En voz baja le preguntó si padecía disentería, pero ella insistió en que estaba bien y le contó que llevaba trabajando desde primera hora de la mañana y no había comido nada desde el día anterior. Annabelle intentó sonreírle con simpatía, pero el médico no se lo tragó. Tenía la cara del mismo color que el delantal. Le preguntó cómo se llamaba y ella se lo dijo.

—Señorita Worthington, tengo la impresión de que sufre fatiga de combate. A lo mejor le convendría salir de aquí unos días e intentar recuperarse. —Ninguno de ellos se había tomado un descanso desde hacía meses, y Annabelle no deseaba hacerlo, pero sabía que sus días en el hospital estaban contados. La barriga le crecía de manera exponencial y cada vez le costaba más esconderla, por mucho que se apretase las vendas—. ¿Hay algo más que quiera contarme relativo a su salud? —le preguntó el médico con aspecto preocupado.

Lo último que necesitaban era que el personal médico fuera propagando enfermedades contagiosas o desencadenara una epidemia, o sencillamente que muriera por exceso de trabajo y alguna enfermedad escondida. Todos estaban tan comprometidos con la causa que muchas enfermeras y médicos ocultaban si se ponían enfermos. El cirujano tenía miedo de que fuera el caso de Annabelle. Tenía un aspecto demacrado.

Ella intentó negar con la cabeza, pero él vio que tenía los ojos llenos de lágrimas.

—Estoy bien, de verdad —insistió la joven.

—Sí, tan bien que acaba de desmayarse dos veces —repuso él con cariño.

Tenía la sensación de que había algo más, pero ella no estaba dispuesta a contárselo, y parecía igual de malnutrida que muchas otras voluntarias. Le pidió que se tumbara en la camilla para que pudiera hacerle una palpación con la ropa puesta pero, en cuanto se tumbó, vio el leve bulto que surgía de su barriga y la miró a los ojos. Incluso le colocó las manos con delicadeza encima del vientre y notó la hinchazón que Annabelle había ocultado con tanta determinación durante todos esos meses, y al instante supo de qué se trataba. No era la primera joven que se quedaba embarazada de un soldado en tiempos de guerra. Mientras la miraba, esta empezó a llorar.

—Creo que esto lo explica todo —dijo el médico a la vez que la joven se sentaba, tomaba un pañuelo y se sonaba la nariz. Se moría de vergüenza, y se sentía desesperada—. ¿Cuándo sale de cuentas?

Ella estuvo a punto de atragantarse con sus palabras, y sintió ganas de contarle cómo había ocurrido, pero no se atrevía. La verdad era horrorosa y seguramente él, como cualquier otra persona, la culparía a ella, o nunca la creería. Estaba segura de que ocurriría eso porque lo había visto en otras ocasiones. Había mujeres que decían que las habían violado cuando en realidad habían tenido una aventura extramatrimonial. ¿Por qué iba a creerla precisamente a ella aquel médico? Así pues, igual que había salvaguardado el secreto de Josiah para protegerlo cuando él la había abandonado, ahora iba a guardar el secreto del vizconde Winshire. Aunque la que pagara el precio de todo eso fuera ella.

—En abril —contestó con desesperación.

—Ha logrado ocultarlo durante mucho tiempo.

Le desató el delantal, deshizo las vendas que le cubrían el vientre y le levantó la blusa. Se quedó horrorizado al ver lo fuerte que se había apretado el vendaje, y era evidente que llevaba varios meses así.

—Es un milagro que pueda respirar.

Le iba mucho más ceñido que cualquier corsé: una crueldad tanto para la madre como para el hijo.

—No puedo... —se lamentó ella entre sollozos.

—Tiene que dejar de trabajar ahora mismo —le indicó el médico, aunque Annabelle ya lo sabía—. ¿Y el padre? —preguntó con delicadeza.

—Muerto —susurró ella—. Acabo de enterarme hoy.

No le dijo que odiaba a Harry y que se alegraba de que lo hubieran matado. Se lo merecía. Sabía que el médico se habría quedado anonadado de haberlo oído.

—Ya. Y ¿cuándo piensa volver a casa?

—No puedo volver —se limitó a decir la joven, por motivos que el médico no podía ni imaginar. Ya no era bien recibida en Nueva York ni en Newport, y regresar embarazada solo habría servido para acabar de hundirla para siempre.

—Pues tendrá que encontrar un lugar en el que vivir. ¿Quiere que la ayude a buscar alguna familia con la que pueda alojarse? A lo mejor puede echarles una mano cuidando de sus hijos.

Annabelle negó con la cabeza. Le había dado muchas vueltas al tema durante las últimas semanas, mientras le crecía la barriga. Tampoco podía regresar a la facultad de medicina; por lo menos de momento. De hecho, el único lugar que le venía a la cabeza era la zona que rodeaba Antibes, cerca de la iglesia antigua, donde se había refugiado algunas veces cuando se tomaba un respiro entre clase y clase. Tal vez encontrara una casita modesta allí en la que poder cobijarse hasta que el niño naciera y entonces, o bien volvería al frente o bien retomaría los estudios. Aunque le costaba imaginarse volviendo al frente con un bebé, y tampoco tenía a nadie con quien dejarlo. Le quedaban muchos cabos por atar. De todas formas, rechazó el ofrecimiento del médico. Quería solucionar las cosas por sí misma. Y él no podía saber que ella poseía una situación económica acomodada y que tenía medios para alquilar o comprar una casa si lo deseaba.

—Muchas gracias, me las arreglaré —respondió con tristeza mientras él la ayudaba a bajar de la camilla.

—No espere mucho —le aconsejó. Todavía intentaba asimilar cómo había conseguido esconder el embarazo durante seis meses.

—No, tranquilo —le prometió—. Gracias de nuevo —añadió Annabelle con lágrimas en los ojos mientras él le daba una palmadita en la espalda para darle ánimos. Ambos salieron de la consulta. Las dos jóvenes enfermeras estaban esperando fuera, para ver qué tal se encontraba.

—Está bien —les dijo el médico con una sonrisa—. Aquí todo el mundo trabaja demasiado. Le he recomendado que se tome un descanso antes de que pille el cólera y propague una epidemia.

Les sonrió a todas para dar más fuerza a sus palabras y, tras mirar a Annabelle con ojos cargados de intención, se marchó. Las otras dos mujeres la acompañaron a su habitación y ella se tomó el resto de la tarde libre.

Se tumbó en la cama y empezó a pensar. El médico tenía razón. Pronto tendría que marcharse, y lo sabía. Debía hacerlo antes de que se enteraran todos y volvieran a repudiarla por algo que no era en absoluto culpa suya.

Annabelle consiguió aguantar en Villers-Cotterêts hasta el 1 de febrero y entonces, muy a su pesar, dijo que debía marcharse. Le contó a su supervisora que iba a retomar sus estudios en la facultad de medicina de Niza. Nadie podía reprochárselo. Llevaba allí catorce meses y se sentía una traidora por huir de esa forma, pero no le quedaba otra opción.

El día en que se despidió del hospital y de las personas con quienes había trabajado fue muy triste para ella. Se montó en el tren a Niza, adonde tardó dos días en llegar, pues muchos trenes habían sido desviados y tenían que esperar largo y tendido entre estación y estación para permitir que los vehículos militares los adelantaran, ya que eran los que transportaban las provisiones para el frente.

Lo primero que hizo cuando llegó a Niza fue entrar en una joyería pequeña y comprar una alianza de oro. Se la puso en el dedo anular y el joyero la felicitó. Era un anciano muy amable, que le deseó que fuese muy feliz. Annabelle salió de la tienda llorando en silencio. Había inventado una historia plausible para su situación: era una viuda de guerra, cuyo marido había sido asesinado en Ypres. No había motivos para que la gente no la creyera. Parecía respetable y, a esas alturas, el país estaba repleto de viudas, muchas de ellas con bebés que habían nacido después de la muerte de sus progenitores. Annabelle no era más que otra víctima en un mar de pérdidas y tragedias provocadas por la guerra.

Se registró en un hotelito de Niza y se compró varios vestidos negros de tallas más grandes. Le sorprendió mucho constatar que, ahora que ya no llevaba las vendas que la constreñían, tenía la barriga sorprendentemente voluminosa. No podía compararse con Hortie, por supuesto, pero saltaba a la vista que iba a tener un hijo, y ahora ya no había razones para ocultarlo. Con un anillo de boda en el dedo y el atuendo negro propio de una viuda, había recuperado el aspecto de mujer respetable, que es lo que era, y la tristeza que reflejaban sus ojos era más que real.

Le habría gustado ir a la facultad de medicina para visitar al doctor Graumont, pero no se veía con ánimos de hacerlo. Más adelante, se presentaría con el bebé en brazos y contaría la historia del hombre con quien se había casado antes de que lo mataran en combate. Pero, de momento, todo le resultaba aún muy reciente. No se sentía preparada para enfrentarse a nadie hasta haber dado a luz al bebé. Y tampoco estaba muy segura todavía de cómo podría explicar que no había cambiado de apellido, como era costumbre. Ya se le ocurriría algo. Por el momento, lo primordial era encontrar un lugar en el que vivir, así que uno de esos días regresó a Antibes y se acercó a la pequeña iglesia que tanto admiraba. Era una capilla de pescadores desde la que se veía perfectamente el puerto y los Alpes Marítimos. Justo antes de salir de la iglesia, preguntó a la sacristana si conocía alguna casa libre en la zona, a ser posible de alquiler. Pero la mujer sacudió la cabeza y la inclinó un poco, como si reflexionara.

—Me parece que no —contestó con un marcado acento del sur de Francia. Para entonces, el francés que hablaba Annabelle era tan fluido que nadie habría sospechado que no provenía de París, o de cualquier otra ciudad del norte del país—. Había una familia que vivía aquí antes de la guerra. Regresaron a Lyon, pero sus dos hijos murieron en combate. No han vuelto desde entonces y dudo que vuelvan a acercarse. A sus chicos les encantaba esto. Les rompería el corazón.

Le indicó a Annabelle dónde estaba la casa. Fue andando desde la iglesia y vio que se trataba de una preciosa casita de campo, con aspecto de residencia de verano. Había un hombre de edad avanzada cuidando de las tierras, que la miró cuando se dirigió a él y le preguntó si había posibilidades de que la casa estuviera en alquiler. El jardinero dijo que lo dudaba, pero que estaría encantado de escribir a los propietarios para preguntarles. Le advirtió que todos los muebles y pertenencias seguían en la casa, por si eso le resultaba un problema. Ella le aseguró que no le importaba, es más, lo prefería así.

Él se dio cuenta de que le faltaba poco para dar a luz, pues para entonces ya estaba de siete meses, y también se percató de que era viuda. Annabelle le dijo que estaba dispuesta a alquilarla el tiempo que la familia prefiriera, tal vez hasta finales de año. Confiaba en poder regresar a la universidad para cuando empezara el trimestre de otoño, o en enero como muy tarde. En septiembre su hijo tendría cinco meses y ella podría retomar los estudios de medicina, eso si conseguía encontrar a alguien que cuidara de él mientras tanto. A lo mejor incluso podía ir y venir a diario suponiendo que tuviera un vehículo para los desplazamientos. Dejó el nombre y la dirección del hotel, y el encargado de la casa le dijo que se pondría en contacto con ella cuando tuviera noticias de los propietarios, en un sentido o en otro. Annabelle confiaba en haberle dado suficiente pena para que presionara a los dueños con el fin de que le alquilaran la casa.

Mientras regresaba a Niza, se le ocurrió que podía quedarse un tiempo más en el hotel si hacía falta; aunque no era el entorno ideal para un bebé, por lo menos estaba limpio y aseado. Lo más adecuado en su situación sería vivir en una casa pero, si no encontraba ninguna, se quedaría donde estaba.

Durante las semanas siguientes se dedicó a pasear por Niza. Caminaba por la playa, comía lo mejor que podía y dormía mucho. A través del hospital localizó a un médico y fue a verlo para contarle la historia inventada de que era una viuda de guerra. El hombre fue amable y comprensivo, y Annabelle le dijo que le gustaría dar a luz en su domicilio. No quería correr el riesgo de toparse con alguno de los médicos con quienes había trabajado en el hospital durante las prácticas de la universidad. No le contó los motivos, pero insistió en que prefería dar a luz en casa.

Un día de marzo, al regresar de un paseo, se encontró con un recado de Gaston, el cuidador de la casa de Antibes. El hombre quería que fuese a verlo, cosa que hizo. Tenía buenas noticias para ella. Los propietarios habían sentido lástima por Annabelle y se alegraban de poder ayudarla alquilándole la casa. Incluso tal vez estuvieran interesados en vendérsela más adelante, aunque todavía no lo habían decidido. Tal como sospechaba, le dijeron que tenían demasiados recuerdos de sus hijos allí y les resultaba increíblemente triste regresar. Por el momento, deseaban alquilársela durante seis meses; ya decidirían qué hacer una vez pasado ese período. El jardinero y cuidador se ofreció a enseñarle las dependencias, y la joven se quedó encantada con lo que vio. Había un dormitorio principal muy soleado de proporciones bastante amplias, y dos habitaciones individuales más pequeñas cerca de él. Los tres dormitorios compartían un solo lavabo, cosa que no le importó. Las baldosas del cuarto de baño eran antiguas y había una bañera enorme que le llamó mucho la atención. En la planta baja había un salón-comedor y una galería acristalada pequeña que daba a un porche. Era del tamaño perfecto para ella y su hijo, e incluso podría contratar a una niñera que la ayudara a cuidar del bebé más adelante. De momento, lo único que deseaba era estar sola.

Escribió una carta de agradecimiento a los dueños de la casa y les dijo que indicaría al banco que hiciera la transferencia necesaria. Gaston estaba emocionado y le dio la enhorabuena. Le parecía fantástico volver a tener vida dentro de la casa, y su mujer estaría encantada de ir a limpiar para ella y, tal vez, ayudarla a cuidar del recién nacido. Annabelle le dio las gracias y se marchó, y esa misma tarde fue a un banco de Niza. Se presentó ante el director de la oficina y le pidió que mandara un telegrama de su parte al banco de Estados Unidos, para informar de dónde se hallaba. Lo único que les hacía falta saber era adónde transferirle el dinero, pues había cerrado la cuenta que tenía en Villers-Cotterêts antes de marcharse del hospital. Sus empleados de Nueva York no tenían ni idea de por qué se encontraba en Niza ni de lo que estaba a punto de ocurrir allí, y Annabelle no pudo evitar preguntarse cuántos hijos más habría tenido Hortie para entonces. Seguía echando mucho de menos a su amiga de la infancia. Por grande que hubiera sido su traición hacia ella, Annabelle sabía que lo había hecho por debilidad. Aquello no había impedido que continuara preocupándose por ella, aunque jamás volvieran a ser amigas. Aun suponiendo que regresara algún día a Estados Unidos, habían ocurrido demasiadas cosas en el entreacto para retomar el pasado.

Annabelle se instaló en la casa ubicada en el cabo de Antibes el 4 de abril. El médico dijo que el niño podía nacer en cuestión de días, aunque no podía precisar cuándo. Para entonces ya se había engordado mucho, y se dedicaba a dar tranquilos paseos diarios por las colinas, además de visitar la iglesia que tanto le encantaba y admirar el paisaje desde allí. Florine, la esposa de Gaston, limpiaba la casa y cocinaba para ella algunos días. Y Annabelle pasaba muchas noches en vela leyendo sus antiguos libros de medicina. Seguía sintiendo emociones contradictorias respecto del bebé. Había sido concebido con tanta violencia y angustia que le costaba imaginarse que no fuera a recordarlo cada vez que lo viera. Pero el destino había querido que el bebé y Annabelle fueran el uno para el otro. Se había planteado contactar con la familia del vizconde para comunicarles su existencia, pero no les debía nada, y si eran tan despiadados y deshonrosos como su vástago, no quería saber nada de ellos. Annabelle y su hijo se tendrían mutuamente, y no necesitarían a nadie más.

La tercera semana de abril, salió a dar un paseo largo, se detuvo en la iglesia como solía hacer y se sentó dejando caer el peso sobre un banco para admirar el paisaje. Había encendido una vela en recuerdo de su madre y había rezado por Josiah. No había tenido noticias suyas desde hacía más de dos años, y no tenía ni idea de dónde podían estar ahora Henry y él: si seguían en México o habían regresado a Nueva York. La había abandonado y no había mantenido ningún contacto con ella. La intención de Josiah era que Annabelle fuera libre para empezar una nueva vida, pero jamás se le habría pasado por la cabeza, por mucho que lo hubiera intentado, la cantidad de reveses y golpes del destino que había tenido que soportar la joven.

Regresó a paso lento a la casa bañada por la luz moteada de la tarde mientras pensaba en todos ellos: Josiah, Hortie, su madre, su padre, Robert... Era como si notara que todos la acompañaban. Cuando llegó a la casa, subió a su dormitorio y se tumbó en la cama. Florine ya se había marchado y Annabelle concilió un sueño ligero. Para su sorpresa, pasaba de medianoche cuando se despertó. Un calambre en la espalda fue lo que la desveló, y de repente notó un dolor punzante en la parte baja del vientre, y supo al instante de qué se trataba. No había nadie en la casa para llamar al médico y carecía de teléfono, pero aun así no sintió miedo. Estaba segura de que sería un proceso sencillo que podría llevar a cabo ella sola. Sin embargo, conforme avanzaba la noche y los dolores de las contracciones se agudizaban, dejó de estar tan segura. Le parecía increíblemente cruel que, después de todo lo que había sufrido para concebir a ese niño, ahora tuviera que volver a sufrir para alumbrar a un hijo sin padre, al que ni siquiera deseaba. En todos esos años en los que había anhelado tener un hijo con Josiah, jamás se le había ocurrido que un niño pudiera entrar de semejante forma en su vida.

Se retorcía con cada contracción y se aferraba con fuerza a las sábanas. Vio cómo salía el sol del amanecer, y para entonces estaba sangrando muchísimo. Los dolores eran agónicos y empezaba a sentirse como si se ahogara y fuera a morir en cualquier momento. Aquello le hizo pensar en las historias atroces que Hortie le había contado y en los terribles alumbramientos que había padecido su amiga. Empezaba a entrarle el pánico cuando Florine apareció en la puerta del dormitorio. La había oído desde la planta inferior y había corrido escaleras arriba. Annabelle estaba tumbada en la cama con los ojos desorbitados, incapaz de hablar por culpa de todo el sufrimiento que había soportado durante la noche. Llevaba ya ocho horas de parto.

Florine entró a toda prisa en el dormitorio, y con cariño levantó la colcha que la cubría y colocó sábanas viejas debajo de su cuerpo, que ya había reservado hacía unos días con tal propósito. Emitió unos sonidos reconfortantes, como si meciera a Annabelle, y le garantizó que todo saldría bien. Miró y le informó de que ya veía la cabeza del bebé.

—Me da igual —dijo Annabelle desesperada—. ¡Quiero que salga ya...!

En ese momento soltó un grito y el bebé pareció avanzar unos centímetros hacia abajo, pero después retrocedió. Florine corrió a la planta de abajo para ir a buscar a Gaston, y le dijo que llamara al médico inmediatamente. Sin embargo, nada de lo que vio hizo que se alarmara: todo iba bien. Y por otros partos que había presenciado, sabía que podía quedar un buen trecho aún. Lo peor todavía estaba por llegar, pues la superficie de la cabeza del niño que había visto apenas era del tamaño de una moneda.

Annabelle no paraba de llorar, tumbada en la cama, mientras Florine le enjugaba la frente con paños fríos con aroma de lavanda; aunque, al final, Annabelle ni siquiera le dejaba que hiciera eso. No deseaba que nadie la tocara y lloraba sin cesar de tanto dolor. Cuando llegó el médico, le pareció que había pasado una eternidad. Venía directo de otro parto, en el que una mujer había dado a luz a gemelos. Llegó a casa de Annabelle a las dos de la tarde y vio que las cosas no habían progresado mucho, aunque los dolores empeoraban por momentos.

Pareció muy satisfecho cuando la estudió después de lavarse las manos.

—Esto va viento en popa —dijo para animar a su paciente, que gritaba a pleno pulmón con cada contracción—. Creo que tendremos al bebé aquí antes de la hora de cenar.

Ella lo miró con auténtico pánico en los ojos, pues sabía que no podría soportar ni un minuto más la agonía en la que estaba sumida. Y al final, mientras soltaba lastimeros sollozos, el médico le pidió a Florine que la incorporase un poco con almohadones y la sujetase de los pies. Annabelle manoteaba y gritaba con cada empujón, y no dejaba de llamar a su madre, así que el médico tuvo que ponerse serio para decirle que debía colaborar. La parte de la coronilla del bebé que quedaba a la vista era mucho más grande, así que le repitió una y mil veces a Annabelle que empujara. Llegó un punto en que se recostó en los almohadones, demasiado agotada para seguir empujando, pero en ese momento él le dijo que empujara todavía más fuerte que antes y que no desfalleciera. Se le puso la cara de un rojo encendido en el instante en que la parte superior de la cabeza del bebé asomó por su cuerpo, con la carita arrugada, y Annabelle chilló y miró hacia abajo, al niño que emergía de su vientre.

Empujó con todas sus fuerzas y por fin se oyó un llanto largo y bajo que llenó la habitación, y un rostro diminuto con los ojos brillantes los miró a todos, mientras Annabelle lloraba y reía, y Florine exclamaba muy emocionada. El bebé tenía los bracitos y las piernecillas enredados en el cordón umbilical, que el médico cortó enseguida, y la anciana lo envolvió con una manta y se lo tendió a la madre. Era una niña.

—Ay... Es preciosa... —dijo Annabelle con lágrimas resbalándole por las mejillas.

Aquella diminuta criatura era perfecta, tenía unas facciones exquisitas, unas extremidades graciosas, y manos y pies muy chiquitines. El médico tenía razón: apenas pasaban de las seis de la tarde, lo que, según dijo, era rápido para un primer parto. Annabelle no podía dejar de mirar y hablar a su hija mientras el hombre terminaba de realizar su labor. Florine lavaría bien a Annabelle más tarde; de momento, la cubrieron con una manta. Y con una ternura infinita, esta se llevó a la niña al pecho, con auténtico instinto maternal. El angelito que tenía en brazos era el único familiar vivo que le quedaba en el mundo, y entonces supo que habían merecido la pena todos y cada uno de los momentos de dolor, que ahora le parecían insignificantes.

—¿Cómo se va a llamar? —le preguntó el médico mientras le sonreía. Sentía lástima por Annabelle, pues sabía que era viuda, pero por lo menos tenía al bebé.

—Consuelo —contestó Annabelle en voz baja—. En honor de mi madre.

Y entonces se inclinó con cuidado hacia delante y le dio un beso en la cabeza a su hija.

19

La niña era perfecta en todos los sentidos. Estaba sana, contenta, y le ponía las cosas fáciles a Annabelle. Era como un angelito caído del cielo que hubiera aterrizado en los brazos de su madre. Annabelle jamás se había imaginado que pudiera querer tanto a su recién nacida. Todo vínculo con el hombre que la había forzado se desvaneció en el momento en que nació la niña, quien pertenecía única y exclusivamente a ella.

La joven fue a visitar al doctor Graumont a la facultad de medicina en julio, justo después del estallido de la segunda batalla del Marne. El número de víctimas mortales había aumentado de forma vertiginosa desde que Annabelle se había marchado de Villers-Cotterêts. Y después del nacimiento de Consuelo, se dio cuenta de que no podía regresar al frente. No quería llevarse a la niña al hospital, ni pasar tantas horas separada de ella, ni arriesgarse a que contrajera alguna enfermedad. Aunque se sentía culpable por no seguir colaborando en el esfuerzo bélico, Annabelle sabía que ahora mismo su lugar estaba junto a su hija. Florine se había ofrecido a cuidar de la niña si ella decidía ir al frente, pero no soportaba imaginarse lejos de su pequeña ni una sola hora al día, y mucho menos dejarla durante varios meses al cargo de otra persona. Así pues, había decidido quedarse en Antibes por el momento.

Seguía teniendo ganas de estudiar medicina y esperaba poder organizarse para regresar a la facultad. Para cuando fue a ver al doctor Graumont, ya había interiorizado la historia fabricada por ella misma. Le contó que se había casado con un oficial británico poco después de mudarse a Villers-Cotterêts. Habían mantenido la boda en secreto ante la familia de él, pues deseaban anunciarlo cuando el oficial regresara a Inglaterra pero, antes de que tuvieran oportunidad de hacerlo, lo habían matado. Y como nadie estaba al corriente de su matrimonio, Annabelle había decidido conservar el apellido de soltera, y mucho más en esos tiempos que la familia de su difunto esposo había quedado sin herederos. Es decir, en honor a ellos había preferido seguir apellidándose Worthington. La historia se aguantaba con pinzas, pero al parecer el médico se la creyó, o estaba dispuesto a creer cualquier historia que ella deseara contarle. Le dijo que la niña era guapísima y le aseguró que, cuando Annabelle retomara sus estudios en septiembre, madre e hija podrían alojarse en la casita para el jardinero, entonces desocupada, que había en los terrenos de la universidad. En esos momentos había nueve estudiantes en la facultad de medicina, más tres alumnos nuevos que empezarían el mismo trimestre que ella. Por desgracia, le comunicó que siete de sus compañeros de clase habían muerto desde que todos se habían marchado como voluntarios. El profesor se sintió muy aliviado al ver que Annabelle estaba sana y salva, y más hermosa aún después del parto. Ahora tenía un aspecto todavía más femenino, y esa primavera había cumplido ya veinticinco años. Saltaba a la vista que estaba preparada para retomar sus estudios y no le daba vértigo pensar que tendría treinta años cuando se graduara y se convirtiera oficialmente en médico. Lo único que deseaba era ponerse en marcha cuanto antes. Apenas faltaban seis semanas para que comenzara el curso.

Decidió mantener el alquiler de la casita de Antibes porque tenía intención de ir siempre que le fuese posible. De todas formas, necesitaba que alguien cuidara de Consuelo mientras ella iba a clase, así que contrató a una muchacha, Brigitte, que viviría con ellas en la casita de las inmediaciones del castillo. A partir de septiembre las tres habitarían juntas en la vivienda que el doctor Graumont le había facilitado a cambio de un alquiler simbólico. Las aguas volvían a su cauce.

Así pues, el día convenido de septiembre, Annabelle, su hija y Brigitte se presentaron en el castillo que albergaba la facultad de medicina y se instalaron en la casita para el jardinero. Annabelle empezó las clases al día siguiente. Le pareció más emocionante que nunca, pues no cabía en sí de alegría. Tenía a Consuelo, a quien amaba con toda su alma, y había conseguido retomar sus estudios de medicina. Además, en esa época le resultaba más sencillo trabajar en el hospital de Niza. Después de todo lo que había aprendido en la abadía y en el hospital de Villers-Cotterêts como auxiliar de medicina, estaba mucho más preparada para la práctica sanitaria que cuando se había marchado.

La guerra siguió bramando todo el mes de septiembre, y al mismo tiempo una terrible epidemia de gripe se extendió y sacudió tanto a Europa como a Estados Unidos, diezmando tanto a los civiles como al personal militar. Miles de personas murieron por esa causa, sobre todo niños y ancianos.

Y por fin, a finales de mes, las tropas franco-estadounidenses comenzaron la ofensiva de Meuse-Argonne. En cuestión de días, las fuerzas armadas del general Douglas Haig alcanzaron la Línea de Hindenburg y se abrieron paso a través de ella. Seis días más tarde, Austria y Alemania se pusieron en contacto con el presidente Wilson para pactar un armisticio, pues las fuerzas británicas, estadounidenses y francesas continuaban machacando a sus oponentes: se habían invertido las tornas. La lucha continuó durante cinco semanas más, en las cuales Annabelle y sus compañeros de la facultad no podían hablar de otra cosa.

Finalmente, el 11 de noviembre, a las once de la mañana,

cesó el enfrentamiento. Así acababa la guerra que había saqueado Europa durante más de cuatro años y había costado quince millones de vidas.

Annabelle estaba de pie, con la niña en brazos, cuando oyó la buena noticia, y no pudo contener las lágrimas que le resbalaban por las mejillas.

20

Con el fin de la guerra, las personas empezaron a recuperar poco a poco sus vidas. Los soldados regresaron a sus lugares de origen, se casaron con las novias que habían dejado allí, o con otras nuevas que habían conocido durante los años de la contienda. Volvieron a sus ocupaciones y costumbres anteriores. Se veían lisiados y heridos por todas las calles: con muletas, en sillas de ruedas, algunos con miembros amputados o con prótesis. En ocasiones daba la sensación de que la mitad de los hombres de Europa estaban mutilados, aunque por lo menos seguían vivos. Y quienes no llegaron a regresar jamás eran llorados y recordados por sus familiares. Annabelle pensaba con frecuencia en sus compañeros de clase que habían desaparecido. Todos los días echaba de menos a Marcel, e incluso a Rupert, que le había hecho la vida imposible los primeros meses en el castillo, pero con quien había terminado siendo muy amiga.

No dejaban de llegar alumnos nuevos a la facultad y, cuando empezó la primavera, ya eran sesenta los estudiantes del castillo: jóvenes formales, comprometidos, decididos a hacerse médicos y servir al mundo. Ella seguía siendo la única mujer de la clase, y todos estaban enamorados de Consuelo. Celebró su primera fiesta de cumpleaños con sesenta y un estudiantes de medicina adorables, y empezó a andar justo al día siguiente. Era la favorita de todos ellos e incluso enternecía el corazón del doctor Graumont, que podía ser tan severo algunas veces. La niña tenía diecisiete meses cuando su madre empezó el tercer curso de la carrera. Procuraba por todos los medios que no entrara en contacto con desconocidos, pues la epidemia de gripe seguía azotando el mundo entero. Para entonces, ya habían fallecido varios millones de personas enfermas.

La facultad de medicina se convirtió en el hogar ideal tanto para Annabelle como para Consuelo, con sesenta encantadores tíos que no dejaban de hacerle monerías siempre que tenían ocasión. Le regalaban detalles, jugaban con ella, y en cuanto uno la soltaba, otro la cogía en brazos o la columpiaba en sus rodillas. La niña vivía muy feliz.

Al final, Annabelle se vio obligada a prescindir de la casa en Antibes cuando los propietarios decidieron venderla, y tuvo que despedirse de Gaston y Florine. Sin embargo, Brigitte se quedó con ellas, pues en la casita dependiente del castillo había sitio de sobra para las tres.

De vez en cuando, mientras veía cómo crecía su preciosa Consuelo, pensaba en contactar con la familia del vizconde. Ahora que sabía lo que era tener un hijo, se preguntaba si los padres del oficial desearían mantener una especie de último vínculo afectivo con su hijo a través de la niña. Sin embargo, no se veía con fuerzas para hacerlo. No deseaba compartir a Consuelo con nadie. La niña era clavadita a ella, como si nadie más hubiese contribuido a su concepción. Todos los que la veían decían que era el vivo retrato de Annabelle en todos los sentidos.

Los años en la universidad pasaron ante ella a la velocidad del rayo. Estaba tan ocupada y volcada en lo que hacía que tuvo la sensación de que todo acababa en un abrir y cerrar de ojos, aunque se había esforzado mucho para llegar hasta allí.

Cumplió treinta años el mismo mes en que se graduó en

la facultad de medicina del doctor Graumont. Y Consuelo había cumplido los cinco en abril. Dejar la universidad y abandonar también la casita de los terrenos del castillo, en la que habían vivido un lustro, era como volver a marcharse de casa. Le resultaba a la vez emocionante y doloroso. Annabelle había decidido viajar a la capital, pues había pedido una colaboración con el hospital Hotel-Dieu de París, cerca de Notre Dame, en la Île de la Cité. Era el hospital más antiguo de la ciudad. Tenía intención de abrir una consulta de medicina general. Siempre había albergado la esperanza de trabajar para el doctor De Bré, pero este había muerto la primavera anterior. Y el último vínculo que tenía con su país natal se había cortado de cuajo un mes antes de su graduación. Recibió una carta del director del banco de su padre en la que le comunicaba que Josiah había muerto en México en febrero, y que Henry Orson había fallecido poco después. El encargado de los asuntos financieros de Annabelle dentro del banco pensó que querría saberlo y, de paso, adjuntó una carta que Josiah le había dejado. Cuando murió, tenía cuarenta y nueve años.

Su muerte y su última carta desencadenaron un alud de recuerdos en ella, así como una oleada torrencial de tristeza. Habían pasado ocho años desde que la había abandonado y ella había viajado a Europa, y siete años desde el divorcio. La carta que le había dedicado era tierna y nostálgica. La había escrito hacia el final de sus días. Le decía que había sido feliz con Henry en México, pero que siempre la había recordado con amor y con arrepentimiento por lo mucho que la había hecho sufrir. Confiaba en que ella hubiera encontrado también la felicidad y algún día pudiera perdonarlo. Mientras leía la carta, Annabelle tuvo la sensación de que el mundo en el que había crecido y que compartía con él ya no existía. No tenía ninguna clase de lazo que la uniera a él. Su vida estaba en Francia, con su hija, con su profesión. Hacía mucho tiempo que había quemado los puentes. Lo único que le quedaba en Estados Unidos era la casa de Newport, que llevaba ocho años desocupada, todavía en manos de los fieles sirvientes de sus padres, que la cuidaban con esmero. Dudaba de que algún día volviera a ella, pero no se había sentido con fuerzas para venderla, y además no le era imprescindible. Sus padres le habían legado más que suficiente para vivir de forma holgada y asegurar el futuro de Consuelo y el suyo propio. Algún día, cuando aunara el valor necesario, vendería la residencia de verano familiar. Lo que ocurría era que aún no se veía con ánimo de hacerlo. De la misma manera que tampoco se veía con ánimo de contactar con los padres del vizconde. Consuelo y ella eran las únicas habitantes de su universo particular.

Le costó mucho despedirse de la facultad de medicina y de los amigos que había hecho allí. Todos sus compañeros de promoción iban a dispersarse por distintas partes de Francia. Muchos pensaban quedarse en el sur del país, y la joven nunca había sentido especial afinidad con el único de ellos que iba a mudarse a París también. En todos los años que llevaba en Europa no había mantenido ninguna relación amorosa. Primero había estado demasiado volcada en su voluntariado, y después había estado absorbida por sus estudios y su hija. Era una joven viuda muy digna y ahora sería una médico igual de entregada. No quedaba espacio en su vida para nada más, y deseaba que siguiera siendo así. Josiah le había roto el corazón y el padre de Consuelo había destrozado el resto de su ser. No quería a ningún hombre en su vida, ni a nadie más que a su hija. Esta y su trabajo eran todo lo que necesitaba.

Ambas tomaron el tren hacia París en junio con Brigitte, quien estaba muy emocionada de acompañarlas a la capital. Hacía años que Annabelle no visitaba París y descubrió que en esos momentos estaba mucho más animada. Llegaron a la Gare de Lyon y llamaron a un taxi que las llevó al hotel en el que Annabelle había reservado habitación, en la ribera izquierda del Sena. Era un establecimiento pequeño que le había recomendado el doctor Graumont, pues decía que era muy apropiado para dos mujeres y una niña. Le había advertido de los peligros que acechaban en París. Annabelle se dio cuenta de que el taxista era ruso, y tenía aire distinguido. A causa de la Revolución bolchevique y el asesinato de la familia del zar, muchos rusos blancos de la nobleza habían emigrado a París, donde se dedicaban a trabajar de taxistas o desempeñar empleos poco cualificados.

Sintió una gran satisfacción cuando se registró en el hotel como la *docteur* Worthington. Se le iluminaron los ojos como a una niña. Seguía siendo la bella joven que era cuando había llegado a Europa, y en los momentos en que jugaba con Consuelo volvía a la infancia. Sin embargo, detrás de ese espíritu juvenil había una mujer seria y responsable, alguien en quien los demás podían confiar, en cuyas manos podían poner su salud y sus vidas. Su sensibilidad con los pacientes había sido la envidia de sus compañeros de facultad y de prácticas, y gracias a ella se había ganado el respeto de todos sus profesores. El doctor Graumont sabía que sería una excelente profesional, además de un orgullo para la escuela.

Dejaron las maletas en el hotel. El doctor Graumont se encargaría de enviarles sus pertenencias más adelante, cuando hubieran encontrado casa. Annabelle deseaba instalarse en un lugar en el que pudiera abrir también la consulta médica para visitar a los pacientes.

Un día después de su llegada a París, fue al hospital Hôtel-Dieu, para preguntar si le darían permiso para desviar a los pacientes graves a ese centro. Mientras tanto, Brigitte se llevó a Consuelo a ver los Jardines de Luxemburgo. La hermosa niñita rubia aplaudió muy emocionada cuando se reunió de nuevo con su madre en el hotel.

—¡Mamá, hemos visto un camello! —exclamó, y acto seguido se lo describió, mientras Brigitte y su madre se reían—. Yo quería montarme en él, pero no me han dejado —se lamentó, y al instante volvió a soltar una risita contagiosa. Era una niña encantadora.

En el hospital Hôtel-Dieu le dieron permiso sin dudarlo en cuanto los encargados vieron la carta de recomendación del doctor Graumont. Era un paso importante para Annabelle. Llevó a Consuelo y a Brigitte a cenar al hotel Meurice para celebrarlo, y otro taxista ruso las llevó a dar una vuelta por París para ver los puntos más emblemáticos de la ciudad iluminados. Qué distinto era del día en que Annabelle había llegado allí durante la guerra, con el corazón destrozado y después del rechazo social sufrido en Nueva York. Ahora comenzaba una vida totalmente nueva, por la que se había esforzado mucho.

Cuando por fin regresaron al hotel eran las diez de la noche. Consuelo se había quedado dormida en el taxi y Annabelle la llevó en brazos a la habitación y la dejó con cuidado encima de la cama. A continuación, se dirigió a su parte de la suite y miró por los ventanales para contemplar París *la nuit*. Hacía años que no se sentía tan joven y exaltada. Se moría de ganas de empezar a trabajar, aunque antes tenía que encontrar una casa en la que vivir.

Durante las tres semanas siguientes Annabelle tuvo la sensación de recorrer todas las casas de París, tanto en la ribera derecha como en la izquierda, mientras Brigitte llevaba a Consuelo a todos los parques de la ciudad —el Bagatelle, los Jardines de Luxemburgo, el Bois de Boulogne...— y se montaban en el carrusel. Las tres salían a cenar fuera todas las noches. Hacía años que Annabelle no se divertía tanto, y aquella nueva vida de adulta le parecía completamente novedosa.

Entre una visita y otra, iba de compras porque quería renovar su vestuario: buscaba cosas lo bastante serias para dar buena impresión como médico, pero lo bastante estilosas para estar a la altura de las mujeres parisinas. Le recordaba a cuando había ido con su madre a comprar la ropa para el ajuar, y se lo contó a Consuelo. A la niña le encantaba escuchar historias sobre sus abuelos y su tío Robert. Eso le daba la sensación de pertenecer a un grupo más grande que el formado únicamente por su madre y ella, aunque siempre provocaba una leve punzada en el corazón de Annabelle, que recordaba la familia que no podía ofrecerle. No obstante, se tenían la una a la otra, y la joven siempre le repetía a su hija que no necesitaban nada más. Consuelo añadía con semblante serio que también necesitaban un perro. En París todo el mundo tenía perro, así que Annabelle le prometió que, cuando por fin encontraran casa, le compraría un perro. Fueron unos días muy felices para las tres, pues Brigitte también se divertía flirteando con uno de los botones del hotel. Acababa de cumplir veintiún años y era una muchacha muy guapa.

A finales de julio, Annabelle empezó a desanimarse tremendamente. Seguían sin encontrar una casa adecuada. Todo lo que veían era o demasiado grande o demasiado pequeño, o bien no tenía la disposición adecuada para montar una consulta médica. Tenía la impresión de que nunca iban a hallar lo que necesitaban. Y entonces, por fin, Annabelle dio con el lugar idóneo en una callecita estrecha del decimosexto distrito. Era una casita pequeña pero elegante con un patio delantero y un jardín posterior, y una extensión con entrada independiente donde podría atender a los pacientes. Estaba en perfectas condiciones y la había puesto a la venta el banco. Además, a Annabelle le encantaba que tuviera ese aire distinguido. Era la ubicación perfecta para una profesional de la medicina. Y para colmo, vio un parquecillo muy cerca en el que Consuelo podría jugar con otros niños.

Manifestó su interés por la casa de inmediato, aceptó el precio que había estipulado el banco y tomó posesión del inmueble a finales de agosto. Mientras tanto, se dedicó a encargar el mobiliario, la ropa de cama, la vajilla, algunas antigüedades adorables para decorar la habitación de Consuelo, unos muebles preciosos para su dormitorio y algo un poco más sencillo para la habitación de Brigitte. Compró muebles serios para el despacho, y empleó el mes de septiembre en adquirir el equipo médico que precisaba tener antes de abrir la consulta. Fue a la imprenta y encargó material de oficina con su membrete. Asimismo, contrató a una secretaria y auxiliar de medicina que decía haber trabajado también en la abadía de Royaumont, aunque Annabelle no había coincidido con ella. Hélène era una mujer mayor bastante tranquila, que había colaborado con diversos médicos antes de la guerra y que estaba encantada de ayudarla a montar el negocio.

A principios de octubre, Annabelle estaba preparada para abrir las puertas de su consulta. Había tardado más de lo que esperaba, pero quería que todo estuviera a punto antes de la inauguración. Con manos temblorosas colgó su placa, y esperó a ver qué pasaba. Lo único que le hacía falta era que una persona atravesara esa puerta, y después el engranaje empezaría a rodar gracias al boca a boca. De haber estado vivo el doctor De Bré, habría podido recomendársela a algunos pacientes, pero ahora era imposible. Por suerte, el doctor Graumont había escrito a distintos médicos que conocía en París para pedirles que enviaran a Annabelle a varios de sus pacientes, pero de momento su petición no había obtenido frutos.

Durante las tres primeras semanas no ocurrió nada. Annabelle y Hélène, su secretaria y auxiliar de medicina, se pasaban el día mirándose la una a la otra y viendo cómo pasaban las horas. Annabelle tenía por costumbre volver al edificio principal de la casa al mediodía para comer con Consuelo. Hasta que, por fin, a principios de noviembre, entró en la consulta una mujer con la muñeca dislocada y un hombre con un corte muy grande en el dedo. A partir de entonces, como por arte de magia, empezó a haber una corriente continua de pacientes que entraban en la sala de espera de la consulta. Un paciente se la recomendaba a otro. No eran casos muy complicados, sino cosas pequeñas que no le costaba solucionar. Sin embargo, su seriedad y su experimentada gentileza con los pacientes consiguieron que se los metiera en el bolsillo de inmediato. Al cabo de poco tiempo, varias personas cambiaron de médico de cabecera para que ella los atendiera, o bien enviaban a sus amigos, llevaban a sus hijos y le consultaban dolencias menores y problemas mayores. En enero, la consulta estaba siempre llena. Annabelle desempeñaba la labor para la que se había formado y disfrutaba con cada minuto de su trabajo. Se esmeraba en dar las gracias a los colegas que la recomendaban, y siempre respetaba sus opiniones anteriores, para no hacerlos quedar como unos incompetentes delante de los pacientes, aunque algunos de ellos lo habrían merecido. Era meticulosa, poseía una gran formación y siempre se mostraba encantadora en el trato con los enfermos. A pesar de su belleza y su aspecto juvenil, no cabía duda de que se tomaba su profesión muy en serio, y sus pacientes confiaban en ella plenamente.

En febrero, mandó hospitalizar al hijo de una de sus pacientes. El muchacho solo tenía doce años y padecía un caso grave de neumonía. Annabelle iba a visitarlo al hospital dos veces al día y se preocupaba mucho por el chico, sobre todo cuando vio que su salud empeoraba, pero por fortuna consiguió remontar y su madre se lo agradeció eternamente. Annabelle había puesto en práctica algunas técnicas nuevas que habían empleado en el hospital de Villers-Cotterêts con los soldados, y siempre hacía gala de su creatividad al combinar métodos nuevos con otros antiguos. Continuaba leyendo y estudiando con avidez por las noches, para aprender más sobre las últimas investigaciones. Su apertura de mente hacia las ideas novedosas le resultaba muy útil en su labor diaria, y leía sobre todos los temas recogidos en las revistas médicas. Muchas noches se quedaba despierta hasta tarde leyendo esas publicaciones, a menudo mientras abrazaba a Consuelo en la cama, quien había empezado a decir que ella también quería ser médico. Otras niñas de su edad querían ser enfermeras, pero en la familia de Annabelle el listón estaba muy alto. En ocasiones, esta no podía evitar preguntarse qué habría pensado su madre de aquello. Sabía que no era lo que habría deseado para su hija, pero confiaba en que hubiera estado orgullosa de ella igualmente. Era plenamente consciente de que Consuelo se habría deprimido de haber presenciado el divorcio provocado por Josiah, y se preguntaba si su ex marido también la habría abandonado de no haber muerto su madre. De todas formas, todo eso era agua pasada. Además, ¿de qué le habría servido seguir casada con él toda la vida si estaba enamorado de Henry? Annabelle no habría podido hacer nada para evitarlo. Saberlo no la enojaba, sino que la entristecía. Siempre que pensaba en el tema, la embargaba un amargo dolor que sospechaba que acarrearía durante toda su existencia.

La única cosa que no la entristecía nunca era Consuelo. Era la niña más alegre, risueña y divertida del mundo, y adoraba a su madre. Pensaba que el sol salía y se ponía con ella, y Annabelle había creado un padre imaginario para ella, con el propósito de que no se sintiera falta de afecto. Le decía que su padre era inglés, que había sido una persona magnífica procedente de una familia muy buena, y que había muerto como un valiente héroe de guerra antes de que ella naciera. A la niña nunca se le ocurría preguntar por qué no veía en ninguna ocasión a la familia de su difunto padre. Sabía que todos los parientes de su madre habían muerto, pero Annabelle nunca le había dicho que los de Harry también hubieran desaparecido. Consuelo nunca lo mencionaba, se limitaba a escuchar con interés a su madre, hasta que un día se dirigió a ella a la hora de comer y le preguntó si su «otra» abuela podía ir a visitarla algún día; se refería a la que vivía en Inglaterra. Annabelle se quedó mirando a la niña desde el otro lado de la mesa, como si hubiera visto explotar una bomba, pues no sabía qué contestarle. Nunca se había planteado que ese día llegaría, y no estaba preparada para afrontarlo. Consuelo tenía seis años y todos sus amigos del parque tenían abuelas. Entonces, ¿por qué no podía ir a verla la suya?

—Eh... bueno, es que vive en Inglaterra. Y hace mucho tiempo que no hablo con ella... Esto, en realidad —aborrecía mentirle a su hija—, no hemos hablado nunca... No la conozco. Tu papá y yo nos enamoramos y nos casamos durante la guerra, y como luego él murió, nunca llegué a conocer a su familia.

Intentaba salir del paso como podía mientras Consuelo la miraba atentamente.

—¿Es que no quiere verme? —Consuelo parecía decepcionada, y Annabelle sintió que se le encogía el corazón.

Se había metido en un embrollo ella sola y, a menos que le dijera a su hija que sus abuelos no sabían de su existencia, no se le ocurría qué otra cosa podía añadir. Sin embargo, tampoco quería verse obligada a contactar con ellos. Menudo dilema.

—Seguro que le gustaría verte, si pudiera, cariño... Me refiero a que a lo mejor está enferma o algo... A lo mejor es muy anciana. —Y entonces, con un suspiro y el corazón en un puño, le prometió—: Pero le escribiré, a ver qué dice.

—Muy bien.

Consuelo le sonrió desde el otro lado de la mesa y, mientras Annabelle regresaba a la consulta, maldijo a Harry Winshire como no lo había hecho en años.

21

Fiel a la palabra que le había dado a Consuelo, Annabelle se sentó a escribir una carta a lady Winshire. Ignoraba qué decirle o cómo enfocar la cuestión. Contar la verdad, que su hijo la había violado y ella había tenido una hija ilegítima como consecuencia, no le parecía una manera muy adecuada de presentarse, y dudaba de que a lady Winshire le hiciera demasiada gracia. Sin embargo, no quería mentirle. Al final, le escribió una versión increíblemente suavizada y simplificada, edulcorada. En el fondo, no quería ver a lady Winshire, ni siquiera quería que conociera a Consuelo, pero por lo menos quería decirle a su hija que lo había intentado.

Le escribió que Harry y ella se habían conocido durante la guerra en Villers-Cotterêts, en el hospital en el que Annabelle trabajaba. Eso era cierto, aunque habría sido mucho más preciso decir que él la arrojó sobre el suelo y la violó. Entonces añadió que apenas se habían visto y que no eran amigos, cosa que también era cierta, pero que había ocurrido un desafortunado incidente, algo más que cierto, a consecuencia del cual ella había tenido una hija, que había cumplido ya seis años. Le confesó que no había contactado antes con los familiares porque no deseaba pedirles nada. Le explicó que era estadounidense y había ido a Francia como voluntaria, y que su encuentro con Harry, y el embarazo consiguiente, había sido uno de esos horribles episodios propios de la guerra, pero que su hijita era una niña maravillosa y que acababa de preguntarle por su abuela por parte de padre, una situación que resultaba muy violenta para Annabelle. Reconoció que no quería seguir mintiendo, como había hecho hasta entonces. Le dijo que la niña creía que ella y su padre habían estado casados, cosa que no era cierta. Por eso, le proponía a lady Winshire que, si lo deseaba, le enviara por favor una carta o una notita a Consuelo en la que le mandase alguna foto de su padre o algo similar. Con eso bastaría. Firmó la carta como «Doctora Annabelle Worthington», para que viera que era una persona respetable, como si eso importara algo. Había sido su hijo quien había demostrado ser de todo menos respetable y quien debería haber ido a la cárcel, pero en su lugar había engendrado a la niña más encantadora de la Tierra, y Annabelle no podía odiarlo por eso. En cierto modo, le estaría siempre agradecida por el resultado, pero sus recuerdos de él no eran nada buenos.

En cuanto envió la carta, se olvidó del tema. El mes de mayo estuvo muy atareada, pues la sala de espera estaba continuamente llena. No había recibido respuesta de lady Winshire y, por el momento, Consuelo parecía haberse olvidado de su abuela. Había empezado a ir al colegio ese invierno y pasaba allí todas las mañanas, cosa que le dejaba tiempo a Brigitte para echar una mano en la consulta médica.

Annabelle acababa de regresar de ver a un paciente en el hospital cuando Hélène le dijo que había una mujer esperándola. Llevaba dos horas allí plantada y se negaba a contarle el motivo de su visita. Annabelle supuso que probablemente se tratara de algún problema embarazoso. Se puso la bata blanca, se sentó junto al escritorio y le indicó a Hélène que la hiciera pasar.

Dos minutos más tarde, Hélène entró acompañada de una señorona muy voluminosa. Era una mujer corpulenta con la voz fuerte, que lucía un sombrero enorme, un collar de perlas de unas seis vueltas y un bastón de plata. Cuando entró en la consulta, dio la impresión de querer golpear a alguien con ese bastón. Annabelle se puso de pie para saludarla y tuvo que contenerse para no sonreír. La mujer pasó por alto la mano extendida de Annabelle y se quedó de pie, mirándola fijamente. No parecía enferma, así que esta no tenía la menor idea de qué hacía en su consulta. Fue directa al grano.

—¿A qué viene esa ocurrencia absurda de que tengo una nieta? —le espetó a Annabelle en inglés—. Mi hijo no tenía descendencia, ni cargas, ni mujeres importantes en su vida cuando murió. Y si alega que esa hija es suya, ¿puede saberse por qué ha esperado seis años para escribirme y contármelo?

Mientras lo decía, se sentó en la silla que había al otro lado del escritorio de Annabelle y siguió mirándola con la misma fijeza. Era igual de amable que su hijo, y a ella no le hizo ninguna gracia descubrir a qué se debía todo ese alboroto: en lugar de responder a su carta, la madre se había presentado allí con toda la artillería.

—He esperado seis años a contactar con usted —contestó con frialdad Annabelle— porque no deseaba hacerlo, y punto.

Ella podía ser igual de brusca que lady Winshire si se lo proponía. Aparentaba unos setenta años, que era una edad bastante plausible, teniendo en cuenta que para entonces Harry habría estado en la treintena. Annabelle calculaba que el oficial debía de tener más o menos su edad la noche que la violó.

—Le escribí porque mi hija estaba triste de no tener abuelos. La niña no entendía por qué nunca veíamos a su abuela. Y le dije que su padre y yo habíamos estado casados muy poco tiempo, durante la guerra, y luego él había muerto. Le conté que por eso nunca había tenido oportunidad de conocerla a usted. Esta situación también es muy violenta para mí.

—¿Se casó con mi hijo? —Lady Winshire parecía apabullada.

Annabelle negó con la cabeza.

—No, no nos casamos. Solo nos vimos una vez.

Dicho así, ella quedaba como una chica fácil, pero Annabelle pensó que, por muy desagradable que fuera la señora, no hacía falta que se enterara de que su hijo era un violador. Creía que tanto Consuelo como la anciana merecían mantener sus ilusiones, así que pensaba ahorrarle el bochorno a lady Winshire, aun en su propio perjuicio.

—Pero preferiría que mi hija siguiera creyendo que sí estuvimos casados.

—¿En aquella época ya era médico? —preguntó entonces lady Winshire, de repente muy interesada.

Annabelle volvió a negar con la cabeza.

—No. Entonces era auxiliar de medicina. Y colaboraba con el servicio de ambulancias.

—¿Cómo lo conoció?

Algo se suavizó en su mirada. Había perdido a sus dos hijos en la guerra y conocía muy bien lo que eran el luto y el dolor.

—En el fondo no importa —se limitó a contestar, lamentando que la mujer hubiera ido a verla—. Apenas llegamos a conocernos. Mi hija fue un accidente.

—¿Qué clase de accidente?

Era como un perro que roe un hueso. Y Annabelle era el hueso.

Suspiró antes de responder, mientras intentaba dilucidar hasta dónde estaba dispuesta a contar. Desde luego, no la verdad.

—Él había bebido mucho.

Lady Winshire no parecía sorprendida.

—Siempre igual... Harry siempre bebía mucho, y hacía un montón de estupideces cuando estaba borracho. —Sus ojos penetraron en los suyos—. ¿Hasta dónde llegó la estupidez que cometió con usted?

Annabelle sonrió, preguntándose si la dama pensaba que intentaba chantajearla, y decidió volver a insistir.

—No quiero nada de usted.

—Esa no es la cuestión. Si mi hijo fue descortés, tengo derecho a saber hasta dónde llegó su mal comportamiento.

—¿Por qué? ¿Qué más da eso ahora? —Annabelle hablaba con una pausada dignidad.

—Es usted una mujer muy generosa —dijo sin alterarse lady Winshire, mientras se recostaba en la silla. Daba la impresión de estar dispuesta a quedarse allí hasta haber escuchado la verdad—. Pero sé muy bien cómo eran mis hijos. Mi hijo Edward era casi un santo. Y Harry era como el demonio hecho persona. Adorable de niño y maleducado de adulto. Algunas veces, «peor» que maleducado. Su actitud no mejoraba con el alcohol. Creo que estoy al corriente de la mayor parte de sus pillerías. —Entonces suspiró—. Quería venir a verla porque nadie me había dicho nunca que hubiera tenido un hijo suyo. Cuando leí su carta desconfié de usted. Pensaba que querría obtener algo a cambio. Y ahora he visto que es una mujer honesta y se han invertido los papeles: usted desconfía de mí tanto como yo desconfiaba de usted. —La anciana esbozó una sonrisa glacial y se pasó una mano por las perlas—. Dudé en si presentarme o no —admitió—. No deseaba verme involucrada en la historia de alguna mujer increíblemente vulgar que hubiera tenido un hijo bastardo y que ahora alegara que lo había engendrado mi hijo. Sin embargo, salta a la vista que usted no es de esa clase de personas, y tengo el fuerte convencimiento de que su encuentro con mi hijo fue desagradable, o peor, y no desearía ser quien se lo recuerde.

—Gracias —dijo Annabelle, pues valoraba todo lo que acababa de escuchar.

Pero entonces lady Winshire la sobresaltó al preguntar sin tapujos:

—¿La violó?

Al parecer, conocía muy bien a su hijo. Se produjo un silencio eterno en la sala, y al final Annabelle asintió con la cabeza, lamentando tener que decirle la verdad.

—Sí.

—Lo siento... —se lamentó la anciana con más afecto—. No es la primera vez que me cuentan algo así —continuó con una voz que reflejaba el arrepentimiento de una madre—. No sé en qué nos equivocamos... —Sus ojos se llenaron de tristeza cuando Annabelle y ella se miraron—. ¿Y ahora qué hacemos? Debo admitir que tenía miedo de qué podía encontrarme aquí, pero al mismo tiempo no lograba resistirme a la tentación de ver a mi propia nieta, si de verdad existía. Mis dos hijos están muertos. Mi marido murió de neumonía la primavera pasada. Y ninguno de mis hijos se había casado ni tenía hijos. Hasta que apareció usted.

Se le habían llenado los ojos de lágrimas y Annabelle la miró con compasión.

—¿Le gustaría conocer a Consuelo? —Entonces le advirtió, aunque no importaba, porque no pretendía reclamar su herencia—: No se parece a él. Se parece mucho a mí.

—Me atrevería a decir que eso sería una gran bendición —dijo la anciana con una sonrisa.

Se levantó con cierta dificultad y se apoyó en el bastón.

Annabelle también se puso de pie, rodeó la mesa y acompañó a lady Winshire hasta la puerta del despacho, después de decirle a Hélène que se marchaban. Por suerte, tenía un hueco libre entre unos pacientes y otros. Las dos mujeres recorrieron juntas el patio en dirección a la entrada principal de la casa. Annabelle sabía que Consuelo ya habría vuelto del colegio a esa hora, así que entró sin llamar, empleando la llave que siempre llevaba encima, y sin quitarse la bata de médico. Lady Winshire subió los peldaños exteriores de la casa y estudió con atención el recibidor una vez dentro.

—Tiene una casa preciosa —señaló muy educada.

Estaba impresionada por todo lo que veía. Annabelle tenía buen gusto, y era evidente que provenía de un entorno en el que se valoraban las cosas refinadas.

—Gracias —contestó ella, y la condujo al salón principal. A continuación corrió escaleras arriba para buscar a su hija. Le dijo que tenían una invitada y que le gustaría que bajara a saludarla. No quería anticiparle nada más.

Annabelle y Consuelo bajaron la escalera charlando muy animadamente y cogidas de la mano. En el último peldaño la pequeña se detuvo, sonrió con timidez a su invitada, hizo una reverencia y fue a darle la mano. Era evidente que estaba muy bien educada y tenía excelentes modales, y lady Winshire miró con aprobación a Annabelle por encima de la cabeza de la niña.

—¿Cómo estás, Consuelo? —le preguntó mientras la niña se fijaba en el enorme sombrero y en las numerosas cuentas de perlas.

—Me gusta mucho su sombrero. Es precioso —observó la niña sin dejar de mirarlo mientras la señora le sonreía.

—Muchas gracias por el cumplido. Es un poco viejo, pero a mí me gusta. Tú también eres una niña preciosa. —No tenía más nietos, y hacía años que no hablaba con un niño—. He venido desde Inglaterra para verte —siguió diciendo sin que Consuelo le quitara ojo de encima—. ¿Sabes quién soy? —preguntó con afecto, pero Consuelo sacudió la cabeza—. Soy la abuela que no conocías: la madre de tu padre. —La niña abrió los ojos como platos cuando miró por encima del hombro hacia su madre y después volvió a fijarse en su abuela—. Siento que hayamos tardado tanto en vernos. No volverá a pasar —dijo muy solemne lady Winshire. Nunca había visto a una niña tan encantadora, y sus modales eran impecables—. Te he traído unas fotos de tu padre cuando era niño. ¿Te apetecería verlas?

Consuelo asintió y se sentó junto a ella en el sofá, a la vez que lady Winshire sacaba un manojo de fotografías descoloridas del bolso. Por su parte, Annabelle se marchó discretamente para pedirle a Brigitte que preparara el té.

Lady Winshire prolongó su visita más de una hora, y cuando la niña volvió a subir a su habitación con la sirvienta, le dio la enhorabuena a Annabelle por tener a una niña tan fabulosa.

—Sí, es un primor —corroboró su madre.

—Mi hijo no sabía la suerte que había tenido al topar con alguien como usted, y al dejar a una niña tan dulce como ella en el mundo.

Miraba a Annabelle con gratitud y compasión. La pequeña le había robado el corazón nada más verla. Era difícil que no ocurriera algo así, y por primera vez Annabelle se alegró de que la mujer se hubiera presentado en su casa en lugar de limitarse a escribir una carta. Para Consuelo había sido un gran regalo.

—Siento mucho que se comportara tan mal con usted. Mi hijo también tenía un lado bueno. Lamento que no llegara a verlo. Al principio la situación debió de resultarle increíblemente dura.

Annabelle asintió.

—Me quedé en el hospital todo el tiempo que pude, y después me mudé a Antibes. Allí fue donde nació Consuelo.

—¿Y su familia sigue en Estados Unidos?

Le parecía curioso que Annabelle hubiera empezado a ejercer la medicina en París en lugar de volver a su país, aunque estaba claro que la niña debía de haberle complicado las cosas.

—No me queda familia —se limitó a decir Annabelle—. Todos murieron antes de que viniera aquí. Solo estamos Consuelo y yo.

Lady Winshire también estaba sola en el mundo. Y en cierto modo, por extraño que pareciera, ahora se tenían la una a la otra.

Por fin se levantó y tomó la mano de Annabelle entre las suyas.

—Gracias por ofrecerme el más extraordinario de los regalos —le dijo la dama con lágrimas en los ojos—. Es como una parte de Harry a la que puedo aferrarme. Además, Consuelo es una niña muy especial.

Y, dicho esto, abrazó a la joven y le dio un beso en la mejilla. Esta la ayudó a bajar los peldaños de la entrada y la acompañó hasta el coche, cuyo chófer la había esperado en la puerta. La anciana sonrió a Annabelle una vez más antes de marcharse, y con delicadeza le deslizó algo en la mano.

—Esto es para usted, querida mía. Se lo ha ganado. Es muy poca cosa.

Annabelle intentó rechazarlo sin mirarlo siquiera, pero lady Winshire insistió. Las dos mujeres se dieron un abrazo y Annabelle sintió que había encontrado a una nueva amiga, una especie de maravillosa tía anciana y excéntrica. Ahora se alegraba de haberle escrito. Había sido positivo para todas ellas.

Se despidió con la mano mientras lady Winshire se alejaba en el coche y no se atrevió a mirar el objeto que tenía en la palma hasta que la anciana se hubo marchado. Le había dado la impresión de que se trataba de un anillo, pero no estaba preparada para la clase de anillo que era: una hermosa esmeralda antigua muy grande engarzada en un aro de diamantes igual de antiguo. Annabelle estaba anonadada. Le recordó a los anillos que solía llevar su abuela, que continuaban en la caja fuerte del banco, en Nueva York. Sin embargo, no dudó en colocarse el anillo en el dedo en el que ya llevaba la alianza de boda que ella misma se había comprado. Se sintió conmovida por el gesto. Algún día se lo regalaría a Consuelo, pero hasta entonces lo luciría. Y mientras regresaba a la consulta, pensó para sus adentros que a partir de ese momento tendrían abuela. Consuelo y ella ya no estaban solas en el mundo.

22

El verano llegó a París con un tímido brote de gripe, algunos creían que provocado por el calor, así que Annabelle tuvo que mandar a varios pacientes al hospital. Iba a visitarlos dos veces al día, pero confiaba en poder marcharse de vacaciones con Consuelo y Brigitte en agosto. No acababa de decidirse entre ir a Dordogne, a Bretaña o al sur. Al final, resultó que no pudieron ir a ninguno de los tres sitios. Tenía tantos enfermos a los que atender que le era imposible ausentarse. En lugar de eso, optaron por pasar unos cuantos días en Deauville, en la costa de Normandía, una vez que sus pacientes se hubieran recuperado.

Poco después de su regreso de las vacaciones, dos pacientes más tuvieron que ser hospitalizados porque tenían neumonía. Un día, a última hora de la tarde, salió del hospital ensimismada, pensando en la paciente que acababa de visitar, una anciana cuyo pronóstico no era nada bueno. Annabelle estaba intentando dar con alguna solución nueva para sus numerosas complicaciones, cuando se chocó de frente en la escalera del hospital con otra persona, que subía en el momento en que ella bajaba. Se golpearon tan fuerte que el hombre estuvo a punto de tirarla al suelo, así que hizo un rápido ademán para agarrarla antes de que cayera rodando por la escalera.

—Perdón, lo siento mucho —dijo ella azorada—. No miraba por dónde iba.

—Yo tampoco. —Él también se disculpó y le dedicó una sonrisa radiante—. ¿Ha venido a visitar a un amigo?

Era una confusión lógica, que hizo reír a Annabelle.

—No, soy médico.

Por lo menos el hombre no le había preguntado si era enfermera.

—Qué grata coincidencia —dijo él devolviéndole la risa—. Yo también. ¿Por qué nunca había tenido la suerte de conocerla?

Era francamente encantador y Annabelle no estaba acostumbrada a tratar con hombres tan zalameros. Hacía años que se había cobijado detrás de su papel de médico, viuda y madre de Consuelo. Los hombres nunca flirteaban con ella. Sin embargo, este en cuestión parecía bastante ocurrente y divertido, y no cabía duda de que era apuesto.

—¿Cuál es su especialidad? —le preguntó a Annabelle con mucho interés, sin importarle lo más mínimo que no hubieran realizado las presentaciones formales reglamentarias. Le dijo que él se llamaba Antoine de St. Gris, y le preguntó su nombre, a lo que Annabelle contestó. Se negaba a creer que fuera de Estados Unidos, pues hablaba francés sin una pizca de acento.

—La medicina de familia —respondió ella con modestia, algo apurada por estar hablando con un desconocido.

—Yo soy cirujano ortopédico —la informó él con mucho garbo.

Annabelle sabía que la mayoría de los cirujanos ortopédicos poseían un ego enorme, salvo durante la guerra, cuando habían tenido que arrimar el hombro y reconocer sus limitaciones como todos los demás, pues, después de ver tantas atrocidades, sabían que el daño que podían paliar era apenas ínfimo.

La acompañó hasta el pie de la escalera, según dijo, para

asegurarse de que no se caía, y esperó hasta que se hubo montado en el coche, que conducía ella.

—¿Seré lo bastante afortunado de volver a verla? —le preguntó guiñándole un ojo, y Annabelle se echó a reír.

—Si me rompo la pierna, lo llamaré.

—No espere tanto. O tendré que pillar la neumonía para poder visitarla. Y sería una lástima. Preferiría volver a verla cuando ambos estemos sanos.

Se despidió de ella con la mano mientras la joven ponía en marcha el coche y acto seguido subió apresurado la escalera del hospital. Que un hombre así charlara con ella le había alegrado el día. Le ocurría muy pocas veces; es más, casi nunca.

Pasó una velada tranquila leyendo en voz alta para su hija Consuelo y después la acompañó a la cama. Y al día siguiente, en la consulta, estaba en medio de un reconocimiento de un paciente cuando Hélène le dijo que había un médico en la sala de espera que solicitaba verla inmediatamente. Decía que tenía que hacerle una consulta sobre un caso. En cuanto terminó con el enfermo, salió del despacho, confundida. No se imaginaba quién podía ser. Y allí estaba Antoine de St. Gris, con un elegante abrigo azul, creando un revuelo en la sala de espera y entreteniendo a los pacientes, que en su mayoría reían sin parar. Siguió contándoles chistes hasta que Annabelle le dijo que pasara a la consulta un momento.

—¿Qué está haciendo aquí? —le preguntó una vez dentro con una sonrisa azorada. Se alegraba de volver a verlo, pero estaba en plena jornada laboral—. Tengo pacientes que atender.

—No sé qué me ha pasado. Creo que ayer pillé un resfriado tremendo. Me duele mucho la garganta.

Sacó la lengua para que le examinara la garganta después de decirlo. Annabelle se rió de él. Era atrevido, irreverente y vergonzosamente encantador.

—Yo la veo bien.

—¿Y qué tal su pierna? —quiso saber entonces.

—¿Mi pierna? Bien. ¿Por qué?

—Creo que se le ha roto. Deje que le eche un vistazo.

Hizo ademán de tocarle el dobladillo de la falda, y Annabelle se alejó de él entre risas.

—Doctor, debo pedirle que se marche. Tengo que atender a mis pacientes.

—Bueno, no se preocupe. En ese caso, mejor quedemos para cenar.

—Eh... No puedo. Es que...

—Ni siquiera se le ocurre una excusa decente. —Se rió él—. Es patético, de verdad. Pasaré a buscarla a las ocho.

Y, dicho esto, volvió a la sala de espera, saludó a los pacientes y se marchó.

Era completamente arrollador, muy descarado y, a pesar de eso, o precisamente debido a eso, muy atractivo; casi irresistible, para ser sinceros.

—¿Quién era? —le preguntó Hélène con una mirada reprobatoria antes de indicar al siguiente paciente que pasara.

—Un cirujano ortopédico.

—Ya, eso lo explica todo —masculló Hélène entre dientes, y se percató de la expresión infantil en el rostro de su jefa. Nunca la había visto con esa mirada—. Está loco —añadió, y después sonrió a su pesar—. Aunque es un loco muy guapo. ¿Piensa volver a verlo?

Annabelle se ruborizó.

—Esta noche. Para cenar.

—Oh, oh... Tenga cuidado con él —le advirtió.

—Lo haré —le aseguró ella, y entonces continuó con las visitas.

Volvió a casa más tarde de las siete, después de haber atendido al último enfermo y haber cerrado la consulta. Consuelo estaba en la bañera, riéndose con Brigitte. Annabelle miró el reloj y se dio cuenta de que tenía menos de una hora para arreglarse para la cena con el atrevido del doctor St. Gris. Fue a darle un beso a su hija, quien quería jugar a las cartas con su madre después del baño.

—No puedo, cariño —le dijo para disculparse—. Voy a salir.

—¿De verdad? —Consuelo parecía sorprendida.

Era algo de lo más inusual. De hecho, no ocurría nunca, salvo una vez cada muchos meses, si Annabelle iba a una reunión de facultativos o a una conferencia para mujeres médicos. Aparte de esos casos, no salía jamás, pues carecía de vida social, por lo menos desde que se había marchado de Nueva York nueve años antes. Por eso, su respuesta tuvo las mismas consecuencias que si hubiera lanzado una granada de mano en pleno cuarto de baño.

—¿Adónde vas a ir?

—A cenar con un médico —concretó Annabelle con aire inocente.

—Ah. Y ¿adónde? —Consuelo quería saberlo todo, y su madre parecía algo avergonzada.

—No lo sé. Va a pasar a buscarme a las ocho.

—¿Es un hombre? Y ¿cómo es?

—Pues normal, como todas las personas —dijo Annabelle tirando pelotas al aire. No quería decirle que era muy guapo.

En ese momento salió del lavabo y fue a cambiarse de ropa. Esa noche hacía calor. Se puso un traje de lino blanco que se había comprado en Deauville y un sombrero muy bonito que había encontrado a juego. Se sentía un poco rara arreglándose tanto para una cita, pero no ocurría a diario que la invitaran a cenar, y no podía ponerse ese traje ni ese sombrero para trabajar.

Antoine de St. Gris llegó a las ocho en punto, y Brigitte lo invitó a pasar. Le indicó que se sentara en la salita y entonces vio que, aprovechando que la habían dejado sola cinco minutos, Consuelo bajaba la escalera a toda velocidad con el camisón puesto. Entró en la sala de estar y sonrió, mientras Brigitte trataba sin éxito de convencerla para que regresara a su habitación.

—Hola —saludó la niña muy alegre—. ¿Es usted el médico que va a cenar con mi madre?

En esa época le faltaban dos de los dientes frontales, cosa que le daba un aspecto todavía más gracioso.

—Sí. ¿Qué ha pasado con tus dientes? —le preguntó Antoine mirándola fijamente.

—Se me han caído —respondió ella muy orgullosa.

—Vaya, lo lamento —dijo él con seriedad—. Confío en que sepas dónde están y puedas volver a ponértelos. Sería un rollo quedarte sin dientes, ¿no crees? ¿Cómo muerdes una manzana?

Ella soltó una risita al oír sus palabras.

—No, no sé dónde están. Los puse debajo de la almohada y se los llevó el Ratoncito Pérez. Me los cambió por un caramelo. Pero pronto me saldrán dientes nuevos. Ya los noto... ¿Los ve?

Inclinó la cabeza formando un ángulo extraño y le mostró los diminutos bultitos blancos que empezaban a perforarle las encías.

—Pues cuánto me alegro —repuso él con una amplia sonrisa en el momento en que Annabelle entraba en la habitación. Vio cómo su hija conversaba tan tranquila con el médico.

—Vaya, ya os conocéis —comentó con cierto nerviosismo.

—Bueno, no nos hemos presentado oficialmente —confesó él, y entonces hizo una elegante reverencia dirigida a Consuelo—. Soy Antoine de St. Gris —le dijo con formalidad—. Me siento honrado de haberte conocido, y más ahora que sé que van a salirte dientes nuevos.

La niña soltó otra risita. Annabelle presentó a su hija, quien le hizo la reverencia correspondiente a Antoine.

—¿Lista? —le preguntó el médico a Annabelle, y ella asintió.

Le dio un beso a Consuelo antes de mandarle que subiera a su habitación y se preparara para irse a la cama, pues ya había cenado antes de darse el baño. Esta subió de dos en dos los peldaños después de saludar con la mano al invitado, mientras Annabelle lo acompañaba a la puerta.

—Lo siento —dijo muy serio, mientras la conducía al precioso Ballot Open Tourer de color azul que había dejado aparcado en la puerta. Era un coche muy elegante que encajaba con él a la perfección. Todo lo que rodeaba a aquel hombre denotaba estilo, decisión y seguridad—. No debería invitarte a cenar. Acabo de comprometerme. Me he enamorado ciegamente de tu hija. Creo que es la niña más adorable que he visto en mi vida.

Annabelle sonrió ante su comentario.

—Tienes muy buena mano con los niños.

—Hace mucho tiempo yo también fui niño. Y mi madre insiste en que sigo siéndolo, porque dice que nunca he madurado...

Annabelle entendía por qué debía de decirlo su madre, pero ese aire infantil era parte de su encanto. Se preguntó cuántos años tendría y calculó que unos treinta y cinco, es decir, unos cuatro años más que ella. Eran casi de la misma edad; sin embargo, el porte de Annabelle era mucho más serio y reservado. Él era una especie de bufón guapo y encantador. A ella le gustaba que fuera tan despreocupado y que tuviera tanto sentido del humor. A los pacientes de la sala de espera de su consulta también los había cautivado. Igual que a sus propios pacientes.

Charlaron de manera desenfadada mientras su pretendiente la llevaba en coche a Maxim's. Annabelle nunca había estado allí, pero sabía que era uno de los mejores restaurantes de París, y un sitio que siempre estaba de moda. Llevaba siglos en funcionamiento.

Cuando llegaron, quedó patente que lo conocían mucho en el local. El maître lo saludó y él reconoció a varios de los comensales del restaurante, a quienes les presentó a Annabelle con mucho orgullo. La presentó como doctora Worthington, cosa que siempre la hacía sentir importante. Se había esforzado mucho para ser merecedora de ese título.

Él propuso algunos platos que creía que podían gustarle a Annabelle y pidió la cena para los dos, así como una botella de champán. Ella no bebía casi nunca, pero el champán hacía que la velada pareciese una celebración. No había salido a cenar con un hombre desde que vivía con Josiah, hacía diez años. Su vida había sido totalmente distinta en Francia: en el frente, en la facultad de medicina y, en esos momentos, como madre de Consuelo. Sin embargo, de repente se veía allí, cenando en Maxim's con Antoine. Era algo totalmente inesperado, casi un capricho.

—¿Hace cuánto tiempo que eres viuda? —le preguntó él con delicadeza mientras cenaban.

—Desde que nació Consuelo —se limitó a contestar.

—Vaya, es demasiado tiempo sola, suponiendo que lo hayas estado —le preguntó con doble intención. Sentía curiosidad por ella. Era una mujer muy poco corriente: hermosa, distinguida, claramente de buena cuna y, además, médico. Nunca había conocido a nadie así, y se sentía muy atraído por ella.

—Sí que lo he estado —confirmó. De hecho, había estado sola mucho más tiempo. Nueve años, desde que Josiah la había abandonado, pero no podía decirle eso.

—Supongo que no llevabas mucho casada... —señaló él pensativo.

—Apenas unos meses. Mataron a mi marido en el frente, justo después de que nos casáramos. Nos conocimos mientras yo trabajaba en Villers-Cotterêts, en el hospital que montó Elsie Inglis, con personal médico femenino.

—¿Ya eras médico por aquel entonces? —Estaba confuso, pues eso significaba que era mayor de lo que aparentaba. Le parecía muy joven.

—No. —Annabelle sonrió—. Sólo era auxiliar. Aparqué los estudios de medicina para ir de voluntaria. Antes había trabajado en la abadía de Royaumont, en Asnières. Regresé a la universidad después de que naciera Consuelo.

—Eres una mujer emprendedora y muy valiente —dijo él claramente impresionado. Mientras tanto iban cenando; todo estaba delicioso. Él había pedido bogavante y ella tomó un plato de ternera muy fino—. ¿Qué te hizo decantarte por la medicina?

Quería saberlo todo sobre ella.

—Supongo que lo mismo que a ti. Desde que era niña, me encantaba la ciencia y la medicina. Pero nunca pensé que tendría la oportunidad de ejercerla. ¿Y en tu caso?

—Tanto mi padre como mis dos hermanos son médicos. Y mi madre debería haberlo sido. Siempre nos corrige cuando nos equivocamos. Y odio admitirlo, pero algunas veces tiene razón. —Se echó a reír—. Lleva muchos años ayudando a mi padre con la consulta. Pero ¿por qué ejerces aquí y no en Estados Unidos?

Seguía sin poder creer que no fuera francesa, ya que hablaba el idioma como una nativa. Jamás habría sospechado que era estadounidense.

—No sé. Las cosas salieron así. Vine como voluntaria para contribuir al esfuerzo bélico. Y después una circunstancia llevó a la otra. Uno de los cirujanos de Asnières me ayudó a entrar en la facultad de medicina de Niza. Además, no habría podido estudiar de haber estado vivos mis padres. A mi madre nunca le gustó mi fascinación por la medicina. Pensaba que acabaría contrayendo alguna enfermedad. Antes había trabajado con inmigrantes en Nueva York.

—Vaya, pues qué suerte he tenido de que vinieras a Europa. ¿Crees que regresarás a Estados Unidos algún día?

Ella negó con la cabeza, muy solemne.

—No me queda nadie allí. Toda mi familia ha desaparecido.

—Qué triste... —dijo él intentando ser empático—. Yo tengo una relación muy estrecha con los míos. Me sentiría perdido sin ellos. Somos como una tribu. —A Annabelle le gustaba ese aspecto de él. Parecía un hombre cercano y afable y, si todos sus familiares eran tan divertidos como él, debía de ser un grupo muy animado—. Y ¿qué me dices de la familia de tu difunto esposo? ¿Los ves a menudo?

—Muy poco. Viven en Inglaterra. Aunque la abuela de Consuelo vino a vernos no hace mucho. Es una mujer encantadora.

Sin embargo, no le dijo que era la primera visita que les hacía.

Había infinitos aspectos de su pasado que Annabelle no podía contarle. Que su verdadero esposo la había abandonado porque estaba enamorado de otro hombre. Que se había divorciado por esa causa. Que la habían violado y nunca se había casado con el padre de su hija... La verdad era mucho más impactante que la versión que solía relatar. Lo peor de todo era que Annabelle debía pagar por unos pecados que no había cometido, y así sería toda su vida. Él era tan abierto de mente que ella suponía que la verdad no le escandalizaría tanto como a otras personas. Pero, de todas formas, no podía contársela. La historia que había inventado era de una respetabilidad absoluta. Además, él no tenía motivos para sospechar lo contrario. Todo lo que la joven decía era francamente verosímil, y parecía tan educada y correcta que nadie sospecharía otra cosa de ella.

Durante la cena, Antoine comentó que nunca se había casado. La especialización en cirugía ortopédica lo había mantenido recluido en la facultad de medicina durante muchos años. Había estudiado en la Faculté de Médecine de París. Más adelante había hecho prácticas en el hospital Pitié-Salpêtrière, y había tenido que interrumpir sus estudios durante un tiempo debido a la guerra. De una forma espontánea, dejó caer que lo habían condecorado dos veces durante la contienda. A pesar de su estilo desenfadado, le parecía una persona impresionante, y era evidente que él pensaba lo mismo de ella. Mientras hablaban y degustaban los platos, Annabelle tuvo la sensación de que había aterrizado en su vida como un regalo caído del cielo. Se alegraba de que se hubiera chocado con ella en la escalera del hospital, porque de lo contrario no lo habría conocido. Y él parecía igual de encantado de haberse topado con Annabelle.

Cuando la acompañó a casa en coche le preguntó cuándo podría volver a verla. Ella no tenía ningún otro compromiso que le impidiera quedar; de hecho, no tenía ningún compromiso a la vista para el resto de su vida, salvo las cenas y veladas con su hija Consuelo, así que él le prometió que la llamaría al día siguiente para concertar una cita. Y, para gran asombro de la joven, la llamó.

Estaba en el despacho, rellenando los historiales de los pacientes que había visto esa mañana, cuando Hélène le dijo que el médico estaba al aparato. La invitó a cenar el sábado siguiente, es decir, al cabo de dos días. Era como un placer inesperado en su vida. De paso, Antoine le preguntó si a Consuelo y a ella les apetecería ir a comer el domingo con sus dos hermanos y los niños en casa de sus padres. La invitación le resultó muy atrayente. Así pues, se lo comentó a su hija por la noche. La niña se emocionó. Pensaba que el hombre había sido muy gracioso cuando le había hablado de sus dientes. Entonces miró a su madre muy pensativa y, de manera espontánea, le dijo que era muy simpático. Annabelle le dio la razón.

El sábado, Antoine la llevó a cenar a La Tour d'Argent, que era todavía más elegante que Maxim's. Ella se puso un sencillo vestido negro hecho a medida y el anillo de esmeraldas de lady Winshire. No tenía ninguna otra joya en Francia, pero no le hacía falta: derrochaba estilo incluso sin joyas. Su belleza natural era mucho más llamativa que cualquier complemento que pudiera ponerse. Y volvieron a pasárselo en grande, hablaron casi hasta medianoche de muchísimas cosas: la guerra, la cirugía, la medicina, la reconstrucción de Europa. Era el acompañante ideal para una velada, además de muy divertido.

El día que pasaron juntos con su familia fue todavía mejor. Al final, resultó que la casa de sus padres estaba a apenas unas manzanas de la de Annabelle. Sus hermanos eran tan entretenidos como él, y sus esposas eran muy dulces. Los niños tenían más o menos la misma edad que Consuelo, y toda la familia se pasaba el rato hablando de medicina, así que ella estaba en su salsa. La madre de Antoine era una especie de tirana benévola que los gobernaba a todos. Reprendía con frecuencia a Antoine y ponía los ojos en blanco, disgustada, cada vez que repetía que no entendía por qué no se había casado aún. En apariencia, aprobaba a Annabelle como futura nuera, y aseguró que le parecía increíble que no fuera francesa sino estadounidense y que se hubiera criado en Nueva York.

La abuela dejó que Consuelo se sentara en su regazo antes de sentar también por turnos a todos sus nietos, y después los persiguió por el jardín y jugó con ellos al pilla-pilla. Para cuando Antoine las llevó a casa, ambas estaban agotadas pero felices, porque habían pasado un día fantástico.

—Gracias por congeniar con mi madre —dijo Antoine con una sonrisa—. No suelo llevar a nadie a las comidas familiares de los domingos. La mayoría de las mujeres saldrían huyendo en cuanto vieran el percal...

—A mí me ha encantado —dijo Annabelle con sinceridad. Echaba tanto de menos a su familia que la de él le parecía una bendición, y para Consuelo era una maravilla rodearse de entornos familiares como ese, con tías, tíos, primos, abuelos... Era todo lo que les faltaba a ellas. Además, Consuelo disfrutó de cada minuto de la jornada, incluso más que su propia madre—. Gracias por invitarnos.

—Lo repetiremos —le prometió Antoine—. Te llamaré para organizar algunas cenas más la semana que viene.

No una, sino «algunas cenas»... De repente, Antoine se había convertido en una pieza angular de su vida, y Annabelle tenía que admitirlo: le hacía muy feliz. Y, a su modo de ver, que tuviera una familia así sumaba puntos.

La llamó el martes para invitarla a cenar el viernes por la noche y le propuso que comieran juntos el sábado en La Cascade, uno de los restaurantes más antiguos y elegantes de París, además de con su familia el domingo, si ella se veía con ánimos. Estaba claro que no perdía el tiempo.

Por suerte, todas y cada una de sus citas fueron absolutamente perfectas. La cena del viernes en el Ritz fue exquisita, igual que las otras dos cenas anteriores. La comida en La Cascade fue suntuosa y relajada a la vez, y luego fueron a pasear por los jardines de Bagatelle y admiraron los pavos reales. Cuando la acompañó a casa después de pasar la tarde juntos, ella lo invitó a quedarse a cenar con Consuelo y ella en la cocina. Luego, el médico estuvo jugando a las cartas con la niña, que gritó emocionada al ver que ganaba, aunque Annabelle sospechó que la partida estaba amañada.

Aquel domingo en familia fue todavía mejor que el primero. Eran un clásico ejemplo de la burguesía francesa, con sus particulares puntos de vista, sus opiniones políticas, sus reglas tácitas y sus normas de etiqueta, así como con sólidos valores familiares. A Annabelle le encantaba ese modo de pensar. Era tan tradicional como ellos y se divirtió mucho hablando con las dos cuñadas de Antoine antes de comer, mientras comentaban anécdotas sobre sus hijos.

Después de la comida entabló conversación sobre medicina con sus hermanos, pues uno de ellos había trabajado de cirujano en Asinères, aunque nunca habían coincidido, ya que Annabelle ya había vuelto a la facultad de medicina para cuando él fue trasladado allí. Todos parecían tener mil cosas en común, y Annabelle encajaba a la perfección en ese entorno.

El fin de semana siguiente, Antoine invitó a Annabelle y Consuelo a pasar un par de días con él en Deauville. Había reservado dos habitaciones separadas y su conducta demostró que deseaba ser francamente cauto. Consuelo estaba emocionada con la idea del fin de semana, y Annabelle también. Se alojaron en un hotel magnífico, anduvieron por el paseo marítimo, recogieron conchas, entraron en todas las tiendas y comieron un marisco delicioso. Al regresar a París, Annabelle le dijo que no sabía cómo agradecérselo. Consuelo subió adormilada a su habitación con Brigitte, pues el largo trayecto en coche la había dejado rendida, y ambos se quedaron un rato en el patio delantero, mientras él la contemplaba con ternura. Le rozó el rostro con delicadeza con sus largos dedos de cirujano y después le dio un beso. Entonces, la estrechó entre sus brazos.

—Me he enamorado de ti, Annabelle —le dijo en un susurro. Incluso él mismo se había sorprendido de su confesión, y Annabelle se emocionó al oír sus palabras.

Sin embargo, ella sentía lo mismo. Nunca había conocido a nadie tan maravilloso como él, ni tan atento con su hija y con ella. Jamás había sentido lo mismo por otra persona, ni siquiera por Josiah, quien siempre había sido más parecido a un amigo que a un amante, con una relación mucho menos romántica. Antoine la había levantado por los aires y subido a una nube; Annabelle estaba igual de enamorada que él. Además, todo había ocurrido muy deprisa. En ese momento volvió a besarla y se dio cuenta de que esta temblaba.

—No tengas miedo, cariño mío —la tranquilizó. Y entonces añadió—: Ahora ya sé por qué no me había casado. —Bajó la mirada hacia ella y le dedicó una sonrisa larga y pausada. Era el hombre más feliz del mundo, y ella era la mujer más feliz—. Te esperaba a ti —le susurró meciéndola en sus brazos.

—Yo también —dijo ella, y se fundió en su abrazo.

Se sentía total y absolutamente segura con él. Lo único que sabía a ciencia cierta sobre Antoine, lo único que creía a pies juntillas, era que jamás le haría daño. Nunca en su vida había confiado tan ciegamente en nadie.

23

Las semanas y los meses posteriores que Annabelle disfrutó con Antoine fueron como un sueño hecho realidad para ambos. El médico pasaba buena parte de los fines de semana con Annabelle y Consuelo. Dejaba que Annabelle presenciara algunas de sus operaciones. Por su parte, ella le consultaba dudas sobre el diagnóstico de algunos pacientes y respetaba su opinión y sus valoraciones, en ocasiones más que las propias. Antoine la invitó a todos los restaurantes buenos de París, y después de la cena solía llevarla a bailar. Cuando el clima se suavizó un poco, empezaron a dar largos paseos por el parque. Le gustaba llevarla a los jardines de Versalles, y allí estaban, besándose cogidos de la mano, cuando cayeron los primeros copos de nieve del invierno. Cada momento que compartían era mágico, pues ningún hombre había sido tan atento y cariñoso con ella en su vida, ni siquiera Josiah. Su relación con Antoine era más madura, mucho más romántica, y además tenían en común su profesión. Él era increíblemente detallista, con frecuencia se presentaba en su casa con un ramo de flores para Annabelle, y le regaló a Consuelo la muñeca más bonita que la niña había visto. Todo era poco para él. Además, madre e hija pasaban los domingos con la familia de Antoine. Annabelle tenía la impresión de que Consuelo y ella habían sido adoptadas y bien recibidas en todos los sentidos por los suyos.

Annabelle preparó una auténtica cena de Acción de Gracias en honor de Antoine, con el pavo relleno y otros detalles característicos, e intentó explicarle en qué consistía la festividad, que a él le pareció conmovedora. Pasaron la Nochebuena con la familia De St. Gris, y todos se intercambiaron regalos. Annabelle también había elegido un obsequio para cada uno de ellos: un cálido chal de cachemir para la madre de Antoine, unas elegantes plumas doradas para sus dos hermanos, una primera edición de un libro de medicina muy difícil de encontrar para su padre, preciosos jerséis para sus cuñadas y juguetes para todos los sobrinos. La familia fue igual de generosa con ella.

El día de Navidad, Annabelle los invitó a todos a su casa con el fin de agradecerles los numerosos domingos que Consuelo y ella habían compartido con ellos. Antoine todavía no había hecho oficial la relación, pero saltaba a la vista que tenía intenciones a largo plazo. Ya había empezado a hacer planes con ella para el verano siguiente. Y Hélène no dejaba de bromear con la médico sobre el tema.

—¡Oigo campanas de boda! —le dijo un día sonriendo.

Al final la secretaria había terminado por apreciarlo, pues notaba que era muy atento con Annabelle, que parecía pletórica de felicidad.

En Nochevieja, Antoine la llevó a bailar al Hôtel de Crillon. La besó con ternura a medianoche y la miró a los ojos. Y entonces, sin preámbulos, se arrodilló y la miró suplicante, mientras ella se mantenía de pie, con su vestido de noche de satén blanco, con pedrería plateada. Bajó la vista hacia él, asombrada. El hombre habló con solemnidad y una gran emoción en la voz.

—Annabelle, ¿me harías el honor de casarte conmigo?

No había ninguna otra persona a quien pudiera pedirle la mano, así que, con lágrimas en los ojos, la joven asintió con la cabeza antes de decir que sí. Antoine se levantó y la estrechó entre sus brazos, y las personas que los rodeaban en la sala de baile vitorearon a los recién comprometidos. Eran la pareja de oro allá donde fueran, dos personas guapas que además tenían talento, inteligencia, estilo y dignidad. Nunca se llevaban la contraria en nada, y él siempre se mostraba cariñoso y amable con ella.

Anunciaron su compromiso a la familia de Antoine el día de Año Nuevo. Su madre se echó a llorar y los besó a los dos, y después todos brindaron con champán. Se lo dijeron a Consuelo esa misma noche. Después de la boda, Antoine se mudaría a casa de ellas, donde vivirían todos juntos. Ya habían hablado incluso de los hijos que les gustaría tener. Él deseaba tenerlos con todas sus fuerzas, y ella también. Y esta vez todo saldría bien: Annabelle no volvería a estar sola. Era el matrimonio ideal que siempre había merecido tener, pero que se le había resistido hasta ese momento. Ahora todo sería perfecto. Todavía no se habían acostado juntos, pero él era tan sensual y apasionado con ella que no tenía dudas de que sería fantástico.

Lo único que le preocupaba era que Antoine seguía sin conocer su pasado. Nunca le había hablado de Josiah, ni de la naturaleza de su matrimonio, ni de por qué se había divorciado de ella o por qué motivo había huido de Nueva York. No le había contado que, de haberse quedado allí, la habrían apedreado y echado a patadas por ser una desgraciada, pues todos ignoraban los oscuros secretos de Josiah, y ella nunca los había propagado, ni lo haría mientras viviera.

No sabía nada acerca de la concepción de Consuelo, la violación de Harry Winshire en Villers-Cotterêts. Al principio, Annabelle creyó que no había motivos para compartirlo con él. Y, cuando se tomaron más confianza, deseó que lo supiera todo y pensó que era lo más adecuado, pero nunca encontró el momento idóneo. Y ahora que le había pedido si quería casarse con ella y había aceptado, le resultaba incómodo contarle todas esas cosas; daba la impresión de que era demasiado tarde. Sin embargo, Annabelle era una mujer de honor y consideraba que debía confesárselo. Había muchas posibilidades de que él nunca se enterara por otros medios, pero incluso en el caso de que no lo descubriera, Annabelle seguía pensando que se merecía saber la verdad. Había estado casada con un hombre y había sido violada por otro. Y lo que Antoine no habría podido imaginar jamás era que, salvo por la violación, Annabelle había permanecido virgen toda su vida. Tenía treinta y un años, y había estado casada dos de ellos, pero nunca había hecho el amor con un hombre; solo había sufrido aquel violento abuso sexual sobre el suelo en la oscuridad. Y, en cierto modo, a Annabelle le parecía importante que él lo supiera. Consideraba que lo que había vivido y experimentado formaba parte de su personalidad. Y aunque ambas historias eran dramáticas, no le cabía la menor duda de que Antoine sabría comprenderla.

El día después de Año Nuevo empezaron a hacer planes para la boda. Como para él eran sus primeras nupcias, deseaba una boda grande y, además, tenía muchos amigos a quienes invitar. Annabelle habría preferido algo más discreto, pues oficialmente era «viuda» y tenía muy pocos amigos en París, y ni un solo pariente aparte de Consuelo. No obstante, quería hacer lo que a él le hiciera feliz y lo que él considerase mejor.

Hablaron sobre la lista de invitados y su ubicación, así como de cuántos niños les gustaría tener, mientras terminaban de comer en Le Pré Catalan, en el Bois de Boulogne, y después fueron a dar un paseo. Hacía un día fresco y despejado. Y de repente, mientras ella paseaba con la mano engarzada en el brazo de él, supo que era el momento adecuado, tanto si le gustaba como si no. No podían comentar los pormenores de la boda, o el número de hijos que les gustaría tener juntos, sin que él supiera algunos detalles de su vida. Sabía que eso no cambiaría las cosas entre ellos, pero sentía que su honor la obligaba a contárselo.

Se produjo un lapso de pacífico silencio mientras caminaban, que ella aprovechó para volverse hacia su prometido con expresión seria.

—Tengo que contarte una cosa —le anunció casi en un susurro.

Sentía un hormigueo en el estómago, como si le bailara una mariposa dentro, pero quería quitarse el peso de encima cuanto antes y dejar volar la mariposa.

—¿De qué se trata? —preguntó él sonriéndole.

Era el hombre más feliz del universo.

—De mi pasado.

—Ah, sí, claro. Para pagarte los estudios en la facultad de medicina tuviste que trabajar como bailarina de cabaret en el Folies Bergère, ¿verdad?

—No va por ahí.

Ella sonrió. Le alivió saber que la haría reír durante el resto de su vida.

Pasaron por delante de un banco y Annabelle propuso que se sentaran. Eso hicieron y Antoine le colocó un brazo alrededor de los hombros y la acercó hacia su cuerpo. Le encantaba que lo hiciera. Por primera vez desde hacía años, se sentía amada, protegida y segura.

—Hay algunos aspectos de mi vida que no te he contado —le dijo con total sinceridad—. No estoy segura de si son importantes, pero aun así creo que deberías saberlos. —Respiró hondo y empezó a hablar. Era más duro de lo que había imaginado—. En otro tiempo estuve casada.

Él sonrió de oreja a oreja.

—Sí, amor mío, ya lo sé.

—Bueno, es que no fue exactamente lo que piensas, o con quien piensas.

—Qué misterioso suena eso...

—En cierto modo, lo es. O lo fue para mí... durante mucho tiempo. Me casé con un hombre llamado Josiah Millbank cuando tenía diecinueve años. Fue en Nueva York. Él trabajaba para el banco de mi padre. Ahora que lo veo con distancia, supongo que sentía lástima por mí después de la muerte de mi padre y de mi hermano. En realidad era más como un amigo, pues tenía diecinueve años más que yo. Pero un año después del accidente en el que murieron, me pidió en matrimonio. Proviene de una familia muy respetable, o mejor dicho, provenía. Y en aquel momento, todo parecía de lo más lógico. Sin embargo, nos casamos y no pasó nada.

»O dicho en plata: nunca nos acostamos juntos. Yo pensaba que era por mi culpa, que yo tenía algún defecto. El caso es que cuando se daba la ocasión, él siempre la posponía. Solía decir que teníamos "mucho tiempo por delante".

Antoine no dijo ni una palabra, y a Annabelle se le llenaron los ojos de lágrimas al recordar aquella decepción y aquella pena tan honda y tan olvidada ya. Continuó:

—Dos años después de que nos casáramos, me confesó que él pensaba que podría estar casado conmigo y llevar una doble vida. Pero, al parecer, no era capaz. Estaba enamorado de un hombre, un amigo íntimo de la universidad que siempre venía con nosotros. Yo no sospechaba nada. También lo tenía por amigo. Después de muchos rodeos, Josiah terminó por contarme que estaba enamorado de él y que llevaba veinte años amándolo. Pensaban marcharse juntos a México, es decir, iba a abandonarme. Lo que le hizo decidirse por fin fue que había descubierto que los dos tenían sífilis. No volví a verlo jamás. Murió a principios de este año. Pero, tranquilo, nunca corrí el riesgo de contagiarme, pues, como te he dicho, no nos acostamos juntos ni una vez. Cuando se disolvió nuestro matrimonio, yo seguía igual de virgen que cuando había jurado los votos. Sinceramente, yo estaba dispuesta a seguir casada con él a pesar de todo. Lo amaba y no me importaba renunciar a otro tipo de vida o de futuro personal. Sin embargo, él se negó. Dijo que tenía la obligación de dejarme libre, pues merecía algo mejor que lo que él podía darme: un marido de verdad e hijos, y todo lo que él me había prometido y no podía cumplir.

En ese momento del relato, las lágrimas empezaron a resbalarle a borbotones por las mejillas.

—Solicitó el divorcio porque yo me negué a hacerlo. Cuando lo hizo, pensaba que era lo mejor para mí. Pero en Nueva York, el único motivo de divorcio aceptado era acusar al otro de adulterio. Así pues, se divorció de mí alegando que le era infiel. Alguien filtró la historia a los periódicos y me convertí en una paria de la noche a la mañana. Todos me retiraron la palabra, incluso mi mejor amiga. Si me hubiera quedado, habría tenido que soportar el desprecio de todos aquellos que conocía en Nueva York. Era una marginada, una vergüenza. Entonces fue cuando me marché rumbo a Francia. Pensé que no me quedaba otra opción. Y fui a trabajar a la abadía de Royaumont. Así fue como recalé aquí.

—¿Y entonces fue cuando volviste a casarte? —Antoine reflejaba una increíble sorpresa. La única reacción que podía interpretar Annabelle en su rostro era la confusión absoluta.

La mujer sacudió la cabeza.

—No, no volví a casarme. No volví a mantener ninguna relación afectiva con ningún hombre. Estaba demasiado conmocionada por todo lo que había ocurrido en Nueva York. Me limité a trabajar día y noche. Ni siquiera miraba a los hombres.

—¿Y Consuelo es hija de una virgen? —preguntó él, todavía más confundido.

—Más o menos —admitió ella. Respiró hondo y le contó el resto—. Me violaron una noche en Villers-Cotterêts. Fue un oficial británico borracho, que resultó ser de una familia decente, aunque él era abominable, peor que la oveja negra. No lo vi más que esos minutos en los que abusó de mí, ni una sola vez más. Lo mataron poco después. Entonces descubrí que me había quedado embarazada. Trabajé casi hasta el séptimo mes de embarazo, porque me ataba la barriga con vendas para ocultarlo.

Aquellos detalles le resultaban muy dolorosos y le costa-

ba mucho admitirlos ante él. Pero no le quedaba otro remedio. Una vez que lo supiera todo, Annabelle no volvería a tener secretos para él. Y la verdad de lo ocurrido era esa:

—Nunca me casé con él, pues ni siquiera lo conocía. Lo
único que sabía era cómo se llamaba. Me quedé sola con Consuelo. No me puse en contacto con su familia hasta este año.
Su madre vino a visitarnos y fue muy amable. Se mostró muy
dulce, tanto con la niña como conmigo. Al parecer, no era
la primera vez que su hijo hacía algo así. No se sorprendió.
—En ese momento se volvió para mirar a Antoine a la cara,
con el rostro surcado de lágrimas—. Así que estuve casada,
pero no con él. Técnicamente, Consuelo es una hija ilegítima,
por eso le puse mi apellido. Y no soy viuda. Soy divorciada,
de un matrimonio con otro hombre. Y ahí se acaba la historia
—dijo entonces, aliviada por fin.

—¿Ahí se acaba la historia? —preguntó él con tensión
en la mirada—. ¿No has estado en la cárcel ni has matado a
nadie?

Ella sonrió ante su pregunta y negó con la cabeza.

—No.

Lo miró con mucho cariño y se enjugó las lágrimas. Había
sido duro contárselo todo, pero se alegraba de haberlo hecho.
Quería ser totalmente sincera con él. Sin embargo, cuando
volvió a mirarlo a la cara, él se puso de pie de un brinco y empezó a caminar. Parecía disgustado, casi en estado de shock.
Incluso Annabelle tenía que reconocer que la historia era impactante.

—A ver si lo he entendido bien: estuviste casada con un
hombre con sífilis, pero aseguras que nunca te acostaste con él.

—Eso es —confirmó ella en un susurro, preocupada por
el tono de voz de Antoine.

—Se divorció de ti por un adulterio que tú insistes en que
no cometiste, a pesar de que nunca te hizo el amor. Fuiste re-
pudiada por la sociedad neoyorquina por culpa de un adulterio que no existió, pero que tu marido alegó para divorciarse

de ti porque tú te negabas a divorciarte, a pesar de que él te había engañado con un hombre. Entonces huiste justo después del divorcio. Y, una vez aquí, te quedaste embarazada de forma ilegítima, de un hombre que aseguras que te violó. No te casaste con él ni volviste a verlo. Diste a luz a su hija bastarda, pero fingiste que eras viuda en lugar de divorciada, y no contaste a nadie que te había rechazado tu ex marido porque prefería acostarse con otro hombre. Y luego llevaste a esa hija bastarda a la casa de mis padres y dejaste que jugara con mis sobrinos, mientras actuabas como si fueras viuda tanto delante de mi familia como de mí, cosa que es otra mentira. Por el amor de Dios, Annabelle, ¿hay una sola cosa que sea verdad de todo lo que me has dicho desde el principio de nuestra relación? Y, para colmo, me aseguras que, aparte de esa oportuna violación, que dio como fruto a tu hija bastarda, casi eres virgen todavía. Pero ¿es que crees que soy imbécil?

La atravesó con la mirada, mientras sus palabras perforaban el corazón de Annabelle como un puñal. Jamás en su vida había visto a nadie tan enojado, aunque ella también estaba dolida. Rompió a llorar otra vez mientras se acurrucaba hecha un ovillo en el banco, y él caminaba en círculos cada vez más furioso. Annabelle ni siquiera se atrevía a alargar el brazo para tocarlo, pues temía que, si lo hacía, él le devolviera la caricia con un bofetón. Lo que Antoine le había dicho era imperdonable.

—Tienes que reconocer —dijo él con frialdad— que cuesta un poco de creer. Tu santa inocencia a lo largo de toda la vida, tu falta de responsabilidad sobre lo ocurrido..., cuando en realidad sospecho que engañaste a tu marido y que, para colmo de males, es probable que tengas la sífilis. Gracias a Dios que no me he acostado contigo. Me pregunto cuándo pensabas contarme este secretito. En Nueva York te trataron como a la ramera que obviamente demostraste ser, y luego vas y tienes una hija bastarda con alguien que aseguras que pertenece a la nobleza británica... Pero, vamos a ver, ¿quién se traga eso? Te has comportado como una zorra desde el principio hasta el final. Y por favor, ahórrate ese cuento de tu virginidad —la atacó—. Sabiendo que corro el riesgo de contraer la sífilis, no tengo intención de ponerla a prueba.

Si la hubiera golpeado con los puños no le habría hecho más daño que con sus insultos. En ese momento, Annabelle se puso de pie para mirarlo a la cara, temblando toda ella. Antoine acababa de demostrarle aquello que tanto había temido Annabelle: que tendría que cargar con los pecados de los demás y que nadie aceptaría nunca su inocencia, ni siquiera un hombre que aseguraba que la amaba, pero que no la creía cuando ella le confesaba la verdad.

—Todo lo que acabo de contarte es cierto —dijo Annabelle entre lágrimas—, desde la primera palabra hasta la última. Y no se te ocurra volver a llamar a mi hija «bastarda». Ella no tiene la culpa de que me violaran, y yo tampoco. Podría haber abortado, pero me daba tanto miedo que al final decidí tenerla de todos modos, y camuflarlo de la mejor manera posible para que las personas no la llamaran justo lo que tú acabas de llamarla. Puede que la sífilis sea contagiosa, pero desde luego la ilegitimidad, no. No tienes por qué preocuparte de que tus sobrinos se contagien de ella. Te aseguro que no corren ningún peligro con mi hija.

En esos momentos Annabelle estaba furiosa, y herida por la crueldad de las palabras de Antoine.

—¡No puedo decir lo mismo de ti! —volvió a insultarla sin piedad. Sus ojos quemaban como el fuego al hielo—. ¿Cómo se te ha ocurrido pensar que podrías engatusarme para que me casara contigo fingiendo ser viuda, olvidando mencionarme todo esto a propósito? Y me refiero a todo: desde la sífilis al adulterio, y por supuesto lo de tu hija bastarda. ¿Cómo has podido presentarte ante mi familia como algo que no eres? Y además ahora intentas convencerme de todas estas mentiras flagrantes. Por lo menos ten las agallas de reconocer lo que eres.

Estaba lleno de rabia. Se sentía como si ella le hubiera robado algo: su fe, su confianza y la santidad de su familia. Lo que acababa de confesarle era impensable, y no volvería a creer ni una sola palabra dicha por Annabelle. Y, por supuesto, no se tragaba esa patraña con la que ahora intentaba lavar su imagen.

—¿Y qué es lo que crees que soy, eh, Antoine? ¿Una ramera? ¿Qué ha pasado con el amor y la fe en mí que deberías sentir si tanto me quieres? No tenía por qué explicarte nada de esto. Lo más probable es que nunca te hubieras enterado. Pero deseaba contarte la verdad porque te amo y creo que tienes derecho a saberlo todo sobre mí. Las cosas malas que me han ocurrido fueron provocadas en su mayor parte por los demás, y ya he pagado un precio muy alto por ellas. Me abandonó un marido al que quería disolviendo un matrimonio que era una farsa, y por ese motivo me dio la espalda el único mundo que conocía hasta entonces. Perdí a todos mis seres queridos y viajé aquí sola a los veintidós años. Me violaron cuando todavía era virgen. Y tuve una hija, que no deseaba, también yo sola. ¿Cuántas penalidades más tengo que soportar para que te comportes como un ser humano y tengas un poco de compasión y fe en mí?

—Eres una fresca y una mentirosa, Annabelle. Lo llevas escrito en la cara.

—Entonces, ¿por qué no te habías dado cuenta antes? —preguntó ella, sin dejar de llorar mientras lo decía.

Se estaban gritando el uno al otro en medio del Bois de Boulogne, aunque por suerte no había nadie cerca que pudiera oírles.

—No me había dado cuenta antes porque mientes muy bien. Es más, eres la persona que mejor miente de todas las que conozco. Me tenías completamente engañado. Has contaminado a mi familia y mancillado todo lo que tanto quiero —la acusó él, con aire pomposo y tono cruel—. No tengo nada más que decirte —añadió, y entonces se apartó de ella cuanto pudo—. Me voy a casa, y no pienso acompañarte a la tuya. A lo mejor puedes pedirle a un soldado o a algún marinero que te lleve, y de paso darte una alegría en el camino de vuelta. No me atrevería a tocarte ni con la punta de la bota.

Se volvió para darle la espalda, antes de empezar a andar con zancadas largas, mientras ella se quedaba allí plantada mirándolo y temblando de la cabeza a los pies, e incapaz de creer lo que acababa de oír o lo que él había hecho. Un momento después, Annabelle oyó el motor del coche de Antoine y empezó a andar para salir del Bois de Boulogne. Se sentía igual que si su mundo se hubiese derrumbado, y sabía que no volvería a confiar en nadie jamás. Ni en Hortie. Ni en Antoine. Ni en ninguno de sus conocidos. De ahora en adelante, sus secretos serían solo suyos, y Consuelo y ella vivirían sin necesidad de ninguna otra persona. Estaba tan destrozada y abstraída que casi la atropelló un coche cuando por fin llegó a la carretera.

Llamó a un taxi y le dio la dirección al conductor. Estaba congelada hasta el tuétano cuando se sentó sin dejar de sollozar en el asiento posterior del vehículo. El amable ruso que iba al volante acabó por preguntarle si podía hacer algo para ayudarla. Pero ella se limitó a sacudir la cabeza. Antoine acababa de hacer realidad sus peores pesadillas: que nadie creería jamás en su inocencia y que la condenarían para siempre por lo que le habían hecho los demás. Lo poco que quedaba de su corazón acababa de romperse en mil pedazos a sus pies. Antoine le había demostrado que no existía el concepto del amor, ni del perdón. Y la idea de que Consuelo pudiera contaminar a su familia, o cómo la había insultado, hacía que le entraran ganas de vomitar.

Cuando llegaron a la casa del decimosexto distrito en la que vivía Annabelle, el caballeroso ruso blanco se negó a cobrarle la carrera. Sacudió la cabeza repetidas veces y volvió a ponerle el dinero en la mano.

—Nada puede ser tan horrible, señora —le dijo.

Él también había pasado muy malos tragos en los últimos años.

—Sí, sí que puede... —contestó Annabelle, y se atragantó en un sollozo.

Le dio las gracias y entró corriendo en casa.

24

Annabelle vagó por la casa como un alma en pena durante tres días. Canceló todas las visitas médicas, no fue a la consulta y le dijo a todo el mundo que estaba enferma. En realidad, lo estaba. Estaba enferma por dentro, le dolía el corazón por todo lo que Antoine le había reprochado y por todo lo que había destruido para siempre. Si la hubiera apedreado en la calle o le hubiera escupido a la cara, no le habría hecho tanto daño. En cierto modo, había hecho ambas cosas. Y algo peor: le había roto el corazón.

Le pidió a Brigitte que llevara a Consuelo al colegio y al parque, pues también a ellas dos les dijo que estaba enferma. La única que no se lo creyó fue Hélène, su ayudante. La mujer notaba que había ocurrido algo terrible, y temía que tuviera que ver con Antoine.

Annabelle estaba tumbada en la cama, pensando en la ruptura y en todo lo que le había dicho su prometido, cuando sonó el timbre. No tenía ganas de levantarse para responder, y Brigitte había salido. No quería ver a nadie. Después de todo lo que le había echado en cara el médico, a Annabelle no le quedaba nada que decir a nadie, y mucho menos a él. No había sabido de él desde que la había dejado tirada en el parque. Y no tenía intención de volver a dirigirle la palabra. De todos modos, dudaba que volviera a oír su voz algún día.

El timbre siguió sonando con insistencia al menos duran-te diez minutos, así que, al final, se puso una bata encima del camisón y bajó a la planta inferior. A lo mejor había una emergencia y alguien del barrio requería a un médico urgen-temente. Abrió la puerta de par en par sin molestarse siquiera a ver quién era el visitante y se topó de bruces con Antoine. No se le ocurría nada que decir. Y por una fracción de segun-do, él tampoco supo qué hacer.

—¿Me dejas pasar, por favor? —preguntó por fin con so-lemnidad.

Annabelle dudó, pues no estaba segura de si deseaba que aquel hombre volviera a entrar en su casa, pero después se apartó del paso poco a poco. Se quedó un momento rezaga-da antes de cerrar la puerta y no le invitó a sentarse. Permane-ció de pie, mirándolo, en el recibidor.

—¿Te importaría que nos sentásemos un momento? —pre-guntó él de forma cautelosa.

Por suerte, Antoine todavía no había tenido tiempo de re-galarle el anillo de compromiso, de forma que no tenía nada que devolverle.

—Preferiría no hacerlo —contestó ella con voz de ultra-tumba—. Creo que el otro día ya dijiste más que suficiente. Dudo que quede mucho más que añadir.

Él se sobresaltó al ver la mirada de ella. Era como si algo hubiese muerto en su interior.

—Annabelle, soy consciente de que fui demasiado severo contigo. Pero lo que me contaste era increíblemente difícil de asimilar. Me habías ocultado un matrimonio, y no sabía que tu hija era ilegítima. Incluso has estado expuesta a una enfer-medad letal que podrías haberme transmitido una vez que es-tuviéramos casados.

Sus palabras fueron como otra bofetada en la cara, ya que le demostraron de nuevo que no había creído ni una sola pa-labra de lo que le había dicho. Desgarraron el corazón ya mal-tratado de Annabelle.

—Ya te dije que nunca estuve expuesta a la sífilis. De haberlo estado, jamás habría aceptado salir a cenar contigo. No me habría arriesgado a enamorarme de ti si me hubiera visto expuesta a una enfermedad que podía matarte. Te amo, Antoine. O te amaba. Ya te lo dije: nunca me acosté con Josiah.

—Cuesta un poco de creer. Estuviste dos años casada con ese hombre.

—Sí, y él se acostaba con su mejor amigo —contestó ella con la misma voz fantasmal—. Pero yo no lo sabía. Pensaba que el problema lo tenía yo, cuando resultó que quien tenía muchos problemas era él. Y lo único que conseguiste con tu reacción fue demostrarme que no tendría que haberte contado nada de todo esto.

Cuando lo miró a los ojos, estaba destrozada.

—¿Habrías preferido continuar mintiéndome, como habías hecho desde el principio? Entonces te habrías casado conmigo de manera fraudulenta. Y te recuerdo que eso es un delito.

—Por eso te lo conté. Lo que quería decir es que no debería haberme molestado en intentar compartirlo contigo. Es más, no debería haber entablado una relación sentimental contigo...

—¿Cómo puedes decir eso? Yo te amo —dijo él con pomposidad.

Annabelle ya no se sentía cautivada por sus encantos.

—Perdona, pero ya no me lo creo; y más teniendo en cuenta todo lo que me dijiste hace unos días. No se trata de ese modo a alguien a quien se ama.

—Estaba disgustado.

Annabelle no respondió a eso, sino que apartó la mirada. Él no se acercó más a ella. Tenía miedo de que, si lo hacía, la mujer le diera una bofetada. Sus ojos emanaban odio.

—Lo que dijiste de Consuelo es imperdonable. No volveré a dejar que te acerques a ella. Mi hija no tiene la culpa de ser ilegítima. La culpa es mía por haberla parido, por haber elegido tenerla a pesar de todo. Y ni siquiera tengo yo la culpa. El culpable fue un lunático borracho que me tiró al suelo y me violó. Y tú serías capaz de culparme a mí toda tu vida en lugar de creerme.

Los fríos ojos de Annabelle reflejaban lo dolida que estaba.

—Por eso he venido a hablar contigo. He estado dándole vueltas —dijo él con prudencia—. Lo admito, no es lo que esperaba de ti. Y no es exactamente lo que deseaba saber de mi esposa. Pero te quiero, y estoy dispuesto a hacer la vista gorda y perdonar todos tus errores del pasado. Lo único que te pido es que te hagas la prueba de la sífilis y me demuestres que no eres portadora de la enfermedad.

—No hará falta —contestó ella antes de volver a abrir la puerta de entrada. Empezó a temblar con el viento frío que soplaba esa tarde de enero—. No tendrás que perdonar mis errores ni los de otras personas, ni siquiera tendrás que pasarlos por algo. Consuelo no contaminará a tus sobrinos ni mancillará tus reuniones familiares, porque no volveremos a estar en ellas. Y no es necesario que me haga ninguna prueba, porque jamás volverás a ponerme la mano encima.

—Eso significa que tienes la enfermedad —dedujo él achinando los ojos.

—¿Es que quieres que te recuerde que me dijiste que no te atreverías a tocarme ni con la punta de la bota? Me acuerdo perfectamente de esas palabras. De hecho, recuerdo al dedillo todo lo que me dijiste, y siempre lo recordaré. Tal vez tú seas capaz de perdonarme, pero yo seré incapaz de perdonarte a ti.

—¿Cómo te atreves a decirme eso después de todo lo que has hecho? —De repente la ira se reavivó en él—. ¡Tienes suerte de que esté dispuesto a aceptarte con semejante historial! Una mujer como tú, que Dios sabe con cuántos hombres se habrá acostado, además de tener maridos sifilíticos, hijos ilegítimos y vete tú a saber qué aventuras más entre esas dos perlas, ¡o después!

Annabelle sintió ganas de abofetearlo, pero no merecía la pena. Ya no.

—Muy bien, Antoine. Ya he oído todo lo que querías decirme. Y nunca lo olvidaré. Ahora, sal de mi casa. Fuera.

Ambos temblaban por el frío invernal, y él se la quedó mirando, incrédulo.

—Estás de broma, ¿verdad? ¿Quién más crees que querrá estar contigo después de todo lo que has hecho en el pasado?

Tenía un porte erguido y majestuoso, y estaba muy guapo. Sin embargo, lo que ya no le gustaba a Annabelle era el hombre que había dentro de ese traje a medida.

—Tal vez nadie —dijo Annabelle como respuesta a su pregunta—. Y en el fondo no me importa. He estado sola desde que Josiah me abandonó hace nueve años, casi diez ya. Tengo a Consuelo, mi hija «bastarda», como tú la llamaste. No necesito a nadie más. Y a ti ya no te quiero. —Señaló la puerta abierta una vez más—. Muchas gracias por su generoso ofrecimiento, doctor, pero me temo que tengo que rechazarlo. Ahora, márchese, por favor.

Annabelle había erguido el cuerpo y él se dio cuenta de que hablaba en serio. Él era incapaz de creérselo.

Se quedó a unos centímetros de ella y después la miró por encima del hombro con desprecio.

—Estás chalada. Nadie te querrá si le cuentas la verdad.

—No te apures, no tengo intención de volverme a ver en esa tesitura. Me has dado una buena lección. Gracias, ya la he aprendido. Siento que todo esto haya sido tan decepcionante para los dos y que te resultara tan difícil creer y aceptar la verdad cuando te la conté.

—Ya te lo he dicho —repitió Antoine—, estoy dispuesto a perdonarte, o por lo menos a tolerar tus defectos. Solo hace falta que te hagas la prueba que te he pedido. Tienes que admitir que es justo.

—Nada de todo esto es justo. Nunca lo ha sido, ni antes de conocerte, ni ahora. Y no quiero que me toleren. Quiero que me amen. Creía que tú me amabas. Pero, al parecer, los dos estábamos muy equivocados.

Se quedó allí plantado, mirándola, y entonces sacudió la cabeza y, sin decir ni una palabra más, salió de la casa. Annabelle cerró de un portazo tras él, se apoyó en la puerta y tembló de la cabeza a los pies. Ningún hombre había sido tan atento con ella como él al principio de su relación, ni tan cruel al final.

Se dirigió a la sala de estar y se sentó allí sola, mirando al infinito. Seguía sin lograr asimilar todas las cosas que le había reprochado sobre Consuelo, como lo de que era una bastarda que podía contaminar a su familia, ni podía creer que Antoine insistiera en que ella era una especie de ramera solo porque estaba divorciada, o que no quisiera aceptar que la habían violado.

Seguía allí sentada cuando Brigitte y la niña regresaron del parque. Esta, que estaba preocupada por su madre, se le subió al regazo y le puso los brazos alrededor del cuello. Eso era lo único que necesitaba en esos momentos Annabelle. Su hija era la única persona en quien podía confiar, o en quien confiaría de ese momento en adelante.

—Te quiero, mamá —dijo la niña al ver que se le llenaban los ojos de lágrimas.

—Yo también te quiero mucho, mi vida —contestó Annabelle abrazándola muy fuerte.

Y, a pesar de que se sentía fatal y tenía el aspecto de que le hubieran dado una paliza, lo que, en cierto modo, era cierto, Annabelle se reincorporó al trabajo al día siguiente. No le quedaba otro remedio. Tenía que continuar con su vida. Antoine le había dado una buena lección acerca de lo estrecho de miras que podía ser la gente, y de las presuposiciones que hacía todo el mundo. A decir verdad, ya había aprendido esa lección en Nueva York, cuando todos pensaron lo peor de ella. Pero el francés había traicionado su confianza y destruido su fe en la raza humana de una vez por todas.

En la consulta, Hélène se preocupaba mucho por ella, y siguió angustiada durante varias semanas. Annabelle no volvió a saber de Antoine. Él pensaba que ella era tonta por no estar dispuesta a que la «toleraran» y la «perdonaran» por pecados que aseguraba no haber cometido. Era evidente que el médico solo estaba dispuesto a imaginarse lo peor.

La joven volvió a concentrarse en sus pacientes y en su hija, y se olvidó de los hombres. A lo largo de los meses siguientes mostró un aire taciturno, aunque cuando llegó marzo ya se sentía mejor. Es más, empezaba a sonreír de nuevo, pasaba los domingos por la tarde en el parque con Consuelo... Al principio, la niña se había llevado una decepción cuando dejaron de ir a comer los domingos a casa de la familia De St. Gris, pues se divertía mucho con los sobrinos de Antoine. Su madre le contó que este y ella creían que se habían equivocado y que habían dejado de ser amigos. Y cada vez que Annabelle pensaba en cuando el hombre había acusado a Consuelo de poder contaminar a su familia, porque era indigna de estar con ellos, se repetía por qué estaba sola y por qué tenía intención de seguir así para siempre. Su última visita, además de decepcionarla y de destrozar toda esperanza que pudiera quedarle en la decencia de la humanidad, había conseguido convencerla de lo que ya sabía: que nunca podría eludir el destino al que Josiah la había condenado y que Harry Winshire había remachado. Lo único que verían en ella serían las etiquetas que los demás le colgaran, por las que la hacían responsable de sus malas experiencias. Ahora estaba convencida de que nadie creería jamás en su inocencia, nadie confiaría en ella ni la amaría, independientemente de lo que dijera. Antoine había hecho realidad todos y cada una de sus peores pesadillas.

25

Annabelle recibió dos cartas a principios de primavera. Ambas le dieron mucho que pensar. Una de ellas la había enviado lady Winshire, quien invitaba a Consuelo y a ella a pasar unos días juntas en Inglaterra. Le decía que pensaba que sería beneficioso para la niña el ver de dónde procedía la otra mitad de su familia y cómo vivían, pues eso formaba parte de sus raíces. Confiaba en que fueran a verla en cuanto pudieran. Le dio vueltas a la propuesta, pero no estaba segura. Harry Winshire seguía siendo un recuerdo terrible para ella, pero, al mismo tiempo, lo que decía su madre era cierto. La cuestión no era Harry, sino Consuelo y la abuela que por fin había conocido. Tenía la sensación de que a su hija le haría ilusión ir a visitarla.

La segunda carta era del empleado del banco de su padre que seguía al cargo de sus asuntos financieros. Durante todo ese tiempo, habían ido transfiriéndole dinero para sus gastos en Francia, pero el grueso de su fortuna continuaba en Estados Unidos. Por primera vez en mucho tiempo, el empleado le preguntaba qué quería hacer con la casa de Newport. Hacía diez años que no la pisaba, pero nunca se había visto con ánimos de desprenderse de ella. Tenía muchos recuerdos asociados a esa casa, aunque tampoco se imaginaba regresando allí, ni siquiera de visita. Y también formaba parte de la herencia familiar de Consuelo, mucho más que los terrenos de lady Winshire, pues el padre de Consuelo nunca había entrado en sus vidas.

El empleado del banco le había escrito para contarle que le habían hecho una oferta más que razonable para comprar la casa de verano. Blanche, William y los demás sirvientes continuaban viviendo allí y manteniéndola en perfecto estado, pero habían perdido toda esperanza de volver a ver a Annabelle. No podía decir que se equivocaran. Durante todos esos años, ella no había sentido deseos de regresar. De vez en cuando lo echaba de menos, pero también conocía el sufrimiento y el ostracismo que sufriría si volvía, aunque fuese unos días. No le quedaba nadie a quien visitar en su país. Y temía que, si regresaba, se reabrirían las antiguas heridas causadas por la pérdida de su familia y de todos sus seres queridos, incluido Josiah. No quería verse obligada a revivir ese dolor. A pesar de todo, tampoco se sentía preparada para venderla, aunque el banquero tenía razón, la oferta que le habían hecho era buena. Era incapaz de tomar una decisión.

Se centró primero en la propuesta de lady Winshire y se la comentó a Consuelo esa misma noche, durante la cena. La niña se entusiasmó al instante y dijo que ella quería ir. Y, aunque pareciera extraño, a Annabelle también le apetecía. Pensaba que a las dos les sentaría bien salir un poco. Su hija le había pedido varias veces que volvieran a Deauville, pero ella no quería, después de la amarga experiencia con Antoine. Tenía la impresión de que los malos recuerdos la acechaban por todas partes, y no hacía más que esconderse de sus propios fantasmas.

Respondió a la carta de lady Winshire al día siguiente para decirle que les encantaría ir a verla. En cuanto leyó su respuesta, lady Winshire contestó inmediatamente y les propuso distintas fechas para elegir. Escogieron el fin de semana del cumpleaños de Consuelo. Cumpliría siete años. Para entonces haría mejor tiempo. Annabelle le pidió a su ayudante

Hélène que comprara los billetes e hiciera los preparativos del viaje. Primero tomarían el tren a Calais, cruzarían el canal de la Mancha hasta Dover, y luego lady Winshire mandaría que alguien las fuera a buscar. Desde allí solo había dos horas de coche hasta su finca.

Cuando llegó el fin de semana en cuestión, Consuelo estaba tan nerviosa que no podía dejar de moverse ni un momento. Brigitte iba a quedarse en París, donde había pensado disfrutar del fin de semana con su nuevo novio. Annabelle se subió al tren con las dos maletas en la mano y guió a la niña para que no se perdiera, y ambas se acomodaron en el compartimiento de primera clase que Hélène les había reservado. Era la mayor aventura que Consuelo vivía desde que se habían mudado a París dos años antes, aparte del fin de semana en Deauville con Antoine. Ya no hablaban de él. Aunque todavía era pequeña, había entendido que el tema resultaba doloroso para su madre, así que evitaba mencionarlo. Annabelle se lo había encontrado una vez en el hospital, pero en cuanto lo había visto, se había dado la vuelta y había corrido por la escalera de servicio para llegar por otro camino a la habitación del paciente al que iba a visitar. No quería volver a hablar con él en la vida. Su traición había sido demasiado grande.

Mientras el tren salía de la Gare du Nord, Consuelo lo observaba todo con fascinación y Annabelle sonreía. Comieron en el vagón-restaurante «como dos damas», tal como dijo su hija, y después se deleitaron con el paisaje que pasaba ante ellas, hasta que la niña acabó por dormirse en el regazo de su madre. Esta apoyó la cabeza en el asiento y recapacitó sobre los últimos meses transcurridos. Habían sido muy duros. Era como si Antoine no solo le hubiera arrebatado el sueño que le había ofrecido, sino también la esperanza de que cambiaran sus condiciones de vida.

En esos momentos Annabelle tenía la impresión de que siempre la castigarían por su pasado. Había sido víctima de las decisiones de otras personas, de sus debilidades y sus mentiras. Era deprimente asimilar ese sentimiento, como si la verdad no fuera a salir a la luz jamás y ella nunca fuera a ser capaz de limpiar su nombre. No importaba cuántas cosas hubiera vivido desde entonces, o qué logros hubiera conseguido, lo que parecía pender en el aire eternamente, igual que un tatuaje que no pudiera borrarse, eran los pecados con los que la habían hecho cargar, aunque se trataran de los pecados de otras personas. Era una buena madre y una excelente médico, una mujer decente, y a pesar de todo siempre sería estigmatizada por su pasado. Y el caso de Consuelo era mucho peor: estaba marcada desde la cuna. Antoine era el único que se había atrevido a pronunciar la palabra. Era un apelativo cruel para una niña inocente.

Apenas tres horas más tarde llegaron a Calais y se subieron al barco. Annabelle temía ese momento. Le gustaba navegar, pero el canal de la Mancha siempre estaba agitado y tenía miedo de que Consuelo se marease con el vaivén. Al final resultó que la travesía fue muy accidentada, pero la pequeña disfrutó de cada minuto del trayecto. Cuanto más subía y bajaba el ferry y más se tambaleaba entre las olas bravas, más reía y más gritaba, completamente emocionada. Para cuando llegaron a Dover, en la otra orilla, Annabelle empezaba a sentirse mareada, pero su hija estaba más contenta que nunca. Bajó de un salto de la embarcación, dándole una mano a su madre y con su muñeca preferida en la otra.

El chófer de lady Winshire las esperaba en un Rolls de época en el muelle, tal como les había prometido la señora. El trayecto de dos horas recorría una zona campestre, que describía curvas suaves entre granjas con vacas y fincas inmensas, salpicadas por algún que otro castillo antiguo. Para Consuelo, aquello era una aventura increíble. Y ahora que habían bajado del barco, Annabelle también empezaba a disfrutar del viaje.

Sin embargo, ninguna de las dos estaba preparada para la

magnificencia de la propiedad de los Winshire, ni para el esplendor de la enorme mansión. Había árboles centenarios altísimos que bordeaban el largo camino que conducía a la vivienda principal, y gracias a la fortuna de lady Winshire, independiente de la del difunto conde, la propia mansión, construida en el siglo XVI, lucía un aspecto impecable. Incluso los establos eran más grandes, más limpios y más hermosos que muchas casas corrientes. Lady Winshire había destacado como jinete cuando era joven, y aún le gustaba mantener el establo con unos cuantos caballos de pura raza, que media docena de mozos de cuadra montaban a diario.

Cuando salió a recibirlas a la escalinata de la entrada, lucía un aspecto más imponente que nunca, con un vestido azul oscuro, resistentes zapatos para caminar, las consabidas perlas y otro sombrero enorme. Blandía el bastón de plata como si fuese una espada, con la que señaló sus maletas antes de mandarle al chófer que se encargara de llevarlas a sus habitaciones. Y, acto seguido, con una amplia sonrisa y después de haber abrazado tanto a Annabelle como a Consuelo, quien miraba con los ojos como platos todo lo que veía, les indicó que la acompañaran dentro.

Recorrieron una galería interminable, en la que se sucedían decenas de retratos de familia con semblante serio; después pasaron por un salón gigantesco con una lámpara de araña magnífica, una biblioteca abarrotada de libros antiguos, una sala de música con dos arpas y un majestuoso piano, y un comedor con una mesa lo bastante grande para acomodar a cuarenta comensales, que era donde solían dar las cenas de sociedad en otros tiempos. Las habitaciones para recibir a los invitados se sucedían sin descanso, hasta que por fin llegaron a una salita de estar más pequeña y acogedora, donde a la condesa le gustaba sentarse para contemplar los jardines. Cuando Annabelle observó los alrededores y el esplendor de aquella mansión, pensó que costaba mucho creer que alguien que hubiera crecido en ese entorno pudiera llegar a violar a una mujer, para después amenazarla de muerte si contaba lo sucedido. Encima de un tapete había fotos de ambos hijos de la familia Winshire. Y, después de tomar un té con bollitos, acompañados de nata espesa y mermelada, lady Winshire le pidió a una de las sirvientas que le enseñara los establos a Consuelo. Había mandado que ensillaran un poni, para que si, le apetecía a la niña, pudiera montarlo y dar una vuelta con él. Annabelle le agradeció su amabilidad y su cálida bienvenida en cuanto Consuelo desapareció para ver el poni.

—Tengo mucho que compensar... —se limitó a decir la anciana, y Annabelle sonrió.

No la hacía responsable de los delitos de su hijo. Además, ¿cómo podía seguir considerando un delito lo que le había hecho cuando había resultado en Consuelo, a pesar del modo en que hubiera sido concebida? Compartió este pensamiento con lady Winshire, quien agradeció a Annabelle tal generosidad de espíritu, y le dijo que, a pesar de lo mucho que lo había amado, su hijo no merecía a alguien como ella. Le confesó con tristeza que había sido un hijo irresponsable y malcriado.

Charlaron un rato más y después salieron a pasear por los jardines, y al cabo de unos minutos vieron aparecer a uno de los mozos de cuadra, con Consuelo montaba en el poni. Parecía flotar en una nube. Saltaba a la vista que la niña se lo estaba pasando en grande, gracias a la abuela que acababa de recuperar. Lady Winshire le preguntó a Annabelle si a ella también le apetecía montar a caballo. La joven le respondió que hacía años que no montaba, pero tal vez se animara a la mañana siguiente. Todos esos lujos y caprichos habían desaparecido de su vida en cuanto había abandonado Estados Unidos. Pensó que tal vez fuera divertido volver a montar a caballo. De jovencita lo hacía con frecuencia, sobre todo en verano, cuando estaban en Newport.

Después de que Consuelo y el mozo de cuadra regresaran a los establos, Annabelle mencionó que estaba planteándose vender la casa de campo de Newport.

—¿Por qué quiere venderla? —le preguntó la anciana, casi como un reproche—. Me dijo que había pertenecido a su familia desde hacía generaciones. Es preciso que la conserve, es parte de su historia. No la venda.

—No estoy segura de si voy a regresar. Hace diez años que no la piso. Está allí plantada, olvidada y vacía, atendida por cinco sirvientes.

—Debería volver —dijo lady Winshire con rotundidad—. Además, también es parte de la historia de Consuelo. La niña tiene derecho a eso, a todas sus cosas, y a todas las nuestras. Toda su herencia define quién es, y en quién se convertirá algún día. Del mismo modo que es parte de usted.

Era evidente que tener todas esas pertenencias le había hecho un flaco favor a Harry, pensó Annabelle para sus adentros, pero no se atrevía a contestarle algo así a su madre, quien, a fin de cuentas, ya lo sabía, así que lo guardó para sí misma.

—No puede huir eternamente de la persona que es, Annabelle. No puede negarlo. Y Consuelo debería ver la casa. Tendría que llevarla algún día de visita.

—Todo eso es agua pasada para mí —contestó Annabelle con aire testarudo, mientras lady Winshire negaba con la cabeza.

—Para ella solo es el principio. Consuelo necesita algo más que París en su vida, igual que usted. Necesita que nuestras historias se entrelacen y le sean ofrecidas como un ramo de flores.

—Me han hecho una oferta muy buena. Y siempre podría comprarme alguna propiedad en Francia.

Sin embargo, nunca lo había hecho. Lo único que tenía en París era una casa muy modesta en el decimosexto distrito. No poseía ninguna casita en el campo, y tenía que reconocer, al ver cómo se divertía allí Consuelo, que a su hija le sentaría de fábula algo similar.

—Sospecho que podría hacerlo igualmente —supuso acertadamente la dama.

Annabelle había heredado una inmensa fortuna de su padre, y otra casi igual de grande de su madre, de las que apenas había gastado nada en años. Ya no encajaba con su nuevo estilo de vida ni con su labor como médico, y había puesto mucho esmero en que ningún rasgo opulento se reflejara en ella durante los últimos diez años. Eso decía mucho en su favor, pero en esos momentos, a punto de cumplir los treinta y un años, tenía edad suficiente para empezar a disfrutar de su fortuna.

Entonces lady Winshire se dirigió a ella con una sonrisa:

—Confío en que vengan a verme con frecuencia. Todavía viajo a Londres de vez en cuando, pero la verdad es que paso aquí la mayor parte del tiempo. —Era la casa familiar de su difunto esposo, cosa que le recordó otro tema que quería comentarle a Annabelle cuando Consuelo no estuviera presente. No estaba segura de si le parecería un poco precipitado, pero llevaba dándole vueltas desde hacía tiempo—. He pensado mucho en la situación de Consuelo, provocada por el hecho de que su padre y usted no estuvieran casados. Eso podría suponer un gran lastre para la niña dentro de unos años, cuando crezca un poco. No puede mentirle toda la vida, y algún día es posible que alguien ate cabos. He hablado con nuestro abogado, y no tiene mucho sentido que yo la adopte a estas alturas. Además, es su hija. Por otra parte, Harry no puede casarse con usted de manera póstuma, lo cual es una pena. Pero lo que sí puedo hacer es reconocer a Consuelo oficialmente, lo cual mejoraría las cosas en cierto modo, pues podría añadir nuestro apellido al suyo, si le parece adecuado, por supuesto —le sugirió con mucho tacto.

No deseaba ofender a la madre de la niña, que tan valiente había sido al afrontar todas las responsabilidades de su crianza en solitario. Sin embargo, Annabelle le respondió con una sonrisa. Desde que había tenido que aguantar los insultos de Antoine, especialmente el de que Consuelo era una bastarda, ella también estaba muy sensibilizada con ese tema. Solo de pensarlo volvía a sentirse dolida.

—Me parece una idea fantástica —dijo Annabelle muy agradecida—. Podría facilitarle las cosas en el futuro.

—¿No le importaría, Annabelle? —Lady Winshire parecía esperanzada.

—Al contrario, me encantaría. —Asociaba el apellido con lady Winshire, no con su malvado hijo—. De ese modo, mi hija se convertiría en Consuelo Worthington-Winshire, o a la inversa, lo que usted prefiera.

—Creo que lo mejor sería Worthington-Winshire. Puedo pedir a nuestros abogados que empiecen a preparar los documentos ahora mismo.

Sonrió de oreja a oreja a Annabelle, quien se inclinó hacia delante y la abrazó.

—Qué amable es con nosotras —le dijo ella para agradecérselo de nuevo.

—¿Y por qué no iba a serlo? —preguntó la anciana restándole importancia—. Es usted una buena mujer. Me he dado cuenta de que ha sido una madre fabulosa para la niña. No sé muy bien cómo, pero, a pesar de todo, ha logrado llegar a ser doctora en medicina. Y por las referencias que me han llegado, bastante buena en su trabajo. —El médico particular de la señora había hecho algunas discretas averiguaciones a través de colegas de profesión que conocía en Francia—. Pese a todo lo que le hizo mi hijo, no le ha reprochado nada a la niña, ni siquiera a mí. Y empiezo a pensar que ha dejado de reprochárselo incluso a él. No estoy segura de lo que habría hecho yo en su lugar.... Es una mujer respetable, responsable, decente y muy trabajadora. Se dejó la piel por ayudar a los demás durante la guerra. No tiene familia que la apoye. Lo ha hecho todo por sí misma, sin que nadie le echara una mano. Fue lo bastante valiente para tener una hija ilegítima y asimilar la situación lo mejor posible. No se me ocurre una sola cosa por la que no debería respetarla o apreciarla. De hecho, es una mujer extraordinaria y estoy orgullosa de haberla conocido.

Sus palabras sinceras provocaron las lágrimas de Annabelle. Era el antídoto contra todo lo que le había dicho Antoine.

—Ojalá yo supiera verlo desde ese prisma —dijo con tristeza—. Lo único que veo son mis errores. Y lo único que la gente parece ver, salvo usted, son las etiquetas que los demás me han colgado.

En ese momento le confesó uno de sus secretos mejor guardados, pues le contó que se había divorciado antes de marcharse de Estados Unidos, y le explicó los motivos. Con ello solamente consiguió que lady Winshire la admirase todavía más.

—Es una historia asombrosa —comentó la anciana después de recapacitar durante unos instantes. No se escandalizaba con facilidad, y el relato del matrimonio de Annabelle con Josiah no había hecho más que aumentar su lástima por la joven—. Qué tonto fue al creer que podría compaginarlo todo.

—Creo sinceramente que pensaba que podría, pero luego descubrió que era imposible. Y su amigo nos acompañaba a todas partes. Eso debió de dificultarle todavía un poco más las cosas.

—A veces las personas somos muy bobas —insistió lady Winshire sacudiendo la cabeza—. Y lo más ingenuo de todo fue que él creyera que divorciándose de usted no emborronaría su apellido. Es muy bonito eso de decir que deseaba dejarla libre para que pudiera rehacer su vida. Cuando se divorció por adulterio con el fin de liberarla no hizo más que arrojarla a los perros. Por el mismo precio, también podría haberla quemado en la hoguera en la plaza mayor, si me permite la expresión. De verdad, qué ignorantes y egoístas pueden ser a veces los hombres. Supongo que no es fácil enmendar ese error a estas alturas. —Annabelle sacudió la cabeza—. Pero tiene que repetirse que le es indiferente. Usted conoce la verdad. Y eso es lo que importa.

—Pero no evitará que la gente siga cerrándome la puerta en las narices —dijo Annabelle con nostalgia—. Igual que a Consuelo.

—¿Tanto le importa esa gente en el fondo? —preguntó con sinceridad lady Winshire—. Si realmente son personas lo bastante malvadas para hacerle eso a usted y a la niña, son ellas quienes no se merecen a ninguna de las dos, y no al contrario.

Annabelle le contó la experiencia, todavía reciente, que había vivido con Antoine, y la dama se indignó.

—¿Cómo se atrevió a decirle cosas como esas precisamente a usted, Annabelle? No hay nada más estrecho de miras y más pervertido que las pretensiones de superioridad moral de quienes se hacen llamar burgueses. Querida, la habría hecho desdichada, créame. Hizo muy bien en no dejar que volviera con usted. No la merecía.

Annabelle sonrió al oírle decir eso y le dio la razón. Estaba muy triste por todo lo que había pasado, pero una vez que había descubierto cómo era en realidad Antoine, no lo echaba de menos. Lo único que añoraba era la ilusión y la esperanza acerca de cómo podría haber sido la vida a su lado, algo que, evidentemente, nunca tendría lugar. Había sido una fantasía. Un sueño hermoso que se había convertido en una pesadilla a raíz de sus feas palabras y sus prejuicios. Había dejado patente que estaba dispuesto a creer lo peor de ella, tanto si era cierto como si no.

En ese momento, Consuelo entró dando saltos en la sala de estar, emocionada de haber visto tantos caballos en el establo y de haber dado una vuelta en poni. Y su entusiasmo fue todavía mayor cuando vio su dormitorio. Era una habitación grande y soleada, decorada con telas de seda y chintz con estampado de flores, y contigua a la habitación de su madre, que era prácticamente igual que la suya. Esa misma noche, durante la cena, le contaron la idea de darle un doble apellido.

—Es un poco difícil de escribir —dijo Consuelo, preocupada por los aspectos prácticos, y tanto su madre como su abuela se echaron a reír.

—Ya te acostumbrarás —le contestó Annabelle.

Estaba más agradecida que nunca a lady Winshire por reconocer legalmente a su hija. Tal vez eso evitara que volviera a llamarla «bastarda» alguien tan cruel como Antoine.

Jugaron a las cartas después de cenar y, al cabo de un rato, las tres se fueron a la cama. Para entonces, Consuelo ya estaba medio dormida y apoyada contra su madre. Al final, durmió en la cama de esta. Y, a la mañana siguiente, fue directa al establo una vez más en cuanto se hubo vestido.

Las dos mujeres se pasaron el día charlando tranquilamente acerca de temas muy variados, desde política hasta medicina, pasando por literatura. La dama era inteligente e increíblemente leída. Su conversación le recordó a Annabelle a las que había mantenido tiempo atrás con su madre. Además, le había dado mucho que pensar con sus comentarios del día anterior, cuando le había dicho que no debía amedrentarse por los apelativos que otras personas le hubieran adjudicado de manera injusta. Durante todo el fin de semana no cesó de repetirle que era una mujer buena. Eso consiguió que se sintiera orgullosa de sí misma y dejara de considerarse la paria en que la habían convertido cuando se marchó de Nueva York. Las palabras de Antoine habían conseguido avivar esa hoguera y habían sido incluso peores, porque provenían de alguien a quien ella amaba, y de quien creía que la amaba.

El último día, mientras comían en el jardín, la condesa les dijo que tenía una sorpresa para la niña. Pidió que uno de los mozos de cuadra se reuniera con ellas a la hora del postre, cuando sirvieron la tarta de cumpleaños de Consuelo, y el muchacho llegó con una caja de sombreros atada con un enorme lazo de color rosa. Tanto la pequeña como su madre pensaron que se trataba de un casco de montar para que aquella lo usara cuando volvieran de visita. Pero entonces Annabelle se percató de que la caja se sacudía ligeramente y empezó a sospechar qué debía de esconder. El mozo de cuadra sujetó la caja con firmeza mientras Consuelo desataba el lazo y levantaba la tapa con mucho cuidado. Y en cuanto lo hizo, una carita negra se la quedó mirando y saltó de la caja a sus brazos. Era un cachorro de doguillo de color negro y beige, igual que los perros que tenía lady Winshire, y la niña estaba tan emocionada que no le salían las palabras de la boca mientras el cachorro le lamía la cara. Las dos mujeres sonrieron y Consuelo miró a su abuela y le rodeó el cuello con los brazos.

—¡Gracias! ¡Es precioso! ¿Qué nombre le pongo?

—El que tú quieras, cariño. —Lady Winshire no dejaba de sonreír. Esa nieta inesperada se había convertido en una gran alegría que llenaba su vida.

Las tres se quedaron muy tristes cuando llegó el momento de despedirse y Consuelo y su madre se montaron en el coche que las llevaría de nuevo a Dover, para emprender allí la larga travesía en barco y después el viaje en tren hasta París. Lady Winshire les repitió que volvieran pronto a verla. Su nieta le dio las gracias de nuevo por el cachorrillo, que seguía sin tener nombre, pero estaba encantado de partir de viaje. Y lady Winshire le recordó discretamente a Annabelle que le enviaría los documentos sobre Consuelo en cuanto los tuviera redactados.

Se quedó de pie en la escalinata de la entrada mientras madre e hija se alejaban, y Consuelo no dejó de jugar con el doguillo en todo el camino de vuelta a París. Le dijo a su madre que aquel viaje había sido el mejor regalo de cumpleaños que había tenido en su vida, y para Annabelle también había sido positivo.

Al día siguiente de su regreso, esta escribió a sus abogados y les dijo que no vendieran la casa de verano de Newport. Y, una vez en la consulta, le pidió a Hélène que reservara pasaje para dos personas en junio en un barco con destino a Nueva York, con la vuelta a París en julio. Había seguido al pie de la letra todos los consejos de lady Winshire.

26

La tercera semana de junio, Annabelle, Consuelo y Brigitte emprendieron el viaje a bordo del *Mauretania*. Era el mismo barco en el que habían navegado sus padres y Robert rumbo a Europa en aquel último y fatídico viaje. La coincidencia resultaba dolorosa para Annabelle. Salieron de Le Havre un día despejado y bastante cálido, y se acomodaron en dos camarotes contiguos muy bonitos en la cubierta superior.

El *Mauretania* era uno de los barcos más grandes, veloces y lujosos que surcaban los mares. Annabelle también había navegado en él dieciséis años antes, junto con sus padres. Esta vez había reservado dos de los camarotes más grandes del imponente barco. Los viajeros habituales adoraban las cabinas tan espaciosas que ofrecía, incluso en segunda clase, que era muy escasa, y sobre todo en primera.

Consuelo no cabía en sí de la emoción. Brigitte, por su parte, estaba nerviosa por tener que cruzar el océano. Uno de sus parientes lejanos había sufrido el hundimiento del *Titanic* y no había sobrevivido. Por eso, empezó a llorar y a santiguarse en cuanto subieron a bordo, y se puso a hablar sin parar de aquel desastre marítimo, cosa que enojó a Annabelle. No quería que asustara a la niña con sus temores, ni que le recordara cómo habían muerto su propio abuelo y su tío. Brigitte no escatimaba en detalles de todo lo que había oído y leído acerca del hundimiento; ni siquiera obvió los gritos de los moribundos en medio del mar.

—¿Es verdad, mamá?

La niña levantó la mirada hacia ella con los ojos abiertos como platos. No le cabía en la cabeza cómo podía hundirse un barco tan grande. Consuelo conocía la historia, pero no los pormenores.

—En parte, sí —dijo Annabelle con sinceridad—. Algunas veces ocurren desgracias, aunque no son frecuentes. Eso pasó hace mucho, mucho tiempo, y desde entonces cientos de barcos han ido y venido a través del océano sin ningún tipo de problemas. Este en el que vamos lleva viajando de manera segura desde hace dieciocho años, y en nuestra travesía no nos toparemos con ningún iceberg en medio del camino, ya lo verás. Mira qué bonito y soleado está el mar, y mira lo grande que es el barco. Te prometo que todo irá bien —la tranquilizó Annabelle con cariño, y fulminó con la mirada a Brigitte por encima de la cabeza de Consuelo.

—El *Titanic* era más grande aún... Y ¿qué me dice del *Lusitania*? —insistió la sirvienta, y Annabelle sintió ganas de estrangularla por asustar a su hija.

—¿Qué es el «lupimania»? —preguntó esta, que no había entendido bien el nombre.

—No le hagas caso. Brigitte está asustada y por eso dice bobadas. Te prometo que el viaje será fantástico. Y vamos a hacer un montón de cosas divertidas cuando lleguemos a Nueva York. Además, veremos mi antigua casa de Newport.

Por motivos diferentes, estaba igual de nerviosa que Brigitte. No le preocupaba la posibilidad de que el barco se hundiera en esa ocasión, mucho menos en época de paz, pero iba a ser la primera vez que regresara a Nueva York desde hacía diez años, y estaba inquieta por cómo sería todo, y porque temía enfrentarse con los fantasmas y los traumas que había dejado allí. Sin embargo, estaba de acuerdo con lady Winshire. Todo aquello formaba parte de las raíces de Consuelo, y la niña tenía derecho a verlo y a saber más cosas sobre su familia materna, igual que en el caso de la rama de los Winshire. Además, Annabelle no podía esconderse de su pasado toda la vida. Había tardado mucho tiempo en regresar. La guerra había sido una buena excusa para no volver durante una temporada, y después había tenido que acabar los estudios de medicina. Pero hacía ya siete años que había terminado la contienda, desde el nacimiento de Consuelo. Había pasado tiempo más que suficiente. Aun con todo, no le hacía falta oír los detalles escabrosos sobre el hundimiento del *Titanic* por cortesía de Brigitte, incluidos los gritos de los moribundos desde las aguas; gracias, pero no. Así mismo se lo dijo a la niñera con rotundidad y sin rodeos aprovechando que Consuelo había ido a acariciar al perro de otro pasajero. Había muchos perros en el barco. Y también había muchos niños con quienes Consuelo podría jugar.

Le pidió a Brigitte que empezara a deshacer el equipaje para mantenerla entretenida, mientras ella se llevaba a Consuelo a ver la piscina, el espectacular comedor, las salas de juegos y las casetas para los perros, que se hallaban en otra cubierta. Habían dejado el doguillo en París al cuidado de Hélène, quien lo adoraba. La niña lo había llamado Coco.

Cuando la embarcación zarpó y se fue alejando del puerto, las tres se asomaron por la cubierta y vieron cómo Francia desaparecía poco a poco detrás de ellas. Consuelo insistía en que la dejaran ir a jugar a las cartas, y Annabelle le prometió que jugarían una partida por la tarde. Ya de noche, su madre y ella cenaron en el regio salón-comedor del barco. Era un viaje muy diferente del que había realizado Annabelle hacía diez años rumbo a Europa, cuando apenas había salido de su camarote e ignoraba por completo qué le esperaba al llegar a puerto. Lo único que había deseado entonces era huir de la gente que la había repudiado en Nueva York. Y en esos momentos, diez años más tarde, por fin emprendía el regreso.

Todo fue como la seda hasta el tercer día de travesía, cuando Annabelle vio a una pareja de ancianos que estaban de pie observando cómo otros pasajeros jugaban a los naipes, al lado de una pareja más joven que, sin duda, eran su hija y su yerno. Los ancianos se la quedaron mirando, pero Annabelle fingió no reconocerlos cuando Consuelo y ella pasaron por delante. Sin dudarlo, se enfrascó de inmediato en una animada conversación con su hija, para no tener que saludar a unas personas que había reconocido a la primera. Eran unos conocidos de sus padres. Mientras la niña y ella pasaban junto a la familia neoyorquina, oyó que la anciana hablaba con su marido entre murmullos, que se propagaron con facilidad por la cubierta.

—... Sí, casada con Josiah Millbank... ¿No te acuerdas?... La hija de Arthur Worthington... Un escándalo bochornoso... Tuvo una aventura y él se divorció... Huyó con su amante a Francia...

Así que eso era lo que pensaban, descubrió Annabelle con sobresalto. Y todavía se acordaban del episodio. Se preguntó si todo el mundo lo recordaría. Había sido una auténtica condena a cadena perpetua: nunca la perdonarían ni condonarían la pena. Sería una adúltera para el resto de sus días.

Le chocó enterarse de que algunas personas creyeran que se había fugado a Francia con un hombre. En cuanto lo oyó, le entraron ganas de correr a esconderse en su camarote y no volver a salir de allí. Pero entonces pensó en los consejos que le había dado lady Winshire. «Mantenga la cabeza bien alta, Annabelle. Es una buena mujer. No debe importarle lo que digan.» Mientras escuchaba el eco de esas palabras en su interior, se dio cuenta de que la dama tenía razón; bueno, hasta cierto punto. Sí que le importaba lo que decían los demás, no quería ser una marginada y aborrecía los apelativos con que la calificaban... El peor de todos ellos, el de «adúltera»... Pero ella no era una adúltera y nunca lo había sido. Siempre había sido fiel a su marido, había sido una buena mujer en aquella época y seguía siéndolo entonces. Nada había cambiado, tanto con divorcio como sin él. Y después de todos aquellos años, ¿a quién le importaba por qué se había marchado a Europa, o con quién? Ninguna de esas personas había estado allí para echarle una mano, para apoyarla, para consolarla, ni para abrazarla con el propósito de aliviar la pena por todas las pérdidas que había sufrido. Tal vez su vida hubiera sido diferente si la hubieran aceptado. Pero de haberlo hecho, nunca habría viajado a Europa, ni habría estudiado medicina, ni tendría a Consuelo junto a ella. Así que, al fin y al cabo, era ella la que había salido ganando.

Cuando regresaban de otra visita a las casetas de los perros, entre los que Consuelo había descubierto un simpático doguillo negro como el suyo, Annabelle volvió a pasar con su hija de la mano junto a la pareja de conocidos. Y esta vez miró a la mujer directamente a los ojos y dejó patente que la reconocía saludándola con la cabeza. Annabelle lucía un casquete muy chic a conjunto con el traje de seda gris que se había comprado para el viaje, y tenía un aire muy estiloso; ya no parecía norteamericana, sino francesa. En cuanto Annabelle hizo ademán de reconocerla, la mujer se apresuró a acercarse a ella con una amplia sonrisa falsa, desviviéndose en palabras de bienvenida.

—Por el amor de Dios, Annabelle, ¿eres tú? ¡Después de tantos años! ¿Cómo estás? Ay, qué niña tan guapa. Es tuya, ¿verdad? Es tu vivo retrato... ¿Tu marido también está a bordo?

—No —respondió Annabelle, y les estrechó la mano a ambos con educación—. Soy viuda. Y esta es mi hija. Consuelo Worthington-Winshire.

Consuelo hizo una reverencia, tan educada como siempre, con el precioso vestido que había elegido ponerse ese día. También llevaba unos guantes blancos y un sombrero.

—Ah, qué tierno... Le has puesto el nombre de tu madre. Era una mujer fabulosa. ¿Sigues viviendo en Francia?

—Sí, en París —dijo con indiferencia Annabelle.

—Nunca viajas a Nueva York, ¿verdad? Hacía siglos que no te veíamos.

—Sí, esta es la primera vez que vuelvo desde que me marché —le habría gustado añadir: «Por culpa de lenguas viperinas como la suya, de personas que mantienen los rumores vivos durante años y años, cuelgan sambenitos a los demás y no dejan que el resto de la gente se olvide de ellos».

—Vaya, parece mentira. ¿Y la casita de Newport?

—Allí es donde vamos a pasar unas semanas. Quiero que Consuelo la conozca. —La niña hablaba inglés con algo de acento francés, que resultaba encantador—. Y tenemos millones de cosas que ver en Nueva York —añadió sonriendo a su hija, pues estaban a punto de ponerse a caminar otra vez.

Por lo menos, la mujer le había dirigido la palabra. Aunque pequeño, era un logro. Diez años atrás no lo habría hecho. Se habría limitado a dejarla plantada y no le habría dado ni los buenos días. Por lo menos en esos momentos fingía ser cordial, independientemente de lo que pensara o de lo que dijera a sus espaldas.

—A lo mejor nos vemos en Newport —dijo la anciana, a quien todavía picaba la curiosidad, porque no dejaba de mirar de reojo el caro traje con sombrero a juego de Annabelle y el precioso vestido de Consuelo—. Y ¿con qué te entretienes en París? —le preguntó para cotillear, sin duda porque quería más detalles acerca de la vida de Annabelle, con el fin de chismorrear cuando regresara a la ciudad. Se le notaba en la cara. La anciana también se había fijado en el imponente anillo de esmeraldas de lady Winshire que lucía junto con el anillo de boda que aún llevaba, el que se había comprado ella misma antes de que naciera Consuelo. No era más que una estrecha alianza de oro, pero nunca se la quitaba del dedo anular.

—Soy médico —dijo Annabelle, sonriéndole, mientras volvía a recordar las palabras de lady Winshire, y esta vez estuvo a punto de echarse a reír. Qué nimia e insignificante era aquella gente, qué provinciana; parecían urracas que buscaran cosas brillantes entre la basura, para poder mostrárselas a los demás, o para intercambiarlas por la buena reputación de las personas decentes, quienes valían diez veces más que esos pajarracos.

—¿De verdad? ¡Es asombroso! —Casi se le salieron los ojos de las cuencas—. Pero ¿cómo has podido lograr algo así?

Annabelle sonrió con benevolencia.

—Estudié en una facultad de medicina en Francia, después de la muerte de mi marido.

—¿Él también era médico?

—No —se limitó a decir Annabelle. Ese difunto marido no existía—. El padre de Consuelo era el vizconde de Winshire. Lo mataron en la guerra, en Ypres. —Todo eso era cierto. No había dicho ni una sola mentira acerca del padre de Consuelo. Y no era asunto de aquella mujer, ni lo sería jamás, si habían estado casados o no. Eso no restaba importancia a sus logros, ni a las buenas acciones que había hecho en su vida.

—Ah, claro —dijo la mujer arrugando la nariz, mucho más impresionada de lo que deseaba admitir, aunque no podía aguantarse las ganas de que Annabelle se marchara para poder contárselo a su hija, a quien Annabelle apenas había reconocido, pues había engordado una barbaridad, y la había visto pocas veces antes de marcharse de Nueva York. Estaba jugando una partida de cartas con varias amigas.

Un segundo después, Annabelle y Consuelo reemprendieron la marcha.

—¿Quién era esa señora? —preguntó Consuelo con curiosidad.

—Nadie, una conocida de mis padres de Nueva York —contestó, y hacía meses que no se sentía tan bien. Antoine la había golpeado con fuerza. Y quienes la habían atacado antes que él también habían hecho mella. Pero, de repente, todo eso había dejado de afectarla.

—Tenía ojos de mala persona —observó Consuelo con gran sabiduría, y su madre se echó a reír.

—Sí, es verdad. Y lengua de mala persona también. Antes conocía a muchos como ella.

—¿En Nueva York todo el mundo es así, mamá? —Parecía preocupada.

—Espero que no —respondió Annabelle risueña—. Pero no vamos a Estados Unidos por ellos. Vamos por nosotras.

Además, ya no tenía ganas de seguir escondiéndose de toda esa gente. No eran los dueños de Newport ni de Nueva York. En esos momentos Annabelle tenía su propio universo, con su vida en París, sus pacientes, su consulta y su hija. Lo único que le faltaba era un hombre, pero si tenían que ningunearla, humillarla y «perdonarla» hombres como Antoine, quien no había confiado en ella ni la había respetado, entonces prefería seguir sola. Estaba bien así.

La travesía transcurrió sin ningún otro percance. Se lo pasaron muy bien. Annabelle y Consuelo cenaban mano a mano en el comedor todas las noches, y cuando el capitán la invitó a sentarse a su mesa una noche, ella rechazó el ofrecimiento con educación. Prefería cenar con su hija que en medio de personas absurdas e hipócritas como esos conocidos de sus padres con quienes había coincidido en el barco.

Cuando atracaron echando humo en el puerto de Nueva York, ayudados de los remolcadores, Annabelle sintió un nudo en la garganta al ver la estatua de la Libertad, erguida con orgullo con su antorcha en lo alto. Fue un instante conmovedor, como si la estatua hubiera estado esperándolas precisamente a ellas. Señaló la isla de Ellis para que la viera su hija y le explicó que había ayudado allí antes de estudiar medicina, un sueño que le parecía imposible en aquella época.

—¿Por qué, mamá? ¿Por qué aquí no podías ser médico?

La niña no lo entendía. Que su madre ejerciera la medicina le resultaba lo más natural del mundo. De hecho, ella también quería serlo de mayor, y tal vez lo fuese algún día.

—Antes había pocas mujeres que estudiaran medicina. Y ahora todavía son escasas. La gente piensa que las mujeres deberían casarse, tener hijos y quedarse en casa para cuidarlos.

—¿No se pueden hacer las dos cosas? —Consuelo la miró con expresión confundida.

—Yo creo que sí —contestó Annabelle, y volvió a mirar la estatua de la Libertad.

Su propósito era recordar a todo el mundo que la llama de la libertad no se apagaba nunca. Aunque uno cerrara los ojos, seguía ahí, iluminando el camino para todos, hombres y mujeres, ricos y pobres. La libertad pertenecía a toda la humanidad, y ahora también a Annabelle.

La niña se quedó pensativa.

—Y si te casaras con un hombre, no sé, con Antoine o alguien parecido, ¿dejarías de ser médico?

—No, cariño.

No hizo ningún comentario a propósito de Antoine, quien había llamado «bastarda» a su hija. Nunca le perdonaría semejante insulto. Y, por el momento, tampoco había sido capaz de perdonarle el resto.

Después de desembarcar y pasar por la aduana, encontraron dos taxis que las llevaron a ellas y a su equipaje al hotel Plaza. Poseía una estupenda vista de Central Park, y desde allí se podía ir andando hasta su antigua casa. Annabelle se sorprendió muchísimo al ver cuánto había cambiado Nueva York, cuántos edificios nuevos habían construido, así como lo abarrotada que parecía. Consuelo estaba fascinada con todo lo que veía y, en cuanto se hubieron instalado y comido, su madre y ella se pusieron en camino dispuestas a explorar la ciudad.

Era inevitable que en primer lugar fuesen a su casa familiar. Annabelle no pudo contenerse. Tenía que verla. Seguía en buen estado, aunque los postigos estaban cerrados y parecía desocupada. Supuso que los dueños actuales habían ido a veranear a otro sitio. Annabelle se quedó mirando la fachada durante un buen rato sin soltar a Consuelo de la mano.

—Aquí es donde vivía yo de pequeña. —Estuvo a punto de decir «hasta que me casé», pero se reprimió. Nunca le había hablado a Consuelo de Josiah, aunque sabía que algún día tendría que hacerlo.

—Seguro que fue muy triste cuando murieron tu papá y tu hermano —dijo Consuelo con aire serio, como si estuviera delante de su tumba, cosa que, en cierto modo, era cierta. También era la tumba de su madre. La mujer había muerto en esa misma casa. Y Annabelle había nacido allí.

—Tu abuela Consuelo también vivía aquí.

—¿Era simpática? —preguntó la niña con mucho interés mientras su madre sonreía.

—Mucho. Y también era muy guapa, igual que tú. Era una mujer magnífica y muy buena. Y yo la quería mucho.

—Seguro que la echas un montón de menos —comentó la pequeña en voz baja.

—Sí, es verdad.

Allí de pie, Annabelle recordó la mañana en que se enteró de que se había hundido el *Titanic*, así como el día en que había muerto su madre. Sin embargo, también le vinieron a la mente los recuerdos felices. Los días infantiles en los que todo era fácil y favorable para ella. Había tenido una infancia de ensueño, rodeada de personas cariñosas que la habían protegido de todo sufrimiento. Y en los años posteriores había pagado con creces por todo lo que tenía en esos tiempos.

Se alejaron poco a poco y Annabelle llevó a Consuelo a ver otros lugares representativos de su vida. Le contó dónde había celebrado la puesta de largo. Y visitaron el banco de su abuelo, donde Annabelle presentó a su hija al director y a los distintos empleados que todavía conocía. Esta los saludó estrechándoles la mano y haciendo reverencias. Al caer la tarde, regresaron al restaurante Palm Court del Plaza para cenar. Era de lo más impresionante, y vieron a varias mujeres vestidas con mucho estilo y primor, que lucían sombreros extravagantes y joyas exageradas, y que charlaban y disfrutaban de la cena bajo el enorme tragaluz.

A Consuelo le encantó Nueva York y Annabelle estaba más contenta de lo que esperaba. Era agradable volver a estar allí, y le resultaba divertido enseñarle todos aquellos lugares a su hija. Lady Winshire tenía razón, era una parte de su propia historia y de la de su hija, y era importante que esta viera dónde se había criado su madre. Permanecieron allí una semana, en la que Annabelle no vio a nadie conocido. De hecho, no había ni una sola persona a quien deseara ver. Cuando terminó la semana en la ciudad, estaba más que impaciente por llegar a Newport y a la casa de campo. Sabía que a Consuelo le encantaría, igual que le había gustado a ella de niña. Al no participar de la vida social que era tan esencial para los residentes, el océano, la playa y todas las bellezas naturales resultaban todavía más atractivas para ellas que las casas de veraneo que tanto valoraban sus propietarios y todos sus conocidos.

Tras abandonar el hotel Plaza, tomaron un tren a Boston, donde el antiguo chófer de su padre, William, ya las estaba esperando en la estación con uno de los coches de la familia, que todavía conservaban en Newport. El hombre se echó a llorar en cuanto la vio, e hizo una gran reverencia al conocer a Consuelo, quien estaba muy impresionada al ver que un hombre tan anciano era tan respetuoso con ella. Y le dio tanta pena cuando vio que el señor lloraba que se puso de puntillas para darle un beso. En el momento de saludarse, tanto Annabelle como él tenían los ojos vidriosos por las lágrimas. Los sirvientes sabían de Consuelo a través de las cartas enviadas por Annabelle a Blanche, pero no tenían del todo claro quién era el padre o cuándo había tenido lugar la boda. Por lo que habían entendido, el padre había muerto en el frente poco después de que Annabelle y él se casaran. William miró a Consuelo con los ojos llorosos y una expresión nostálgica.

—Es igual que usted cuando tenía su edad. Y también me recuerda un poco a la señora Worthington.

Las ayudó a acomodarse en el coche y se pusieron en marcha. Les esperaba un trayecto de siete horas hasta Newport, que Consuelo pasó observando y comentando todo lo que iban viendo. William le explicaba qué era cada cosa. E, igual que le había ocurrido en Nueva York, Annabelle pensó que aquel entorno también había cambiado mucho, aunque el propio Newport seguía como siempre. Cuando entraron en el pueblo, vio que tenía el mismo aspecto venerable que antes. Y los ojos de Consuelo se abrieron todavía más al contemplar la casa de verano y la gran extensión de terreno que la rodeaba. Era una finca imponente y los sirvientes la habían conservado en perfecto estado.

—Es casi tan grande como la casa de la abuela en Inglaterra —dijo la niña, sin apartar los ojos de la impresionante vivienda.

Su madre sonrió. Estaba exactamente igual que como la recordaba, y la transportó a su infancia con un salto vertiginoso.

—Bueno, no tanto —rectificó Annabelle—. La casa de la abuela es más grande. Pero aquí yo pasé unos veranos fantásticos.

Salvo el último. Regresar a Newport hacía aflorar muchos recuerdos de Josiah, así como del terrible final de su matrimonio. No obstante, también la hacía pensar en lo feliz que había sido el principio de su relación, cuando ella era joven y miraba al futuro con esperanza. Ahora tenía ya treinta y dos años, y muchísimas cosas habían cambiado. Pero, en el fondo, aquel seguía siendo su hogar.

En cuanto se detuvo el coche, Blanche y los demás salieron corriendo de la casa. Blanche se tiró en brazos de Annabelle sin dejar de llorar. Parecía muy envejecida, y cuando vio a Consuelo también la abrazó. E, igual que había hecho William, le dijo a Annabelle que su hija era su vivo retrato.

—¡Y además es médico! —Blanche seguía sin poder creérselo. Y tampoco podía creer que por fin hubiera vuelto a casa.

Los criados pensaban que no regresaría jamás. Y tenían mucho miedo a que terminara por vender la casa. También se había convertido en su hogar. Y habían mantenido todo en unas condiciones inmejorables para ella. Daba la impresión de que se hubiera marchado el día anterior, en lugar de diez años antes. Esa década le parecía una vida entera, pero al mismo tiempo, en cuanto volvió a pisar la casa de verano, el lapso transcurrido desde la última vez que había estado allí se esfumó, reducido a nada.

Annabelle volvió a echar de menos a su madre cuando pasó por delante de su dormitorio. Pensaba alojarse en una de las habitaciones de invitados, mientras que les había asignado a Consuelo y a Brigitte su antiguo dormitorio infantil, para que la niña pudiera jugar a sus anchas. De todas formas, seguro que pasaba la mayor parte del tiempo al aire libre, como solía hacer ella cuando tenía su edad. Se moría de ganas de llevar a su hija a nadar, cosa que hicieron esa misma tarde.

Annabelle le contó que ella había aprendido a nadar allí, igual que la pequeña había aprendido a hacerlo en Niza y Antibes.

—Aquí el agua está más fría —comentó esta, pero le gustaba. Le encantaba jugar con las olas y pasear por la playa.

Esa misma tarde, cuando regresaron a casa después de estar en la playa, Annabelle dejó a su hija con Brigitte. Quería salir a dar un paseo sola. Había determinados recuerdos que no deseaba compartir. Pero justo cuando iba a salir de casa, Consuelo bajó a toda prisa la escalera para reunirse con ella, y Annabelle no tuvo valor para decirle que no podía acompañarla. La niña estaba emocionada en aquel lugar, descubriendo el antiguo universo de su madre, que era tan distinto del entorno en el que vivían ahora, con su casita minúscula pero acogedora en el decimosexto distrito. Visto en retrospectiva, todo lo relacionado con su antiguo mundo le parecía enorme, igual que a su hija.

La casa que quería ver no estaba lejos de allí, y cuando llegó, vio que los árboles estaban muy altos y abandonados, que los postigos estaban cerrados y toda la casa se hallaba en mal estado. Blanche le había dicho que la habían vendido hacía un par de años, pero daba la impresión de que allí no vivía nadie, es más, parecía que no la hubieran ocupado desde hacía una década. Estaba desierta. Era la antigua casa de Josiah, donde Annabelle había pasado sus veranos de casada, y donde Henry y él habían continuado con su historia de amor; pero en esos momentos no quería pensar en esas cosas. Se limitó a pensar en él. Y Consuelo se dio cuenta de que aquella casa significaba mucho para su madre, aunque era pequeña y oscura, y parecía triste.

—¿Conocías a las personas que vivían aquí, mamá?

—Sí, hija —contestó Annabelle en voz baja.

Casi pudo percibirlo a su lado mientras decía esas palabras, y confiaba en que descansara en paz. Hacía mucho tiempo que lo había perdonado. Ya no le quedaba nada que perdonar. Josiah había hecho las cosas lo mejor que había podido y, a su manera, la había amado. Ella también lo había amado. No sentía hacia él la cruda decepción y el dolor de la traición que sentía por Antoine, una herida mucho más reciente. Las cicatrices de lo que había ocurrido con Josiah habían palidecido varios años antes.

—¿Y se han muerto? —preguntó Consuelo con tristeza. A juzgar por el estado de la casa, era la sensación que le daba.

—Sí.

—¿Vivía algún amigo tuyo? —Consuelo sentía curiosidad, pues su madre parecía lejana y muy conmovida mientras observaba la casa.

Annabelle dudó unos segundos. A lo mejor había llegado el momento. No quería seguir mintiéndole sobre su pasado para siempre. El engaño de que había estado casada con el padre de Consuelo ya era suficiente, y algún día tendría que contarle la verdad sobre ese tema también; no el hecho de que la hubiera violado, claro, sino de que no se hubieran casado. Ahora que lady Winshire la había reconocido, no sería tan bochornoso, aunque seguía siendo difícil de explicar.

—Esta casa era de un hombre que se llamaba Josiah Millbank —dijo en voz baja Annabelle mientras se asomaban al jardín. Había malas hierbas por todas partes y parecía totalmente abandonada, lo cual era cierto. Se volvió hacia su hija y continuó—: Fue mi marido. Nos casamos aquí, en Newport, cuando yo tenía diecinueve años. —Consuelo la miró con los ojos como platos, mientras se sentaba junto a ella en un tronco caído—. Estuve dos años casada con él, y fue un hombre maravilloso. Lo quería mucho.

Deseaba que su hija conociera también esa parte de la historia, no solo que había terminado mal.

—Y ¿qué le pasó? —preguntó Consuelo con un hilillo de voz. Cuántas personas habían muerto en la vida de su madre. Todo el mundo desaparecía...

—Se puso muy enfermo y decidió que ya no quería seguir casado conmigo. Pensó que sería injusto para mí, porque su enfermedad era muy grave. Así que se marchó a México y se divorció de mí, lo que significa que puso fin a nuestro matrimonio.

—Pero ¿no querías estar con él aunque estuviera muy enfermo? ¿No querías cuidar de él? —La niña parecía abrumada, y Annabelle le sonrió mientras asentía.

—Claro que sí quería. Pero no era lo que él deseaba. Él pensó que hacía lo mejor para mí, porque yo era muy joven. Y él era mucho mayor. Lo bastante mayor para ser mi padre. Consideró que yo tenía que casarme con alguien que no estuviera enfermo y con quien pudiera tener muchos hijos.

—Como mi padre —contestó Consuelo muy orgullosa, pero al instante una nube le enturbió la mirada—. Pero él también murió.

Toda la historia era muy triste, y, a pesar de que solo tenía siete años, se dio cuenta de cuántos escollos había tenido que superar su madre para asomar la cabeza por el otro extremo del océano, entera y viva, e incluso convertirse en médico.

—Bueno, el caso es que se divorció de mí y se marchó a México. —No le habló de Henry. No hacía falta que la niña lo supiera—. Y aquí todo el mundo se sorprendió muchísimo. Pensaban que se había divorciado de mí porque yo había hecho algo malo. Nunca le contó a nadie que estaba enfermo, y yo tampoco lo dije. Así que creyeron que yo había hecho algo imperdonable, y por eso me puse muy triste. Me marché a Francia y empecé a trabajar de voluntaria durante la guerra. Y entonces conocí a tu padre, y te tuve a ti. Y todos fueron felices y comieron perdices —añadió con una sonrisa, mientras tomaba la mano de Consuelo entre las suyas.

Ahora su matrimonio con Josiah había dejado de ser un misterio. Le parecía mejor así. No quería seguir guardando tantos secretos, ni tener que mentir para encubrirlos. Había sido justa con él en su relato de la historia. Siempre había sido justa con él.

—Pero ¿por qué se portaron todos tan mal contigo cuando él se marchó?

A Consuelo aquello le parecía horroroso, además de muy injusto para su madre.

—Porque no lo entendían. No sabían qué había ocurrido en realidad. Así que empezaron a inventar chismes sobre mí.

—¿Y por qué no les contaste la verdad?

Esa parte no tenía ningún sentido a ojos de la niña.

—Josiah no quería que la contara. Él no quería que nadie supiera que estaba enfermo.

Ni por qué, cosa que era mucho más comprensible. Por no mencionar la presencia de Henry Orson.

—Pues qué tonto —repuso la niña, mirando la casa vacía por encima del hombro.

—Sí, hija, qué tonto.

—¿Volviste a verlo alguna vez?

Annabelle negó con la cabeza.

—No. Murió en México. Yo ya estaba en Francia para entonces.

—¿Y ahora la gente sabe la verdad? —preguntó la pequeña, que continuaba pensativa.

No le gustaba nada esa parte de la historia, cuando la gente había sido mala con su madre. Seguro que se había puesto muy triste al pasar aquel mal trago. Incluso parecía triste ahora con solo recordarlo.

—No. De eso hace mucho tiempo —contestó Annabelle.

—Gracias por contármelo, mamá —exclamó Consuelo muy orgullosa.

—Tenía intención de contártelo de todos modos, cuando fueras un poco mayor.

—Siento mucho que se portaran mal contigo —le dijo la niña en voz baja—. Y espero que no vuelvan a hacerlo.

La única persona que había sido mala con ella últimamente había sido Antoine. No solo mala, sino cruel. Había sido la peor traición de todas, porque había reabierto todas sus antiguas heridas. Hablar con lady Winshire sobre el tema le había ayudado mucho. Ahora veía qué insignificante y ridículo era él en el fondo, si no era capaz de amarla a pesar de su pasado. Ella no le habría hecho lo mismo. Era una persona mucho más íntegra.

—En este momento eso no importa. Te tengo a ti —le recordó Annabelle, y era cierto. Consuelo era todo lo que le hacía falta.

Se levantaron y regresaron paseando a su casa, y durante las tres semanas siguientes jugaron y nadaron e hicieron todas las cosas que Annabelle había hecho de niña y que tanto le habían divertido.

Fue durante su última semana en la localidad cuando llevó a su hija a comer al Club de Campo de Newport. Era una de las pocas actividades «adultas» que habían hecho en toda la estancia. Por lo general, Annabelle había evitado los lugares en los que podía toparse con viejas amistades. Habían permanecido la mayor parte del tiempo dentro de los terrenos de la casa, que eran lo bastante extensos. Pero ese día habían decidido salir a comer fuera, algo muy valiente por parte de Annabelle.

Y justo cuando iban a marcharse después de la sobremesa, esta vio a una mujer corpulenta que entraba en el restaurante. Parecía sofocada, tenía la cara enrojecida e iba acompañada de una niñera. Intentaba controlar a seis niños pequeños y tenía un bebé cogido en brazos. Mientras reprendía a uno de ellos, el bebé se puso a llorar y el sombrero se le torció. Y hasta que no estuvieron a apenas unos centímetros la una de la otra, Annabelle no reconoció a su antigua amiga Hortie. Ambas se quedaron boquiabiertas y dejaron de caminar. Se miraron mutuamente.

—Eh... ¿qué haces «tú» aquí? —preguntó la recién llegada como si Annabelle no tuviera derecho a estar en aquel lugar.

Y entonces intentó enmascarar la incómoda situación con una sonrisa nerviosa. Consuelo frunció el entrecejo sin dejar de observarla. La mujer ni siquiera se había percatado de la presencia de la niña, pues miraba fijamente a su madre como si hubiera visto un fantasma.

—He venido de visita con mi hija. —Annabelle sonrió a su antigua amiga y sintió lástima por ella—. Veo que la fábrica de niños sigue en funcionamiento —bromeó.

Hortie puso los ojos en blanco y soltó un bufido. Por un instante le recordó a la amiga a quien Annabelle tanto habría apreciado, y a quien nunca habría dejado en la estacada.

—¿Te volviste a casar? —preguntó aquella con interés, y después desvió la mirada hacia Consuelo.

—Soy viuda.

—Y es médico —añadió Consuelo muy orgullosa. Ambas mujeres se echaron a reír.

—¿De verdad? —Hortie miró a Annabelle, impresionada ante la noticia, aunque sabía que le habían gustado los temas médicos desde jovencita.

—Sí. Vivimos en París.

—Eso he oído. Me contaron que fuiste una especie de heroína durante la guerra.

Annabelle se echó a reír.

—Qué va. Era auxiliar de medicina, y conducía una ambulancia con la que íbamos a los hospitales de campaña a recoger soldados heridos. No es nada heroico.

—A mí sí me parece heroico —dijo Hortie mientras su bandada de niños revoloteaba a su alrededor y la niñera intentaba mantenerlos bajo control, con escaso éxito. No le pidió disculpas por haberla traicionado ni le dijo que la había echado de menos, aunque se le notaba en la mirada—. ¿Os vais a quedar mucho tiempo? —preguntó con cierta nostalgia.

—Unos cuantos días más.

Sin embargo, Hortie no la invitó a su casa, ni le dijo que se pasaría por la de los Worthington. Sabía que James no se lo permitiría. Pensaba que Annabelle era una mala influencia para ella. Las divorciadas y adúlteras no eran bien recibidas en su casa, aunque las historias que corrían sobre él eran mucho peores que eso.

Por un instante, Annabelle tuvo ganas de decirle que la había echado de menos, pero no se atrevió. Era demasiado tarde para ambas. Y darse cuenta la puso triste. Hortie parecía vulgar, agotada y superada por las circunstancias, y no estaba envejeciendo bien. Se había convertido en una mujer de mediana edad con una camada de hijos que había dado la espalda a su mejor amiga. Ella siempre la echaría de menos. Toparse con ella había sido como ver un fantasma. Se despidieron sin abrazarse, y Annabelle permaneció callada cuando salieron del restaurante.

Consuelo no habló hasta que se montaron en el coche y se

dirigieron de vuelta a casa. Entonces miró a su madre y le dijo en voz baja:

—¿Era una de esas personas que dijeron cosas malas sobre ti?

—Más o menos. De pequeña era mi mejor amiga; es más, lo fue hasta que pasó lo que te he contado. A veces la gente hace tonterías —explicó Annabelle sonriendo a su hija—. Cuando teníamos tu edad, éramos como hermanas, y continuamos siéndolo hasta que nos hicimos mayores.

—Pues es fea —dijo Consuelo, cruzándose de brazos y arrugando la frente. Estaba enfadada porque quería defender a su madre—. Y gorda.

Ella se echó a reír aunque no hizo ningún comentario.

—Cuando era joven era muy guapa. Y ha tenido muchos hijos.

—Sí, también son feos, y alborotan un montón —replicó Consuelo con severidad, y se acurrucó contra su madre.

—Ya lo creo que sí —comentó esta.

Hortie nunca había sido capaz de controlar a sus hijos, ni siquiera cuando solo tenía uno o dos. Parecía que James la había mantenido embarazada desde entonces.

El resto de su estancia en Newport transcurrió tal como las dos habían confiado en que lo hiciese. Para Annabelle fue como una vuelta al hogar, y enterneció su corazón. Y mientras preparaban las maletas para marcharse, Consuelo le preguntó a su madre si volverían algún día. Annabelle se había planteado lo mismo y se alegró de no haber vendido la casa. Una vez más, lady Winshire estaba en lo cierto. Muchas de las cosas que le había dicho eran muy acertadas. Y su esmeralda no se separaba jamás del dedo de Annabelle. Era un regalo que apreciaba muchísimo, sobre todo ahora que eran amigas.

—Creo que sería una buena idea venir todos los veranos aquí a pasar unas semanas. O incluso un mes. ¿Qué te parece? —le preguntó a Consuelo mientras Brigitte cerraba las maletas.

—Me encantaría —dijo la niña sonriendo de oreja a oreja a su madre.

—A mí también.

Eso mantendría vivos los vínculos de Annabelle con Estados Unidos y afianzaría los de su hija. El tiempo lo cura todo. Annabelle se había dado cuenta mientras estaba en Newport. Aunque siguieran hablando de ella, y recordaran el escándalo que había protagonizado tantos años antes, si Annabelle mantenía su postura firme el tiempo suficiente, la gente se olvidaría. O, por lo menos, esas etiquetas tan feas se difuminarían y los demás no se molestarían en leerlas tan a menudo. Justamente entonces ya no le importaba demasiado. Habían pasado tantas cosas desde entonces... Se había forjado una vida completamente nueva en otro lugar, tenía un hogar, una profesión y una hija a quien quería con locura. Pero al mismo tiempo notó que le había sido devuelta una antigua parte de sí misma. Y era una parte de una vida anterior que había echado de menos durante todos esos años.

William las llevó de vuelta a Boston, donde cogieron el tren con destino a Nueva York. Solo tenían pensado quedarse dos días allí esta vez, para hacer las pocas cosas que les habían quedado pendientes en la estancia anterior.

—Cuídese mucho, señorita Annabelle —le dijo William con los ojos llenos de lágrimas de nuevo—. ¿Cree que volverá pronto?

Todos se habían dado cuenta de lo mucho que había disfrutado de la visita. En ciertos momentos, en la playa, o corriendo por el césped con Consuelo, la propia Annabelle parecía una niña.

—El verano que viene. Lo prometo.

La despedida de Blanche también había sido muy emotiva y le había hecho la misma promesa.

William abrazó y besó tanto a Consuelo como a Annabelle, y se quedó de pie en el andén, saludándolas con la mano, hasta que desaparecieron de su vista.

Y entonces madre e hija se acomodaron en el compartimiento y emprendieron el viaje a Nueva York. Se lo habían
pasado en grande en Newport. Las vacaciones habían superado todas las expectativas de Annabelle.

27

Los dos últimos días que pasaron en Nueva York fueron acelerados pero muy divertidos. Annabelle llevó a Consuelo al teatro a ver un musical, que encantó a la pequeña. Cenaron en el Sardi's y en el Waldorf Astoria, a lo grande. Dieron una vuelta en ferry alrededor de Manhattan, y Annabelle volvió a señalarle dónde estaba la isla de Ellis y le contó más cosas sobre aquel lugar. Y la última tarde pasaron caminando por delante de su antigua casa una vez más, solo para despedirse. Se quedó allí de pie durante un buen rato, para rendir homenaje tanto a la mansión como a todos los que habían vivido allí, incluida la parte inocente de sí misma que había perdido. Ya no tenía nada en común con la niña que había sido cuando vivía en aquella casa. Había madurado.

Consuelo y ella se alejaron en silencio, cogidas de la mano. Aquella había aprendido muchas cosas sobre su madre a lo largo de ese viaje, así como sobre sus abuelos, su tío Robert e incluso sobre algunos de los amigos de su madre. No le había caído bien esa amiga que habían visto en Newport, la que tenía tantísimos hijos. Le había dado mucha rabia que hubiera sido antipática con su madre y la hubiera disgustado. Y sentía pena por el hombre que había muerto en México. Se había dado cuenta de que su madre lo quería mucho.

Esa vez, Brigitte estaba un poco menos nerviosa cuando

embarcaron en el *Mauretania* para emprender el regreso. El barco le había parecido tan cómodo y lujoso durante la ida que se había relajado bastante. Annabelle tuvo una sensación extraña cuando pasó por delante de los antiguos muelles de White Star y de Cunard. De repente, se acordó de cuando había ido a buscar a su madre hacía trece años, después del hundimiento del *Titanic*. Sin embargo, no se lo mencionó a su hija, y mucho menos a Brigitte, quien, de todos modos, se las ingenió para sacar el tema. Annabelle la miró con el entrecejo fruncido y la niñera se calló.

Cuando volvieron a pasar por delante de la estatua de la Libertad, sintió que se desprendía de una parte de su corazón. Hacía muchísimo tiempo que no se sentía tan vinculada a su país, así que la reconfortó pensar que regresarían al verano siguiente. Consuelo no había dejado de repetirlo durante su breve estancia en Nueva York: le había encantado Newport y se moría de ganas de volver.

En esa ocasión no había nadie conocido en el barco; Annabelle había repasado la lista de pasajeros. De todas formas, no le habría importado. No tenía nada que temer. Había salido airosa de su exposición en público en Newport y Nueva York y ya no le quedaban secretos que proteger. Incluso si alguien descubría lo que escondía su pasado, ¿qué daño podría hacerle? Nadie podría arrebatarle su casa, ni su vida, ni su trabajo, ni a su hija. Lo único que podrían hacer los demás sería hablar mal de ella, y ya había pasado por eso. Aquella gente no tenía nada que ella deseara. Incluso la dolorosa traición de Hortie le había parecido más pequeña cuando se la había encontrado durante su estancia en Newport. Todos aquellos que tanto daño le habían hecho en otro tiempo se habían esfumado, y ya no quería saber nada de ellos. Tampoco podían robarle nada. Se había forjado una vida propia, y era una buena vida.

Annabelle y Consuelo volvieron a echar un vistazo a las casetas de los perros, igual que en el viaje de ida. Esta vez no había ningún doguillo, pero sí varios pequineses y caniches. La niña había echado mucho de menos a Coco y tenía unas ganas locas de volver a ver a su mascota. Además, su madre le había prometido que pasarían un fin de semana en Deauville cuando volvieran a casa. Incluso el impacto de Antoine sobre Annabelle se había amortecido durante esas vacaciones. No era más que un hombre desagradable y estrecho de miras que vivía en un mundo diminuto lleno de gente cargada de prejuicios. En ese mundo no había sitio para ella. Y en el suyo no había sitio para él.

Cuando regresaban de ver a los perros, se detuvieron junto a la barandilla para contemplar el mar. La melena larga y rubia de Consuelo se meció con la brisa y a Annabelle se le voló el sombrero, que empezó a dar vueltas como una rueda por la cubierta del barco, mientras las dos lo perseguían entre carcajadas. Seguía teniendo el pelo igual de rubio que su hija, y el sombrero se detuvo por fin a los pies de un hombre que lo recogió y se lo entregó con una amplia sonrisa.

—Gracias —dijo ella sin resuello luciendo una sonrisa infantil.

Habían corrido un buen trecho para atrapar el sombrero. Ella tenía la tez morena por el sol de Rhode Island. Volvió a calarse el sombrero formando un ángulo un poco torcido.

—Creo que se le va a volar el sombrero otra vez —le advirtió el hombre.

Ella asintió y se lo quitó, mientras Consuelo entablaba conversación con el señor.

—Mi abuelo y mi tío murieron en el *Titanic* —le comunicó, para romper el hielo, y el hombre la miró muy serio.

—Lo siento muchísimo. Mis abuelos también. A lo mejor se conocían. —Era una idea intrigante—. Pero de eso hace mucho tiempo. Fue antes de que tú nacieras, diría yo.

—Tengo siete años —dijo la niña, cosa que lo confirmaba—. Y me llamo igual que mi abuela. También está muerta. —El hombre se contuvo para no sonreír ante el comentario de la niña, pues parecía que toda su familia se hubiera extinguido—. Igual que mi padre —añadió la pequeña, como colofón—. Murió antes de que yo naciera, en la guerra.

—¡Consuelo! —la reprendió Annabelle. Nunca la había oído dar tanta información seguida, y confiaba en que no lo hiciera muy a menudo—. Lo siento —añadió dirigiéndose al desconocido que le había recogido el sombrero del suelo—. No era nuestra intención darle las noticias necrológicas.

Sonrió al hombre, quien le devolvió la sonrisa.

—Seguro que es porque has notado que soy periodista —le dijo a Consuelo con amabilidad.

—¿Qué es eso? —la niña mostró mucho interés.

—Escribo para el periódico. Bueno, mejor dicho, soy el editor de un periódico: el *International Herald Tribune* de París. Ya lo leerás cuando seas mayor.

Volvió a sonreír, esta vez mirándolas a las dos.

—Pues mi madre es médico.

La niña dirigía la conversación a su territorio con total desenvoltura, y Annabelle puso cara de apuro.

—¿De verdad? —preguntó él con interés antes de presentarse. Dijo que se llamaba Callam McAffrey, era originario de Boston y en esos tiempos vivía en París.

Annabelle también se presentó y Consuelo añadió muy contenta que ellas también vivían en París, en el decimosexto distrito. Él le contó que vivía en la rue de l'Université, en la ribera izquierda. Estaba cerca de la facultad de bellas artes, y Annabelle conocía muy bien la zona.

Las invitó a las dos a tomar un té con él, pero Annabelle le dijo que tenían que volver al camarote para cambiarse antes de cenar. El caballero les sonrió mientras se alejaban. Pensó que la niña era adorable y la madre era muy guapa. No encajaba en su imagen de una médico. Había entrevistado a Elsie Inglis hacía varios años, y Annabelle no se parecía en nada a ella, por decirlo de una manera elegante. Le había divertido que la pequeña fuera tan pródiga en información sobre su familia, aunque su madre se hubiera sentido algo incómoda.

Las localizó en el comedor por la noche, pero no se acercó a saludar. No quería entrometerse. Sin embargo, al día siguiente vio a Annabelle sola en la cubierta, paseando tranquilamente. Consuelo había ido a nadar con Brigitte, y esta vez llevaba un sombrero atado con un lazo por debajo de la barbilla.

—Veo que hoy se ha ajustado bien el sombrero —dijo él con una sonrisa tras detenerse un momento en la barandilla, junto a ella.

Annabelle se volvió hacia el caballero también sonriendo.

—Hay más brisa ahora que cuando llegamos hace un mes. Estaban ya a finales de julio.

—A mí me encantan estos viajes oceánicos —comentó el hombre—, a pesar de que ambos hayamos perdido a seres queridos en el mar y hayamos sufrido tragedias familiares. Estar aquí me da la oportunidad de tomar aliento y permanecer entre dos vidas y dos mundos. Me gusta encontrar momentos tranquilos para la reflexión de vez en cuando. ¿Han pasado todo el mes en Nueva York? —preguntó con interés. Daba gusto conversar con él.

—Solo unos días. También hemos estado unas cuantas semanas en Newport.

Él sonrió.

—Yo he estado en Cape Cod. Me gusta veranear allí todos los años. Me devuelve a la infancia.

—Era la primera vez que mi hija venía.

—¿Y qué le ha parecido?

—Le ha encantado. Dice que quiere volver todos los veranos. —Y entonces añadió un dato sobre sí misma—. Hacía diez años que yo no regresaba.

—¿A Newport? —No le sorprendía demasiado.

—No, a Estados Unidos. —Eso lo sorprendió bastante más.

—Vaya, eso es mucho tiempo.

Era un hombre alto y enjuto, con el pelo entrecano, unos

ojos marrones muy cálidos y las facciones marcadas. Debía de tener poco más de cuarenta años. Parecía más inteligente que guapo, aunque tenía encanto.

—Supongo que habrá estado muy atareada, si no ha tenido ocasión de regresar antes. O muy enfadada por algo —añadió, como buen periodista que era, y Annabelle se echó a reír.

—No estaba enfadada. Tenía ganas de cortar por lo sano. He rehecho mi vida en Francia. Primero me marché como voluntaria al frente, a trabajar en un hospital, y allí me quedé. Pensaba que no lo echaba de menos. Pero tengo que admitir que ha sido agradable volver a casa y enseñarle los lugares de mi infancia a mi hija.

—¿Es viuda? —preguntó el caballero.

Era fácil de suponer, pues Consuelo le había dicho que su padre llevaba muerto tantos años como ella tenía. Annabelle empezó a asentir con la cabeza, pero entonces se detuvo en seco. Estaba cansada de decir mentiras, sobre todo aquellas que eran innecesarias, solo para proteger a otras personas o a sí misma del daño ajeno.

—Divorciada.

Él no reaccionó ante su respuesta, aunque estaba confundido. A algunas personas les habría parecido una confesión escandalosa. Pero él no parecía darle demasiada importancia.

—Creía que su hija había dicho que su padre había muerto.

Annabelle se lo quedó mirando unos segundos y entonces decidió sacar toda la artillería. No tenía nada que perder. Si el hombre se escandalizaba y se apartaba de ella, le daba igual; no pasaba nada si no volvía a verlo. En el fondo, tampoco lo conocía.

—No me casé con su padre —dijo en voz baja pero con firmeza.

Era la primera vez que se lo contaba a alguien sin tapujos. En los círculos en los que se había criado, habría sido motivo más que suficiente para dar la conversación por concluida y para hacerle el vacío de ahí en adelante.

Él tardó un instante en contestar, pero al cabo de unos segundos asintió y la miró con una sonrisa.

—Si espera que me desmaye o me tire por la borda en lugar de hablar con usted, lamento decepcionarla. Soy periodista. He oído infinidad de historias. Y vivo en Francia. Allí es bastante frecuente, aunque haya personas que no lo reconozcan. Muchos hombres tienen hijos con las esposas de otros. —Ella se echó a reír, cosa que llevó al hombre a preguntarse si ese había sido el motivo de su divorcio. Era una mujer interesante—. Y sospecho que ocurre más a menudo de lo que sabemos o queremos creer, incluso en nuestro país. También hay personas que tienen hijos con quienes aman, aunque no se casen. Mientras no se haga daño a nadie, ¿quién soy yo para decir que no está bien? Nunca me he casado.

Era un hombre muy abierto de miras.

—Bueno, yo no lo amaba —añadió Annabelle—. Es una historia muy larga. Pero acabó bien. Consuelo es lo mejor que me ha pasado en la vida.

Él no hizo comentario alguno, pero parecía de acuerdo con lo que acababa de oír.

—¿Qué clase de médico es?

—De las buenas —contestó ella con una sonrisa, y él se rió como respuesta.

—Eso lo daba por supuesto. Me refería a cuál es su especialidad.

Annabelle le había entendido a la primera, pero le gustaba bromear con él. Su conversación era natural. Y le parecía un hombre abierto, afectuoso y de trato fácil.

—Medicina general.

—¿Trabajó en el frente? —No creía que tuviera edad para haber estudiado antes de la guerra.

—Como auxiliar de medicina, aunque solo había estudiado un curso en la universidad. Terminé la carrera después de la guerra.

Le pareció curioso que no hubiera querido ejercer en Estados Unidos, aunque podía imaginarse por qué. A él también le encantaba París. Tenía una vida mucho más plena que la que habría llevado en Nueva York o Boston.

—Yo me marché para trabajar de reportero para los británicos al principio de la guerra. Y llevo en Europa desde entonces. Viví en Londres durante dos años cuando acabó el conflicto y ahora hace cinco años que me instalé en París. Dudo que pudiera volver a vivir en Estados Unidos. Me gusta demasiado la vida que llevo en Europa.

—Yo tampoco podría regresar —coincidió Annabelle.

Y no tenía motivos para hacerlo. Ahora su vida estaba en París. Únicamente su historia seguía en Estados Unidos, así como su casa de verano.

Charlaron un rato más y después ella fue a buscar a Consuelo y a Brigitte, que seguían en la piscina. Volvieron a verlo por la noche, cuando salían del comedor después de una cena temprana. Él entraba en ese momento y le preguntó si le apetecería tomar una copa con él más tarde. La mujer dudó, mientras Consuelo los miraba a los dos, y al final le dijo que sí. Quedaron en el Verandah Café a las nueve y media. Consuelo ya estaría durmiendo a esas horas, así que Annabelle estaría libre.

—Le gustas —le dijo la niña a su madre como si tal cosa, mientras regresaban al camarote—. Es simpático.

Annabelle no hizo ningún comentario. Lo mismo había pensado de Antoine y se había equivocado. Sin embargo, Callam McAffrey era otra clase de hombre, y Annabelle tenía más cosas en común con él. Se preguntó por qué no se habría casado nunca, y él la sacó de dudas aquella misma noche, mientras bebían champán en el Verandah Café, que tenía una terraza desde donde se disfrutaba de la brisa marina.

—Me enamoré de una enfermera en Inglaterra durante la guerra. La mataron una semana antes de que se firmara el armisticio. Íbamos a casarnos, pero ella no quería hacerlo hasta que hubiera acabado el conflicto. Tardé mucho tiempo en recuperarme (en concreto, seis años y medio). Era una mujer muy especial. Provenía de una familia adinerada, pero nunca alardeaba de ello. Tenía los pies en el suelo, y trabajaba más que cualquiera que yo haya conocido. Nos divertíamos muchísimo juntos. —No lo dijo con sensiblería, sino más bien como si todavía se deleitara con el recuerdo—. De vez en cuando visito a su familia.

—El padre de Consuelo era británico. Pero me temo que no era un hombre muy recomendable, la verdad. Aunque su madre es fantástica. Seguramente iremos a verla en agosto.

—Cuando los británicos son buenos, son increíbles —dijo él con sinceridad—. Pero no siempre me llevo igual de bien con los franceses. —Annabelle se rió con sorna mientras pensaba en Antoine, pero no dijo nada—. Sí, a veces no sé de qué pie calzan. Tienden a ser más retorcidos.

—Creo que tiene razón, por lo menos en algunos casos. Como amigos y compañeros de trabajo son maravillosos. Pero en el terreno amoroso, es otro cantar.

Por lo poco que ella había comentado, él intuyó que había sufrido algún desengaño, era de suponer que por culpa de un francés. Aunque el padre inglés de Consuelo tampoco parecía una perla. Le daba la sensación de que Annabelle había tenido ración más que suficiente de manzanas podridas. Y en su juventud, él también había tenido más de una mala experiencia, sin tener en cuenta a Fiona, por supuesto, la enfermera de la que se había enamorado. Ahora llevaba una temporada solo. Se había tomado un descanso en el amor. De ese modo su vida era más sencilla, que era la misma conclusión a la que había llegado Annabelle.

Hablaron de la guerra durante un rato, luego sobre la política en Estados Unidos, de algunas de sus experiencias como periodista y de las de Annabelle en el campo de la medicina. Por lo menos, ella pensó que sería un buen amigo. El hombre la acompañó a su camarote y le deseó las buenas noches de forma afectuosa pero educada.

Volvió a invitarla a tomar una copa al día siguiente, y también se divirtieron mucho. Además, jugó a las cartas con ella y Consuelo el último día de travesía, y esa noche Annabelle lo invitó a cenar con ellas. La niña y él hicieron muy buenas migas y la pequeña le contó con pelos y señales cómo era su perrito, e incluso lo invitó a ir a verlo un día, a lo que Annabelle no hizo comentario alguno.

Tomaron una última copa juntos aquella noche y, de improviso, mientras la acompañaba al camarote una vez más, le dijo que le gustaría ir a ver el perro de su hija. Él también tenía un labrador. Annabelle se rió ante el comentario de él.

—Puede venir a ver el perro de mi hija cuando quiera. Será usted bienvenido —le dijo—. También puede venir a vernos a nosotras.

—Bueno, digamos que lo que más me interesa es ver el perro —puntualizó él guiñándole un ojo—, pero supongo que no me importaría verlas de paso a las dos, si al perro no le importa.

En ese momento miró con ternura a Annabelle. Había averiguado muchas cosas sobre ella durante el trayecto, más de las que ella creía. En eso consistía su trabajo. Percibía el dolor y las dificultades que había tenido que superar. Las mujeres de su estatus social no solían marcharse de casa a los veintidós años para trabajar como voluntarias a cinco mil kilómetros de su hogar, con el fin de contribuir a una guerra que no era la suya. Y tampoco se quedaban en un país extranjero después del conflicto, ni se volcaban en una profesión como la que había elegido ella, a menos que en su patria les hubieran sucedido cosas terribles. Además, tenía la impresión de que, después de eso, le habían pasado unas cuantas desgracias más. Estaba convencido de que no era de esa clase de mujeres que tienen un hijo ilegítimo así como así, sino que debió de hacerlo porque no le quedó otro remedio. Y saltaba a la vista que había sacado adelante a Consuelo de la mejor manera posible, y había sabido ver el lado positivo de todo lo que le había ocurrido. Era una gran mujer. Lo llevaba escrito en la cara. Confiaba en poder volver a verla.

—Me gustaría mantener el contacto una vez que estemos en París —le propuso él muy correcto.

Annabelle no era arrogante, pero sí muy fina y distinguida, y eso también le gustaba de ella. En cierto modo le recordaba a Fiona, aunque era más joven y más guapa. No obstante, lo que más le había gustado de Fiona en su momento, y ahora de Annabelle, era lo que veía en su interior. Era evidente que se trataba de una mujer con determinación e integridad, con grandes valores morales, un corazón enorme y una mente avispada. No se podía pedir más, y si una mujer como Annabelle se cruzaba en el camino, no había que malgastar la oportunidad de conocerla mejor. Las mujeres de su talla no aparecían muchas veces en la vida de alguien. Él ya había tenido la suerte de contar con una en su vida, y sabía que, si alguna vez tenía la buena fortuna de conocer a una segunda mujer tan especial, no dejaría pasar la oportunidad.

—Muy bien, allí me encontrará —le dijo ella—. Aunque puede que vayamos unos días a Deauville. Le prometí a Consuelo que la llevaría a la playa. Y es posible que viajemos a Inglaterra a ver a la familia de su padre. Pero no tardaremos en volver a estar por París. Tengo que abrir la consulta antes de que mis pacientes se olviden de que existo.

Al periodista le resultaba imposible imaginar que alguien que la hubiese conocido pudiera olvidarse de ella. Y desde luego, él no tenía intención de perderle la pista.

—A lo mejor podríamos hacer algo los tres juntos este fin de semana —propuso él—, con el perro, por supuesto. No me gustaría herir sus sentimientos...

Annabelle sonrió ante su respuesta. Faltaban pocos días para que llegara el fin de semana, y la idea le gustó. De hecho, le gustaba todo lo que había descubierto sobre él durante el viaje en barco. Y le daba buena espina. Le inspiraba solidez, integridad, afecto y amabilidad. El respeto del uno hacia el otro era mutuo, por lo menos, hasta el momento. Era un buen punto de partida, mejor que muchos de los que había tenido Annabelle. Su amistad fraterna con Josiah debería haberle dado pistas de algo que en aquella época no había sabido ver. Y los ademanes exagerados y gustos ostentosos de Antoine no habían hecho más que encubrir un corazón vacío. Callam era un hombre completamente distinto.

Se despidieron en la puerta del camarote. Y a la mañana siguiente, Annabelle se levantó y se vistió muy temprano, igual que había hecho al llegar a Europa diez años antes, cuando había huido de Nueva York a la desesperada. No obstante, esta vez no sintió desesperación, ni dolor, mientras permanecía de pie junto a la barandilla de cubierta, contemplando el amanecer. A lo lejos distinguió Le Havre, donde atracarían al cabo de dos horas.

Mientras observaba el mar abierto, tuvo una increíble sensación de libertad, de haber roto por fin todas las cadenas que la aprisionaban. Ya no la oprimía el yugo de las opiniones ajenas, ni de las mentiras que dijeran sobre ella. Era una mujer libre, una buena mujer, y lo sabía.

Mientras el sol se alzaba en el cielo matutino, oyó una voz a su lado, se dio la vuelta y vio que era de Callam.

—Tenía el presentimiento de que la hallaría aquí —dijo él en voz baja. Sus ojos se encontraron y los dos sonrieron—. Una mañana estupenda, ¿verdad? —comentó sin más.

—Sí —respondió Annabelle, y su sonrisa se ensanchó.

Era una mañana estupenda. Ambos eran buenas personas. Y la vida era un placer.